# 红色文化研究（第4辑）

阎浩岗　李继凯　主编

河北大学出版社
·保定·

红色文化研究（第 4 辑）
HONGSE WENHUA YANJIU
DI-SI JI

出 版 人：刘相美
选题策划：杨显硕
封面题签：李继凯
责任编辑：郝　健
装帧设计：张彦琪
责任校对：王亚薇
责任印制：常　凯

图书在版编目（CIP）数据

红色文化研究. 第 4 辑 / 阎浩岗，李继凯主编. 保定：河北大学出版社，2024. 12. -- ISBN 978-7-5666-2528-1

Ⅰ. I206.6

中国国家版本馆 CIP 数据核字第 20244FS408 号

出版发行：河北大学出版社
地址：河北省保定市七一东路 2666 号　邮编：071000
电话：0312-5073033　0312-5073029
邮箱：hbdxcbs818@163.com　网址：www.hbdxcbs.com
经　　销：全国新华书店
印　　刷：涿州市般润文化传播有限公司
幅面尺寸：185 mm × 260 mm
印　　张：18.75
字　　数：410 千字
版　　次：2024 年 12 月第 1 版
印　　次：2024 年 12 月第 1 次印刷
书　　号：ISBN 978-7-5666-2528-1
定　　价：90.00 元

# 目　录

## 马克思主义理论研究


民主启蒙·马克思主义启蒙·马克思主义中国化

——论马克思主义在中国传播的三个思想向度（上）…………………… 曾成贵（1）

重写文化与现代性重构

——哈贝马斯文化伦理思想探微………………………………………… 李进书（12）


## 苏区司法及新闻传播研究


鄂豫皖根据地司法制度研究…………………………………………………… 王贵东（27）

苏区革命法庭遗址遗物的保护与融合

——以中国第一革命法庭为视角……………………………………… 赵学焕（35）

中央苏区党的舆论斗争实践及其现实启示………………………………… 端剑锋（42）


## 左翼文学与延安文艺研究


鲁迅、左联与湖风书局关系考析……………………………………………… 俞宽宏（54）

《现代》杂志对外国左翼文艺思潮的引进 ………………………………… 黄　杨（67）

写实性文学思想影响下茅盾对《三百年后孵化之卵》的译写 ……………… 辛　玲（80）

试论民间资源对"新秧歌运动"的影响……………………………………… 马海燕（91）


## 社会主义文学研究


中央文学研究所与早期作家培养模式………………………………………… 张　柠（101）

土地改革与民族精神的交融

——《欢笑的金沙江》与《美丽的南方》的互文性解读…… 黄晓娟　黄　璇（119）

社会的转型与作家的代际更替
——以1950年代作家的文学创作为例 …… 李宗刚（134）
革命话语、人性叙事与风景权力
——论《苦菜花》的多重话语建构 …… 孙 欣 陈夫龙（148）
红色经典的“新中国”想象 …… 史春晖（159）
多文体建构下的中国共产党人文学形象 …… 马学永 武嘉绚（169）
“史”与“诗”的融合
——论《红旗谱》的电影改编 …… 侯 平（180）
莫言创作对红色质素的转化和创生 …… 高 志（191）

## 红色儿童文学研究

论抗日战争时期解放区儿童戏剧的状况、特点及价值 …… 谭旭东 邹应菊（203）
《鲁迅、鲁迅的故事》的鲁迅建构与儿童文学价值 …… 张占杰（212）

## 红色艺术研究

性别角色的革命转型
——抗战时期《晋察冀画报》中的女性形象与视觉修辞 …… 周雨尘 周志强（227）
论“样板戏”的历史生成、美学范式及其评价 …… 王雪荣 陈黎明（239）
红色文化视域中的延川剪纸与株洲剪纸比较研究 …… 罗桂清 熊永松（253）
新时代红色美术展览的教育形式探析 …… 李佳莹 熊帝骅（271）

编后记 …… （291）

· 马克思主义理论研究 ·

# 民主启蒙 · 马克思主义启蒙 · 马克思主义中国化

## ——论马克思主义在中国传播的三个思想向度（上）*

曾成贵①

**摘　要**：在近代中国历史上，马克思主义传播促进了中华民族的伟大觉醒，真正开启了中华民族伟大复兴的历史进程。研究马克思主义在中国的传播，需要从民主启蒙、马克思主义启蒙与马克思主义中国化三个思想向度来说明问题。由民主启蒙到马克思主义启蒙是中国式启蒙运动的特点。民主启蒙为马克思主义启蒙扫除思想障碍，起到思想动员的作用。马克思主义启蒙是更为深刻广阔、更有长远作用、更富实践价值的第二次启蒙。马克思主义的传播者把马克思主义作为科学真理来传播，并将其与中国实际结合起来，以马克思主义指导改造中国的实践活动。马克思主义启蒙所导致的中国实践，呼唤并决定了马克思主义必须中国化。马克思主义早期中国化成为这一时期马克思主义传播的主要内容和鲜明特征，并取得了重要成果。

**关键词**：民主启蒙；马克思主义启蒙；马克思主义传播；马克思主义中国化

在近代中国历史上，马克思主义传播促进了中华民族的伟大觉醒，真正开启了中华民族伟大复兴的历史进程。可以说，没有马克思主义传播，中国无产阶级先进分子和人民大众便得不到科学的思想武器，就不能从思想上由被动变为主动，就不能创建马克思主义的无产阶级政党，也就不能开辟革故鼎新、救亡图存的革命道路，中华民族伟大复兴自然也就无从谈起。

---

* 项目基金：教育部重大课题攻关项目“马克思主义在中国早期传播史料收集、整理与研究”（批准号：17JZD010，首席专家为湖北大学教授田子渝）子课题。

① 作者简介：曾成贵（1954— ），湖北省社会科学院原党组书记，研究员，黄冈师范学院大别山红色文化中心特聘教授。

马克思主义在中国传播，并非孤立、偶然事件，而是有着深厚的社会历史背景和鲜明的时代背景，有着严谨的历史的、理论的和实践的逻辑，是历史逻辑、理论逻辑和实践逻辑的统一。从民主启蒙、马克思主义启蒙与马克思主义中国化三个思想向度着力研究，可以为我们打开马克思主义在中国早期传播的新空间，得到新启示。

## 一、三个思想向度的内在逻辑

所谓“启蒙”，在中文里有开启蒙昧、由冥顽而开化之意。“启蒙”之称为思想运动专有所指，即指 17—18 世纪，西方国家继文艺复兴之后发生的一场资产阶级和人民大众反封建、反教会的思想解放运动。这场思想解放运动以法国为中心向欧洲各国辐射，大力批判了封建专制、宗教愚昧及特权主义，宣传了自由、民主、公平、正义、平等、法治的思想，为欧洲国家资产阶级革命做了必要的思想准备和有力的舆论宣传。

马克思主义认为，自从人猿相揖别，人类社会的发展经历了一个由低级到高级的发展过程，高一级的社会替代低一级的社会，直到实现共产主义，这是不可违背的客观规律。因此，经历了长期的封建统治以后，随着生产力的发展，资本主义代替封建主义就是符合人类社会发展规律的必由之路。这种代替，并非纯粹物质作用，而是在人的主观能动性的驱使之下，经过艰苦斗争而实现的。广大人民群众的主观能动性被调动起来，凝聚在新兴政治力量的领导之下，形成磅礴的改造社会的巨大力量，是思想解放和理论引导的结果。没有思想解放和理论引导的九天风雷的震撼，人民大众被笼罩在万马齐喑的社会铁幕之中，是不可能开辟新路昂首挺进的。从这个意义上说，没有启蒙，就不能进步，民主启蒙是反封建的必然过程和历史需要，具有普遍性。启蒙思想具有原创性和基础性，是人类社会的共同价值。

所谓“中国式启蒙运动”，是指近代中国的启蒙运动既具有西方国家历史上启蒙运动的普遍性，又具有中国国情、时代特征、思想内涵所赋予的特殊性，以及两者不同的前途命运。

与西方国家的启蒙运动相比，中国启蒙运动所处的国情不同、时代不同、结果不同。西方国家的启蒙运动发生在封建社会的母体内，反封建是它的全部任务，实现资产阶级的统治是它的全部政治成果；而在中国，民主启蒙开始之时，中国已处在世界资本主义形成体系，工业革命极大地改变了产业结构和社会结构，自由资本主义向垄断资本主义过渡的国际大背景下，西方资本主义列强的侵略已使中国由传统的封建社会转变为半殖民地半封建社会，中国的民主启蒙不仅要承担反对封建主义、为民主革命开道的历史任务，同时还要承担反对帝国主义、为民族独立呐喊的历史任务。在半殖民地半封建社会的历史条件下，帝国主义的侵略打破了中国人学习西方、独立发展资本主义的迷思，民主启蒙没有从根本上解决中国问题。

与西方国家历史上的启蒙运动另一个不同是，中国的民主启蒙不仅以西方启蒙运动的思想理论为武器，而且初步受到不同于启蒙思想的意识形态——社会主义思潮和马克思主义的影响。西式民主启蒙没有从根本上解决中国问题，先进的中国人把寻找真理的方向投向了马克思主义和俄国十月革命。1917 年俄国十月革命发生，世界上第一个社会主义国家出现，人类社会历史进入无产阶级革命的新时代，近代中国完成民主启蒙历史任务遇见新契机，社会主义思潮和马克思主义理论丰富了中国启蒙运动的内涵，开辟了中国启蒙运动的新方向，即由民主启蒙到马克思主义启蒙的链接和发展。

在中国，马克思主义启蒙是更为深刻广阔、更有长远作用、更富实践价值的新启蒙。马克思主义启蒙并非一般意义上的文化传播，尽管它同样具有文化传播的形态。它是指马克思主义的传播者把马克思主义作为科学真理来传播，并把马克思主义基本原理与中国实际结合起来，以马克思主义指导改造中国的实践活动。毛泽东说："自从中国人学会了马克思列宁主义以后，中国人在精神上就由被动转入主动。"① 所以，我们不以马克思的名字为国人所知为马克思主义启蒙的时间起点，而以 1917 年俄国十月革命的消息传入中国为起点。我们以 1922 年中共二大召开，中国共产党制定最低革命纲领，实现党的最高纲领与最低纲领的统一，正式完成党的创建任务，揭示了中国革命的新路向，为马克思主义启蒙的时间止点。

毛泽东指出："马克思列宁主义来到中国之所以发生这样大的作用，是因为中国的社会条件有了这种需要，是因为同中国人民革命的实践发生了联系，是因为被中国人民所掌握了。任何思想，如果不和客观的实际的事物相联系，如果没有客观存在的需要，如果不为人民群众所掌握，即使是最好的东西，即使是马克思列宁主义，也是不起作用的。"② 把马克思主义与中国革命的实践联系起来，就是把马克思主义中国化。"马克思主义的中国化"是 1938 年毛泽东在党的扩大的六届六中全会上提出的科学命题和政治任务。他指出："马克思主义必须通过民族形式才能实现"，"马克思主义的中国化，使之在其每一表现中带着中国的特性，即是说，按照中国的特点去应用它"。③ 后来收入《毛泽东选集》时，修改为"马克思主义必须和我国的具体特点相结合并通过一定的民族形式才能实现"，"马克思主义在中国具体化，使之在其每一表现中带着必须有的特性，即是说，按照中国的特点去应用它"。④ 这种"结合"和"中国化"的思想萌芽，在中国共产党创建时期就已发生。如李大钊在 1919 年指出："一个社会主义者，为使他的主义在世

① 毛泽东：《毛泽东选集》第 4 卷，人民出版社 1991 年版，第 1516 页。

② 毛泽东：《毛泽东选集》第 4 卷，人民出版社 1991 年版，第 1515 页。

③ 毛泽东：《论新阶段》，《解放》1938 年 11 月 25 日第 57 期，第 36、37 页。

④ 毛泽东：《毛泽东选集》第 2 卷，人民出版社 1991 年版，第 534 页。

界上发生一些影响，必须要研究怎么可以把他的理想尽量应用于环绕着他的实境。”①

启蒙即传播，传播的主要目的是指导实践。中共二大以前，马克思主义启蒙集中于传播马克思主义的基本原理。虽然早期共产党人和马克思主义者尝试运用马克思主义的思想武器观察中国国情、研究中国问题，但从理论到理论的情况比较普遍，同中国实际的结合比较抽象、比较笼统。如 1920 年 11 月，陈独秀主持起草《中国共产党宣言》，明确了党的指导思想和共产主义的理想及奋斗目标，但与中国实际没有真正联系起来。1958 年 6 月，毛泽东指出：“不提反帝反封建的民主革命，只提社会主义的革命，是空想的。”② 1921 年 7 月，中共一大制定了党的第一个纲领，宣告了中国共产党的成立，确立了共产主义远大目标，党的任务讲的是无产阶级专政，这是“开天辟地的大事变”，同时又说明新生的党坚持真理、坚守理想，需要把马克思主义基本原理同中国实际密切结合起来，得出“结合”的政治成果。

中共二大的召开出现了新局面。1922 年 7 月，中共二大通过的宣言第一次提出党在目前的奋斗目标，将其与党的最终目标统一起来。基于中国社会是半殖民地半封建社会这个最大的实际，阐明了现阶段中国革命的性质是资产阶级民主革命；革命的对象是帝国主义和封建军阀；革命的动力是工人、农民和小资产阶级，民族资产阶级也是革命的力量之一；革命的策略是组成各革命阶级的“民主的联合战线”；革命的任务和目标是打倒军阀，推翻帝国主义的压迫，实现民族独立和国家统一；革命的前途是经由民主主义转变到社会主义。这就在革命性质的判断，革命对象、革命动力、革命策略和革命任务的规定，以及革命前途的揭示等方面，作出了全新的论述和决定。这是使马克思主义从空中落地的根本性转变，是马克思主义中国化最初的代表性成果。

马克思主义中国化的开启，是马克思主义启蒙的内在要求和必然趋势。我们认为，从 1922 年 7 月中共二大召开到 1927 年 7 月第一次国共合作彻底破裂大革命失败，仍然处在马克思主义早期传播的时期。马克思主义是科学的理论，同时又是人民的理论、实践的理论、不断发展的开放的理论。一方面，马克思主义启蒙并没有结束，有待进一步扩大和加深，并持续地走入大众，更大范围地武装人们的头脑；另一方面，马克思主义的中国化已经开始，马克思主义启蒙开始产生革命性的实践变革。鉴于马克思主义与中国实际初步结合起来，共产党人和人民大众开始掌握这一改造客观世界和主观世界的科学武器，马克思主义早期中国化就成为这一时期马克思主义传播的主要内容和鲜明特征。

## 二、中国民主启蒙的历程及其特色

中国的民主启蒙发生在清末民初，具体说来，是从洋务运动到新文化运动前期。呈

① 李大钊：《李大钊文集》（下），人民出版社 1984 年版，第 34 页。

② 毛泽东在中共中央办公厅编印的《党史资料汇报》第 1 号上的批语，1958 年 6 月 3 日。

现三个发展阶段：第一阶段是从洋务运动到戊戌变法，第二阶段是辛亥革命时期，第三阶段是新文化运动前期。

**（一）中国民主启蒙三个发展阶段的展开**

1840年鸦片战争后，中国国门被西方列强以坚船利炮打开，逐渐沦为半殖民地半封建社会。不甘国家衰败、民族危亡的中国人，睁开眼睛看世界，寻求救国救民之道，深感必须“师夷长技”，壮大自身才能摆脱受制于人的落后困境。在西学东渐的过程中，接受域外启蒙思想，古老中国开始了民主启蒙进程，一个传统大国面向现代化，步履蹒跚地追赶世界发展的潮流。这是一个艰难的过程，呈阶段性的递进发展之势。

侵略者肆虐，落后就要挨打。清朝统治者被迫筹办“夷务”以“自强”，兴起后世所称的洋务运动。既办“夷务”，就要与西方、西学打交道，这在客观上就要面对西学东渐。在西学与中学的关系上，一般说来，洋务派都把“西学”局限在科学技术层面，以之为“器”，可以为我所用；而社会政治学说则不在其内，凡治国理政之“道”，必须以“中学”为根本。广义上的“中学”，当然包含传统的中华民族思想智慧和文化精华，而洋务派所特别着意的则主要是维护封建君主统治的纲常伦理。这样一来，洋务运动虽然开启了中国走向近代化的先河，接受了部分西学、新学，但在政治领域则继续墨守成规、无所成就。

不过，一些曾经游历西方，或者接触西方思想学术较多的开明之士，如冯桂芬写了《校邠庐抗议》（1861年），王韬写了《变法自强》（1875年），薛福成写了《筹洋刍议》（1879年），郑观应写了《盛世危言》（1894年），等等，提出“鉴诸国”“采西学”，实行变法以振兴中国。这些主张，是“睁眼看世界”的表现和结果，带有初步的民主启蒙性质，与地主阶级顽固派背道而驰，也突破了洋务派的思想局限，是1898年戊戌变法的先声。

清政府甲午战争失败，宣告30年洋务运动破产，说明不触动政治的“自强”没有出路，维新变法被提上日程。康有为、梁启超、谭嗣同等维新派成为新的代表人物。1884年，康有为“始演大同之义”；1885年，“手定大同之制”，著《人类公理》；1886年，依几何公理著《实理公法》，提出“人有自主之权”“以平等之意，用人立之法”“圣不秉权，权归于众”① 的新思想，融合了学习西方的新成果。1896年，《时务报》在上海创刊，由梁启超主笔，开辟面向世界的窗口，介绍西学知识和西方社会动态。

与洋务运动中的思想家不同的是，维新派把学习西方从科学技术层面延伸到社会政治层面，做出了效法西方的制度设计。康有为是戊戌变法的总设计师。他写《新学伪经考》《孔子改制考》，托古改制，用儒家思想包装维新变法要求。历史地看，戊戌变法期

---

① 康有为：《实理公法全书》，姜义华编《社会主义学说在中国的初期传播》，复旦大学出版社1984年版，第20、22、24页。

间的思想启蒙，距离法国启蒙思想家的深度和广度都远得很，力度也很有限。然而，戊戌变法的民主启蒙到底还是比洋务运动期间的启蒙要深入许多，并且实行了当时条件表面上能够允许的改良性质的实践，尽管这个实践也只是初步的和短暂的。

启蒙运动的民主思想和理论在辛亥革命时期得到了较广泛的传播。这首先是因为甲午战后，帝国主义列强在中国掀起了瓜分狂潮，《辛丑条约》的签订更暴露了清政府不过是列强的傀儡，近代中国完全沦为半殖民地半封建社会，反帝反封建客观上成为中国革命的第一主题和实现中华民族伟大复兴的头号任务。戊戌变法以后，尤其是在清政府实行"新政"的背景下，留学生队伍逐渐扩大，资产阶级及其知识分子越来越不甘于清政府的专制统治。带有民主主义色彩的革命知识分子群的形成，为辛亥革命时期的民主启蒙造就了主观力量。

辛亥革命时期的民主启蒙比前一时期要深刻得多，其形势也复杂得多。这一时期，引进西学、民主启蒙的工作做得最多、贡献最大的当推翻译家严复。他在英国学习海军两年，回国后，将英国博物学家赫胥黎的《天演论》译成中文，1898 年公开出版。赫胥黎信奉英国生物学家达尔文在《物种起源》中所奠定的进化论，且坚持并发挥了这一思想。他认为自然界的生物不是万古不变，而是不断进化的，其原因在于"物竞天择"。这一原理同样适用于人类，"适者生存"，人类文明愈发展，适于生存的就愈是那些在伦理上最优秀的人。生物进化论演变为社会进化论以后，一度成为西方列强侵略扩张的辩护词。不过，不甘弱肉强食的志士仁人，则从生存竞争的残酷现实中感受到亡国灭种的危机，进而鼓起发愤图强的勇气。于是，在近代中国，《天演论》便成了进步的思想武器。

1901—1909 年，严复又陆续翻译了英国古典经济学家亚当·斯密的《原富》即《国富论》、英国哲学家赫伯特·斯宾塞的《群学肄言》即《社会学原理》、英国政治学家约翰·穆勒的《群己权界论》即《论自由》以及《穆勒名学》、英国政治学家甄克斯的《社会通诠》即《政治史》、法国启蒙运动思想家查理·路易·孟德斯鸠的《法意》即《论法的精神》，以及英国逻辑学家威廉·史坦利·耶方斯的《名学浅说》。《国富论》第一次提出了市场经济会由"看不见的手"自行调节的思想，奠定了资本主义自由经济的理论基础。"群学"即社会学，《群学肄言》强调"以天演为宗"，以生物学规律研究社会现象，阐述了社会达尔文主义"适者生存、优胜劣汰"的观点。《群己权界论》阐述了个人尊严与自由的关系。《社会通诠》以进化史观论述了人类社会的发展史。《论法的精神》继承、发展了法国启蒙思想家伏尔泰"天赋人权"、卢梭"主权在民"的思想，阐述了追求自由、主张法治、三权分立的政治理论。就当时中国社会而言，上述经典性的西方社会政治学说无疑是革命性的，是重要的民主启蒙思想资源，具有蓬勃的生命力。

在这个时期，民主启蒙形成了集团作战。1894 年，孙中山成立兴中会；1905 年，成立中国同盟会，中国出现第一个资产阶级政党。在民主启蒙的总目标下，因其社会背景、利益集团、革命彻底性的不同，形成了一定程度上接续戊戌变法流风余韵的政治派别。

以孙中山为代表形成了资产阶级革命派，其周围团结着黄兴、廖仲恺、胡汉民、汪精卫、宋教仁、朱执信等一批人。以梁启超为首形成了资产阶级改良派；他的老师康有为则被时代潮流所淘汰，沦为封建主义的保皇派。革命派与改良派之间，在政治理念上是有矛盾的，发生了尖锐的理论论争，这些论争也是民主启蒙的组成部分。

新报刊的创办为民主启蒙打造了重要平台。在日本的革命者、流亡者、留学生群体借助日本社会条件，纷纷创办各种新型报刊，如同盟会机关报《民报》，改良派主办的《清议报》《新民丛报》，各省留日人员主办的如《新广东》《新湖南》《湖北学生界》《江苏》《浙江潮》《四川》，等等。在国内，最为著名的新报刊是在上海出版的《苏报》《东方杂志》。上海有多国租界，经济繁盛，华洋杂处，为新报刊的出版提供了容身之地。新报刊以外，还有许多单行的小册子出版，如陈天华的《警世钟》《猛回头》，邹容的《革命军》，等等。报刊、图书在一定程度上担当了实施民主启蒙的使命，发挥了积极作用。

兴中会以“驱除鞑虏、恢复中华、建立合众政府”为口号；同盟会成立，其政治主张是“驱除鞑虏、恢复中华、建立民国、平均地权”。《民报》创刊词把同盟会的政治理念归纳为“民族”“民权”“民生”三大主义，后称“三民主义”。辛亥革命时期革命派的三民主义，传播了启蒙运动的民族主义和民主主义，并带有中国内涵和时代色彩。以孙中山为代表的资产阶级革命派，倡言“驱除鞑虏、恢复中华”，是带有大汉族主义色彩的民族主义。它的积极意义是，斗争的矛头对准了封建王朝——清王朝。在当时，清王朝已成为西方帝国主义列强的傀儡，是封建主义的总头目，不推翻清王朝的专制统治，就不能推进中国社会进步。后来，孙中山正面解释了“反满”，即建设民主政治不能不“反满”；“反满”并非专门针对满族人民，结束清王朝专制统治以后，要实现全中国的民族团结，建立汉、满、蒙、回、藏“五族共和”。启蒙运动的民族主义，其主旨是突破封建主义的藩篱，建立资产阶级民族国家，这是它的积极意义和历史进步性之所在。而在当时中国，以“反满”为主要话语的民族主义情况比较复杂，掺杂了大汉族主义，“反清复明”“反满归汉”“光复河山”思想比较多地保留了旧式改朝换代的思想意识，以致清王朝的统治被推翻后，很快出现“革命军起、革命党消”的局面，这是它的消极之处和历史局限性。从“建立合众政府”到“建立民国”，这是民主主义的宣传。无论建立“合众政府”还是建立“民国”，都是效法西方资本主义民主政体。至于民生主义，则带上了社会主义元素。孙中山在领导革命过程中，目睹西方资本主义统治下贫富悬殊的社会弊病，同第二国际社会党人有过接触，萌生带有主观社会主义倾向的民生主义思想，故而提出“平均地权”的主张。这说明“三民主义”作为民主启蒙的主要理论成果，既有旧时代的陈迹，也有新时代的因素，反对清朝统治是主要任务，“三民主义”满足了这个时代需求，成为推动近代社会变革的进步的理论武器。

资产阶级革命派的民主启蒙和革命宣传是有成效的。《新民丛报》曾有文章指出：“数年以来，革命论盛行于国中，……其旗帜益鲜明，其壁垒益森严，其势力益磅礴而郁积，下至贩夫走卒，莫不口谈革命而身行破坏。……遂致革命党者，公然为事实上之进行，立宪党者，不过为名义上之鼓吹。气为所慑，而口为所箝”①。该文虽为改良派的立宪理论张目，上述说法却描述了革命派民主启蒙的成效。这一时期革命派的民主启蒙也有其历史局限性：一是他们举不起反帝的大旗，幻想利用帝国主义对华“均势”，在国际法范围内实行政权更替；二是把国内民族压迫主要归因于“异族统治”，这实际上放过了封建主义；三是其土地政策既不彻底，宣传声量不够，也没有在辛亥革命时期付诸实施，不过说说而已。

以梁启超为主要代表的资产阶级改良派的宣传和论述，也在民主启蒙中发挥了重要作用。在“要不要革命”和“以何种方式实现社会变革”的问题上，他们与革命派形成了尖锐对立，在论战中处于劣势，但指出了一些革命者没有看到或不敢看到的事实真相。梁启超的政论也是震撼人心的。1900年他在《清议报》上发表《少年中国说》，有感于日本人把中国称为“老大中国”，提出要使中国成为“少年中国”，并以养成“中国少年”为其关键。他指出：“少年智则国智，少年富则国富；少年强则国强，少年独立则国独立；少年自由则国自由，少年进步则国进步”②。1902年至1906年，他以“中国之新民”的笔名在《新民丛报》发表20篇政论文章，从不同角度论述“新民”，后集成《新民说》出版。这一组文章阐释了“新民”的意义，把塑造“新民”列为今日中国“第一急务”。什么样的人配称“新民”？梁启超指出：“新民”要有公德、有国家思想、有进取冒险精神、有权利思想、讲自由、讲自治、求进步、争自尊、要合群、能生利分利、有毅力、有义务思想、能尚武、讲私德、强民气、有政治能力。显然，梁启超深刻揭示了中国政治的根本问题是要从人的问题上加以解决，没有经受启蒙的一代“少年”和“新民”的涌现，政治的变革势必落入新瓶装旧酒的窠臼。

辛亥革命推翻了清朝君主专制统治，建立了共和国。这个政权在外观上是资产阶级共和体制，但其内里还是旧的统治，中国半殖民地半封建的性质没有变，从这个意义上说，辛亥革命的任务没有完成。在北洋军阀统治下，民国初年，甚至短暂发生过两次帝制复辟，尊孔读经之风四起，完成民主启蒙、着力反封建任重而道远。

1915年9月，陈独秀创办《青年杂志》（次年第二卷第一号改名为《新青年》），兴起新文化运动。所谓新文化运动前期，指的是从《新青年》创刊到1918年李大钊论述俄国十月革命的文章发表这一段时间。《新青年》创刊伊始，由陈独秀主撰。1917年，陈独秀受北京大学校长蔡元培邀请并经北京政府教育部批准，担任北京大学文科学长，将《新青年》编辑部携至北京，并以同人杂志的体制运作。从此，《新青年》编辑部集聚了

---

① 与之：《论中国现在之党派及将来之政党》，张枬、王忍之编《辛亥革命前十年间时论选集》第2卷上册，生活·读书·新知三联书店1963年版，第10页。

② 梁启超：《少年中国说》，《饮冰室合集》文集第2册，中华书局2015年版，第396页。

李大钊、胡适、鲁迅、刘半农等一批激进民主主义知识分子。新文化运动高举“民主”和“科学”两面大旗，借助推广白话文和开展文学革命，以更大的声势开展思想革命，把民主启蒙推向新阶段。

新文化运动明确宣称从域外请来“德先生”（democracy）和“赛先生”（science），基于要民主、反尊孔的立场鼓吹“打倒孔家店”，这就明确标出了它的民主主义性质。在当时，传统的适应几千年封建统治的儒家思想在社会意识形态领域仍然占据优势地位，不“打倒孔家店”，就不能把人民群众从封建纲常伦理的沉重束缚中解放出来，民主主义思想就不能深入人心，一代新人的塑造也是不可能的。当然，在这个时期，对于如何把优秀的传统文化精华与封建性的文化糟粕分离开来，在反封建的思想斗争中保留和发扬优秀传统文化精华，新文化运动的勇士们还来不及深入思考，其认识是不够的。

**（二）中国民主启蒙中的社会主义元素**

如前所述，中国的民主启蒙发生在不同于西方国家民主启蒙的新时代，社会主义、马克思主义作为“新学”“西学”的组成部分介绍到中国，这就为中国的民主启蒙注入了新内涵，孕育了新特色，也为马克思主义启蒙做了必要的铺垫。

洋务运动中，巴黎公社的消息在中国得到披露。《上海新报》以“法国民变”为题，率先报道了巴黎工人起义的消息。《中国教会新报》持续对巴黎公社的进展作了报道。1872—1879 年，有关巴黎公社的少量信息仍不时见诸报端。1871 年《中国教会新报》撰稿人王韬撰写了《普法战纪》，1873 年又撰写了《法国志略》。巴黎公社革命发生时，清政府崇厚使团正在法国活动。崇厚本人留有《使法日记》，其随员高从望留有《随轺笔记》，张德彝留有《随使法国记》，记录了对巴黎公社革命的听闻和观感。上海报纸从社会新闻的角度报道巴黎公社，进行了信息传递，虽未予积极评价，但不失为社会主义运动在中国留下的最初记忆，也是马克思主义在中国传播可以溯及的最早起点。

1873—1882 年，上海江南制造局编译的《西国近事汇编》，其所提到的“康密尼人”“康密尼人党”“康密尼党”，就是“共产主义者”一词最初的音译；而“主欧罗巴大同”“贫富均财之说”“贫富适均”等，则是对社会主义学说的最初概括。① 1880 年，英国亨利·法思德的《政治经济学提要》一书，经汪凤藻翻译以《富国策》为书名，由京师同文馆以乐善堂聚珍本的形式出版。通过汉译《富国策》，傅立叶和欧文“去民之私产，以均民富”② 的思想第一次被介绍到中国。1891 年 12 月至 1892 年 4 月，《万国公报》译载了美国毕拉宓今译“爱德华·贝拉米”的《回头看》，这是一本具有空想社会主义色彩的

---

① 参见《西国近事汇编》（摘录），姜义华编《社会主义学说在中国的初期传播》，复旦大学出版社 1984 年版，第 8 页。

② ［英］法思德著，汪凤藻译：《论制产之义与均富之说》，姜义华编《社会主义学说在中国的初期传播》，复旦大学出版社 1984 年版，第 29 页。

小说。

空想社会主义在中国“大同”语境下得到知音，这在一定程度上说明马克思主义与中国传统文化存在契合性。戊戌变法失败后，康有为在印度苦心孤诣写出《大同书》。他看到西方世界的贫富分化和劳资斗争，感受到社会主义思潮的脉动，认为“大势既倡，人望趋之，如流水之就下。故民权之起，宪法之兴，合群均产之说，皆为大同之先声也”①。至于进路何在，他的设计是把儒家“大同”理想具体化，提出破除“九界”，即破“国界”“级界”“种界”“形界”“家界”“产界”“乱界”“类界”“苦界”，以达到“合大地”“同人类”“爱众生”“至极乐”。人类社会的变迁终归以社会生产力的发展进步为根本动力，可是，他见不及此，把“去家”作为实现“大同”的锁钥。政治上，革命风潮的激荡使他望而却步，由改良派退转为保皇派。《大同书》是空想社会主义的中国康有为版。毛泽东说：“康有为写了《大同书》，他没有也不可能找到一条到达大同的路”②。

1899年，广学会刊行《大同学》，由英国器德今译“本杰明·基德”所著《社会演化》编译而成。该书首次在中国传播了马克思、恩格斯的伟大名字。作者以马克思为“百工领袖”，“讲求安民新学”，且是“主于资本者也”。③ 译者另起书名为《大同学》，直接把西方的社会进化论与中国传统的“大同”学说联系起来，沟通了古今和中外，这当然也便利了在中国社会大众中流传。该书对马克思、恩格斯及其学说的片断介绍虽然既不全面也欠准确，但到底是马克思主义传入中国的第一回，其意义十分深远。

20世纪初，主要经由日本，社会主义、马克思主义在中国的传播出现新形势。1900年7月，《清议报》发表日本加藤弘之的文章，“社会主义”一词通过日文汉译成为中文词语。④ 以“社会主义”为主题的译著可以列出长长一张清单，更不用说谈论社会主义的文章日见增多。1902年日本幸德秋水《广长舌》，冠中国国民丛书社之名实则由赵必振译、商务印书馆出版。1903年福井准造《近世社会主义》，亦由赵必振译、广智书局出版。村井知至《社会主义》分别由罗大维译、广智书局出版，侯士绾译、文明书局出版。幸德秋水《社会主义神髓》，由中国达识译社译、浙江潮编辑所出版。以后，该书又出版蜀魂和创生的不同译本。这些日文中译本，提供了社会主义理论和历史的基础知识。“社会主义”一词开始成为中国话语。

---

① 转引自［美］伯纳尔著，丘权政、符致兴译《一九〇七年以前中国的社会主义思潮》，福建人民出版社1985年版，第17页。

② 毛泽东：《毛泽东选集》第4卷，人民出版社1991年版，第1471页。

③ ［英］器德著，李提摩太节译，蔡尔康纂述：《大同学》，北京大学《马藏》编纂与研究中心《马藏》第1部第1卷，科学出版社2019年版，第376、386页。

④ 加藤弘之《十九世纪之思想变迁》一文，原载日本《太阳》杂志，后经吴铭辑录收入《十九世纪大势变迁通论》，1902年上海广智书局出版。参见北京大学《马藏》编纂与研究中心编纂《马藏》第1部第2卷，科学出版社2019年版，第182页。

旅居日本的中国人，以孙中山为代表的资产阶级革命派，出版《民报》，以民生主义为社会主义大加宣传；改良派梁启超主办《清议报》《新民丛报》，也介绍社会主义思想，并寄希望于改良的社会主义；早期无政府主义者张继、刘师培在日本东京发起成立社会主义讲习会，刘师培、何震夫妇出版《天义报》，译载《共产党宣言》英文版序言和第一章。在法国巴黎，李石曾、吴稚晖出版《新世纪》，1907 年出版画册《近世界六十名人》，首次将马克思肖像传入中国。民国初年，中国社会党成立，也介绍马克思学说，与社会主义沾点儿边，被外界视为社会主义在中国的消息。毛泽东曾经说："讲马克思主义倒还是国民党在先。不过以前在中国并没有人真正知道马克思主义的共产主义。"①

综上所述，我们可以看到，自由、民主、公平、正义、平等、法治这些理念，形成于西方国家的启蒙运动，属于推进人类社会发展进步的基本价值，具有普遍意义。民主启蒙打破了中国人的思维局限，拓开了思想境界，进行了初步的民主洗礼。由理念的民主演化为体制的民主，需要由抽象的理论变成具体的政制，它的实现就需要与具体国情和时代特征相结合。在近代中国，半殖民地半封建的社会历史条件下，完全照搬西方政治体制模式势必水土不服，帝国主义的侵略粉碎了中国人走西式道路的梦幻。在这个时期，马克思主义的曙光开始照进中国，近代中国完成民主启蒙的任务遇见新契机，接续而来的马克思主义启蒙指引了中国社会发展的新道路。

（待续）

① 中共中央文献研究室编：《毛泽东在七大的报告和讲话集》，中央文献出版社 1995 年版，第 5 页。

# 重写文化与现代性重构

## ——哈贝马斯文化伦理思想探微*

李进书①

**摘　要**：在整个法兰克福学派文化伦理理论的发展历程中，哈贝马斯的文化伦理思想扮演着一个分界线的角色，哈贝马斯之前的理论家对文化多持批判和否定的态度，哈贝马斯及其之后的学者则给予了文化很多肯定。这种变化与哈贝马斯对文化重写休戚相关，通过重写文化，哈贝马斯肯定了文化现代性方案的完整性，挖掘出文化的交往中介功能等。同时，哈贝马斯对现代性实施了重构，这使我们看到现代性仍富有巨大生命力和无穷潜能，其中，他找到了交往理性这个现代性的动力。哈贝马斯的重写和重构行为，增强了人们建构良善生活的信心，推动了人们对多元文化共存语境的建设。

**关键词**：哈贝马斯；重写；文化；现代性；良善生活

客观地讲，法兰克福学派第二代与第一代之间存在着反叛和继承的复杂关系，甚至从某种程度上看，哈贝马斯对第一代的反叛姿态和批判成分要大于对他们的继承和肯定，这里面也许有一些私人恩怨②，但更主要的原因在于两者的研究路径相异以及各自所担负的时代责任有别。这些差别体现在包括文化研究在内的多个方面，就文化而言，哈贝马斯更多地看到它的建构功能和积极作用，如交往、对话和团结等，而这种对文化的重写既有助于人们辩证地看待文化的内涵和功能，从而更有效地利用文化来增加合作、共

---

* 项目基金：国家社会科学基金后期资助项目“法兰克福学派文化伦理思想研究”（批准号：22FZWB060）。

① 作者简介：李进书，博士，河北大学文学院教授，主要研究方向为西方马克思主义文艺伦理思想。

② 关于私人恩怨，就霍克海默与哈贝马斯而言，后者作为阿多诺的研究助手，曾与阿多诺合作了“大学与社会”的项目，哈贝马斯倾力调研和写作这个课题。但是出人意料，霍克海默批评这种调研方式是不负责任的，是“半瓶子醋的处理方式”，为此，他否定了哈贝马斯的成果——《组群实验》，并以此作品“有偏见的评价”为借口，试图免去后者在研究所的职位，他还“一直阻止哈贝马斯在法兰克福大学通过授课资格答辩”。参见［德］罗尔夫·魏格豪斯著，孟登迎、赵文、刘凯译《法兰克福学派：历史、理论及政治影响》下册，上海人民出版社2010年版，第738页。

同应对诸多风险的威胁；也有益于哈贝马斯以及其他理论家重构现代性，激发它更多的活力，恢复人们对它的信任。

## 一、重写文化

整体地看，哈贝马斯之所以要重写文化的价值和意义，既在于要为文化正名，使人们认识到它积极性的一面；又在于要挽救现代性的声誉，挖掘其更多潜能；还在于期望彰显自己文化规范研究的结果，使文化发挥其交往和对话的作用。这种重写文化的行为效果显著，很大程度上推进了人们对文化和现代性的理解和认知，让我们在了解第一代文化伦理批判的基础上，也看到文化很多的积极意义和建构作用。

哈贝马斯之所以不辞辛苦地从多方面言说着文化的建构功能，既为了使人们不要囿于第一代的文化伦理批判中，而要关注到文化的交往和对话的作用；也因为文化建构功能关系着现代性方案的可信度，影响着人们对这种生活方式和相关伦理生活的信赖；还因为风险时代对文化提出新的要求，使得文化中的交往和团结因素得以凸显和为人重视起来。

其中，关于“第一代文化伦理批判”的深远影响，可以说，它既使人深刻、多维地认识到文化、文明和大众文化消极的一面，也在某种程度上让人保持对它们的批判态度和防范意识。阿多诺等人的文化伦理批判思想之所以深刻，主要在于他们以批判和反思的姿态，从精神分析学、马克思政治经济学、哲学批判、文艺批评以及伦理学等多角度审视文化、文明和大众文化，从而呈现出它们的拜物性、野蛮性、压抑性、欺骗性以及控制功能等。当然，第一代如此多维反思文化、文明和大众文化，除了他们自身的理论志趣和学术爱好之外，也在于他们期望从中找到人类走出压抑和控制的方法和途径，因为他们作为流亡知识分子，本身就是文化战争的牺牲品。而且他们的这种焦虑和反思也是那个时代知识分子的共同感受，如霍布斯鲍姆将20世纪痛斥为“人类史上最残酷嗜杀的世纪”，“其间充满了战祸兵燹，其程度、频率、长度以及死在其战火下的人们不计其数，在20年代期间更几乎没有一天停止。与此同时，也由于它为人类带来了史无前例的大灾难，由历史上最严重的饥荒，一直到有计划的种族灭绝”。① 这些知识分子不间断的批判和反思，致使宽泛意义上的文化以及文化现代性背负了难以摆脱的恶名，也在一定程度上影响着人们对未来前景的信心和希望。有别于第一代的切身感受和对现实不满的态度，虽然哈贝马斯对极权主义也有痛恨之意，但是他无法体会到阿多诺等人作为流亡

① ［英］艾瑞克·霍布斯鲍姆著，郑明萱译：《极端的年代：1914—1991》，中信出版社2014年版，第16页。

者的不适和痛楚①，而且哈贝马斯生活在资本主义和现代性的反思阶段，看到了社会的自我纠正意愿和显著效果，因此他对文化多持乐观态度，并期望通过对文化进行规范研究，矫正人们对文化的消极理解和否定性认识，而文化的交往和对话功能在一定程度上是哈贝马斯的一大发现。

对于“文化建构功能关系着现代性方案的可信度”的问题，既指启蒙规划和现代性方案某种意义上是一种文化现代性图案，又指文化交往功能有助于挽救现代性的信任危机，使人们恢复对这种生活方式的信心。现代性方案涉及三个领域——科学、道德或法律和艺术，它们分别对应着认知—工具理性、道德—实践理性和审美—表现理性。为此，哈贝马斯赞扬孔多塞（Condorcet）② 等人的高瞻远瞩：“孔多塞精神所塑造的启蒙思想家们仍有一个奢望，那就是艺术和科学不仅可以促进对自然的控制，而且可以不断深化对世界和自我的认识，促进道德进步、制度公正，甚至人类的幸福。”③ 但是不幸的是，这些领域的专家各筑壁垒、相互排斥，从而致使工具理性拜物教等问题涌现出来，进而导致战争的发生，这也是阿多诺等理论家批判科技理性至上的主要原因所在。而在哈贝马斯看来，倘若这些领域能增加交往和对话，就会减少相互猜忌和彼此排斥，减少科技误用的现象，也就会推动文化现代性方案的整体实施，促进人类真正的进步。实质上，文化本身就蕴含着交往和对话的伦理潜能，同时它本身也是一种重要的交往中介。

至于“风险时代对文化提出新的要求”，主要指为了共同应对核威胁和恐怖主义等公共事件，人们从多方面探寻着对话、协商和团结等伦理资源，而文化在这方面扮演着一种重要角色。当代是一个风险不断涌现且交叠的时代，核威胁、恐怖主义、大规模传染性疾病以及难民问题等，对全世界产生难以消除的消极影响，而且它们时常同时爆发，严重干扰了人们的正常生活，威胁着人类的生命安全。面对这种局势，哈贝马斯积极地从包括文化在内的多个领域中为人类寻找着解放的契机，而共同文化作为一种重要的交往中介，能促进不同阶层的人对话和合作，而且文化本身就蕴含着丰富的对话和团结等理论资源。另外，哈贝马斯谈论了共同创伤性记忆带给人的反思，这种反思更能以历史惨痛教训告诫和提醒人们要注重交往和对话，以免重蹈战争的覆辙。

基于以上几种原因以及多重考虑，哈贝马斯从多方面阐述和言说着文化的积极意义，他既从宏观意义上肯定了文化现代性在规划方面的完整性；也从规范层面上凸显了文化的交往中介这个功能和角色；更关键的是，他还从共同文化角度探讨了共同创伤性记忆

---

① 参见［德］尤尔根·哈贝马斯著、郁喆隽译《在自然主义与宗教之间》，上海人民出版社2013年版，第10—11页。

② 孔多塞（1743—1794），法国杰出的启蒙思想家，著有《人类精神发展史概要》。他强调理性是人的天生权利，人类可以凭借理性摆脱宗教的控制，把握和创造自己的幸福。

③ ［德］于尔根·哈贝马斯：《现代性对后现代性》，周宪主编《文化现代性精粹读本》，中国人民大学出版社2006年版，第143页。

所蕴含的独特的反思性等。

具体而言，关于“文化现代性”，哈贝马斯认为它是一个完整的现代性方案，涉及科学、道德和法律以及艺术等领域。在哈贝马斯的文本中，“文化现代性”这个概念数次现身，曹卫东也在其《交往理性与诗学话语》中用这个术语概括哈贝马斯的交往主义。① 某种程度上，哈贝马斯的文化现代性就是对启蒙规划的重写与再肯定：“由启蒙哲学家们在18世纪精心阐述的现代性规划，是一种遵循其内在逻辑坚持发展客观的科学、普遍的道德和法律与自主的艺术的努力。同时，这个规划旨在把每个领域的认知潜能解放出来，使之从令人费解的宗教形式中摆脱出来。”② 另外，哈贝马斯认为，文化现代性的完整规划也体现在康德的“三大批判”中，如《纯粹理性批判》（1781）“阐明的是客观的自然科学的可能性问题，它使人的精神从形而上学的幻想当中解放了出来”；《实践理性批判》（1788）阐释了“一个人如何才能通过认识使自己适应自己所确立起来的法则，进而获得自主性”；《判断力批判》（1790）“则揭示了一种独立于宗教语境的审美经验所必需的主观条件”。③ 就是说，三大批判分别关注着科学、道德和艺术领域，相应探讨着真实性、真诚性和审美趣味，这三个领域涉及的内容和实现的效果有所差别，不过，哈贝马斯指出：康德将它们统一于批判理性之下，把“相互一致的理性能力当作先验主体性的组成部分”。受康德的启发，“黑格尔毫不犹豫就把这些文化领域（科学和研究、道德和法律、艺术和艺术批评）当作是主体性原则的‘具体表现’”④。不幸的是，人们陷入偏执的泥淖中，过分衷情和依赖于科技而漠视道德和艺术，从而致使科技和经济畸形发展，理性受宠、道德沦丧，结果，现代性堕入内外交困的处境中。有别于许多人的落井下石，哈贝马斯坚信现代性远未完结，他通过重提启蒙规划和文化现代性这个概念，富有洞见地指出：现实的诸多问题不能归咎于启蒙原初的规划和现代性最初的方案，而在于人们忽视了交往理性。从某种意义上讲，这种对文化现代性的书写开启了为现代性辩护的序幕，其后韦尔默等人就是沿着哈贝马斯的思路，通过挖掘交往理性的资源，给予了坚持现代性这种行为以合理性和莫大支持。

再如文化的交往功能，哈贝马斯如是说：“文化（Kultur）是一种知识储备，交往行为者通过就世界中的事物达成沟通，并用这些知识储备来做出富有共识的解释”⑤。在他

① 参见曹卫东《交往理性与诗学话语》，天津社会科学院出版社2001年版，第175页。

② ［德］于尔根·哈贝马斯：《现代性对后现代性》，周宪主编《文化现代性精粹读本》，中国人民大学出版社2006年版，第143页。

③ ［德］尤尔根·哈贝马斯：《现代性的概念——两个传统的回顾》，曹卫东译《后民族结构》，上海人民出版社2002年版，第181页。

④ ［德］尤尔根·哈贝马斯：《现代性的概念——两个传统的回顾》，曹卫东译《后民族结构》，上海人民出版社2002年版，第181页。

⑤ ［德］于尔根·哈贝马斯著，曹卫东等译：《现代性的哲学话语》，译林出版社2004年版，第387页。

看来，文化与社会和个性都属于生活世界（lifeworld）①，生活世界是相对于系统（政治系统与经济系统）的一个民众的空间，类似于休闲时间和日常生活等。生活世界应该是自由自在的场所，是民众逃避系统管制的避风港，他们在此恢复身心，寻找志同道合者。不幸的是，系统力图控制所有人，其势力渗透到生活世界中，导致了生活世界殖民化这样的悲剧。不过，哈贝马斯相信生活世界并非系统随意宰割的对象，它富有活力，包含着文化、社会和个性等因素，并且它们都具有再生产能力。这使得同一语境的人们能毫无阻碍地交流，相互学习，组成自主的公共领域，抵抗系统的控制，以保持生活世界应有的自治，其实这也保证了人的基本自由。而不同语境的人借助着文化这个中介，突破了地域的阻隔，亲密地交往与对话，这样可以消除分歧和隔阂，减少冲突。为此，“世纪良心”——萨特希望自己作为交往的桥梁，来减少东西方的文化隔阂，增进彼此了解。不过，哈贝马斯对交往中的“文化同质化”显示出一定担忧，他讽刺后现代主义是一种世俗文化，但他也承认全球难以抵御这种文化的蔓延，因为它迎合着大众的低俗需求，并且打着自由主义的炫目旗号。要想在并不公正的交流中保持独特性，哈贝马斯认为各种文化应立足于自己的社会现代化的现状，植根于现实的厚实土壤中，这样就会在确保自己自治的同时，有效地学习和借鉴外来文化，从而更好地发挥自己的社会功能。②

至于“共同创伤性记忆”，重点指人们对巨大灾难的铭记和反思，避免再次遭受这种毁灭和共同痛苦，这里主要指对一战和二战的反思和记忆，这种记忆慢慢沉淀为欧洲以及全世界的一种不可或缺的另类共同文化。如果说局部冲突还令人们迷狂于战术的革新与结果的胜负的话，那么两次世界战争让人们对武力的巨大毁灭性有了深刻的认知。这种令人惊恐的战争和惨绝人寰的暴行，让人们不再膜拜和诉诸武力，转而积极采用对话和协商方式解决矛盾和冲突，促使人们以世界眼光审视自身与他人，如哈贝马斯所言：人们应有一种世界公民身份认同。这种认同的结果或收获就是要对文明或文化持续反思，不要忘记奥斯威辛这样的人为悲剧，要努力建立一个和睦大家庭，以家庭会议方式解决分歧和冲突，协商公共事件，增进大家亲密团结。换句话说，这种创伤性的文化沉淀使得欧洲人更意识到共同体的必要性，他们拒绝历史重演；他们也认识到建构共同体的可能性，为此，他们倡导交往和对话原则，并且一些共同体的作用已有目共睹。如此看来，

① “生活世界”原本是胡塞尔所创造的一个词语，后来他的学生舒茨从社会学角度对此加以发展，使其指向大众建立的一个自在生活空间。哈贝马斯借用了这个词语，将它视作系统的一个对立空间，他认为系统包含着政治和经济等“次系统”，它们试图全面控制大众，而生活世界依靠语言交往确立了一个自由空间，抗拒着系统的侵蚀。但是正如阿多诺所担忧的“全面受控制的社会”一样，哈贝马斯看到了生活世界有被殖民化的可怕趋势。参见［英］安德鲁·埃德加著，杨礼银、朱松峰译《哈贝马斯：关键概念》，江苏人民出版社2008年版，第102—104页。

② 参见［德］尤尔根·哈贝马斯著、郁喆隽译《在自然主义与宗教之间》，上海人民出版社2013年版，第258页。

相同或相似文化传统的人容易组成共同体，他们也乐意走入共同体，因为它的利大于弊，尤其欧洲深厚的文化传统中蕴含着丰富的共同体资源，如柏拉图的《理想国》、莫尔的《乌托邦》等，但是这些理想以往只是人们的奢求，仅是彼岸的一道亮丽风景而已。不过，随着对共同体的切实需求日益迫切，人们尝试构建起经济共同体、政治共同体等，这些共同体的成就与不足为人们积累了宝贵的经验，人们认识到共同体的希望以及遭遇的阻碍。对此，哈贝马斯认为欧洲在经济、社会和政治等方面有着悠久的合作历史，并且拥有丰厚的共同传统与对战争的共同记忆，所以只要加强法律建设，就可以营造出一个和睦的栖息地。同时他指出联合国这个所谓最大的共同体在诸多方面不尽如人意，如制止局部战争、消除核威胁等，这主要归咎于联合国缺乏一种有效的法律，为此，哈贝马斯积极推广欧洲的经验，尤其是德国的模式。可以说，哈贝马斯对德国文化和欧洲经验的自豪乃至自恋，经常不自觉地浮现，如在分析现代性的规范的时候，他赞叹欧洲敢于“从自身传统当中去获得一定的见识、胆量和幻想”，使世界用“心性结构取代理性”。① 这种推崇自己文化的现象是我们在研读哈贝马斯以及其他理论家的文本时需要客观看待的事情。

通过从多个维度重写文化，或者说借助阐述文化在多向度上的积极性，哈贝马斯有效地确立起文化的正面形象，使人们在保持文化批判、文明批判和大众文化批评的同时，也看到了文化积极和肯定的一面。这种重写文化既体现了哈贝马斯自身的理论兴趣和研究方法，也凸显了他的某种时代责任感，因为通过重写，他为现代性复活找到了交往理性这个重要因素，这个因素能够促进科学、道德以及艺术等领域的合作和交流，为现代性继续发展探寻到内在动力，更重要的是，挽救了现代性声誉和恢复了人们对它的信任，也增强了人们建构良善生活的信心。

## 二、现代性重构

在重写文化伦理功能的同时，哈贝马斯也积极地从事着现代性重构这项重要工作，其实某种程度上，这两项工作是相互连接、并行不悖的，因为第一代所揭示的现代性信任危机主要源于人们对文化和文明的失望，因此要想恢复人们对现代性的信任，就一定要使他们看到文化建构性的一面。而在重构现代性的过程中，哈贝马斯既应答着现代性的内部质疑与后现代的诋毁，使人们看到这些观点的局限性；也努力阐释着现代性的可信性，挖掘着其中的内在动力和诸多潜能，如交往理性。经过哈贝马斯重构现代性和一些理论家挖掘现代性的潜能，人们逐渐恢复了对现代性的信任，也增强了重构伦理生活的信心。

---

① 参见［德］于尔根·哈贝马斯著、曹卫东等译《现代性的哲学话语》，译林出版社 2004 年版，第 410 页。

为了挽回现代性的信誉，哈贝马斯曾同时应对现代性的内部质疑与外部诋毁这两种声音，也同时化解着这两种反对现代性的力量。具体而言，内部质疑侵蚀着现代性的根基，它主要表现为将理性视作社会病症的罪魁祸首——批判着理性或宣告理性终结。在哈贝马斯眼中，这方面的著作有：霍克海默的《理性之蚀》(1947)① 与霍克海默、阿多诺的《启蒙辩证法：哲学断片》(1947)。对霍、阿而言，现代性的缺陷需要追究到理性和启蒙身上，因为它们开启了现代性之门，也曾是现代性的内在动力，但是理性和启蒙自身中存在着自我毁灭的因素，"启蒙思想的概念本身已经包含着今天随处可见的倒退的萌芽"，这种萌芽就是依赖和崇信知识，讲究实用和实效，而轻视目的和漠视后果。于是技术主宰了社会，思想和道德则遭到放逐，拥有一定知识的民众成为技术的娴熟工，但无力辨识真相与谎言、幸福与不幸，实质上，他们就是麻木的高效工具，"技术造就起来的大众时刻准备着投身到任意一种暴政当中；他们天生就亲近种族的偏执狂，尽管这样做十分危险，也毫无意义"②。就是说，启蒙的本意是解放民众，却培育出暴政的支持者和呐喊者；理性有望成为民众争取幸福的火枪，却将他们弱化为无判断力的群氓。现代性受益于启蒙，又受损于启蒙；启蒙将理性宣扬为民众的福音，实则理性是罢黜他们感知与思想的恶魔。在后现代诋毁现代性的方面，利奥塔是主要代表，他的宏大叙事完结观点对现代性是致命的：在后工业社会和后现代文化中，"大叙事失去了可信性，不论它采用什么统一方式：思辨的叙事或解放的叙事"③。就是说，宏大叙事包括"思辨叙事"和"解放叙事"，"思辨叙事"主要通过理性思考，探究事物的奥秘与事件的真相，这些责任很大部分由大学的人文学者担负；"解放叙事"主要涉及人类的启蒙和解放，设定人类的奋斗目标，构想美丽前景。这两种叙事是现代性确立自身与赢得信任的关键，它们在为现代性勾勒蓝图的同时，拷问着每一个具体事件与每一项目标，使得现代性成为人类积极参与的神圣事业、全球共享的生活方式。但是随着知识爆炸、社会变动不居，信息取代了思考，"知识的思辨等级制被一种内在的、几乎可以说是'平面'的研究网络所代替，研究的边界总在变动"④。于是大学丧失了思辨对象，丢失了追问的动力，大学简化为传递确切知识的载体，而非叩问缪斯之门的信使。另外，启蒙个体和解放人类这种

---

① 关于理性批判，霍克海默著有《理性的终结》(*The End of Reason*)（文章）、《理性之蚀》(*Eclipse of Reason*)（著作）等。《理性的终结》主要担忧理性堕落为抑制个体的冰冷工具，《理性之蚀》则重点探究二战后哲学能否给予人思考，避免陷入新的野蛮状态。

② ［德］马克斯·霍克海默、［德］西奥多·阿道尔诺著，渠敬东、曹卫东译：《启蒙辩证法：哲学断片》，上海人民出版社2003年版，前言（1944/1947）第3页。

③ ［法］让-弗朗索瓦·利奥塔尔著，车槿山译：《后现代状态：关于知识的报告》，南京大学出版社2011年版，第135页。

④ ［法］让-弗朗索瓦·利奥塔尔著，车槿山译：《后现代状态：关于知识的报告》，南京大学出版社2011年版，第139页。

宏功伟业常常令人自嘲和不解，因为不确定性替代了确定性，思想家无力为人们确立一个明确的目标，无法描绘出一幅说服自我的前景，所以解放叙事骤然失效。毋庸置疑，在盛行“消解”的后现代语境中，利奥塔俘虏的信徒甚多，兼之人们存疑现代性由来已久，所以现代性瞬间变异为阻碍人们幸福的巨大障碍物，而信任危机尾随而至。

整体地看，现代性的内部质疑针对的是现代性的基石——理性，相关的理论家认为，启蒙其实就是反启蒙，例如启蒙在抑制个体发展的同时，也造成了极权主义和错误生活；现代性的外部批判指向了现代性的存在方式，一些理论家断言宏大叙事已失去历史效用，它应该让位于微观叙事。可以说，在内部质疑与外部批判的双重夹击下，现代性的前途未卜，其信誉承受着极大损伤。在这种困境下，包括哈贝马斯在内的很多理论家坚信现代性具有无穷潜力，不会终结，为此，他们积极投入到拯救现代性的行动中。其中，哈贝马斯通过一系列演讲以及出版相关论著实施着其重构现代性的计划，比如1980年，在被法兰克福市授予阿多诺奖时，哈贝马斯做了题为《现代性：一项未完成的设计》的演讲；1981年，在纽约大学人文科学院的“詹姆斯讲座”上，哈贝马斯做了《现代性对后现代性》的学术报告；1985年，他出版了《现代性的哲学话语》；1996年5月，在韩国哲学研究会上，他提交的论文为《现代性的概念》；等等。概括地讲，哈贝马斯重构现代性的行动主要涉及两方面：一，在批判阿多诺等人的现代性观点和反驳后现代对现代性的偏见的过程中，他阐述了交往理性的必要性和其所负有的伦理责任；二，在强调文化现代性具有无穷活力和无限潜能的基础上，他为其挖掘着交往理性的理论资源。关于阿多诺等人的现代性理论，哈贝马斯认可它们对理性反思的部分成果，但不赞同它们对理性的彻底否定，因为现代性的问题不在于理性失效了，而在于人们没有正确使用理性；而对于后现代对现代性的偏见，哈贝马斯肯定了后现代的多元价值观念，但反对后现代蔑视和放弃理性的武断做法。在哈贝马斯看来，阿多诺否定理性与后现代理论家放弃理性都存在着误解理性的现象，某种程度上他们的理论都带有权力理性的特征，即都赋予理性以绝对权力。为此，哈贝马斯既批判了阿多诺对理性的态度与黑格尔的绝对理性观念有相似之处，也揭示了后现代理论对理性他者的追求暗含着对权力理性的崇拜：“理性的他者始终都是权力理性的镜像。献身和命令始终是与控制欲联系在一起的，如同反抗权力依赖于压迫的权力一样。那些想要把一切范式连同意识哲学范式统统抛在一边，而直接迈入后现代性的澄明境界的人，根本无法摆脱以主体为中心的理性概念及其直观形态。”① 既然现代性的症结在于权力理性，那么解药就是“非权力理性”了，但是从哪里寻找这种救世良药呢？就在现代性自家的后院。它就是黑格尔的“和解理性”。在哈贝马斯看来，黑格尔曾希望以“和解理性”协调工具理性、道德理性和审美趣味的关系，但他因对“和解理性”的认识具有局限性且陶醉于主体的反思能力，从而他放弃了和解理

① ［德］于尔根·哈贝马斯著，曹卫东等译：《现代性的哲学话语》，译林出版社2004年版，第361页。

性，转而投身于对绝对理性的探究和布道。针对这种情况，哈贝马斯返回了黑格尔的“哲学前院”，挖掘出和解理性，赋予它生机和活力，并将其重新命名为交往理性。交往理性立足于共识的文化资源之上，依赖主体的交往、学习和团结的能力，创建出协商式生活环境。“交往理性在主体间的理解与相互承认过程中表现为一种约束的力量。同时，它又明确了一种普遍的共同生活方式。”① 交往理性的凸显意味着文化现代性内部具有协调的可能性，而且廓清了霍克海默和阿多诺所批判的理性仅是工具理性，而非所有的理性，因此人们不必徒劳为理性送葬和唱挽歌，因为它的生命力顽强且创造力惊人。至于后现代寻找理性他者的方法，则为它自己设置了一个无法解决的悖论：“这种方法自认为自己是通过揭示而打倒自我偶像化，一边推动主体性，一边又遮蔽主体性。”② 结果，后现代陷入一种虚无境地，追求着一些“无名的源始力量”。

在积极地为现代性和理性进行辩护的同时，哈贝马斯也强调着交往理性的必要性和重要性，而对交往理性的凸显有助于激发文化现代性的内在潜能，使其发挥其应有的作用。哈贝马斯认为，文化现代性方案关涉着科技、道德和艺术等领域，它们虽“术业有专攻”，但可以借助交往理性来协调发展，使科技富有人文关怀和道德关切，促进社会健全发展。交往理性为何具备如此魅力呢？因为各行业的专家绝非目不识丁之人，他们虽专业背景相异，但同处于相同的文化传统中，具备商谈和达成共识的条件。况且他们都在乎他人的快乐、人类的解放，而且看似冰冷的科技并非意识形态的工具，也非抑制和屠杀生灵的凶手，它们能够作为造福于个体和人类的温情助手。为此，哈贝马斯纠正了马尔库塞的观点——科技的意识形态论，也不赞同阿多诺的科技悲观论。哈贝马斯相信：进入反思现代性之后，科技已化为社会进步的推动力，它关心人的解放，接受着人文学者的批判，也注重培养个体自我反思的意识和能力。可以说，“自我反思能把主体从依附于对象化的力量中解放出来。自我反思是由解放的认识兴趣决定的。以批判为导向的科学同哲学一样都具有解放的认识兴趣”③。换句话说，科技的潜力无限，关键是目的何为，由谁主宰它的发展趋向。如果善者决定着它的方向，那么我们就会受益于它无穷的创造力，享受它所给予的诸多幸福契机；假如恶者操控着它的进程，则我们受害于它不可估量的破坏力，战战兢兢地生存于恐怖氛围中，或自欺欺人地苟活于受控制的环境中。

---

① ［德］于尔根·哈贝马斯著，曹卫东等译：《现代性的哲学话语》，译林出版社2004年版，第376页。

② ［德］于尔根·哈贝马斯著，曹卫东等译：《现代性的哲学话语》，译林出版社2004年版，第360页。

③ ［德］哈贝马斯著，李黎、郭官义译：《作为“意识形态”的技术与科学》，学林出版社1999年版，第129页。

基于对科技的品行思虑，哈贝马斯曾连续撰文批判克隆技术。① 对于唯技术论者对克隆技术的赞美，哈贝马斯自然不会认同，因为这违背了人类的发展规律，造成了人们的精神恐慌，引发了技术滥用的风潮。而在对克隆技术相关的批判中，齐默尔（Dieter Zimmer）只根据生物学角度评判克隆人的合法性，而哈贝马斯则强调："生物学不能剥夺我们的道德思考"，人们应从平等权利的立场审视克隆技术，既拒绝一些自恋的人复制自己的基因，也提醒个体不要将命运交付于他人支配。②

客观地讲，那个阶段除了哈贝马斯积极重构现代性之外，利奥塔的"重写现代性"和詹姆逊的"反观现代性"也在世界范围内产生了较大影响，这三位理论家为挽救现代性声誉做出了不可忽视的贡献，也为激发伦理生活中的积极因素提供了思路。

作为一个激进的后现代理论家，利奥塔曾在《后现代状况》（1979）中宣告：现代性叙事方式——宏大叙事（思辨叙事与解放叙事）已经退位，微小叙事将要登场，即现代性终结、后现代出场。但是在《重写现代性》（1986）中，他重新书写了现代性与后现代性的关系，提倡以"rewriting modernity"取代"postmodernity"这种表述。利奥塔指出，这种修改产生了两种意义：一是取消"前"（pre）、"后"（post）等空洞的时间分期，赋予现代性以自我超越功能；二是重写是现代性的自我矫正，而非颠覆重建。第一种意义肯定了现代性的自我超越的意识和动力，现代性不仅在时间中超越自身，而且酝酿出前瞻的、宏大的方案，如乌托邦和解放叙事等，即现代性在自我超越中孕育着后现代性，两者之间并没有出现弑父的奇观。③ 第二种意义强调现代性不断地反思和自我纠正，后现代就是它的反思阶段，或有人称作反思现代性。比如，反思科技理性妄图解放人类的宏大企图，矫正力图将一切事物工业化和物化的狂妄想法等。为此，我们可以说，重写现代性或重提后现代既是为了减少现代性的缺陷，也是为了书写一个更合理的现代性叙事。④ 这也说明利奥塔改变了其现代性与后现代性水火不容的对立观点，转而他肯定了：现代性尚未退场，后现代性只是它的自省阶段，是现代性自我超越和不断进步的结果。就是说，利奥塔的重写既没有否定现代性的累积，也没有抹杀后现代的激进性，只是创新了现代性的叙事方式罢了。詹姆逊曾依照经济的发展状况将世界的文化分为三个阶层，并认为第二世界文化和第三世界文化最终都将走向神圣的美国后现代主义文化。结果，这种简单论断遭到包括中国学者在内的世界很多学者的批评，对此，他及时地反思和调

---

① 这些文章有：《遗传学的奴役统治：复制医学进步的道德界限》，载《南德意志报》（1998年1月17/18日）；《不是自然阻止克隆，而是我们自己必须作出决定》，载《时代周刊》（1998年2月19日）；《克隆人不是民事案件》，载《时代周刊》（1998年3月12日）。参见［德］尤尔根·哈贝马斯著、曹卫东译《后民族结构》，上海人民出版社2002年版，第217—220页；第221—224页；第225—228页。

② 参见［德］尤尔根·哈贝马斯著、曹卫东译《后民族结构》，上海人民出版社2002年版，第223页。

③ 参见［法］让-弗朗索瓦·利奥塔著、罗国祥译《非人——时间漫谈》，商务印书馆2000年版，第26页。

④ 参见［法］让-弗朗索瓦·利奥塔著、罗国祥译《非人——时间漫谈》，商务印书馆2000年版，第37页。

整自己的观点①，写出论文《对现代性的重新反思》② 与著作《单一的现代性》。此时，他认为，现代性是一种叙事类型，每个人都可以对它进行阐述，不过，要想保证阐述的有效性，人们就必须注重现代性与后现代性之间的断裂："现代性是一系列问题和答案，它们标志着现代化的一种未完成或部分完成的境况。后现代性是在一种倾向于更完善的现代化中获得的东西，它可以概括为两种成就：一是农业的工业化，即消灭了所有传统的农民；另一种是无意识的殖民化和商业化，换句话说，就是大众文化和文化工业。"③ 詹姆逊所重写的现代性最显著的特征是承认它的多元化，如拉丁美洲的现代性和印度的现代性等；他也认同以自我方式书写现代性，比如按照宗教，可区分俄国的东正教现代性和儒家的现代性等。多元现代性的理论取代了三个世界的理论，意味着每个地区和国家的现代性都拥有自治性，而不必以美国和第一世界马首是瞻。

## 三、现代性希望：一种伦理学路径

经过哈贝马斯重写文化，以及他与利奥塔和詹姆逊等人重构现代性，现代性得以被人们重新认识，人们相信这种生活方式仍富有希望（hope），值得继续信赖和坚持实践。不过，需要强调的是，哈贝马斯以及韦尔默等人逐渐以伦理学视角探究和言说现代性的希望和潜能，而非仅仅就现代性而言说现代性。这既因为一个完整的现代性方案的初衷和最终目的就是培养富有健全人格的个体，也因为哈贝马斯等人所阐述和凸显的文化的交往和对话等功能具有伦理学效用，更关键的是，他们敏锐地发现良善生活具备了构建的可能性。

具体而言，其一，重构后的现代性注重科技、道德和艺术的整体性和协调性，这既有助于维护生活世界的完整性，也有益于促进人的健全发展。原初的启蒙规划和现代性方案就强调科技、道德和艺术协调发展，并将人的整体发展和健全成长视作最终目标，但是在"知识就是力量"的观念鼓噪下，科技被赋予了绝对信任，它凌驾于道德与艺术之上，不受道德约束，漠视人的长久命运。不幸的是，思想家曾经的担忧变成了悲惨的事实，日新月异的科技变成了压抑人类与屠杀物种的高效工具，奥斯威辛集中营就是科技至上带来的一个梦魇。了解到现代性分裂导致的悲剧后，哈贝马斯与韦尔默更加在乎

---

① 关于詹姆逊对现代性的态度转变，可以比较他相关著作的出版时间，反思之前有 *Postmodernism, or, The Cultural Logic of Late Capitalism*（1990），*Seeds of Time*（1994）；反思之后有 *A Singular Modernity*（2002）。

② 参见［美］弗雷德里克·詹姆逊著、王丽亚译《对现代性的重新反思》，《文学评论》2003 年第 1 期，第 166—175 页。这篇论文是《单一的现代性》（*A Singular Modernity*，2002）的一个章节，题目为《现代性的四个基本准则》（*The Four Maxims of Modernity*）。

③ Fredric Jameson: *A Singular Modernity*, Verso 2002 , p.16.

现代性的完整性，并强调其内部的协调性。有别的是，哈贝马斯先积极地为科技正名，因为科技背负恶名，步履蹒跚，进而他倡导道德的规劝，然后强调这两者要与艺术协调发展；韦尔默则从恢复审美现代性的声誉开始，因为它遭到哈贝马斯的贬损，被批判为不堪重任，而在恢复审美现代性的地位的基础上，韦尔默进而提倡伦理的建设，他希望艺术、道德与科技相互合作。哈贝马斯等理论家的这种重构意义深远，它既鼓励科技、道德和艺术各司其职，科技注重生产力的提升，道德重视人们行为的合理性，艺术发挥其审美批判、反思和交往的作用；又强调三者要基于个体的健全发展和人类的幸福协调发展，相互比照、互相依存，科技接受艺术和道德的监督，明确技术创新的目的何为，有何禁忌，而艺术和道德借助科技的飞翼，探究新时代里人类遭遇的困境以及如何解放。毋庸置疑，这些理论家的提醒和告诫具有一定的社会影响，这些年科技的研发和利用不再像以往那样肆无忌惮，不计伦理后果和道德禁忌，同时因为跨学科的合作和交流，各学科之间在一定程度上增加了交流乃至监督，所以极权主义时代的技术拜物教就难以死灰复燃。这些积极性的影响创造了诸多希望的契机，比如它可以维护生活世界的完整性，提升它对政治系统和经济系统的抵御能力。以往，哈贝马斯之所以担忧生活世界殖民化，并不是他恐惧政治系统和经济系统的侵蚀力和控制力，而是焦虑于生活世界的内部分裂和价值观的混乱而为系统侵入和殖民化造成机会和可能性。而当生活世界内部协调、价值观清晰后，真善美都以人的长久和健全发展作为最终目标的时候，人类生活的自由度就会提高，就会减少被政治愚弄和被经济控制的可能性。同时人们既会提升对自我健全程度的认识，也努力保持其自身的整体性，注重真善美的协调关系，辩证看待科技的力量，注重自身的道德发展和伦理反省，保持自己敏锐的审美判断力。个体的这种内在变革和持续进步也许是现代性重构最值得肯定的功绩之一，公允地讲，这种新个体既是重获生机的现代性的一个产物，也是复活后的现代性新使命的承担者，比如怎样为现代性探寻更多的动力，以及如何完成现代性未竟的启蒙使命。某种意义上讲，新个体就是当代理论家眼中的自主个体，这样的个体知道自身拥有自主性，并且懂得如何运用这种自主性。更关键的是，理论家们认为，自主性是每个个体应有的能力和权利，个体的幸福标准就在于是否充分运用了他们的自主性，是否拥有充分实施其自主性的空间和场所；而社会的公正性很大程度上就在于它是否基于自主个体的需求来建设和完善，这意味着自主个体既是社会公正性的评判者，也是社会进步的推动者。

其二，既为现代性探寻到内在动力——交往理性，也逐步将现代性营造为一个多元文化共存的伦理空间。在曾经那个“终结论”此起彼伏的阶段，现代性承受着口诛笔伐的巨大压力，虽然那些批判中不乏好事者有博取名声之嫌，但是现代性自身的确难辞其咎，其中，单一形式和主客二元对立就是现代性的局限性的体现，为此，哈贝马斯倡导要以“复杂结构”取代单一形式、用主体间性代替主客二元对立。公允地讲，现代性在各方面取得了非凡的成就，例如哈贝马斯指出：现代哲学围绕着主体性来建构人类的生活，这既凸显了主体的自由，也提升了人们对其批判权利、行为自由以及自我意识等的思考①；现代艺术（作品与相关理论著作）拥有探索意识与刨根问底的精神，这既拓展了现代性的领域，也加深了人们对生活环境的认识。不过，哈贝马斯揭示出现代性的一个缺陷——创造一个典范后，便固守这种典范而拒绝新事物的介入，结果，哲学陷入主体哲学的窠臼中，将现代性引入主客二元对立的深渊中；而艺术因迷恋自我模仿而失去了创新的意识和突破的精神，无法为现代性的继续发展提供更多的帮助。此后，诸多危机和悲剧都可以从这种单一结构中找到病源，为此，哈贝马斯努力地以充满活力的主体间性取代僵死的主体性原则，积极地为现代性探寻着新的生机和新的力量。在主体间性的思维中，只有主体与主体的交往方式，而没有主体与客体之差别，这意味着交往者之间是平等关系，不存在先后、主次的区分，因此，他们乐意交往，希望从这种自由和平等的关系中获得承认，如哈贝马斯所言："完整的主体间性是相互自由承认的对称关系的表现。"② 由于社会并非只存在两者之间固定的交往，而是充盈着复杂多元的交往行为，也因为交往者的文化背景并不一致，因此他们编织起一个复杂的交往结构。复杂的交往结构使现代性内部充满活力，使它实现了反省和自救，为此，韦尔默肯定主体间性为现代性创造了更多解放的契机，使他对乌托邦仍抱有信心。而随着对多元性的认识和重视，哈贝马斯更多地以伦理学眼光看待现代性，努力将其营造为适宜多元文化共存的共同家园。哈贝马斯之所以采用伦理学视角，既因为交往理性和主体间性改变了人们的对话方式，使得人们更多地以相互尊重和平等民主的方式来交流和对话，从而使我们前所未有地听到了多种声音和多样诉求；也因为他看到了文化作为一种知识储备的潜能，依据此储备进行沟通，相似文化传统的人自然地交流，因协商达成一定共识，而文化传统不甚相似的人也能够交流，因为人们秉承学习天性并渴望团结，所以也可以实现共识；还因为文化具有再生能力，能够在异乡开花结果，将不同语境联结起来，使不同文化背景的人进行深层的交往与志趣的交谈，"以复数形式出现的生活方式的总体性之间的确存在着家族相似性，它们相互重叠，相互纠结，但决不会形成一个新的超级总体性"③。这有助于构建共同体和良善生活，而这正是哈贝马斯最期望的文化交往的结果。长远地看，这种伦理学路径既丰富了现代性的内涵，使其在原有的经济、政治和科技等维度上增加了伦理维度；也将良善生活由原来的地域概念扩展到世界范围内，使整个人类的福祉成为理论家们共同关注的对象。

良善生活话题的凸显体现了批判理论的进步，当代批判理论家族的很多成员采用伦理视角审视着人们的生存状态和生活环境，并通过挖掘文学艺术、文化和科学等中的伦

① 参见［德］于尔根·哈贝马斯著、曹卫东等译《现代性的哲学话语》，译林出版社2004年版，第20页。
② ［德］于尔根·哈贝马斯著，曹卫东、付德根译：《后形而上学思想》，译林出版社2001年版，第168页。
③ ［德］于尔根·哈贝马斯著，曹卫东等译：《现代性的哲学话语》，译林出版社2004年版，第386页。

理资源，为个体的自由和人类的解放创造契机和希望。因探讨良善生活建构，一方面，理论家们重写了很多术语，丰富了各自的理论框架，例如他们基本上都把多元正义视作良善生活的前提和基础，也把个体美德和社会正义方面的概念糅进他们的理论中；另一方面，他们挖掘出新的伦理资源，为社会发展找到了新的推动力，比如韦尔默从后现代文化中发掘出自由和民主的潜能、从现代主义作品中找到对话和协商的因质，而霍耐特认为，亚文化承认问题虽然为社会带来一些不安因素，但是它促进了社会的反思和制度的调整，这有益于良善生活走向更高的阶段，使人们进行更高级的交流和团结。

其三，随着现代性由一元化走向多元化，人们的更多民主诉求得以凸显，良善生活建构具有了可能性。关于多元化取代一元化，既是理论家们的一种理论探索，他们相信多元化的社会结构和思维有助于人们表达各自的意愿，有益于达成他们具体的需求以及促进多元正义良善生活的建构；也是理论家们准确把握现代性内在变化的结果，因为单一的现代性无力再为全球人创造幸福，或者说它的历史使命已经完成，现代性应该倾听民众的呼声、尊重他们的意愿，即多元性应登上历史舞台。为此，哈贝马斯指出："只有在多元性的声音中，理性的同一性才是可以理解的——从一种语言转化成另一种语言在原则上是可能的，尽管具有很大的偶然性，但终究可以理解。"① 理解并承认多元性是多元文化共同发展的良好契机，即承认民众的自我需求与多样的生活方式，就是尊重各民族的文化特征与公正对待他们对未来的设想，其本质就是源自丰富的生活世界的多元现代性。多元现代性从深处激活了现代性的活力，各民族以独特方式选择和构建自己的生活方式，这就避免了某种强势现代性的压制和阻碍，于是如詹姆逊所言：世界涌现了中国现代性、印度现代性和巴西现代性等多种现代性，它们形态各异，各自润泽着自己的民族，但它们富有交叉性和共通处。对于多元性，哈贝马斯既指出了它存在的必要性，也强调多元中的共识的重要性："原因在于，诸如真理、理性或论证等概念可以有不同的解释，也可以根据不同的标准得到运用，但是，它们在每个语言共同体中都发挥着同样的语法作用。"② 这也是哈贝马斯构建共同体的目的——求同存异，在对话和协商中，消除隔阂和矛盾，营造一个团结和合作的共同家园。有趣的是，韦尔默则有点儿反其道而行之的意味，他认可共识的必要性，但更注重多元性的存在与涌现，因为偶然性层出不穷，所以衍生出更复杂、更细致的多元性。不过，韦尔默与哈贝马斯和霍耐特等人都把多元文化共存视作完善的伦理生活的基础，也把多元正义良善生活看作他们共同的理论旨趣。而就多元文化来讲，我们能从异质文化身上看到哈贝马斯和韦尔默以及霍耐特等人相似的多元性观念。概括地讲，异质文化涉及移民、难民以及有宗教身份的群体等，他们虽然也为社会做出不可忽视的贡献，但是因为文化和习俗，他们与主流文化之间时

---

① ［德］于尔根·哈贝马斯著，曹卫东、付德根译：《后形而上学思想》，译林出版社 2001 年版，第 139 页。

② ［德］于尔根·哈贝马斯著，曹卫东、付德根译：《后形而上学思想》，译林出版社 2001 年版，第 161 页。

常会产生一些冲突和矛盾，而如何合理地解决异质文化问题是许多国家以及整个良善生活建构中不可回避的一个重要事情。哈贝马斯倡导以包容和宽容的姿态看待和倾听异质文化的诉求，在尊重他们的文化和信仰的基础上，探寻解答他们诉求的规范路径，从而促进一种多元文化伦理生活的构建。对此，哈贝马斯等人是富有信心的，既因为此阶段的现代性倡导反思，并实践着反思，它主动地完善着自身体制；也因为包括异质文化在内的所有公民都是以权利使用者的身份提出民主诉求和政治意愿，都期望能享有一种公正的、团结的生活场所。

整体地看，经过重写文化和重构现代性，哈贝马斯找出了文化中的建构力量，挖掘出现代性中的交往潜能，这很大程度上缓解了文化和现代性的信任危机，有助于人们以一种辩证眼光审视这两者的作用和功能。另外，加之伊格尔顿等人积极地为现代性辩护，由此，现代性逐渐走出信任危机的困境，它的交往和对话等功能得到了更多人的重视和阐释。而当现代性不再受信任危机困扰后，哈贝马斯等人在重构现代性过程中所发现的伦理问题便成为学者们新的关注点，例如现代性如何成为一个尊重和包容多元文化的生活空间，它的交往理性如何促进自主个体确立一种合作和团结意识。其实，第一代之所以质疑和否定现代性，主要在于它导致了个体道德水平下降，制造了一种价值扭曲的错误生活。这意味着伦理问题和现代性品质是紧密相连的。因此，我们不妨认为，今天人们以伦理视角分析和阐述个体幸福和人类福祉，既复活着现代性的生活方式和内在活力，也推动着现代性走向更高阶段——富有自反性和交往性的现代性。而由此带来的自主个体、文化多元和良善生活等话题，影响了霍耐特、门克和弗斯特等人的研究思路和理论建构。他们在以这些概念作为各自理论的基石的基础上，分析着时代症候，探讨着多元正义良善生活建构的可能性和已具备的条件，当然，他们不同程度上也丰富了这些概念的内涵和意义。

# 鄂豫皖根据地司法制度研究*

王贵东①

**摘　要：**大别山人民在新民主主义革命时期，不仅在武装斗争方面勇打头阵，而且在法制建设方面敢为人先，创造了中国最早的革命法庭和革命军事法庭，设置了人民检察制度史上第一个国家公诉处和公诉员，率先成立了独具特色的鄂豫皖区工农监察委员会，在审判、检察、监督等司法制度建设方面走在各大根据地的前列，体现了大别山人民"敢为人先"的精神品格。

**关键词：**鄂豫皖；大别山；司法制度

1927 年 11 月起，大别山人民在中国共产党的领导下，先后发动了黄麻起义、商南起义、六霍起义三次大的武装斗争，创建了多支中国工农红军队伍，创立了鄂豫边、豫东南、皖西三块革命根据地。1930 年 6 月，三块根据地联合召开工农兵代表大会，成立鄂豫皖区苏维埃政府，正式形成了以大别山为中心的鄂豫皖革命根据地。在鄂豫皖根据地的形成和巩固过程中，大别山人民不仅在武装斗争方面勇打头阵，而且在法制建设方面敢为人先，在审判、检察、监督等司法制度建设方面走在各大根据地的前列。

## 一、中国最早的革命法庭和革命军事法庭

20 世纪二三十年代，鄂豫皖人民在中国共产党领导下，在与贪官污吏、土豪劣绅等地主阶级作斗争的过程中，首先拿起法制武器，奋起维护自己的利益，创造了肃反委员会、裁判委员会、革命法庭、军事法庭等形式，在司法制度史上留下光辉的一页。

* 项目基金：黄冈师范学院高级别培育项目"鄂豫皖苏区司法制度研究"（批准号：202109804）。

① 作者简介：王贵东（1975—　），黄冈师范学院教授，法学博士。

### （一）七里坪革命法庭

1927年3月，黄安县工农政府成立了审判土豪劣绅委员会；4月，七里区农民协会在董必武领导下成立七里坪革命法庭，地设和平街南庙。七里坪革命法庭是中国革命早期农民基层政权现存最早的革命法庭。管辖范围也很大，包括县城以北几个区。受案范围很广，除了军事案件外，其他案件均由革命法庭审理。基本程序是工人纠察队和农民协会自卫队负责抓捕，革命法庭负责审判，法庭依照《湖北省惩治土豪劣绅暂行条例》和《湖北省审判惩治土豪劣绅委员会暂行条例》作出判决，对于罪大恶极需要处决的土豪劣绅，上报县审判土豪劣绅委员会核准后执行。七里坪革命法庭是当时全国少有的共产党能够公开从事活动的一个场所，成立以后，"连续公审处决了李介仁、李仕选、阮纯清等一批贪官污吏、豪绅地主。镇压吴惠存等恶霸地主，极大地鼓舞了这一带人民群众的革命斗志"①。张南一担任首任革命法庭主席，他审理的第一案就是判决他的亲舅舅，以公正判决树立了司法公信力，在其任职期间给当地反动势力迎头痛击，受到百姓拥护与称赞。1928年3月，张南一由于叛徒的出卖而被杀害，七里坪革命法庭被迫停止活动。革命法庭在不到一年的时间里，关押和审判贪官污吏、土豪劣绅43人，将法制手段与经济手段结合起来，没收了封建地主和土豪劣绅的不法财产，给封建势力以沉重的打击，动摇了剥削阶级的基础。

1931年底，红四方面军在七里坪建立，成立红安苏维埃政府，在七里镇紫云闵家祠堂恢复重建七里坪革命法庭，并更名为红安革命法庭。这期间，诞生了中国第一任共产党员女庭长闵丹桂，她1890年生，1926年参加革命，1927年加入中国共产党并参加黄麻起义，1931年底被选为红安中心县苏维埃主席兼县革命法庭主席，1933年9月在"肃反"扩大化中被杀害。她办案不徇私情，坚持原则，凡重大案件都亲自审理。她果敢地处决了给土匪当侦探的潘何厚和吕正勇，有力维护了根据地的建设与发展。1932年10月，红安革命法庭随红军实行战略转移，撤出七里坪，远走其他革命根据地，为其他根据地审判制度的建立提供了骨干人员和重要经验。

红军长征后，革命法庭没有固定的组织、人员和场所，其领导经常变动，但并未停止其执法行为，经常发布布告，守护劳苦大众，震慑敌人。抗日战争爆发后，新四军第四支队开赴前线，留守干部郑位三、罗厚福、张体学等同志继续以革命法庭名义惩处反革命分子。解放战争时期，革命法庭庭长由红安县县长马友才兼任，直到新中国成立。

七里坪革命法庭由一批优秀的共产党员法官组成，是共产党实际领导的第一个革命法庭，诞生了历史上最早的共产党员庭长张南一，最早的共产党员女庭长、烈士闵丹桂，最早的共产党员女法官、烈士夏国仪，很多优秀的老一辈共产党员如秦绍勤、戴雪舫、

---

① 秦基楚、李平辉：《董必武与中国革命第一法庭》，孙琬钟、杨瑞广主编《董必武法学思想研究文集》第12辑，人民法院出版社2013年版，第329页。

邹香山、郑行瑞等都在这里工作过，开创了共产党领导司法工作的历史。

**（二）鄂豫皖区苏维埃政府革命军事法庭**

1931 年 9 月 1 日，为了惩办鄂豫皖区的反革命分子和危害红军、破坏军纪的犯罪分子，苏维埃政府制定了革命军事法庭暂行条例，成立革命军事法庭。革命军事法庭 1932 年 10 月随红军撤出七里坪，其存在时间不到一年零两个月，却有着重要的历史意义，它是第一个设在红军中的军事法庭，建立了比较完备的组织机构和诉讼程序。

1. 革命军事法庭的基本情况。作为革命武装组织的军事执法机关，其设立的目的是"保证红军中政治军风纪律之为得到和铁一样巩固的地步"，它的受案范围包括破坏红军纪律和违背军事行政的相关案件。革命军事法庭坚持共产党的领导，并且把它作为军事法庭条例的第一条："为要使无产阶级红军成为无产阶级铁的组织，必须在共产党的领导之下，进行阶级政治教育训练，加强其纪律。"革命军事法庭分三级设置，即军委分会之下，地方各县军区指挥部及红军中师以上，均设立革命军事法庭，各法庭设庭长一人，副庭长、委员若干人，委员会由 5—13 人组成，实行委员集权制，庭长的权力大于其他委员。革命军事法庭与革命法庭之间分工合作、相互制约，妥善地处理管辖纠纷，"对于地方有关之案件，须咨转或解送地方革命法庭，或公共审处理之，而最后处决权限"，"与地方革命法庭……须发生亲密工作上应有之正确关系"。革命军事法庭实行双重领导体制，一方面，政治上要受同级政治保卫局指挥，"革命军事法庭与同级政治（保卫局），应发生极亲密的横的关系，而同受政治委员之领导与指挥"；另一方面，业务上要接受上级的指导，"各级革命军事法庭，经过其直属上级，得发生工作上报告、指导等关系"。①其直属上级主要指军委会主席或其他直属上级军事长官与政治委员，没有他们的同意，不能进行案件的审理。

2. 革命军事法庭的诉讼程序。革命军事法庭是专门受理军事案件的法院，其诉讼程序不同于普通法庭，而是更加严肃和严密，这体现在受理、审理、判决、执行的各个环节。案件的受理，得到上级有关部门或领导的同意，方可接受案件，"革命军事法庭对于军队中之政治案犯，在经过军事委员会主席或政治委员、政治部主任之许可时，得接收处理"；案件的审理，革命军事法庭与政治保卫局共同会审，"在初审以后，对于违背军事纪律之罪，定谳后，应将其转解政治保卫局，或通知保卫局前来会审处理之"，"革命军事法庭对于政治犯之处理情形，必应通知其就近或与本案有关之某地政治保卫局"，政治保卫局审理政治案件或处理军事组织案件，要求革命军事法庭参加会审时，后者必须不得缺席；案件的判决，被告定罪量刑首先要得到上级军事委员会主席或军事长官与政治委员的批准；案件的执行，程序公开，处理严格，"革命军事法庭对于军事案犯之执

① 刘建国主编：《鄂豫皖革命根据地的人民检察制度》，中国检察出版社 2011 年版，第 216 页。

法，经过其直属上级之审问，得向外布告"①，经过革命军事法庭审判而定罪的罪犯，不仅将被开除军籍，而且将被褫夺公民权。从中可以看出，革命军事法庭案件的受理、审理、判决、执行必须得到上级部门或者领导的同意，确保判决的慎重和公正。

鄂豫皖区苏维埃政府革命军事法庭开启了人民司法设置专门法院的历史。五个月以后，1932年2月1日，中央执行委员会颁布《军事裁判所暂行组织条例》，各级红军部队和地方武装指挥部逐渐建立军事裁判所；1939年，军事裁判所改称军法处，在八路军和人民解放军中普遍设立；1955年，依据中华人民共和国宪法和人民法院组织法，军事法院诞生。鄂豫皖区苏维埃政府革命军事法庭在法制上为其他革命根据地军事法庭的建立树立了榜样，所创立的很多原则、规则被今天的军事法院所吸收。

## 二、人民检察制度的第一个国家公诉处和公诉员

鄂豫皖革命根据地在20世纪30年代率先设立国家公诉处和国家公诉员，这是新民主主义革命时期首次关于检察机关和检察人员的规定，是鄂豫皖革命根据地为人民检察制度建设作出的最大贡献。②

### （一）国家公诉处

1931年7月1日，鄂豫皖区第二次苏维埃代表大会选举产生了人民委员会，下设革命法庭。此次大会制定了《鄂豫皖苏维埃政府临时组织大纲》，设立了国家公诉处，隶属革命法庭，国家公诉处由处长和若干公诉员组成。1931年10月通过的《鄂豫皖区苏维埃政府革命法庭的组织及其与政治保卫局的关系》和《鄂豫皖区苏维埃政府关于各种委员会工作概要说明》对国家公诉处的职能进行补充规定："国家公诉处要研究（对）破坏苏维埃政权法令之案件提起公诉"③，"国家公诉处，研究犯罪人的证据，应判什么罪"④。其中，"研究破坏苏维埃政权法令之案件""研究犯罪人的证据，应判什么罪"，蕴含着现行人民检察制度审查起诉的主要内容；"（对）破坏苏维埃政权法令之案件提起公诉"，揭示了现行人民检察制度提起公诉的核心内涵。国家公诉处的成立，标志着国家公诉权和人民检察制度的产生。

鄂豫皖革命根据地关于国家公诉处的职责规定，尽管从实体和程序上没有现行人民

---

① 刘建国主编：《鄂豫皖革命根据地的人民检察制度》，中国检察出版社2011年版，第215页。

② 参见熊奎、余甫兵《鄂豫皖革命根据地人民检察制度建立80周年座谈会述要》，《人民检察》2011年第8期，第54页。

③ 《鄂豫皖革命根据地》编委会：《鄂豫皖革命根据地》第2册，河南人民出版社1990年版，第507页。

④ 湖北省档案馆、湖北省财政厅：《鄂豫皖革命根据地财经史资料选编》，湖北人民出版社1989年版，第302页。

检察院职责详细和完善，但它包含了审查起诉、提起公诉的主要职责，体现了国家公诉制度的核心要义。虽然国家公诉处是现行检察机关的一个部门，并不等于整个检察机关，但检察通常是指一种以公诉为中心的国家活动，因此它是人民检察机关最早的雏形。

### （二）国家公诉员

1931年7月之前，在中央革命根据地和其他革命根据地的司法制度中，都未出现“国家公诉员”的称谓，更没有明确公诉员的职责。《鄂豫皖苏维埃政府临时组织大纲》首次出现“国家公诉员”名称。鄂豫皖苏区后来的多部法律对其职责作出补充规定：“当法庭审问被告的时候，国家公诉员要证明案件之罪恶”①，“由国家公诉员提起公诉处，换句话说就是由国家公诉员做原告来告犯罪人”②，展现了现行人民检察员出庭支持公诉的主要内容。鄂豫皖革命根据地关于国家公诉员的规定，并没有囊括现行检察员的全部职责，但不可否认它是我国检察机关公诉人的渊源。

程玉阶是人民检察制度国家公诉第一人。程玉阶，1910年生于湖北省麻城市乘马岗，1928年4月参加革命，1931年7月任鄂豫皖区革命法庭国家公诉处处长，1931年冬牺牲于河南光山，时年仅21岁。他在任期间领导公诉处积极履行公诉职能，依法查处革命工作人员职务犯罪，严厉打击贪污腐化、铺张浪费、徇私舞弊等行为。他曾出庭支持公诉高振武贪污案，经他公诉和革命法庭审判，高振武担任赤城县杨山煤矿经理贪污销售款1000元，被判处死刑。③ 该案轰动一时。在当时的历史条件下，以程玉阶为代表的国家公诉员出庭公诉，通过指控和揭露犯罪，促进革命法庭公正审判，树立司法机关的威信，保护被告人、受害人的合法权益，宣传法制，教育群众，号召人民群众积极参加革命，作出了巨大贡献。

## 三、开创先河的鄂豫皖区工农监察委员会

1931年5月，鄂豫皖中央分局发布通知第五号——《关于组织工农监察委员会的问题》，拉开了鄂豫皖苏区工农监察委员会建设的序幕。1931年7月，鄂豫皖苏区第二次苏维埃代表大会通过了《鄂豫皖苏维埃政府临时组织大纲》和《鄂豫皖苏维埃政府工农监察委员会条例》，选举产生了监察委员会。鄂豫皖区工农监察委员会成立后发布了通令第

---

① 《鄂豫皖革命根据地》编委会：《鄂豫皖革命根据地》第2册，河南人民出版社1990年版，第507页。

② 湖北省档案馆、湖北省财政厅：《鄂豫皖革命根据地财经史资料选编》，湖北人民出版社1989年版，第302页。

③ 参见《程玉阶：第一个国家公诉人》，www.hgjjjc.gov.cn/Item/21920.aspx，（2017-08-22）[2024-10-30]。

一号、通令第二号，进一步明确了自己的职权和主要任务。① 鄂豫皖苏区政府在全国各大苏区中率先建立了监委会，比中央苏区建立监委会领先四个月，存在时间不到两年，但开创了民主监督的先河，使人民享有了监督和批评政府及其工作人员的权利，密切了苏维埃政府和工农阶级之间的关系。监委会制度设计独具特色，在中国现代监察史上起到了示范引领作用。

**（一）监察机关独立设置**

鄂豫皖苏区监察院和监委会具有独立地位，是独立机关，“与各级苏维埃政府相并立，与苏维埃政府一同由大会选出”②，“工农监察院是独立组织系统。各级工农监委会与各级苏维埃是平行机关，受代表大会指挥”③，“鄂豫皖苏工农监委会在组织上是与鄂豫皖苏维埃执委会并立的”④。监委会由苏维埃大会选举产生，接受大会的监督和指挥，对大会负责，和苏维埃执委会同级并立，分别履行监察和执行职能，不存在谁管理谁的问题，第一次将监督权与行政权置于同样的高度。这是对列宁监察思想、孙中山“五权宪法”理论的继承和发展，开创了人民监察机关独立设置的历史，为新时代监察体制改革提供了有益借鉴。2018 年，宪法修正案和监察法规定成立中华人民共和国国家监察委员会，废除原隶属国务院的监察部，形成“一府一委两院”并立的权力运行格局，共同对全国人大负责。

**（二）上下级间垂直管理**

鄂豫皖区各级监委会独立设置，不接受同级苏维埃政府的领导，在监委会内部实行垂直管理。上级要经常指导下级的工作；下级要经常向上级汇报业务，遇到复杂疑难案件，应随即向上提交，由上级监委会去解决。这是人民政权对垂直管理的初步尝试。该模式有两大特点：一是管理的垂直性，上级监察委指导下级监察委，下级必须服从上级的领导，与之同时期的苏维埃政权行政机构则实行“双重领导”，既接受地方政府管辖，又受上级同类型部门的管理；二是运行的独立性，“人、财、物、事”运行封闭在监察系统的框架内，几乎不受当地政府行政管理的约束。今天，垂直管理已经在司法系统、行政领域和监察机关得到广泛的应用，成为我国国家治理的一大特色，是提高治理效能的重要手段。

---

① 参见王贵东《鄂豫皖苏区工农监察委员会的成立及其制度创新》，《黄冈师范学院学报》2020 年第 5 期，第 61—62 页。

② 河南省税务局：《鄂豫皖革命根据地工商税收史料选编（1927—1937）》，河南人民出版社 1987 年版，第 262 页。

③ 刘建国主编：《鄂豫皖革命根据地的人民检察制度》，中国检察出版社 2011 年版，第 212 页。

④ 湖北省档案馆、湖北省财政厅：《鄂豫皖革命根据地财经史资料选编》，湖北人民出版社 1989 年版，第 750 页。

**（三）联席会议解决纷争**

鄂豫皖区监委会和执委会在组织上相并立，地位平等。监委会有权单独解决内部问题，对于外部问题，当执委会有异议时，应该举行执监联席会来商定；联席会没有达成一致意见，则提交执监代表大会决定。各级监委会与各级执委会解决纠纷、处理问题，必须遵循上述规则，如果执监联席会意见不一致，则提交上级执监联席会解决。同时，经执监联席会议的授权，监委会颁布并领导执行清理苏维埃机关的条例。另外，监委会还可以经常派人出席、列席苏维埃的各种会议，督促执行上级苏维埃的法令和决议。在这里，鄂豫皖区工农监察委员会开创了一种全新的纠纷解决机制——联席会议，该机制有利于协调双方的矛盾，规范执法行为，快捷迅速解决具体问题，在今天各个领域得到广泛的认同和运用。

**（四）机构设置分工配合**

监委会与其他机构在权力配置上分工配合表现得尤为明显，主要体现在两个方面，一是监委会与执委会执监分离、相互协作。监委会、监察院是监督和建议机关，不是执行机关，苏维埃政府是执行机关，“工农监委会的决定，均交给苏维埃政府相当机关去执行”①，执行、监督分离；二者意见有分歧时，举行联席会议，协商解决。二是监委会与政治保卫局、革命法庭分工合作、相互制约。监委会发现委员违法乱纪，应立刻开展调查，“是有反动行为的交政治保卫局，是违反苏维埃法令的交革命法庭，是撤职的交苏维埃执行”②，由此可见，监委会负责违纪案件的受理和侦查，政治保卫局负责政治案件的处理，革命法庭负责刑事案件的审理，三者分工形成制约。同时，监委会有责任发动人民群众帮助政治保卫局工作；政治保卫局要经常指导监委会和革命法庭工作，不让它们出现实质性差错；革命法庭除做好审判工作外，还要配合监委会督促执行上级苏维埃的法令和决议，三者之间又相互配合。鄂豫皖苏维埃政权在权力设置上走在时代前列，为社会主义国家机关权力健康运行积累了宝贵经验。

鄂豫皖监委会的建立参照了中华民国监察院，也借鉴了苏联工农检察院的经验，形成了自己的特色，与中国共产党领导下其他带有监察性质的组织，如中央监察委员会、工农检察委员会、边区参议会、人民检察院和监察部，也有很大的差异，在中国监察历史上留下极其绚丽的一笔。

大别山人民在中国共产党的领导下，根据当地实际情况和革命发展的需要，创造了中国最早的革命法庭和革命军事法庭，第一个设置了国家公诉处和公诉员，诞生了人民检察制度，特别是率先成立了独具特色的鄂豫皖区工农监察委员会，开创了监察机

---

① 湖北省档案馆、湖北省财政厅：《鄂豫皖革命根据地财经史资料选编》，湖北人民出版社 1989 年版，第 750 页。

② 红四方面军战史编辑委员会办公室：《鄂豫皖中央分局执监联字通知第 1 号》，1960 年。

关独立设置、上下级间垂直管理、联席会议解决纷争、机构设置分工配合的体制和机制，在制度建设上体现了大别山人民的首创能力，彰显了大别山人民“敢为人先”的精神品格。

# 苏区革命法庭遗址遗物的保护与融合

## ——以中国第一革命法庭为视角

赵学焕[①]

**摘　要**：1927年4月，郑位三以湖北省黄安县（今红安县）审判土豪劣绅委员会组成人员的特殊身份，按照董必武的指示并依照“两个条例”精神，结合黄安农运实际，成立了由中国共产党独立领导的最早的革命法庭——七里坪革命法庭。法庭主要职能是审判土豪劣绅和不法地主，运用法律的手段唤醒广大民众，保护农民运动合法权益。1931年6月，中共鄂豫皖中央分局决定成立陂安南县，原国家主席李先念和原中央政治局常委刘华清等革命先辈亲自参与组建的陂安南县革命法庭也随即成立。红色文化是“四个自信”的坚实基础，是民族的灵魂和脊梁，是人民尊严和幸福的强大精神支柱和力量源泉。随着时代的不断变迁，革命法庭作为红色法律文化遗产，其保护工作会不断迎来新的挑战，需要加强第一革命法庭和陂安南县革命法庭遗址遗物的保护与融合，让其发挥好应有功效。

**关键词**：七里坪革命法庭；陂安南县革命法庭；遗址遗物；保护；融合

习近平总书记指出，革命文物承载党和人民英勇奋斗的光荣历史，记载中国革命的伟大历程和感人事迹，是党和国家的宝贵财富，是弘扬革命传统和革命文化、加强社会主义精神文明建设、激发爱国热情、振奋民族精神的生动教材。[②] 习近平总书记的重要指示深刻阐明了革命文物工作的目标任务、基本要求和重要性。革命法庭是革命文物中的重要组成部分，我们应对革命法庭的内涵加以补充、拓展和完善，使其发挥好应有的纪念、教育和传承等公共文化服务及社会教育功能，共同服务好“以文化人”“以文育人”的时代任务，不断增强其影响力和感召力，使之与中国特色社会主义先进文化相融

---

① 作者简介：赵学焕，红安县人民法院刑事审判庭庭长，湖北省审判业务专家。

② 参见《习近平对革命文物工作作出重要指示　强调切实把革命文物保护好管理好运用好　激发广大干部群众的精神力量》，《人民日报》2021年3月31日第1版。

相通，促进广大中华儿女永葆初心、永担使命，矢志不渝地为实现中华民族伟大复兴而努力奋斗。因此，加强中国第一革命法庭——七里坪革命法庭及陂安南县革命法庭遗址遗物的保护与融合，充分发挥好“牛鼻子”功能，是亟待解决的课题。

## 一、第一革命法庭和陂安南县革命法庭的成立

1927 年 3 月 18 日，《惩治土豪劣绅暂行条例》和《审判土豪劣绅暂行条例》两个法律条例，在国民党湖北省省部第十八次执委会上顺利通过，并宣告在全省范围内施行。这是第一个由共产党人推动并经国民党中央批准，明令颁布的保护农民运动权益的法律条例，用法律的形式来保护农民运动的正常开展①，这也是中共早期对法制建设的探索。原黄安箭河村的大恶霸、大土豪、大讼棍吴荟存担任着伪长红会会首、民团团总等反动职务，长期横行乡里，无恶不作。在农民运动兴起后，吴荟存对农友恨之入骨，指使暗杀农民干部及其家属，原红 25 军政治委员吴焕先家中老小六口都被其残忍杀害。他还破坏革命武装，严重阻碍了农民运动发展，影响极坏。党的创始人之一董必武在湖北省农协第一次代表大会期间，便以国民党湖北省党部的名义发出“依法严惩吴荟存”的指令，并派出原武汉中学学生、共产党员王健作为省党部特派员前往黄安县（今红安县）处理。吴荟存于 1927 年 3 月 17 日经审判被就地正法，极大地鼓舞了当地人民群众的革命斗志。② 这是中共早期在红安的司法实践的探索，也为之后革命法庭的成立奠定了基础。

### （一）中国第一革命法庭的成立

1927 年 3 月 6 日，中共领导人董必武在国民党第二届三中全会上作具体说明：“湖北的惩治条例，系根据湖南已行之惩治条例，足以维护农民运动。因为土豪劣绅之犯罪，为普通法律所不能及，应从速颁布。”③ 1927 年 4 月，郑位三④以湖北省黄安县审判土豪劣绅委员会组成人员的特殊身份，按照董必武的指示并依照两个法律条例之精神，结合黄安农运实际，在七里坪成立了由共产党员领导负责并由农民协会委员会参与审判工作的革命法庭，法庭主要职能是审判土豪劣绅和不法地主，维护农民权益，运用法律的手段唤醒广大民众。至此，由共产党依法独立领导、成立最早、案件审理程序最规范、内部机构最健全、影响最为广泛的革命法庭——七里坪革命法庭即中国第一革命法庭正式诞生。

---

① 参见胡传章、哈经雄《董必武传记》，湖北人民出版社 2006 年版，第 115 页。

② 参见胡传章、哈经雄《董必武传记》，湖北人民出版社 2006 年版，第 116—117 页。

③ 参见胡传章、哈经雄《董必武传记》，湖北人民出版社 2006 年版，第 109 页。

④ 参见刘光明《郑位三传记》，武汉工业大学出版社 1988 年版，第 35 页。郑位三（1902—1975），湖北省红安县七里坪人，鄂豫皖革命根据地和红四方面军的主要创始人之一，党的七大、八大任中央委员。

### （二）陂安南县革命法庭的成立

1927 年 6 月 13 日，黄麻起义爆发后便受到国民党军疯狂反扑，之前被原国家主席李先念和后任陂安南县革命法庭主席的詹献庭打击过的土豪劣绅也开始蠢蠢欲动，李先念和詹献庭便成了敌人重点悬赏对象。为了打击土豪劣绅的嚣张气焰，二人经慎重研究，决定拿黄安县八里镇陡山彭家联庄会会首陈志斌（当地一霸）开刀。趁着夜色，二人带领 5 名游击队员摸进陈家，经审判将陈志斌就地正法。临走前，李先念还在陈志斌家中留下一张布告并列举其 6 条罪状。① 1931 年 12 月 23 日，鄂豫皖中央分局为纪念黄安战役的胜利和为革命付出生命代价的黄安革命仁人志士，将黄安县改名为“红安县”，并成立了中共红安中心县委和县苏维埃政府，红安中心县其下辖红安县、红安市、河口县、陂安南县和陂孝北县，将黄安及黄陂部分地区划归陂安南县管辖，陂安南县苏维埃政府正式成立，李先念当选为主席，詹献庭、程金台、朱贵松当选为执行委员。李先念和原中央政治局常委刘华清等革命先辈亲自参与组建的陂安南县革命法庭也随即成立。②

### （三）中国第一革命法庭和陂安南县革命法庭主要烈士

秦绍勤系革命法庭主要负责人之一，1927 年冬不幸被捕后，反动派把他母亲和妻子等亲属抓来“陪审”，进行威逼利诱，要其交代党组织，他严词拒绝，后壮烈牺牲。为纪念秦绍勤烈士，人民群众在七里坪长胜街北墙立碑刻下“英雄秦绍勤，开膛剖肚在北门，宁愿自己死，不连累别人”22 个大字。

首任七里坪革命法庭主席张南一（原名张香奎，参加革命后，因常年身穿蓝色长袍，以鼓书艺人身份掩护宣传革命，被乡亲们称为“蓝衣先生”），大革命时期就加入中国共产党，上任的第一案就是公开审理判决他的亲舅舅③（系土豪劣绅），他的正义和铁面无私受到当地人民群众拥护与称快。黄安城失陷后，张南一留在当地坚持革命斗争。1928 年 3 月，张南一不幸被反动派包围在柳林河村。反动派搜捕未果，面对誓死不说出张南

---

① 参见《李先念传》编写组《李先念传（1909—1949）》，中央文献出版社 1999 年版，第 51 页。

② 参见《李先念传》编写组《李先念传（1909—1949）》，中央文献出版社 1999 年版，第 52—53 页。李先念调解案例：在当地有家贫苦农民，因生活困难，将女儿许给一位家庭生活较好但双目失明的小伙子。女青年长得端秀水灵，且已经有了恋人，坚决反对这门包办婚姻，非要父亲解除婚约不可。其父拿了人家的钱，不好反口；男方听说女方要“赖婚”，坚决不同意。闹得不可开交，她就去找李先念给评理做主。李先念听了女青年的诉说，认为她反对封建包办婚姻，坚持婚姻自主，完全符合政府的法令，就对她说：“你先别急，等我们去做工作。”他先到男青年那里，了解到与女方说的情况一致，就劝说道：“人家长得漂亮，你双目失明看不见，她爱别人，又不爱你，勉强和你结婚，是不会有好结果的。如果她自私跑了，或是去同别人要好，你也看不见，管不了。不如想开一点，解除婚约，你再找一个真心实意爱你的女子，照顾你的生活，这样对你不是更好吗?”盲人青年听了这话，觉得在理。李先念又做了两家家长的工作，经双方同意，解除了婚约。事后，他委托村干部给盲人青年找了一个老实女子成亲，那位女青年也和自己相爱的人结了婚，两对小两口儿都过上了幸福美满的生活。

③ 参见夏红胜、黄解林主编《红色记忆——七里坪》，华中师范大学出版社 2011 年版，第 28 页。

一下落的村民们，恼羞成怒，便想血洗柳林河村。关键时刻，已经被村民们隐藏起来的张南一听到敌人的吼叫和枪声，为了全村 300 多名人民群众的生命和财产安全，毅然挺身而出制止了屠杀。张南一被捕后拒绝投降，壮烈牺牲。① 1930 年，为纪念革命先烈张南一，黄安县苏维埃政府经研究决定，将七里坪镇小南门改名为“南一门”。②

我党历史上第一位革命法庭女庭长闵丹桂，1926 年参加革命，1927 年入党并参加黄麻起义。1932 年 7 月，由其签发的处决反革命犯罪的革命法庭布告，是中国共产党历史上现存最早的革命法庭布告。1933 年 9 月，红四方面军转移后，留在根据地继续斗争的闵丹桂在“肃反”运动中不幸被错杀，后被追认为革命烈士。③

陂安南县首任革命法庭主席詹献庭，1926 年参加革命并加入中国共产党。1931 年 6 月，任陂安南县苏维埃政府执行委员兼革命法庭主席。1932 年被错杀，后被追认为革命烈士。

革命法庭为了人民群众利益，先后审判了多名反动派、土豪劣绅和土匪流氓，极大地鼓舞了苏区广大群众的革命斗志和革命热情，促进了农民运动的深入发展，使黄安成为中国革命根据地的主要摇篮地之一，为黄安先后走出红四方面军、红二十八军和红二十五军等红军主力部队作出了不可磨灭的贡献。同时，革命法庭也是我党早期对法制的探索与实践的成功之地，在人民司法史上写下了浓墨重彩的一笔，具有重要的奠基性意义。

## 二、第一革命法庭和陂安南县革命法庭的现状

红安县七里坪镇和平街，俗称“南庙”，有一座明清时期的砖木结构建筑，青砖小瓦，飞檐斗拱，显得古朴庄重，中国第一革命法庭——七里坪革命法庭旧址就位于此。法庭内设审判股、裁判厅和执法大队等机构，法庭正面墙上挂着一面代表着为人民当家作主的法徽——带有犁头图案的红色旗帜，旗帜下摆放一张长方桌，中间席为审判长，两侧为陪审员席位。审判庭右侧依次设席公诉员、控诉人和书记员。法庭陈列馆中还珍藏着首位女庭长闵丹桂于 1932 年签发的处决叛变投敌罪犯吕正勇的“黄安县苏维埃政府革命法庭布告”，现为国家一级文物，也是中国共产党历史上现存最早的革命法庭布告。2018 年 7 月，七里坪革命法庭旧址被最高人民法院正式命名为“全国法院革命传统教育基地”。2020 年，全国普法办又将其命名为“全国法治宣传教育基地”。七里坪革命法庭旧址与南一门旧址、红四方面军诞生地纪念牌、红四方面军指挥部、红二十八军新兵营招兵处旧址、革命纪念馆、国共合作谈判旧址、长胜街、红军洞、光浩门旧址、七里坪工会、抗日军政学校旧址、鄂豫皖红军中西药局、鄂豫皖苏维埃银行、列宁市澎湃街遗址、列宁小

---

① 参见红安县县志编纂委员会编《红安县志》，上海人民出版社 1992 年版，第 689—690 页。

② 参见杨树明《追溯红色历史的踪迹》，《人民法院报》2011 年 6 月 22 日第 4 版。

③ 参见杨树明《追溯红色历史的踪迹》，《人民法院报》2011 年 6 月 22 日第 4 版。

学、列宁经济公社、列宁市苏维埃合作饭堂等40余处革命旧址形成七里坪革命旧址群，是国家重点文物保护单位，也是爱国主义教育基地，是全国红色旅游重点线路之一。

图1 七里坪革命法庭现状

陂安南县革命法庭管辖范围为原黄安县八里、高桥、平安三个区和桃花区一部分，以及原黄陂县姚集、塔耳、碾子和长堰四区。革命法庭位于今红安县高桥镇庙咀湾，现为村民住宅。其坐西朝东，进深二间，面阔三间，砖木结构，面积约48平方米，房屋破旧，房顶已塌落，仅剩围墙，急需修缮，恢复原样。陂安南县革命法庭旧址与陂安南县苏维埃政府旧址、陂安南县单命旧址、陂安南县总工会旧址、陂安南县兵工厂旧址、陂安南县苏维埃政府保卫局旧址、陂安南县油印局旧址、陂安南县合作饭堂旧址、陂安南县医院旧址、陂安南县小学旧址以及陂安南县童子团旧址等11处革命旧址形成庙咀湾革命旧址群，为省级重点文物保护单位，也是非常重要的红色旅游经典景区。

图2 陂安南县革命法庭现状

## 三、第一革命法庭和陂安南县革命法庭的保护与融合

红色文化是民族的灵魂和脊梁，是“四个自信”的坚实基础，是人民尊严和幸福的强大精神支柱和力量源泉。随着时代的不断变迁，革命法庭作为红色法律文化遗产，其保护工作会不断迎来新的挑战，加强第一革命法庭和陂安南县革命法庭遗址遗物的保护与融合，让其发挥好“牛鼻子”的应有功效，是亟待解决的课题。

### （一）科学整合当地革命法庭遗址

革命法庭遗址是社会主义法治思想核心和灵魂的重要载体。2020年12月，最高人民法院调研组来红安县调研“七里坪革命法庭保护利用暨陈列馆建设”工作，七里坪革命法庭传统教育基地正加速推进。然而，房顶塌落、已成危房的陂安南县革命法庭却无人问津。如何发挥其功能？首先需要恢复原状，成为红色旅游经典景区真正的旅游景点。其次，要加大宣传力度，让默默无闻的陂安南县革命法庭拥有与其相匹配的知名度。最后，要搞好融合工作，陂安南县革命法庭不但要与周边红色旅游景点融合在一起，更要与七里坪革命法庭加强融合，鉴于“七里坪革命法庭保护利用暨陈列馆建设”工作已启动，可以考虑复制陂安南县革命法庭旧址，放在一起合并建设，实现强强联合。

### （二）打造好全国法院革命传统教育基地

七里坪革命法庭和陂安南县革命法庭都是中国共产党司法事业开端的实践代表，恢复其历史原貌具有不可替代的深远的历史意义和现实意义。

首先，要搞好整合工作。搞好“存活”的“活”，让革命法庭文物“活”下来。由于多种历史原因，一些革命法庭文物散落民间，没有得到有效保护。保护革命法庭文物是一项全民工程，有赖于全民自觉参与，形成政府主导、法院系统协作、社会参与的工作格局。要加大七里坪革命法庭和陂安南县革命法庭文物抢救性保护工作的力度，对一些重大革命事件亲历者、参与者、幸存者以及见证者，抓紧完成口述历史资料等抢救性保存、征集和预防性保护工作，结合现代科技手段，不断增强教育吸引力和感染力。

其次，法院系统内要加大支持力度。搞好“灵活”的“活”，把革命法庭文物“用”起来。革命法庭文物是非常珍贵的不可再生资源，应坚持真实性、完整性及最小干预原则，传承其红色革命文化价值。正确处理经济社会发展与革命法庭文物之间的保护关系，坚持结合融合、统筹兼顾的发展思路，让革命法庭文物和经济社会发展相得益彰。要推动革命法庭文物保护利用与现代新型城镇化建设、红色旅游、乡村振兴战略相结合，有效挖掘文物蕴含的革命历史、红色文化价值，在加强保护的前提下推进文物合法、合理、适度利用，实现在保护中求发展，在发展中求保护，相辅相成，相得益彰。七里坪革命法庭周边红色革命旧址众多，且背靠天台山，环境优美，具有政治优势和资源优势，是理想的法官学院培训点，可以让更多法官体验中共早期法律人的初心和使命，使培训效

果达到更高效率。

最后，法治宣传教育要与社会融合。法律的生命在于能够重复实施，普法的生命亦在于宣传。搞好“激活”的“活”，使革命法庭文物“火”起来。“未来属于青年，希望寄予青年”。革命法庭文物与教育互动，要注重面向青少年群体，要加强与科技联姻，与红色旅游相融，加快要素集聚，科学设计具有革命法庭特色的徽章、笔记本等能赢得游客青睐的文创产品，让革命法庭文物在与时代接轨中走近人民群众。注重借助大数据、物联网和人工智能等现代信息技术，充分利用好全国法治宣传教育基地平台，采用文物与景观、音乐与解说、影视与照片、参观与参与相结合等展示方式，综合应用现代5G及互联网传播技术，全景、动态式呈现革命史脉、还原革命法庭重大历史事件，将趣味性与实用性、思想性与艺术性有机统一，让革命法庭文物既有“言值”也有“颜值”，不断增强革命法庭文物这一精神载体的磁吸力，不断优化创新普法形式，吸引游客前来“打卡”，久久为功，夯实法治社会基础。

## 结　语

知所从来，方明所去。一条时间轴，记录了中共早期对司法的探索与实践。革命法庭文物和英雄事迹承载着中国共产党、人民法官和人民群众英勇奋斗的光荣历史，记载了中国革命法庭的伟大感天动地的艰辛历程，是中国共产党、中华民族、人民司法的宝贵精神财富，是凝聚着坚守初心、牢记使命的力量，是不断夯实“四个自信”的根基，是弘扬革命传统、革命文化、法治精神和加强具有中国特色社会主义核心价值观建设、激发爱国热情、振奋民族精神的生动教材的“牛鼻子”，弥足珍贵，理当倍加珍惜，“方可告慰历史、告慰先辈，方可赢得民心、赢得时代，方可善作善成、一往无前”①。

---

① 《习近平在瞻仰中共一大会址时强调：铭记党的奋斗历程时刻不忘初心　担当党的崇高使命矢志永远奋斗》，《人民日报》2017年11月1日第1版。

# 中央苏区党的舆论斗争实践及其现实启示*

端剑锋①

**摘　要**：中国共产党在中央苏区与国民党进行猛烈军事斗争的同时，也进行着激烈的舆论斗争。针对国民党污名化共产党、妖魔化共产党革命武装的舆论攻击及树立国民党自身“正面”形象以迷惑苏区民众的舆论宣传，共产党采取健全机构、丰富形式、勇于发声，破立结合、积极构建、树立形象，勠力反击、揭露真相、以正视听的斗争策略，开展了相应的舆论斗争实践，对赢得民众支持共产党及共产党所领导的事业起到了促进作用。研究中央苏区时期共产党开展的舆论斗争实践对党与政府在当前“两个大局”时代背景下更好地开展舆论工作具有启鉴意义。

**关键词**：中央苏区；共产党；国民党；舆论斗争

中央苏区时期，中国国民党为达到其“剿灭”中国共产党的目的，采取了“七分政治、三分军事”的攻击策略，在对中国共产党进行军事攻击的同时，大力向苏区民众宣传“不要革命”思想，妖魔化共产党，抹黑苏维埃运动，同时，国民党还将其意识形态向苏区散播，宣传其所奉行的“主义”，鼓吹其所编织的“利民”政策，妄图通过于苏区群众中编造共产党负面舆论从而营造共产党负面形象以达到瓦解共产党群众根基之目的，盘算通过传播国民党自身意识形态与价值观从而树立国民党“正面”形象以争得民心，以化苏区民众为其“剿共”拥趸。共产党面对国民党的舆论攻击与宣传，采用健全机构、丰富形式、勇于发声，破立结合、积极构建、树立形象，勠力反击、揭露真相、以正视

---

* 项目基金：江西省高校人文社会科学研究项目“中央苏区四大红色报刊意识形态工作比较与当代启示研究”（批准号：MKS23102）；南昌师范学院博士科研启动基金资助项目“中央苏区红色报刊研究”（批准号：NSBSJJ2023008）；南昌师范学院2023年校级教学改革研究“中国故事融入《习近平新时代中国特色社会主义思想概论》课程研究”（批准号：NSJG-23-17）；南昌师范学院2023年度学生科研创新项目“中央苏区党报爱国主义教育功能研究——以《红色中华》为研究对象”（批准号：23XSKY33）。

① 作者简介：端剑锋（1978—　），男，江西南昌人，博士，南昌师范学院马克思主义学院讲师，主要研究方向为马克思主义中国化研究、思想政治教育。

听的斗争策略，开展了相应的舆论斗争工作，有力揭露了国民党制造“不必革命”思想的真实意图，回击了国民党对共产党的舆论攻击，并对国民党所做的自身“正面”舆论宣传进行了批驳与破除，在促使苏区民众识清国民党真实面目的同时，促进了苏区民众对共产党先进性的认识，从而推动了苏区民众对共产党所领导事业的认同与支持。

## 一、健全机构 丰富形式 勇于发声

建立健全相关组织机构是进行有计划有针对性舆论斗争的必然前提与内在要求。在共产党层面，共产党在中央苏区设置的中共苏区中央局下设了宣传部，1933 年 1 月迁入瑞金的中共临时中央与中共苏区中央局合并组成的中共中央局下设了中央局宣传部，至 1934 年 1 月，成立了中共中央宣传部，并在各县领导建立宣传机构。江西、福建等地方党委还有各县区都建立了相应的宣传机构。1931 年 11 月在兴国成立的苏区中共江西省委，效仿中央所建立的宣传架构组建了自己的宣传机构，如闽西特委各县设立了宣传科。① 这些地方宣传机构依照中央宣传机构的工作机制，在开展舆论宣传的同时，还指导全省的舆论宣传工作，其要做的舆论工作内容之一就是反击国民党的抹黑污蔑。此外，中央苏区党的基层组织如党支部还设有支部干事会，支部干事会就包括宣传干事，且宣传干事之下设置了宣传工作委员会。另外，共产党在中央苏区创办领导的《斗争》报社、《苏区工人》报社、《青年实话》总编辑部等组织机构领导着这些报刊的舆论工作。在苏维埃政府层面，苏维埃政府组建了中央苏区艺术局、苏维埃俱乐部、列宁室、工农剧社、高尔基戏剧学院、红色中华新闻台与中华苏维埃政府图书馆等，发行了《红色中华》报，这些组织机构同样开展着相应的舆论工作，如揭破帝国主义国民党军阀欺骗工农的阴谋就是这些组织机构舆论斗争工作的重要任务之一。② 在红军层面，“红军内部在政治部下设有宣传部，直至连队都配有宣传员，他们的主要任务既要在军队内做宣传鼓动工作，也要向群众、向敌军进行各种形式的宣传鼓动”③。部队里还专门组织了宣传队，下设宣传分队与宣传中队。红军还成立了开展舆论宣传的剧社，如红五军团成立了猛进剧社，该剧社在战争间隙开展戏剧演出，其中就包含了对国民党控诉的内容，他们所表演的《腐朽崩溃的白军》就属于这一类；红一军团同样也成立了战士剧社，该剧社编演了《土豪取债》《打土豪分田地》《谁给我的痛苦》《非人生活》等剧作，以揭露国民党的真实

---

① 参见中共瑞金市委党史工作办公室《共和国摇篮——中央国家机关在瑞金》，中共党史出版社 2015 年版，第 25 页。

② 参见《发刊词》，《红色中华》1931 年 12 月 11 日第 1 版。

③ 中共瑞金市委党史工作办公室：《共和国摇篮——中央国家机关在瑞金》，中共党史出版社 2015 年版，第 28 页。

面目。

同时，共产党舆论斗争的开展形式也是力求丰富多样化，不拘于单一。群众喜闻乐见、易于接受的形式是达到舆论广泛传播的必要手段，也是实现舆论工作有效性的应有之义，为此，共产党在中央苏区借助绘本、墙体、舞台、报刊等与群众接触面广的载体，开展了以谱写革命歌谣、创制漫画标语、编演舞台戏剧、撰写刊发舆论文章、发表实地讲演等为主要形式的舆论斗争。

第一，谱写革命歌谣。歌谣是思想的载体、意识的反映，贴近生活，词语押韵，曲调朗朗上口，易于识记，便于理解，很容易于民众中广泛传播。革命歌谣是一种特殊的文化现象，在反映社会现实与人民心声的同时，表达了实现革命目标的革命意识，其内容就包含了揭穿反动统治阶级蒙蔽民众、识别其压迫剥削统治本质的革命诉求。共产党在中央苏区创作了众多革命歌谣，如仅以有文字依据收集而成的《中央苏区革命歌谣选集》就收录了 536 首，这些苏区歌谣有的就“鞭挞了国民党反动派的黑暗统治”①。《刮（国）民党的写实》《十骂反革命》《国民党四字经》《白色恐怖的龙岩》《恼蒋歌》《土豪放债恶过狼》等都是当时在中央苏区于广大民众中广泛传唱的革命歌谣。革命歌谣在中央苏区还编制成册印刷发行，像有《革命歌曲集》《革命歌曲选集》《儿童唱歌集》等。苏区革命歌谣也印制成册作为中央苏区学校教本供学生学习使用，如中央苏区列宁小学采用的此类教本名为《革命歌曲》。

第二，创制漫画标语。漫画标语因其简洁性、直观性、趣味性及感染力强等特征，是舆论宣传的一种力选而又有效的载体。对于漫画标语传播革命理念影响民众思想意识的有效性这一点，毛泽东同志就曾指出：“很简单的一些标语、图画和讲演，使得农民如同每个都进过一下子政治学校一样，收效非常之广而速”②。在中央苏区，共产党领导创制的漫画标语数量庞大、主题丰富，揭露国民党本质、回击国民党舆论攻击是这些漫画标语的重要内容之一。这些漫画标语有的刷写绘画于苏区墙体之上，有的刊登于苏区党报党刊之中，有的印刷于传单之上，有的穿插于教科书之中，有的单独印制成册，极大拓展了苏区民众与之接触的频度与面度，便于其对苏区广大民众产生普遍影响。如，1933 年 10 月，中央苏区编印出版了《革命画集》；壁画《军阀混战》绘制于于都小溪乡扬屋民宅内墙之上；漫画《国民党比北洋军阀还要无耻》刊登于《红星》报第 50 期第 1 版；漫画《国民党出卖平津宣言》刊登于《红色中华》第 85 期第 1 版；标语“国民党是土豪劣绅洋奴恶棍军阀官僚的狐群狗党”刷写于寻乌县县城镇山园一民房外墙之上；标语“国民党十大罪状”刷写于崇义县思顺乡思顺村牛形岭下组何屋老厅堂内壁之上。

---

① 中共瑞金市委党史工作办公室：《共和国摇篮——中央国家机关在瑞金》，中共党史出版社 2015 年版，第 24 页。

② 毛泽东：《毛泽东选集》第 1 卷，人民出版社 1991 年版，第 35 页。

第三，编演舞台戏剧。舞台戏剧是开展舆论传播、实现叙事目的的介质之一。编创戏剧通过舞台进行表演以达到对苏区民众产生认知作用影响，是中央苏区共产党开展舆论宣传达到舆论影响的一种重要方式，且“有计划有系统地肃清资产阶级的文艺意识”①是中央苏维埃剧团的重要任务之一。为直观形象地将国民党黑暗真实的一面展现在苏区民众面前，共产党在苏区编排了大量相关主题戏剧作品，并通过舞台表演给苏区民众观看。剧团是社会教育的利器，“是深入群众宣传的最好方法”，共产党先是组建了多类别戏剧机构。中央苏区第一个专业剧团——八一剧团于1931年底由红军学校在中央苏区成立。在八一剧团的带动和影响下，许多业余剧团相继在中央苏区各地方、各部队建立起来，如红一军团战士剧社、红三军团火线剧社、红五军团猛进剧社等。为适应中央苏区戏剧运动迅速发展的需要，由中央总社、省分社、县分社、支社层级序列所构成的苏区工农剧社于1932年7月开始筹建，并于当年9月正式成立。工农剧社成立后即刻组织了各级“蓝衫团”。1934年2月，在瞿秋白组织下，“蓝衫团”更名为苏维埃剧团，其包括中央苏维埃剧团、省立苏维埃剧团、县立临时苏维埃剧团，并成立了高尔基戏剧学校以“养成苏维埃文艺运动的人才”。第五次反“围剿”失败后，苏区苏维埃剧团被分编成火星剧团、红旗剧团与战号剧团，继续分赴前线进行战斗演出。共产党同时编创组演了众多反击国民党舆论攻击的戏剧。苏维埃剧团编演了揭破反革命欺骗群众反水的《上了他们的当》，工农剧社蓝衫团学生排演了《反对白色恐怖》，永新县南阳区苏维埃剧团编制并演出了《打倒王东元》《活捉侯鹏飞》，东河戏班社编演了反映革命斗争的大型东河戏《活捉张辉瓒》，红一军团战士剧社排演了《土豪取债》《流氓末路》《打土豪分田地》，红五军团猛进剧社排演了《腐朽崩溃的白军》。高尔基戏剧学校学生在不到两年时间里，先后组织演出队六十多个，踏遍中央苏区，广泛接触群众，深受战士、工人和农民好评。

第四，撰写刊发舆论文章。毛泽东曾强调，干革命既要右手拿枪，也要左手拿传单，既要靠枪杆子，也要靠笔杆子。不用笔杆子去打破国民党舆论攻击，不用笔杆子去阐明共产党的先进性，国民党给共产党造成的负面形象就难以扭转，共产党正面形象也就难以树立，共产党的根本立场与政治价值追求就无法得到苏区民众的理解、认可和支持，共产党在中央苏区领导的苏维埃事业就难以推进。在形势异常复杂严峻的情况下，毛泽东、项英、杨尚昆等当时的中央苏区重要领导人及中央苏区的宣传工作者撰写了许多揭露国民党真实嘴脸的文章，以应对国民党操纵的舆论攻击战。1933年7月，毛泽东撰写了《新的形势与新的任务》，文章痛斥了国民党与日本帝国主义签订降约出卖民族利益的罪行，揭露了国民党厉行白色恐怖镇压革命群众的暴行，曝光了国民党经济总崩溃给工农民众带来空前浩劫的恶行。1933年8月，毛泽东作了《粉碎五次“围剿”与苏维埃经

① 汪木兰：《活跃在中央苏区的苏维埃剧团和高尔基戏剧学校》，《江西师院学报》1982年第1期，第59页。

济建设任务》的报告，在报告中同样对国民党出卖民族利益的卖国罪举与反人民的本质进行了痛诉。1932 年 1 月，项英撰写了《苏区群众和红军大大地向外发展　积极地进行革命战争》，文章揭露了国民党的“种种丑态”，指出“国民党任何欺骗方法，任何派别的欺骗幌子，都被事实和群众的革命斗争，最后揭穿殆尽了”①。1933 年 3 月，杨尚昆撰写了《拥护中央政府的宣言》，文章在斥责国民党出卖热河与华北的同时，指出国民党“散布着欺骗群众的烟幕弹”。此外，中央苏区的宣传工作者们也是纷纷撰写文章发表于党报党刊，对国民党开展舆论反击。

第五，发表实地讲演。各地“充斥着文盲、疾病、贫穷和愚昧”②，“江西的文盲占 90%”③，“当地人都是文盲”④，是彼时革命工作者对中央苏区民众文化状况的感受。苏区民众文化水平普遍低下的现实表明在以文字形式开展舆论宣传的同时，须辅以实地讲演这种口耳相传、鼓动性强的舆论宣传方式。实地讲演能让识字少或不识字的中央苏区民众接受，且更易于进行情绪渲染，激发听众情感共鸣。在中央苏区，共产党与苏维埃政府“从制度构建、空间构建、队伍构建着手”⑤，建立起了相应的讲演工作机制，提出了讲演宣传的各项要求，如，1933 年 4 月，为揭露蒋介石及其在“四一二”反革命中所犯下的罪行，湘赣省政治部制定了《关于赤少队四月份政治文化教育的工作计划》，并规定“‘四一二’是什么纪念日?”⑥ 为讲演大纲重要内容之一。由此，内容丰富、激情蓬勃的讲演不定期在中央苏区的草坪、广场、祠堂、地主房舍、庙宇等地开展起来，应对国民党舆论攻击、进行舆论斗争是各实地讲演的重要内容之一。毛泽东、朱德、张闻天等重要领导人及广大革命群众经常因时开展实地讲演，进行舆论宣传。1932 年 9 月 4 日，在工农红军学校于瑞金举行的一场运动会上，志愿加入红军的白军俘虏登台进行了讲演，在讲演中他们痛陈了军阀罪状。1933 年 7 月 30 日，工农剧社举行纪念“八一”节晚会，会上毛泽东讲演了中国工农红军历史，揭露了国民党的真实面目。1933 年 11 月，应中央要求，中央苏区各群众团体组织演讲队进行了公开讲演，讲演内容包括暴露国民党军阀的罪恶及揭破其反动宣传。

---

① 项英：《苏区群众和红军大大地向外发展　积极地进行革命战争》，《红色中华》1932 年 1 月 27 日第 1 版。

② ［美］哈里森·索尔兹伯里著，过家鼎译：《长征——前所未闻的故事》，解放军出版社 1986 年版，第 21 页。

③ ［美］埃德加·斯诺著，董乐山译：《西行漫记》，生活·读书·新知三联书店 1979 年版，第 210 页。

④ ［美］哈里森·索尔兹伯里著，过家鼎译：《长征——前所未闻的故事》，解放军出版社 1986 年版，第 58 页。

⑤ 陈潇源：《中央苏区演讲宣传工作机制与历史经验》，《广西社会科学》2023 年第 9 期，第 214 页。

⑥ 江西省档案馆、共青团江西省委：《江西青年运动史料选编》（下），江西人民出版社 1987 年版，第 334 页。

## 二、破立结合　积极构建　树立形象

在对中央苏区的“围剿”进程中，国民党逐步察觉到要将舆论宣传攻击战倾注于对共产党的“围剿”之中。何应钦、戴岳等提出要将舆论宣传攻击战注入军事战中。杨永泰向蒋介石提出了凸显实施舆论宣传攻击战的“七分政治、三分军事”的方针。此时，蒋介石也是逐步认识到，“总要政治上有办法，政治上上轨道”方可，进一步提出此“乃争民之战，非争地之战”，并提出要在民众中开展宣传工作。同时，国民党还为舆论宣传攻击战的开展进行了人员组织与机制的建设。

于是，以蒋介石为首的国民党为维护其专制统治及达到瓦解共产党民众基础的目的，着手向民众灌输“不必革命”的思想，以麻痹民众的革命意识。如，1934 年 2 月，蒋介石发起了他自称为“救亡图存，复兴民族之基本的革命运动”的“新生活运动”，此运动虽以“革命”之名冠之，实则要输送的是“不必革命”的意识。同时，为达到瓦解共产党所领导的革命运动与苏维埃运动群众基础的意图，国民党对共产党所领导的革命进行妖魔化宣传，诋毁共产党所领导的武装革命，还将苏区恶化为“人间的地狱”①。

面对国民党“不必革命”思想的灌输及对中国革命的污蔑，共产党采取了破立结合、积极构建、树立形象的斗争策略。

首先，共产党揭破了国民党“新生活运动”暗藏的“不必革命”思想。1934 年 4 月 3 日，中华苏维埃中央政府机关报《红色中华》刊登了揭破“新生活运动”欺骗实质的文章《国民党欺骗宣传的新花样》，文章指出，“新生活运动”是国民党替帝国主义作的欺骗的宣传，其用意是要蒙蔽民众的反帝意识，要民众忘记自己的革命战争任务，而安心做“文明人”的牛马，要求民众绝对遵循社会内部既定成型的阶级和身份，不要干涉国家事务，要忠实地替地主资产阶级服务而不反抗，因为反抗就是破坏国民党的“纪律”。文章着重强调国民党“新生活运动”的企图是要以封建伦理纲常麻痹民众思想，禁锢民众言行，其实质就是要求民众遵从既定社会规范，免受共产党意识形态影响，其根本用意就是要求民众“不必革命”，扼制民众革命意识的萌发。共产党和苏维埃政府还向苏区民众揭穿“新生活运动”是“劫夺麻痹广大群众”的把戏，指出“新生活运动”并没有改变广大劳苦民众受重重剥削与压迫，饥寒交迫、痛苦万状的状况，特别指出“新生活运动”暗藏了男尊女卑、奴役女性的等级思想，如“新生活运动”禁止男女同行之外，还禁止男女同车、男女同食、电影院开映男女同演影片。共产党通过报刊或讲演的形式，向苏区民众揭破了国民党麻痹民众革命意识的实质。

---

① 中共中央文献研究室中央档案馆编：《建党以来重要文献选编（1921—1949）》第 8 册，中央文献出版社 2011 年版，第 660 页。

其次，共产党立论了中国革命的正义性。革命的属性具有正义性与非正义性之分，为人民翻身推翻反动统治的革命，为民族独立抵御侵略的革命，是正义的革命。国民党政权是维护占人口少数的大地主资本家统治的政权，它对广大人民进行压迫，因而，推翻国民党专制统治的革命是正义的革命，而共产党所领导的就是这样的革命。共产党充分论证了中国革命正义性的问题，如，张闻天在他所作的《一切为了保卫苏维埃!》中对共产党领导的工农民主革命进行了诠释，指出它是猛烈的阶级冲突，是关于政治和经济问题的死战，这些死战只有夺得资产阶级的财产才能完成，说明中国革命的对象是居于统治地位占有人口少数的大地主资产阶级；项英在他所作的《猛烈扩大红军反对对于扩大红军的消极》中指出“革命战争是阶级斗争的最高形式，只有彻底消灭阶级敌人的武装，才能取得阶级的最后胜利”；博古在他所作的《“我的位置在那边，在前线上，站在战线的最前面!”》中指出，残酷的无情的不是胜利便是死亡的革命是人民解放、民族独立的唯一出路。这些论断都通过报刊文章形式呈现于民众面前，为民众对于中国革命生成正确认知提供了帮助。共产党通过破立结合、积极构建的舆论斗争，促进了苏区民众对共产党所领导革命正义性与必要性的认知。

最后，共产党以事实为依据积极构建自身为民为国的形象。要使苏区民众同情支持共产党及其所领导的苏维埃事业，在破除国民党舆论影响的同时，还须于苏区民众中构建共产党为人民谋幸福、为民族谋复兴的为民为国形象。一个政党的政治立场与政治价值追求是这个政党代表谁为了谁的集中体现，共产党的政治立场是人民立场，政治价值追求在革命时期主要表现为实现人民的解放和民族的独立，这表明共产党的形象是代表广大人民为了广大人民的政党。为构建新型政党形象，共产党在苏区着力宣传了自己的立场与主张。其一，表达对人民群众切身利益的维护与实现。共产党向苏区民众表明“组织苏区广大工农劳苦群众能运用自己的政权，实现自己的利益与要求”是共产党的一项重要任务，大力宣传并践行共产党“是代表工农劳苦群众利益”的事实，宣传实现了苏区民众第一次能够耕种自己的土地、收获自己耕种的果实，土地革命利益落到雇农贫农中农身上的事实①；针对日本帝国主义对中国的侵略迫害，共产党向苏区民众宣告“为要保障工农群众的利益，和中华民族的独立与解放，站在共产党领导之下，宣布对日宣战”②。其二，宣传对人民群众生命健康的关注。由于卫生条件差，中央苏区先后发生了几次疫情，对苏区民众生命健康造成了很大影响。共产党在中央苏区开展了防疫卫生运动，制定具体防疫措施，保障工农群众和红军生命健康，减少苏区内劳苦群众的疾病与死亡。共产党对所组织开展的防疫卫生运动通过标语、图画、报刊等形式进行了宣传，树立了共产党注重人民生命健康的良好形象。其三，表达对人民群众力量的注重。共产

---

① 参见博古《为着布尔塞维克的春耕而斗争》，《红色中华》1933年2月10日第1版。

② 观澜：《纪念“五一”与拥护中央政府的对日宣战》，《红色中华》1932年4月28日第1版。

党在中央苏区广泛组织开展了节俭运动、春耕运动、秋收运动、扩红运动等，在组织开展这些运动的过程中，反复强调需要群众积极参加，要将这些运动做成广泛的群众运动，一再表明工农群众蕴藏着无限伟大的革命力量。共产党对群众力量的注重在中央苏区标语、图画、歌谣与报刊等宣传品中屡见不鲜。共产党向中央苏区民众展现了一个鲜明区别于只为少数人攫取利益的资产阶级政党，更区别于旧制度下实施极权专制的封建统治集团的新型政党容貌，构建了一个为民为国的无产阶级新型政党形象。

## 三、勠力反击　揭露真相　以正视听

在发觉共产党在土地问题上采取积极政策获得显著成效后，国民党也希冀能在农民的土地问题上有所作为。蒋介石曾提出"平均地权""耕者有其田"以及进行"土地改革"的政策主张。蒋介石对解决农民土地问题于国家政权的重要性已有较深认识，并且国民党还在其所占领区大肆宣传"耕者有其田"政策，但在实际操作中，囿于国民党及其政权的阶级属性，国民党政府仍是执行承认和维护地主对于土地所有权的措施。

针对国民党所宣传的"利民"政策，共产党用事实说话，揭穿了国民党"利民"政策的欺骗本质。如，共产党通过报刊指出，国民党在鄂豫皖苏区所宣传的"耕者有其田""改良农村经济"等政策完完全全是骗人的、假的，真面目是疯狂的烧杀，是苛捐杂税一概照旧；共产党还以国民党军在福建的"抢杀""抽人头捐""四六收租"行径为依据，向民众宣告国民党所提出的"共产""分田"政策都是骗人的。此外，共产党还戳穿了国民党对共产党进行舆论攻击的险恶意图。针对"有红军在后方捣乱不能抗日"的抹黑宣传，共产党以笔为枪，揭穿了国民党"进攻苏维埃区域，厉行白色恐怖，压迫中国革命"的真实意图；针对国民党造谣共产党火烧"硝石街"一事，共产党以报纸为阵地，戳穿了国民党"破坏群众与工农红军的团结"的险恶用心；针对国民党对于共产党"破坏生产，破坏经济"的污蔑，共产党以苏区经济发展事实为力证，揭破了国民党欲弱化苏维埃政权群众基础的图谋；针对国民党造谣言、开私会、撕革命广告、写反动标语、威吓积极分子、曲解苏维埃基本政策的举动，共产党通过"笔杆子"用一个个事实说话，揭破了国民党欲争得民众支持从而达到消灭共产党、推翻人民政权的险恶意图。共产党通过对国民党"利民"政策欺骗性的揭露及对国民党消灭人民政权险恶意图的戳穿，有力回击了国民党对于共产党所开展的舆论攻击，同时更加促进了民众对共产党政治主张的认同，促进了民众对共产党领导的坚定。

共产党对国民党专制独裁压迫的本质进行了揭穿，鞭挞了国民党的反动统治。中央苏区时期，执行全国统治的国民党政府已彻底转变为代表大地主与官僚资本家利益的政治集团，具有浓厚的封建性与买办性，于内实施愚民压迫的专制统治，于外与美英等帝国主义国家有着不平等的利益交换关系。

首先，共产党编写了许多痛诉国民党实施专制及压迫统治的歌谣于中央苏区广泛传唱。如，“党外无党，帝王思想。以党治国，愚民政策。民生主义，加捐加税。年年打仗，工农遭殃。青天白日，天昏地黑”①，“国民党是反革命，保护土豪和劣绅”②，“国民党穷光蛋，士兵半年不发饷，有大洋要归官长”③，“重租利又加捐税”④，“匪团专把穷人压”⑤，“国民党好狠心，逼得穷人难活命；地主逼租又逼债，孩子饿死无人问”⑥ 等为主要内容的歌谣，无不揭露了国民党专制独裁压迫的本质。

其次，共产党还编写了许多揭露国民党专制独裁反动压迫本质的标语刷写于中央苏区各地。标语“国民党是屠杀工农的刽子手”刷写于宁都县东韶琳池坑头村一民房外墙之上；“压迫中国革命，屠杀工农群众。为着土豪劣绅，加重租债剥削。抽收苛捐杂税，剥削工农小商。滥发公债纸票，加重剥削群众”等为主要内容的痛斥国民党罪状的标语在寻乌县澄江镇一民居墙面、崇义县思顺乡一民屋厅壁及连城县一民房墙体等处都有出现。

最后，共产党还无情地揭露了国民党勾结帝国主义出卖民族利益的行径。1932年1月，日本发动了对上海的侵略，国民党虽组织了一月有余的抵抗，但最终还是与日本签订了内含“日本可进驻‘若干’军队”与“同意取缔全国抗日运动”等有损民族利益内容的《上海停战协定》。1933年初，日本进犯中国华北，侵袭热河长城一带，中国军队虽组织了“长城抗战”，但以蒋介石为首的国民党仍固守“攘外必先安内”政策，并没有过多支援中国军队的“长城抗战”，反而于同年5月与日本签订了内含“中国军队一律迅速撤退至延庆……芦台所连之线以西、以南地区；尔后不得越过该线，不作一切挑战扰乱之行为”⑦ 等有损国家利益内容的《塘沽协定》。共产党通过舆论宣传无情揭露了国民党出卖民族利益的事实。如，“打倒勾（结）帝国主义，出卖民族利益的国民党”书写于南康市隆木乡瑞坑村一名为邓仁峰的房屋墙壁之上；“反对帝国主义进兵东三省推翻国民党统治”的标语刷写于瑞金市叶坪乡洋溪村苏区中央教育部驻所墙壁之上；词中含有“南京反革命，投降帝国主义”⑧ 和“要消灭帝国主义国民党，要创造苏维埃共和国”“驱逐帝国主义，推翻国民党”等内容的歌谣在苏区“无论男女老少都能唱”。中央苏区共产党的报刊也对国民党出卖国家民族利益的具体事实进行了揭露，如，《红色中华》所

---

① 《中央苏区文艺丛书》编委会：《中央苏区歌谣集》，长江文艺出版社2017年版，第493页。

② 《中央苏区文艺丛书》编委会：《中央苏区歌谣集》，长江文艺出版社2017年版，第494页。

③ 《中央苏区文艺丛书》编委会：《中央苏区歌谣集》，长江文艺出版社2017年版，第494页。

④ 《中央苏区文艺丛书》编委会：《中央苏区歌谣集》，长江文艺出版社2017年版，第496页。

⑤ 《中央苏区文艺丛书》编委会：《中央苏区歌谣集》，长江文艺出版社2017年版，第496页。

⑥ 《中央苏区文艺丛书》编委会：《中央苏区歌谣集》，长江文艺出版社2017年版，第498页。

⑦ 中共中央党史研究室：《中国共产党历史第一卷》（上），中共党史出版社2002年版，第431页。

⑧ 《中央苏区文艺丛书》编委会：《中央苏区歌谣集》，长江文艺出版社2017年版，第501页。

刊登的标题含有“出卖”或“卖国”关键词的文章多达48篇，有《国民党签订协定出卖上海》《国民党积极进行出卖热河》《无耻国民党军阀出卖中国新计划》等。

共产党对国民党专制独裁压迫反动本质及出卖民族利益行径的揭露，使民众更为深刻地识清了国民党所做宣传的欺骗实质，同时，也引起了民意的愤懑，激起了民众反压迫反帝国主义的行动，各社会团体、工人、学生走上街头举行游行示威，表达反帝国主义侵略的诉求，表达反国民党倒行逆施的诉求。

## 四、中央苏区党的舆论斗争之启示

中华苏维埃共和国历史“是一部丰富生动的教科书”，在党的斗争史上写下了浓墨重彩的一页，“从中得到教益，受到启迪，获得力量”① 是研究中央苏区共产党开展舆论斗争工作的重要现实意义。跨入新时代的中国，在发展取得巨大成就的同时，面对的国内外各类攻击也是接踵而至，尤其以舆论攻击为甚，如，诋毁中国共产党，抹黑中国制度，中伤中国特色社会主义，大搞历史虚无主义，试图塑造国际国内社会对中国的“新认知”。开展相应舆论斗争工作是应对国内外舆论攻击的重要方式。中央苏区共产党开展舆论斗争的实践对共产党在新时代开展舆论工作有着重要的启鉴意义。

### （一）舆论斗争的开展要坚持党的领导

中央苏区舆论斗争工作是在中国共产党的坚强领导下开展的，中国共产党的领导是舆论斗争工作得以胜利开展并能够收到良好成效的根本保障。不管是中央苏区报刊的管理、编辑与发行，还是标语的制定、歌谣的创作、戏剧的编排等，无不是在中国共产党的坚强领导下进行的。正是因为有了中国共产党的坚强领导，中央苏区的舆论斗争工作才能始终坚持正确的政治方向，坚持针对性、战斗性强的内容，坚持灵活多样、确实有效的方式方法，坚持见招拆招的反击艺术。中国共产党是近现代中国革命事业、社会主义建设事业及改革开放事业的领导核心，在中国共产党的领导下，中国取得了一个又一个伟大胜利，中国共产党的领导已跃升为“中国特色社会主义制度的最大优势”“中国特色社会主义最本质的特征”。中国共产党正带领中国人民与中华民族迈向强起来的伟大征程。在进入伟大新时代的今天，在实现强国建设、民族复兴的伟大征程中，中国必然会遇到国内外这样那样的挑战与攻击，对中国进行舆论攻击、造成负面形象就是其中一种重要形式。为应对国内外别有用心之徒对中国的舆论攻击，新时代舆论斗争工作要牢牢坚持党的领导，要旗帜鲜明坚持党管媒体、党管重要宣传阵地，坚持执行党制定的宣传方针政策，坚持党把关宣传内容，在恪守党性原则上坚持最高标准、最严要求，把新时

---

① 习近平：《在纪念中央革命根据地创建暨中华苏维埃共和国成立80周年座谈会上的讲话》，《人民日报》2011年11月5日第3版。

代党的舆论工作推到新的高度。

### （二）舆论斗争的开展要坚持科学理论的指导

革命理论指导着革命实践，中央苏区中国共产党组织开展的舆论斗争工作坚持了科学理论的指导，始终站在马克思主义旗帜之下，坚持历史唯物主义与辩证唯物主义世界观与方法论，做到了有理有利有节。如，在批驳国民党所灌输的“不必革命”思想时，共产党以马克思主义阶级斗争理论为指导对其进行了反击；在揭露国民党专制本质时，共产党运用阶级分析法对其进行了批驳。新时代党的舆论斗争工作所面临的形势更为复杂，所遇到的挑战更为艰巨，所要达成的使命更为重大，只有在科学理论特别是“实现了马克思主义中国化新的飞跃”的习近平新时代中国特色社会主义思想的指导下，才能实现科学开展。习近平新时代中国特色社会主义思想在宣传工作方面回答了新时代要坚持和发展什么样的宣传工作以及怎样坚持和发展新时代宣传工作的重要时代课题，是新时代舆论斗争工作的强大思想武器和科学行动指南。习近平总书记强调舆论工作要“牢牢坚持正确舆论导向”，警醒新时代舆论斗争工作在一边进行有针对性的反击的同时，一边同党中央保持高度一致，反映党与人民心声，反映社会主义核心价值观等内容的舆论导向工作。习近平总书记强调，党的新闻舆论工作是党的一项重要工作，是治国理政、定国安邦的大事。新时代舆论工作与政权稳固、制度稳定、人民幸福、民族复兴休戚相关。

### （三）舆论斗争的开展要讲求策略、注重方法

中央苏区中国共产党的舆论斗争工作运用了灵活多变、应时应地的策略，在形式上讲求多样化，在内容上讲求有的放矢，在言语上讲求百姓喜闻乐见的风格。习近平总书记强调“斗争是一门艺术”“在策略问题上灵活机动”，中央苏区共产党的舆论斗争工作启示新时代的舆论工作要注重策略方法。第一，舆论斗争工作要用事实说话，有的放矢。面对中国发展所取得的举世瞩目成就，少数西方国家及极个别西方“意识形态狂”为遏制中国发展，对中国进行舆论攻击，如，少数西方国家恶意攻击中国制度，炮制中国“侵犯人权”不实之事。针对这些“意识形态狂”的舆论攻击，中国共产党的相应舆论斗争要用中国发展的具体事实，用中国共产党与中国人民的血肉之情的事实，用中国新疆人权事业取得巨大成就的事实，来一个个戳破恶意攻击者的西洋镜。第二，舆论斗争工作要丰富斗争形式。舆论斗争工作重要目的之一就是要让广大民众识清真相，而人民喜闻乐见的才是大众的，舆论斗争工作可运用歌曲、图画、标语、宣传文章等形式开展，可利用报刊、网络、电视、广播、壁体等载体进行。第三，舆论斗争工作要增强斗争本领。中国共产党舆论斗争工作开展者要认真学习马克思主义中国化最新理论成果，坚持用习近平新时代中国特色社会主义思想武装头脑，指导斗争工作实践，要强化政治历练，涵养斗争精神，掌握斗争规律，增强斗争思想自觉与行动自觉；中国共产党舆论斗争工作开展者要坚定对马克思主义的信仰和对中国特色社会主义的信念，增强政治定力与政

治鉴别力；中国共产党舆论斗争工作开展者要坚守中华优秀传统文化根脉和中国特色社会主义先进文化血脉，以中华优秀传统文化与中国特色社会主义先进文化为内容支撑与力量根基，进行彰显中国智慧的舆论斗争工作。

·左翼文学与延安文艺研究·

# 鲁迅、左联与湖风书局关系考析*

俞宽宏①

**摘　要：**湖风书局是20世纪30年代上海白色恐怖岁月里，左联自己创办的唯一一家书店。学术界对这家书店的整体研究十分稀缺。本文对这家书店的创办缘由、经费来源、出版著作、前后期经营情况进行了详细考证，同时也对左联依托湖风书局创办《文学导报》《北斗》《正路月刊》的大致过程及其影响进行了研究。本文特别就鲁迅与湖风书局、左联与湖风书局的关系进行了梳理，以湖风书局出版著作展示其鲜明的左翼政治立场，用翔实的史料论证了湖风书局为中国左翼文化运动作出的巨大贡献。

**关键词：**湖风书局；鲁迅；左联

1931年春节前，在国民党梁冠英二十五路军工作的共产党员宣侠父到上海寻找左联，一是希望加入左联，二是希望左联帮助出版其自传小说《入伍前后》。当得知左联因为国民党的文化压迫，处境极其困难，便提议由他想办法搞点儿钱，交左联创办一个书店。此事经左联常委会研究，大家一致同意，并决定书店编辑由左联负责，书店的经营管理由宣侠父物色可靠的人选来担当，同时也指定阳翰笙担任左联与宣侠父的联系人。

不久，宣侠父“说服了梁冠英，请他出资在上海帮助几个文人朋友办个书店。梁出了3万元大洋，侠父携款到上海，又介绍自己的黄埔同学、同乡周濂卿任经理，内侄金树望及同乡马产宁去当店员，他们都是共产党员”②。1931年夏秋间，周、金两人以梁冠英的名义同杜月笙交道，终于在公共租界靠近北浙江路的“七浦路找到了一个铺面。地

* 项目基金：国家社科基金重大项目“马克思主义中国化视域下的左联文论及其资料整理与研究”（批准号：22&ZD281）。

① 作者简介：俞宽宏（1967—　），中国左翼作家联盟会址纪念馆副研究馆员。

② 金戈：《未能亮相的左联作家宣侠父——现代文学史不应忘却》，《新文学史料》2009年第3期，第92页。

点虽不很理想，房子倒很宽敞，足可以办个书店了。他们还租到一间弄堂房子，专门用来存放书和纸版，这是准备万一书店被查封时，书和纸版不致受到损失”①。

## 一

1931 年 9 月 20 日，经过 3 个月时间的筹备，湖风书局终于开张。湖风书局地点在七浦路 734 号，朝西不远就是上海总商会，往东离北四川路也不远。同日，左联依托湖风书局创办的机关刊《北斗》月刊也出版发行。9 月 19 日上海《申报》报道：

湖风书局明日开幕

湖风书局自筹备以来，迄已三月，现定于九月二十日正式开幕。门市部及批发部均设于七浦路七百三十四号，出版新书已有六七种，均为知名之士作品，文艺月刊北斗，系丁玲女士所主编，亦准于九月二十日出版。②

《申报》的这则报道是符合事实的，同日出版的《民国日报》也作了内容一样的信息披露。依照上面报纸信息推算，宣侠父为左联筹集开办书店的资金应该在这年 6 月中旬就已到位。湖风书局是左联自己创办的书店，外表看起来“店很小，类似‘皮包书店’性质”，但这并没有影响书店积极进取的决心，“该局主人甚愿努力出版新书，为文化界作一度积极之服务”③。

事实上，湖风书局正式开张之前，早在 8 月就已经开始了出版活动，魏金枝的著作《七封书信的自传》就是在这个月出版的。阳翰笙说：“当时左联和文总还需要办一个内部领导性的刊物，苦无资金，办不起来。这时侠父刚好又来到了上海，我问他能不能在经费上再想点办法？侠父慷慨地一口答应说：经费我包了！就这样，左联和文总的内部刊物《文学导报》（由冯雪峰、楼适夷主编），也同时办起来了。”④《文学导报》创刊号（第一卷第二期）的出版时间是 1931 年 8 月 5 日，第二期出版时间是 8 月 20 日，这说明，早在 1931 年 7 月湖风书局就已为《文学导报》的出版做好了充分准备。

的确，湖风书局在其开办之初是相当努力的。1931 年 8 月至同年年底，湖风书局在出版发行《北斗》《文学导报》的基础上，先后出版的著作就有魏金枝的《七封书信的自传》（1931 年 8 月版）、德国 A. Michaelis 的《美术考古学发现史》（郭沫若译，1931 年

① 阳翰笙：《风雨五十年》，人民文学出版社 1986 年版，第 152 页。

② 《湖风书局明日开幕》，《申报》1931 年 9 月 19 日第 16 版。

③ 《湖风书局定期开幕》，《民国日报》1931 年 9 月 19 日第 2 版。

④ 阳翰笙：《风雨五十年》，人民文学出版社 1986 年版，第 152 页。

9月1日版)、苏联柯洛连科的《恶党》(适夷译,1931年9月版)、苏联屠格涅夫的《饥饿的光芒》(俄国短篇小说选,蓬子译,1931年9月版)、白鸥女士的《脱了牢狱的新囚》(1931年9月15日版)、高尔基的《我的大学》(杜畏之、萼心合译,1931年9月版)、高尔基的《夜店》(李谊译,1931年9月版)、美国马克·吐温的《夏娃日记》(李兰译,1931年10月版)、匈牙利裴多菲(Petöfi Sándor)的《勇敢的约翰》(孙用译,1931年10月版)、俄国妥斯退夫斯基的《地下室日记》(洪灵菲译,1931年11月版)、钱谦吾编的《青年文学自修读本》(第一、二、三册,1931年11月30日版)、白薇的《打出幽灵塔:外三篇》(1931年12月20日版)、张天翼的《小彼得》(1931年12月25日版)等著作和译著。此外,湖风书局还以一个假书店的名义秘密出版了石雁(宣侠父)的长篇小说《入伍前后》① 200册,用以赠送左联的作家朋友。

湖风书局开业4个月内出版的期刊和著作,几乎占了其全部出书量的四分之一强。这既得力于左联的积极支持,另一方面也说明其初期的资金十分充足,并不像外界所说的那样贫弱。②

湖风书局开业当日,"九一八"事变已爆发,之后上海和全国各地的抗日救亡运动一浪高过一浪。在这样的背景下,左联在湖风书局出版的两个期刊《北斗》和《文学导报》,都在一定程度上反映了国家内忧外患严重时期左翼文化运动面对的一系列亟待解决的问题。

《北斗》月刊是吸收了1930年办刊挫折经验后,左联自己创办的一份公开发行的大型机关刊,由丁玲主编。这个期刊创办之初,组织上是有把这个期刊长期出版下去的想法的。丁玲回忆胡也频牺牲后,组织安排她出面主编《北斗》的情况说:

> 要我留在上海,编辑《北斗》。为什么要我来编呢?因为我在左联没有公开活动过,而且看起来我带一点资产阶级的味道,虽说我对旧的社会很不满,要求革命,但我的生活、思想、感情还有较浓厚的小资产阶级的味道。叫我来编辑《北斗》,不是因为我能干,而是因为左联里的有些人太红了,就叫我这样还不算太红的人来编辑《北斗》。这一时期我是属冯雪峰领导的。《北斗》的编辑方针,也是他跟我谈的,尽量地要把《北斗》办得像是个中立的刊物。因为你一红,马上就会被国民党查封。③

---

① 此小说的主题是"兵运""兵变",因为内容太红,当时无法公开出版发行。

② 沈起予夫人李兰说湖风书局经理周濂卿只带来了600元资金,似乎有点儿不符合实际。600元启动资金短时办不了这么多事。(参见刘华庭《关于湖风书局》,俞子林主编《百年书业》,上海书店出版社2008年版,第117页。)

③ 丁玲:《我与雪峰的交往》,《丁玲全集》第6卷,湖北人民出版社2001年版,第270页。

按照组织安排，《北斗》创办初期，丁玲确实是努力想把期刊办得中性一点的，刊发了沈从文、谢冰心、凌叔华、陈衡哲等一批中间阶层文化人的文章，尽量不让人知悉《北斗》是左联创办的期刊。但出至同年11月第三期后，熟悉上海情况的作者和读者都看出了《北斗》的政治倾向。因为怕事，原来准备给《北斗》写稿的中间阶层知识分子就不再向期刊投稿，这为1932年8月期刊被查封埋下了伏笔。尤其是第四期之后，几乎所有重要作者都来自左翼阵营，成为当时左翼作家战斗的阵地，“鲁迅、瞿秋白及其他许多左翼作家都在《北斗》上发表文章，影响很大”。但如冯雪峰等人所担心的那样，仅仅10个月时间，这个期刊就被国民党当局所扼杀。

《文学导报》创刊的时间较之《北斗》要早一些。《文学导报》系半月刊，是左联内部的理论指导性刊物。除第一期《前哨》出版稍早之外①，第二期正式出版时间是8月5日，第六、七期是合刊，一直出版至11月15日第八期后停刊。阳翰笙介绍这个期刊的情况说：

> 《文学导报》登载左联的各项重要决议和行动纲领；报道苏区文化；介绍苏联等国的革命文化。萧三在哈尔可夫出席世界革命文学大会后，写给左联的重要长信也在这上面刊载了。瞿秋白同志以“史铁儿”笔名发表了多篇重要文章……总之，尽管当时国民党反动派进行反革命文化“围剿”和血腥屠杀，但是左翼作家联盟却通过《文学导报》发出了战斗的号召。②

阳翰笙对《文学导报》的介绍言简意赅，却清晰地展示了《文学导报》的历史功绩。这个时期瞿秋白已参与文委的领导工作，左联及时调整斗争策略，不再把主要精力用于密集的街头政治斗争，而是回到了文学本身。与此同时，左联也逐步克服了左联“五烈士”牺牲后一段时间相对松散的状态，各方力量调动起来了，各项工作都走向了健康发展的新阶段。《文学导报》真实地反映了这一时期左联斗争策略的重大转变。尤其是丙申（茅盾）的《“五四”运动的检讨——马克思主义文艺理论研究会报告》，洛扬（冯雪峰）的《统治阶级的‘反日大众文艺’之检查》《关于革命的反帝大众文艺的工作》，史铁儿（瞿秋白）的《大众文艺和反对帝国主义的斗争》《东洋人出兵》和左联《中国无产阶级革命文学的新任务——一九三一年十一月中国左翼作家联盟执行委员会的决议》等文章和决议，及时反映了国内时局的变化，对这一时期的左联工作产生了十分重要的影响。

---

① 《前哨》标注的出版时间是4月25日，但实际出版时间要迟一些。其出版经费直接来自左联，而不是出自湖风书局。

② 阳翰笙：《风雨五十年》，人民文学出版社1986年版，第153页。

## 二

鲁迅是左联盟主，湖风书局在其筹备阶段就同他有着很多交往。鲁迅对湖风书局的帮助，首先表现在他对丁玲主编《北斗》的支持上。1931年7月30日，鲁迅日记载："下午文英、丁琳来"。这是丁玲主编《北斗》月刊，为选用插图同左联党团书记冯雪峰一起往访鲁迅的记录。这也是丁玲第一次同鲁迅的正式交往。丁玲回忆：

> 这时我刚刚负责《北斗》的编辑工作，希望《北斗》能登载几张像《小说月报》有过的那种插图，我自己没有，问过雪峰，雪峰告诉我，鲁迅那里有版画，可以问他要。过几天雪峰说，鲁迅让我自己去他家挑选。一九三一年七月三十日，我和雪峰一道去了。那天我兴致非常好，穿上我最喜欢的连衣裙。那时上海正时兴穿旗袍，我不喜欢又窄又小又长的紧身衣，所以我通常是穿裙子的。我在鲁迅面前感到很自由，一点也不拘束。他拿出许多版画，并且逐幅向我解释。我是第一次看到珂勒惠支的版画，对这种风格不大理会，说不出好坏。鲁迅着重介绍了几张，特别拿出《牺牲》那幅画给我，还答应为这画写说明。①

7月30日这次丁玲访问鲁迅，鲁迅特别为她提供了珂勒惠支的版画《牺牲》和里惠拉的版画《贫人之夜》等作品。珂勒惠支的版画《牺牲》很快就刊载在《北斗》创刊号上，位置在《目录》之后，加上鲁迅的文字说明，显得十分耀眼。在《北斗》第二期同样的位置上，主编刊载了里惠拉的版画《贫人之夜》，鲁迅同样为它写了说明文字。当然，鲁迅对《北斗》月刊的支持，更体现在他为期刊大量提供文章方面。鲁迅分别用"冬华""长庚""隋洛文""洛文""丰瑜""不堂"等笔名，在《北斗》发表了著译文章十余篇。其中《我们不再受骗了》《答北斗杂志社问》等文，用的是鲁迅真实的笔名，产生了很大的影响。

鲁迅与湖风书局直接发生关系，是由他推荐在湖风书局出版了《勇敢的约翰》《夏娃日记》两部译著。

《勇敢的约翰》是匈牙利著名爱国诗人裴多菲的长篇叙事诗，其核心思想是歌颂爱情，反对封建统治。1929年9月24日，杭州邮局青年职工孙用把他用世界语翻译出来的《勇敢的约翰》全文诗稿寄给鲁迅，希望能在鲁迅主编的《奔流》月刊上发表。因为此诗篇幅太长不便在《奔流》上刊载，鲁迅想把它单独出版："可以设法印一单行本，约印一

① 丁玲：《鲁迅先生于我》，《丁玲全集》第6卷，湖北人民出版社2001年版，第114页。

千，托一书局经售，版税可得定价百分之二十”[①]。这部书稿 1929 年 11 月鲁迅本来就已和春潮书局谈妥，作为该书局的《近代文艺丛书》之一出版，没想到春潮书局“后来态度颇不热心”。鲁迅稍后又找了《小说月报》《学生杂志》等出版单位，“颇碰了几个钉子”。1931 年 4 月 1 日鲁迅为它写好了《校后记》，5 月 4 日写信给孙用决定“由个人付印一千部”。1931 年 7 月周濂卿酝酿成立湖风书局，鲁迅托人咨询湖风书局，书局很快就表达了愿意出版此书的意愿。于是鲁迅就把已经编好的书稿交由湖风书局出版。

1931 年 9 月 13 日，鲁迅收到湖风书局的来信和《勇敢的约翰》校稿。9 月 15 日，鲁迅写信给孙用说：“《勇敢的约翰》有一个湖风书局印去了，它是小店，没有钱，所以插图十二幅及作者像一幅，是由我印给它的。”[②] 9 月 16 日，鲁迅向湖风书局寄还了经过自己校对的《勇敢的约翰》校稿。此书的出版总算正式有了下落。

《勇敢的约翰》出版的标注时间是 1931 年 10 月。但鲁迅 10 月 17 日才把“《勇敢的约翰》插图十三种一万三千枚，图板二十块”寄给湖风书局，1931 年 10 月 30 日“以《勇敢的约翰》译者印证千枚，并插图制版收据，并印证税收据付湖风书局”[③]。由此看来，《勇敢的约翰》实际出版时间应当是 11 月上旬。

11 月 12 日，鲁迅“得湖风书局信并《勇敢的约翰》二十本”。次日，鲁迅“寄孙用信并《勇敢的约翰》十一本”，“得湖风书店信并《勇敢的约翰》七十五本，作价三十七元八角也”。[④] 对于此书的出版，鲁迅倾注了大量心血，不仅亲自对译文进行校改，多次同孙用通信寻找插图，撰写《校后记》，对书籍装帧进行设计，还筹集出版经费，为保证译者收益做了大量的工作。最后，收到湖风书局出版的《勇敢的约翰》，鲁迅说：“这回的本子，他们许多地方不照我的计划：毛边变了光边，厚纸改成薄纸，书面上的字画，原似是偏在书脊一面的，印出来却在中央，不好看了……不过在这书店都偷工减料的时候，这本却还可以说是一部印得较好的书；而且裴多菲的一种名作，总算也绍介到中国了。”[⑤] 从经济的角度来说，这本书的出版并不划算，鲁迅得到湖风书局寄来的 75 本《勇敢的约翰》，大都赠给了美术青年和朋友，供青年们参考学习，并没有实际的经济收益；但从左翼文化传播的角度来说，此书的出版是有其特殊价值的。

鲁迅向湖风书局推荐出版的另一部著作是李兰翻译的《夏娃日记》（美国马克·吐温著）。

1931 年的一天，鲁迅在拉摩斯公寓自己寓所看到了邻居搬走后遗留下来的一本西文

① 鲁迅：《鲁迅全集》第 12 卷，人民文学出版社 2005 年版，第 213 页。

② 鲁迅：《鲁迅全集》第 12 卷，人民文学出版社 2005 年版，第 274 页。

③ 鲁迅：《鲁迅全集》第 16 卷，人民文学出版社 2005 年版，第 274 页。

④ 鲁迅：《鲁迅全集》第 16 卷，人民文学出版社 2005 年版，第 277 页。

⑤ 鲁迅：《鲁迅全集》第 12 卷，人民文学出版社 2005 年版，第 284 页。

《夏娃日记》，被书中 50 多幅精美的插图所吸引（出自美国画家里斯德·莱勒孚之手），同时也被作者马克·吐温迷住了，爱不释手。1931 年初秋，他让冯雪峰把这本书带给沈起予夫人李兰，请她把这本书翻译出来交给湖风书局出版。李兰把翻译完成的《夏娃日记》译稿给鲁迅看，鲁迅看后很满意，赞赏不已。1931 年 7 月 20 日鲁迅“校录《夏娃日记》毕”，9 月 27 日夜欣然为这本书写了《〈夏娃日记〉小引》以作推介。鲁迅 10 月 22 日“下午校《夏娃日记》讫”，10 月 26 日“下午寄湖风书局信并校稿”，这部著作终于可以付梓了。

图 1 《夏娃日记》封面

湖风书局出版《夏娃日记》（马克·吐温著，李兰译）的标注时间是 1931 年 10 月，实际出版时间应该是 11 月了，初版 1000 册。这本著作的目录之后，即印有唐丰瑜（鲁迅）的《〈夏娃日记〉小引》。鲁迅在其中介绍《夏娃日记》说：

虽然不过一种小品，但仍是在天真中露出弱点，叙述里夹着讥评，形成那时的美国姑娘，而作者以为是一切女性的肖像，但脸上的笑影，却分明是有了年纪的了。幸而靠了作者的纯熟的手腕，令人一时难以看出，仍不失为活泼泼地的作品；又得译者将丰神传达，而且朴素无华，几乎要令人觉得倘使夏娃用中文来做日记，恐怕也就如此一样：更加值得一看了。①

看中译著的文学价值是一方面，鲁迅还格外喜欢《夏娃日记》中莱勒孚的50余幅白描插图。鲁迅说这些图画“虽然柔软，却很清新”，“对于中国现在看惯了斜眼削肩的美女图的眼睛，也是很有澄清的益处的”。② 这些浅近的语言，清晰地传达了鲁迅对这本译著的特殊感情。

1931年12月5日，鲁迅“夜收湖风书店所赠《夏娃日记》十本”。1932年6月2日，鲁迅“午后得湖风书局信并《勇敢的约翰》版税三十”，这是鲁迅直接同湖风书局打交道的最后记录。

## 三

1932年上半年，湖风书局继续延续其出版事业。尽管因为“一·二八”事变的影响，中间停业了两个月，但湖风书局仍然出版了法国斯丹达尔等人的《青年烧碳党》（穆木天译，1932年1月版）、高尔基的《隐秘的爱：外三篇》（森堡、华蒂合译，1931年1月20日版）、穆时英的《南北极》（1932年1月20日版）、日本村山知义的《最初欧罗巴之旗，一名，鸦片战争》（袁殊译，1932年1月21日版）、郁达夫的《她是一个弱女子》（1932年4月20日版）、蒋光慈的《田野的风》（1932年4月30日版）、穆时英的《油布》（1932年4月版）、美国欧文等人的《最后的一叶》（许子由译，1932年6月1日版）、适夷的《第三时期》（1932年6月30日版）等著作和译著，进一步增强了书店的实力。

湖风书局“是左联在白色恐怖的年月里唯一的、自己的出版机构”③，书局编辑是左联自己的同志，所以书局很快就成了左联的一个重要“活动据点，同志们常在那里碰头、商量事情”④。新中国成立后，金树望回忆说，他们的“书店在楼下，而楼上就成了左联成员及左翼人士秘密聚会和活动场所，他曾亲眼见过鲁迅、茅盾、史沫特莱等人在上边聚会，金树望也常到丁玲、姚蓬子（诸暨同乡）等人处去做一些联络工作”⑤。由此看来，湖风书局虽然规模小，但其助推中国左翼文化运动发展的作用是不可低估的。同时，湖风书局也没有因为自己力量有限就忘记了自身的责任。“一·二八”事变刚刚停火的3月中旬，湖风书局就对外发布征稿广告，欲出版湖风创作小说五巨册，“暴露出炮舰政策

---

① ［美］玛克·吐温著，李兰译：《夏娃日记》，上海湖风书局1931年版，第2页。

② ［美］玛克·吐温著，李兰译：《夏娃日记》，上海湖风书局1931年版，第2页。

③ 阳翰笙：《风雨五十年》，人民文学出版社1986年版，第154页。

④ 阳翰笙：《风雨五十年》，人民文学出版社1986年版，第154页。

⑤ 金戈：《未能亮相的左联作家宣侠父——现代文学史不应忘却》，《新文学史料》2009年第3期，第93页。

实施下的一切残酷，记述着广大的革命群众，反抗帝国主义的热烈的情绪”①，为民族留下一页光辉的历史。

大致说来，1932年上半年湖风书局过得还算比较平静，“一·二八”事变结束后的出版活动也比较活跃。因为战争的影响，丁玲主编的第二卷第二期《北斗》直到5月才出版（本应该是在2月出版的）。这期《北斗》发表的都是左翼作家的作品，其中有丹仁（冯雪峰）的《民族革命战争的五月》、易嘉（瞿秋白）的《五月和新的文化革命》和鲁迅的《我们不再受骗了》等文章，都具有十分鲜明的无产阶级革命的政治立场。1932年6月，上海的一位读者通过邮局邮寄这期《北斗》，被芜湖邮政检查所扣留，并逐级密报至国民党中央宣传委员会。通过审读，国民党中央执行委员会认定这是共产党创办的期刊，于6月20日下达了查封《北斗》的密令。7月上旬，国民党的密令到达上海，《北斗》和湖风书局的命运岌岌可危。

《北斗》第二卷第三、四期合刊的出版时间是1932年7月20日。1932年9月11日，鲁迅致曹靖华信说：“这里的压迫是透顶了，报纸常造我们的谣。书店一出左翼作家的东西，便逮捕店主或经理。上月湖风书店的经理被捉去了，所以《北斗》不能再出。”② 根据鲁迅的书信信息推算，湖风书局经理被捉去的时间应该是在7月下旬到8月上旬之间。如果稍早，《北斗》最后二期合刊就发行不了。当然，湖风书局经理被捉去，不仅仅是《北斗》月刊单方面的问题，金树望说：“湖风书局被英租界当局查封时，英巡捕说，你们成了高尔基的书店了。”③ 金树望的回忆材料，清晰地展示了湖风书局的左翼出版立场及其影响。

实际上，周濂卿被警局捉去停留的时间很短，因为书局是用梁冠英的名号创办的。《北斗》虽然被查封，但湖风书局的门市部还照常经营，其出版事业并没有受影响。1932年下半年，湖风书局先后出版了袁殊的《学校新闻讲话》（1932年7月版），华汉的《复兴》《深入》《转变》《最后一天》（1932年7月25日版），健尼的《前夜》（1932年8月15日版），田汉的《暴风雨中的七个女性》（田汉戏剧别集，1932年9月15日版），铁池翰（张天翼）的《齿轮》（湖风创作集之一，1932年9月30日版），高尔基的《胆怯的人》（原名福玛哥蒂耶夫，李兰译，1932年10月20日版），美国史沫特列（Agenes Smedley）的《大地的女儿》（林宜生译，1932年11月版）等著作和译著。

同时为了促销，湖风书局于这年夏天开始使用购书循环券，极力提高书局的经济效益。

---

① 《湖风书局征文启事》，《申报》1932年3月18日第2版。

② 鲁迅：《鲁迅全集》第12卷，人民文学出版社2005年版，第327页。

③ 阳翰笙：《风雨五十年》，人民文学出版社1986年版，第153页。

## 四

1932年下半年，蒋介石命令梁冠英的二十五路军进攻鄂豫皖苏区，宣侠父极力劝阻，但梁冠英部国民党的左右势力很大，没有听从宣侠父的劝告。1933年4月，宣侠父只好同左联派往梁冠英二十五路军工作的杜国庠①一起回到上海。1933年3月上中旬，湖风书局转移至北四川路附近的老靶子路（今武进路）163号办公。这个阶段，湖风书局实际上同梁冠英的二十五路军已没有任何纠葛，但书局的经济实力有了显著的下降。

1933年前3个月，湖风书局还保持着1932年的出书节奏，先后出版了拉斯古等著的《重回故乡：非战小说集》（蒋怀青译，1933年1月版）、林菁（华汉）的《义勇军》（湖风创作集之二，1933年1月15日版）、寒生的《大学生日记》（上册，1933年3月1日版）、李辉英《万宝山》（湖风创作集之三，1933年3月1日版），这些著作和译著的出版地是七浦路734号。但3月20日出版的妥斯退夫斯基的《赌徒》（洪灵菲译），出版地就改为了老靶子路163号。1933年4月之后，就鲜有湖风书局出版新书的信息了。

图2 《赌徒》封面

---

① 杜国庠在梁冠英部实际工作的时间只有一年，1932年下半年即以上海为中心开展左翼文化工作。

宣侠父回到上海不久，就应组织要求到北方参加冯玉祥、吉鸿昌等人的抗日军事斗争。另一方面，转移到老靶子路后，湖风书局同左翼文化阵营的关系更加密切。这段时间，左翼文化斗争形势相当复杂，左联工作尚处在四处出击的新阶段，冯雪峰已出任江苏省委宣传部部长，瞿秋白、茅盾都住在北四川路底的施高塔路上，丁玲于5月14日在北四川路旁的昆山公园路公寓被捕，郑君平（郑伯奇）正在附近良友图书公司创刊《电影画报》。与此同时，国民党为配合对红军各根据地的进攻，对上海和全国各地的左翼文化压迫日甚一日，1933年5、6月，湖风书局出版的郁达夫《她是一个弱女子》、楼适夷的《第三时期》等著作相继被国民党当局查封。

在文委的领导下，1933年6月，左联和文总依托湖风书局创刊的《正路月刊》正式出版。在此之前的5月27日，湖风书局就在《申报》上做了《正路月刊》的出版广告。《正路月刊》是一本集哲学、社会科学和文学为一体的综合性杂志，由社联常委张耀华主编（实际上是杜国庠主编），创刊号出版时间是6月1日。此时张耀华正在冯雪峰领导下开展工作，同宋庆龄关系相当友善。《正路月刊》主题涉及国内外的政治、经济、时事等各个方面，以哲学、社会科学内容为主，包括文学创作和翻译论著，主要撰稿人都是当时战斗在左翼文化战线上的文总、社联和左联的骨干文化人：张换明（朱镜我）、杜国庠、马亚人、许涤新、蔡磐洲、张耀华、艾思奇、茅盾、周扬、楼适夷、郭沫若、艾芜等。

《正路月刊》是左联机关刊《北斗》《文学月报》被国民党查封后公开发行的又一重要月刊。期刊创办之初，不管是左联、文总还是湖风书局，都是有把这一期刊长期出版下去的计划的。但《正路月刊》出版了第二期（1933年7月20日版）之后，随着次月张耀华在施高塔路四达里被捕，期刊也被迫停刊。大体上来说，因为只出版了两期，《正路月刊》发表的文章并不多，然而它的意义并不平凡。尤其是对部分社联的同志来说，更值得回顾。艾思奇原名李生萱，当时只有23岁，分别在两期《正路月刊》上发表了《抽象作用与辩证法》《进化论的真凭实据》两篇哲学论文。这是他第一次发表哲学论文。从此之后，艾思奇的哲学道路越走越宽，最终成为20世纪中国的哲学大家，对一个世纪以来的中国思想史产生了深刻的影响。许涤新原名许声闻，分别在两期《正路月刊》发表了《独占王国的金钱恐慌》《读中国上海两银行报告以后》两文，之后他就以此笔名行世。杜国庠1932年回到上海后重操旧业，他以林素庵的笔名，在《正路月刊》先后发表《罗马会见与华盛顿谈话》《世界经济会议开幕前后》两篇文章，都排在期刊的显要位置上，产生了不小的影响。这也是杜国庠第一次使用林素庵的笔名发表文章，显示了作者同《正路月刊》的亲密关系和自己坚定的无产阶级政治立场。

1933年6月，中共中央发出《关于欢迎国际反帝非战大同盟代表来华及反帝大会的筹备通知》，由中共江苏省委宣传部负责反帝大会的具体筹备工作。7月初，左联盟员汪金丁刚从湖风书局出来，就在马路上被国民党特务逮捕。8月6日晚，江苏省委宣传部部长冯雪峰在湖风书局所在地附近的一家旅馆里，同《正路月刊》主编张耀华、上海反帝大同盟党团书记刘芝明一道召开核心小组会议，筹备召开远东反战大会。8月17日，正在筹备召开国际反战大会的张耀华在北四川路底施高塔路（今山阴路）四达里寓所，被守候在这里的特务逮捕。同日被捕的还有社联成员刘芝明、史存直、张云、林天木等人。8月18日，鲁迅、茅盾、田汉等左联盟员在《中国论坛》上发表《欢迎反战大会国际代表的宣言》，欢迎世界反战大会在上海召开。9月17日，楼适夷为恢复遭到破坏的反帝大同盟组织关系，在北四川路底内山书店杂志部被国民党特务跟踪绑架。受楼适夷牵连，刚刚出狱不久的美联重要盟员江丰，也因受组织委派参与筹备反战会议工作，在湖风书局附近的公益坊被捕。9月30日，世界反对帝国主义战争委员会远东会议在湖风书局所在地以东的公共租界霍山路85号召开，会议由宋庆龄主持。到了这年年底，冯雪峰因江苏省委的个别干部被捕而暴露身份，不得不离开上海到中央苏区工作。

实际上，1933年7月以后，以湖风书局为中心发生的一系列事件，使书局的左翼立场很快地暴露了。同湖风书局有密切交往的一批左联盟员的被捕，加上部分出版书籍被查封，书店运作越来越困难，湖风书局已很难在北四川路经营下去。1933年7月，潘公展在附近老靶子路380号创办的《汗血周刊》《汗血月刊》，到年底就推出了臭名昭著的“文化剿匪专号”，文化斗争形势十分尖锐。

1933年12月31日，《申报》登载了一则湖风书局春光书店启事：

湖风书局春光书店启事

缘湖风书局系周濂卿等所创设，并由周君负责经理。周君因另有他就，无暇兼顾，经二十二年十二月十日股东会议议决改组，并将湖风书局名称改为春光书店，由高鹏天接管营业，所有以前湖风书局名下欠人债项及图章担保以及与人订立契约等事，统归前湖风书局经理周濂卿君自理，与春光书店高鹏天无涉，至于同行账款等事均归春光书店收取，恐未周知特此声明。

湖风书局春光书店同启

新址：棋盘街交通路43号①

《申报》的报道材料显示，1933年12月10日，湖风书局是召开过股东会议的。会议决定把湖风书局改名为春光书店，法人代表改由高鹏天承担。至此，湖风书局结束了它的历史使命。

春光书店是左联的外围书局，主要骨干也是左联盟员，周文是主要领导人。湖风书局改名易主这件事肯定有左联牵线搭桥的功绩。春光书店接手经营湖风书局未禁之书籍，

---

① 《湖风书局春光书店启事》，《申报》1933年12月31日第7版。

其实也很难。因为湖风书局关门不到 3 个月，1934 年 2 月首次在报上刊登的遭国民党查禁的 149 种文艺书籍之中，湖风书局出版的就有 8 种之多。但湖风书局在其存在的 2 年 5 个多月时间里，总共出版的书籍也不过 40 种左右而已，被查禁的书籍就占书局出版总量的五分之一。从经济的角度来说，后期缺少资金支持的湖风书局如要再坚持经营下去，亏损是难免的，除非找到了更好的销售渠道。但从对左翼文化运动贡献的角度来说，湖风书局出版发行的期刊全部是左联机关刊，出版的书籍绝大部分是左联盟员的著作，大量销售洪灵菲的《转变》《流亡》等左联盟员的著作，左翼政治立场相当明确，它的确是可以“载入三十年代左翼文化运动的史册”的。湖风书局为左翼文化发展作出的贡献没有其他书局能够替代。

# 《现代》杂志对外国左翼文艺思潮的引进*

黄　杨①

**摘　要**：出现在1930年代的《现代》杂志，是1930年代文学史的记录者、创造者与见证者。《现代》杂志文艺思想的多元性与包容性，使其对中国1930年代涉及的一些重要的文艺理论、社会问题、文化观念问题敏锐地做出了反映，其中就包括当时震撼着整个中国文坛的左翼思潮。《现代》为积极引进外国左翼文艺思潮，推进马克思主义文艺理论的传播，支持左翼文学的发展，做了大量的工作。

**关键词**：《现代》杂志；左翼文艺思潮；译介引进

一部优秀的期刊影响着文学史的发展。赵家璧说："现代文学史就是通过现代文学期刊，展现了它最原始、最真实、最生动的面貌的。文学理论的斗争场面，文艺流派的形成过程，作家由默默无闻而名扬四海，作品由最初在期刊上初露头角逐渐成为传世名作。"② 张静庐说："新文化运动以著名学者为领袖，以全国学生为中心，其传播之重要媒介则为出版物。"③《现代》杂志可以说是1930年代文学史的记录者、创造者与见证者。《现代》杂志出现在中国现代文学史的第二个十年，它表现出现代文学这个时期的独特性质。

"五四"运动以后，新文化阵营中的文艺刊物几乎都是同人刊物，《现代》杂志是难得的一部非同人杂志。淞沪战争之后，面对当时文化空白的上海，现代书局的张静庐认为，恢复上海的出版业迫在眉睫，这就需要办出一个受欢迎的文学刊物。为了刊物的寿命，《现代》必须不被政治影响，要不左不右，保持中立的位置，以获得尽量广泛的社会

---

* 项目基金：2022年度国家社科基金后期资助项目"施蛰存的文学关系网与朋友圈"（批准号：22FZWB094）。

① 作者简介：黄杨（1984—　），女，湖北大冶人，文学博士，金陵科技学院人文学院讲师，主要研究方向为中国现代文学。

② 赵家璧：《现代文学期刊漫话·序》，应国靖《现代文学期刊漫话》，花城出版社1986年版，第2页。

③ 张静庐主编：《中国现代出版史料》，中华书局1959年版，第387页。

接受度。出于这种目的，张静庐选中了施蛰存任主编，因为施蛰存有办刊经验，而且没有参加任何派系，与任何人都没有矛盾。张静庐说："这一时期，他是挺适宜的一位编辑。对无论哪一方面都没有仇隙，也不曾在文坛上对某一位作家发起过磨擦。"①

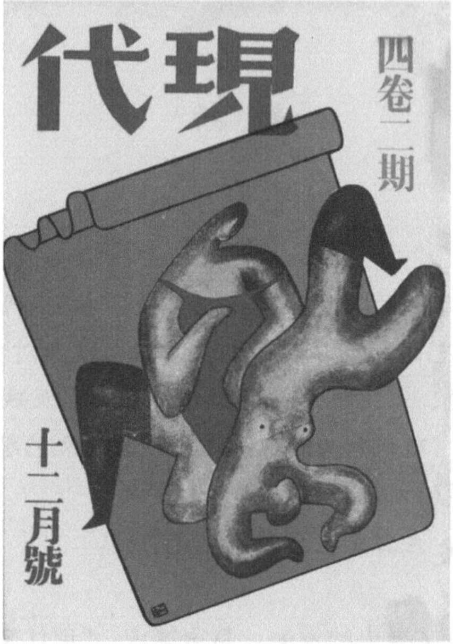


图 1 《现代》十二月号封面

根据张静庐办刊的不左不右的立场，主编施蛰存在《创刊宣言》中明确表示："本志并不预备造成任何一种文学上的思潮、主义或党派。"这个中立的态度为《现代》的多样性与复杂性奠定了基础，使《现代》成为中国现代文学各种流派、各种思想的大集合，也实现了施蛰存最初的办刊志向："把本志编成一切文艺嗜好者所共有的伴侣。"②

《现代》杂志编辑中立且开明的态度，决定了《现代》杂志中文艺思想的多元性与包容性。《现代》对中国 1930 年代涉及的一些重要的文艺理论、社会问题、文化观念问题敏锐地做出了反映，其中就包括当时震撼着整个中国文坛的左翼思潮。钱理群等在《中国现代文学三十年》中说："这个时期显著的特征有三：其一是'五四'所开启的有相对思想自由的氛围消失了，文学主潮随着整个社会的变革而变得空前的政治化；二是无产阶级革命文学运动推进了马克思主义文艺理论的传播与初步的运用，并在相当程度上决定着此后二三十年间文坛的面貌；三是在左翼文学兴发的同时，自由主义作家的文学及

① 张静庐：《在出版界二十年——张静庐自传》，西北大学出版社 2019 年版，第 95 页。

② 施蛰存：《编辑座谈》，《现代》1932 年 5 月创刊号，第 197 页。

其他多种倾向文学彼此颉颃互竞，共同丰富着 30 年代的文学创作。”① 出现在 1930 年代的《现代》杂志，正受到这三个时代特征的影响。作为主编的施蛰存在日益政治化的文学主潮环境中，努力将《现代》办成与世界最前沿的思想文化接轨的刊物。“侧重为中国读者介绍了西方新时代文学，包括苏联文学。”②《现代》应该推进马克思主义文艺理论的传播，支持左翼文学的发展。

## 一、《现代》对俄苏左翼文艺理论的译介

为了促进马克思主义文艺理论的传播，支持左翼文学的发展，就要将国外的先进理念与进步文学译介到中国来。1920 年以后的文学，在《现代》主编施蛰存的眼中，就是“左翼”与“现代”，是 Modernist（现代派）的一支：“在二十年代初期到三十年代中期，全世界研究苏联文学的人，都把它当作 Modernist 中间的一个 Left Wing（左翼）。”③

施蛰存说：“这个月刊既然名为《现代》，则在外国文学之介绍这一方面，我想也努力使它名副其实。我希望每一期的本志能给读者介绍一些外国现代作家的作品。”④ 而在众多外国文学的译介中，俄苏左翼文学的译介作品的数量是最多的。其中最为重量级的文章是二卷六期由静华（瞿秋白）翻译的 9000 多字的长文《马克思、恩格斯和文学上的现实主义》，这篇文章是瞿秋白根据苏联公谟学院出版的《文学遗产》中塞列尔的论文翻译的。这篇文章在中国宣传马克思、恩格斯文艺理论的进程中具有重要的意义，可谓是开风气之先。文章凸显了马克思和恩格斯对现实主义的一向重视和他们的现实主义概念的内核。这是一篇全面、深入介绍马克思主义文艺思想的重要文章，推进了马克思主义文艺思想在中国的传播。

该文章有这样几点作用：一、通过对马克思、恩格斯文艺思想的研究，指明当时的文学必须走上现实主义的道路。二、要求文学应该暴露社会现实与阶级冲突。三、对巴尔扎克的现实主义进行了肯定，也对无产阶级作家有新的要求。文章说：“所以马克思和恩格斯所主张的文学，正是善于表现革命倾向的客观的现实主义的文学，他们反对浅薄的‘有私心’的作品，他们反对主观主义唯心主义的文学。”文章强调说：“他们所主张是：对于事实上的阶级斗争，广大群众的历史斗争的现实主义的描写。他们要求文学之中对于这种斗争的描写，要能够暴露真正的社会动力和历史的阶级的冲突，而不要只是

① 钱理群、温儒敏、吴福辉：《中国现代文学三十年（修订本）》，北京大学出版社 1998 年版，第 191 页。

② 施蛰存：《英译本〈梅雨之夕〉序言》，《北山散文集》，华东师范大学出版社 2001 年版，第 1470 页。

③ 施蛰存：《为中国文坛擦亮“现代”的火花——答新加坡作家刘慧娟问》，《沙上的脚迹》，辽宁教育出版社 1995 年版，第 180 页。

④ 施蛰存：《编辑座谈》，《现代》1932 年 5 月创刊号，第 198 页。

些主观的淋漓尽致的演说。”马克思和恩格斯充分肯定了巴尔扎克是现实主义的伟大作家：“马克思和恩格斯见到了巴尔扎克的创作方法是资产阶级现实主义的文学的模范。他们认为巴尔扎克的作品的确能够暴露资产阶级和资本主义发展的内部矛盾，这是资产阶级的革命的现实主义的最高的表现。”马克思和恩格斯要求新的文学家“学习他们的‘揭穿假面具’的精神，暴露社会发展的内部矛盾”，“然而，恩格斯并没有叫无产阶级作家去完全模仿巴尔扎克”，因为巴尔扎克表现的是资产阶级与贵族阶级之间的阶级斗争，巴尔扎克的现实主义还是资产阶级的现实主义，“他们的阶级性质限制着他们的眼光。我们现代的新的文学将要超越过去的文学艺术，正因为只有无产阶级才能够真正彻底的充分的‘揭穿一切种种假面具’，才能够最深刻的最切实的了解到社会发展的遥远的前途”。文章辩证地认为：“我们还要更加彻底的，更加深刻的了解社会发展的内部矛盾，要发展辩证法唯物论的创作方法。这是无产阶级文学对于过去时代的文学遗产的正确的态度。”瞿秋白的这篇译文，给当时的中国革命文学运动指明了一条和无产阶级革命运动相结合的道路。当时，中国革命文学运动还处于初级阶段，急需马克思主义文艺理论的指导，在瞿秋白看来，介绍这类文章，是中国革命文学运动的起点。所以在同时期，瞿秋白还发表了《恩格斯和文学上的机械论》《文艺理论家普列汉诺夫》《拉法格和他的文艺批评》《关于左拉》《社会主义的早期“同路人”——女作家哈克纳斯》等具有革命文学运动指导性的文章。

除了马克思主义文艺思想这类提纲挈领的理论译介之外，《现代》杂志还广泛地介绍当时其他苏俄作家、评论家的左翼文章，充实前者建构的理论框架。如三卷六期刊登了左翼作家与翻译家森堡翻译的华希里可夫斯基的《社会主义的现实主义论》，此文详细引用了恩格斯在给哈克娜斯的信中论现实主义、马克思恩格斯论巴尔扎克的话，强调真实性正是对于一切的艺术作品不可缺少的前提。文章说：“现实之如实底描写，假如他是个有才能的艺术家的话，那么，我们这时代底丰富的思想和政治内容就会给他打开来，给我们看。社会主义的现实主义——那是我们底时代和历史底推动者——就是朝着那适应革命的英雄的斗争的艺术作品走去的道路。”这是“社会主义的现实主义”这个术语在中国文坛第一次出现，《现代》杂志是第一个刊登“社会主义的现实主义”术语的刊物。

在华希里可夫斯基的《社会主义的现实主义论》之后，周起应（周扬）在四卷一期发表了《关于“社会主义的现实主义与革命的浪漫主义”——“唯物辩证法的创作方法”之否定》，这篇文章是周扬根据苏联理论家吉尔波丁的报告编写的，指出了苏联“拉普”有宗派主义、官僚主义的倾向。他引用苏联作家协会组织委员会主席古浪斯基在全苏作家代表大会上说的话来证明预防文艺领域内宗派主义的重要性：“批评应该是彻底的。和我们联合的旧作家必须克服内在的矛盾。批评应该帮助他们跟着我们的路走。批评应该用同志的态度，它应该帮助作家去克服困难，它必须对艺术家宽容。坚忍地去建立新的布尔什维克的批评，也正是我们的责任。”周扬总结说：“在去年十月二十九日至十一月三日在莫斯科举行的全苏联作家同盟组织委员会的第一次大会上，跟清算‘拉普’的功绩和错误一同，重新展开了关于创作方法问题的讨论，批判了从来‘唯物辩证法的创作方法’的不正确，提出了‘社会主义的现实主义’这个新的口号来代替它。”并且，周扬还梳理了“社会主义的现实主义”这一口号传入中国的过程，他说：“第一次把这个问题介绍到中国来的，是数月以前揭载在《艺术新闻》上的一篇题名为《苏联文学的新口号》的短文，那篇文章是根据上田进的论文做的，不但极不充分，而且包含了不正确的理解。但从那时以后，也并没有看到对于这个问题的多大反响，或更详细的，更正确的介绍。直到最近，《国际每日文选》上才又一连揭载了华西里珂夫斯基和吉尔波丁著的，两篇都题名为《关于社会主义的现实主义》的论文。”那么如何看待“革命的浪漫主义”与“社会主义的现实主义”之间的关系呢？周扬说：“‘革命的浪漫主义’不是和‘社会主义的现实主义’对立的，也不是和‘社会主义的现实主义’并立的，而是一个可以包括在‘社会主义的现实主义’里面的，使‘社会主义的现实主义’更加丰富和发展的正当的，必要的要素。”① 也就是说，周扬认为苏联能够为中国革命带来更进步的文艺观，对中国的革命文学有促进作用。

之后的有关“社会主义的现实主义”的理解，多是依据周扬这篇文章。钱理群等人在《中国现代文学三十年》中说：“以左联为核心的无产阶级文学运动，在其后期又从苏联引入‘社会主义现实主义’的口号，作为一种新的创作方法，其影响比以往其他方法更加深远，甚至一直延续到当代。对这个口号及相关理论比较系统的介绍见之于1933年11月周起应（周扬）发表的论文《关于“社会主义的现实主义与革命的浪漫主义”》。”② 钱理群所说的文章，就是发表在《现代》的这篇文章。钱理群说：“这个口号的提出，是为了清算‘拉普’机械论的文学思想以及‘唯物辩证法的创作方法’的偏误，所以有强调‘写真实’的一面，但周起应介绍这一创作方法时，仍然强调文学的政治性、教育性，强调作家的立场、世界观，不太重视现实主义问题。”③ 此时的周起应还没有能力从真实性与倾向性对立统一的角度去解说“真实性”对于创作的重要性。

《现代》杂志还有对苏俄革命文学家的译介。高尔基是苏联的大文豪，《现代》杂志刊发了一系列关于高尔基的文章。一卷二期刊登了朱寿百翻译符拉奇米尔·波士奈尔的文章《高尔基在苏伦多》。高尔基因为肺部疾病，每年有6个月的时间不得不离开寒冷的家乡，到苏伦多疗养，文章介绍了高尔基在那里的有趣的生活。那里有四壁都是书籍的书房，高尔基每天很规律地生活，按时作息，也经常外出散步，当地的居民多认识他。

---

① 周起应：《关于“社会主义的现实主义与革命的浪漫主义”》，《现代》1933年11月第4卷第1期，第30页。

② 钱理群、温儒敏、吴福辉：《中国现代文学三十年（修订本）》，北京大学出版社1998年版，第200页。

③ 钱理群、温儒敏、吴福辉：《中国现代文学三十年（修订本）》，北京大学出版社1998年版，第201页。

他特别喜欢他的两个小孙女，写作之余，会跟孙女玩一会儿。他会外出去托儿所、学校、工厂访问，会接待各种来访者，有政治家、劳动者、学者和著作家，甚至马车夫，“在苏伦多，那些马车夫会带领一群群的游历家，小心地推开了那白色别墅的门：——马西莫·高尔基是住在这儿的”。编辑在文章的前面有《编者按》：“高尔基，一个举世属目的苏联大文豪，他的名字似乎已经无须介绍的了。本篇是对于他的最近的访问记，是将他在意大利之苏伦多城旅居时的情形，给全世界关心他的人的有趣味的记录。”

三卷一期刊发了赵家璧介绍高尔基的《沙皇网下之高尔基》，文章说，沙皇像一张蜘蛛网，一直束缚着高尔基，“高尔基就老是感到这瞧不见的线索的压迫和追逐，一直到这颗蜘蛛的倾倒为止”。高尔基第一次被警察所注意的时候，他还在喀山的面包厂做工。高尔基被捕入狱是1889年，那时他只有21岁。之后是不断的释放与被抓。“总之他的一举一动，一言一字，都被沙皇的蛛网抓住着。警察庭保存了他前半世最详尽的传记，一直到尼古拉斯第二从皇位上跌下来，高尔基才获得了自由。”赵家璧将高尔基在沙皇统治下的艰难处境详细、真实地描写出来，也将人民对高尔基的爱戴描述得生动感人。

之后，五卷四期又有文逸的论文《写实主义的发展》，介绍高尔基的新作《四十年》，认为《四十年》是现实主义的杰作。通过三期刊载高尔基相关的作品，让读者对高尔基这位左翼作家有了深入了解。

在三卷五期，刊登了玄明翻译的《小托尔斯泰自传——十月革命给予了我一切》和玄明翻译的A.B.的《小托尔斯泰及其文学生活》。小托尔斯泰是一个因革命而爆发旺盛的写作力的作家。这位与列夫·托尔斯泰同姓的文学家是苏联文坛除高尔基之外的第二号人物，他的小说三部曲《苦难的历程》更是公认的长篇英雄史诗杰作。小托尔斯泰在自传中的叙述所提到的他对文学与革命关系的思想转变，为中国作家进行同样的思想转变提供了绝佳范例，他说：“在一九一七以前，我并不知道我是为谁而写的。现在我却觉得有一个读者活着，我需要他，他使我充实，而同时也需要我。二十五年以前，我是当做一种有趣的追求而来接近文学的，只认为是一种娱乐。现在，我清楚地看到文学是一种无产阶级争取世界文化的有力的武器。”十月革命后，小托尔斯泰认识到写作是无产阶级征服世界文化的有力武器，为读者写作，以革命为题材是他之后写作道路的动力和出路。

《小托尔斯泰及其文学生活》这篇文章则从另一个角度探讨了作家如何摆脱自己阶级烙印的经验。A.B的这篇文章提到，小托尔斯泰曾经走了一些弯路，他一度对布尔什维克满怀鄙夷：“正如别一些作家一样，是走了一个兜圈子的道路。像他许多前辈一样，他向一个不同的时代作了一度长的旅行。但是他写作《彼得一世》的时候，却正是社会主义进展的时候；那时候，寄生阶级不但已经断然地被摧毁，甚至连他们复兴的可能性都完全而且永远地被破坏了。正当这时候，托尔斯泰在报纸上发表了些重要的议论，当然不是偶然的事情。”

为了配合上文对小托尔斯泰的介绍，《现代》在同期刊登了江兼霞翻译的小托尔斯泰的小说《白夜》，这是一篇讲述战争痛苦的小说。“在高加索式的无忧饭店的小小的密室里，虽然拥挤，但依旧是很幽静的。里面坐着三个人。一个是位教授，一个大食家，一个性情非常稳定的人物。第二个是剧场的经理，他为了心境的紊乱而喝着苦酒。第三个人却是个跟这个故事没有什么关系的。”一个女人闯进了无忧饭店，“像一只飞蛾似的飞进无忧饭店底小小的密室里来”，他们怀疑这女人，问她来这里有什么用意，女人解释，说她遭到抢劫，她给他们看她的伤疤，但没有人相信她。“一个寂寞的灵魂。可是什么——一个野鸡?”“现在，生命底轮子是转得更快了……一切都是混沌。”“夜啊！……夜。……怎样的疲倦……我再也不能忍受了……”《白夜》取其象征意义，战争不仅消磨了人的意志，而且为了活下去，似乎连基本的道德准则也已经模糊，这就是让人窒息的无法忍受的“白夜”。

五卷三期有一篇戴望舒翻译的新俄诗人高列里的文章《叶赛宁与俄国意象派诗》，主要记述了叶赛宁等意象派诗人在俄国革命后的活动。叶赛宁是一个农民诗人，他的出现引起轰动，贵妇们高声地议论：“一个农民！一个真正的农民，一个地道的农民!”这位诗人是作为无产阶级文学家的代表被译介到中国的。他提倡意象派诗，但认为并非脱离现实的幻想，而是从自然界和农民生活中借来的。叶赛宁说：“我是最后的田园诗人。”他曾经这样写过他自己：

> 他是一个农民的儿子，
> 他的历史是很简单，
> 他生着像夜一般黑的头发，
> 和一双柔情的眼睛。

戴望舒翻译的这篇文章还重点介绍了以叶赛宁为首的一批意象派诗人的革命活动，他们到处张贴告示，组织聚会，活动引起很大的轰动，但是，张贴的告示很快被洗刷，活动成员被抓捕，团体被解散，叶赛宁因此流浪到国外。但他也无法接受西方生活，最终重新回到乡下，“这个原始的人已经被东方的颓废所变坏了。他割断了动脉，接着又上了吊，这样地结束了他自己的生命”。1925 年 12 月，叶赛宁结束了他 30 岁的生命，并用自己的血写下了最后的诗句：

> 死并不是很独特的，
> 可是活也不是一件很新的事。

对此，苏维埃的批评家说，叶赛宁是被那些堕落的人们所杀死的诗人。也就是革命的错误道路的牺牲者。

主编施蛰存在《编者附注》中说："住在法国的新俄诗人高列里最近写了一本《革命期的俄国诗人》。全书分上下二卷，上卷叙述革命期俄国诗坛各种遗闻轶事，下卷叙述革命期以来的俄国作家及批评家，对于诗的理论之变迁，实是研究新俄诗歌之唯一的佳著。全书已由戴望舒先生译出，不久可以出版。这里所发表的便是从上卷中抄出来的一章。"① 这篇文章也算是革命时期俄国诗坛的遗闻轶事了。

五卷二期刊登了张露薇翻译的林尼的《苏联的幽默文学》。林尼肯定了苏联幽默文学作家的革命性："他们以嬉笑怒骂的武器来嘲弄和消灭他们的敌人。这些作家是为人类走向光明道路的新思想奋斗的战士。……苏联有一整队的讽刺家和笑话制造者，他们看守着，人人都以一种敏捷的手段和不耐劳苦的心情，来执着笑的武器，预备对一切反革命的东西，对社会主义建设的地土有所损坏的东西攻击。"同期在《苏联幽默小品两篇》的标题下面，刊登了张露薇翻译的伊夫与皮特洛夫合作的幽默小品《治病》和左琴科的幽默小品《庙》。林尼说："他们的作品是苏联之声，力量永远的增长，而且永远预备要战胜在建设途中的最大的障碍。"

除上述这些系统性译介苏俄左翼作家的文章之外，《现代》杂志还不时刊载一些左翼文坛信息。如五卷四期刊登可玉的短文《苏联举行莱蒙托夫诞生百二十周纪念》："旧俄最伟大的抒情诗人，《当代英雄》的作者莱蒙托夫生于一八一四年，今年适当他的百二十周祭，……这是一位生在俄国最黑暗的时代的文人，但是沙皇的侦探队却并不能使他屈服；他是一个反抗的人，批评家常拿他来跟英国的拜仑相比。他曾经两度被流放于高加索，终于在那里，在二十七岁的年龄，因与人决斗而死。他的作品，虽然大部分表示着人生的疲乏和绝望，但因为勇于讥讽沙皇的精神，他的被革命政府的当局所怀念，究竟也不是无因的。"

一卷六期刊登了陈御月（戴望舒）翻译的法国吕仙·伏吉尔的《阿力舍·托尔斯泰会见记》，记录伏吉尔与托尔斯泰主要就如何提高大众写作水准的采访，托尔斯泰说："我们应该勉强大众，用种种方法帮助他们提高水准，特别是在大众之中找出那些未来的精选来，并不断的革新他们。我认为我们鼓励并激动尽可能大多数的无产阶级的独习者去写作，这目的是可以赏扬的。"

四卷二期发表了苏伍的文章《戏院在苏联》，文章说："十月革命并未摧毁了俄国固有文化的基础，正相反的，却在那固有文化的遗址上撒下了新文化的种子，开拓出新文化的泉源。至于在俄国戏剧方面，自然也不例外，所以一到了'十月'以后的俄国戏院，即有如雨后春笋一般的兴起，于是整个俄国戏剧界便发生了巨大的转变。"文章讲了苏联戏院三个方面的问题：苏联戏院的分歧；苏联对于戏院的措施；关于苏联戏院的观众及其他。

① 施蛰存：《编者附注》，《现代》1934 年 7 月第 5 卷第 3 期，第 421 页。

## 二、《现代》对日本左翼文艺思潮的译介

1930年代的外国左翼文艺思潮，有些是通过日本文艺家的著作中转到中国。吴晓东说："在20世纪的现代中国学界译介和接受西方文学思潮和文艺理论的历史过程中，日本起的是值得重视的中介作用。"① 施蛰存说："我们中国作家吸收苏联文学的影响，最初是从日本转弯过来的，懂俄文的没有几个。通过日本文、通过英文读苏联小说的"②，"中国的左翼文学思潮是从国外输入的。输入的渠道有三：一、苏联，二、欧美，三、日本"③。

苏俄是左翼文学思潮的发源地，日本左翼文学主要在效仿苏俄左翼文学所走过的道路。"到了1928年（民国十七年）以后革命文学年代，泛滥日本文坛的苏俄的文艺理论，差不多次月上海已有翻译，接近到那样。日本左翼评论家的议论强烈地影响着中国的左翼文学运动。"④

《现代》经常译介日本左翼作家的进步思想，这类进步思想是日本左翼作家参考了苏俄革命经验而进行的进一步推演。如三卷二期刊登了穆木天翻译的日本文艺理论家川口浩的论文《关于文学史的方法诸问题》，文章的核心论述是以马克思主义哲学唯物论的基本命题作为研究文学史的根本方法："'不是人间的意识决定了他们的存在，反而是人间的社会的存在决定了他们的意识。'史的唯物论的这个基本的命题，对于文学史的研究上给了决定的解决的关键。"川口浩认为："既称之为文学史，是需要对于文学之发展做一个历史的追踪。这一种历史的追踪，怎样作法，那就是文学史的方法的问题了。"川口浩在苏联的左翼文艺思潮中找到了错误的经验与正确的道路，他认为："普烈哈诺夫、茀里采的方法论的设定，无论听着是如何新奇，在他缺少历史性，和缺少历史的辩证法之意义上确是一种不可隐蔽的缺点。"将茀里采文学史观认定为犯了机械主义的错误，而列宁的文艺理论才是正确的："对于这点，列宁确是给了一个明快的回答。一言以蔽之，文学的历史是客观的真实性的艺术的反映和向之作不断的接近之历史。因之文学史家之任务，则应当是一方解明各各阶段上的历史的制约性，一方根据具体的材料以阐明与向客观的真实性去接近的，文学的认识的辩证法的发展的过程。"文章得出结论：研究文学史应以马列主义唯物论为根本方法，文学的发展是历史的、螺旋式上升的。

---

① 吴晓东：《作为"中介"的日本》，《长江学术》2017年第3期，第32页。

② 施蛰存：《为中国文坛擦亮"现代"的火花——答新加坡作家刘慧娟问》，《沙上的脚迹》，辽宁教育出版社1995年版，第183页。

③ 张大明编著：《西方文学思潮在现代中国的传播史》，四川教育出版社2001年版，第478页。

④ 梁容若：《日本文学对中国文学的影响》，《中日文化交流史论》，商务印书馆1985年版，第30页。

《现代》杂志还非常关心日本左翼文坛的动向与作家们的近况。如 1933 年 2 月，日本著名的无产阶级文学家小林多喜二被日本反动政权杀害，在中国文坛引起了强烈反应。《现代》密切关注小林多喜二的被害情况，施蛰存在二卷六期《书与作者》中报道了这一消息："日本著名左翼作家小林多喜二于二月二十日午间，在东京街头，突被警署暗探多人逮捕。至下午六时，警署以氏之凶讯通知其家族。据警署所出尸体诊断书，则云是心脏麻痹症猝发不救。但尸身上伤痕遍满，几无完肤，显然是死于虐刑者。尸体移回本宅后，来吊友朋，如中条百合子，淀野隆三等凡 50 余人，均被捕去。小林多喜二为世界知名的革命作家，一九三〇年任普洛作家同盟中央委员，六月被捕入狱。惟日本固自诩为有组织有法律的文明国家，对于政治犯的小林氏竟采用如此不名誉的处置法，吾人为求人权之保障起见，自愿表示反对也。"

随后针对此事还有多篇连续报道，如三卷一期刊登了朱云彤的《日本通信》，报道了日本文坛的近况和小林多喜二的被害对日本无产阶级文学的损失，文章说："小林自去年二月大弹压事件之后，便潜入地下作非合理运动，前月在溜池附近'街头联络'中被警察拘捕，捕后不到半天便传出'急死'的消息了。据警察当局说，是因为饥饿与肺弱而死，但从各大学拒绝解剖尸体及葬仪的监视的严重看来，我们知道原因决非那么简单。小林之死，确是作家同盟的最大的打击。小林多喜二与藏原惟人可说是支持同盟的二大脊柱，藏原是日本无产阶级运动的最大的指导的理论家，小林是日本无产阶级文学运动的最大的指导的作家，藏原代表了日本无产阶级文学运动的理论的发展，小林代表了日本无产阶级文学运动的创作的发展，小林以前的无产文坛，正如目下的中国左翼文坛一样只有理论而无作品，自小林彗星似的出现，先后产生《蟹工船》《不在地主》《工场细胞》《沼尾村》等震撼文坛的力作，虽是敌人也不能不承认无产文学的健在了。"

又如同期的"随笔·感想·漫谈"栏目发表了郁达夫的《为小林的被害檄日本警视厅》的檄文，文章是对日本法西斯残酷迫害手无寸铁的文人的愤怒谴责："资本帝国主义末期的法雪斯蒂狂犬们听着！你们平时自负着是执法的机械，日本天皇的顺民，社会治安的保障的，你们真的不知道人间有羞耻事了？小林多喜二氏，是一个手无寸铁的文人，即使你们因他参加了左翼文化团体而目为非法，也尽可以按了你们国家现行的法律以判罪；于秘密中，黑暗里将他惨杀，以卑鄙恶劣的手段，禁止他的丧葬行列，禁止他的尸体解剖，禁止这被害事件的新闻记载，只仅仅以心脏麻痹四字了之；究竟是小林的心脏麻痹了呢，还是你们的心脏麻痹了？这简直是匪的行为，兽的行为，你们自在夸耀的世界一等强国的正义在哪里，法制精神在哪里?"文章引起处在国民党法西斯文化政策迫害下的中国作家与读者的强烈共鸣。

随后，在三卷三期还刊登了森堡翻译的小林多喜二的《母亲们》，作品是监狱外的同志给狱中儿子的信，向他报告革命者的母亲们的处境与状况，表现了革命者的母亲们在儿女被捕后表现出的不屈和勇敢精神。

## 三、《现代》对欧美左翼文艺思潮的关注

《现代》还译介了英国、美国、意大利、西班牙、德国、匈牙利、爱沙尼亚、奥地利、罗马尼亚、比利时和挪威等多个欧美国家的作家作品，并且积极推介欧美倡导左翼文学运动的作家。

欧美倡导左翼文学运动最为知名的作家当数法国当时冲锋在革命文坛前线的左翼作家伐扬·古久列。伐扬·古久列是《人道报》的主笔，共产党员，雄辩家。他于1933年来到上海，来上海之前一点儿消息没有透露，他的行动是“世界反对帝国主义战争委员会”在上海开会秘密决定的，会议的中心议题是反对日本帝国主义侵略中国。得知这一消息后，《现代》编辑部积极主动迎接了他的到来。

伐扬·古久列1933年10月2日出席了上海电影文艺界同人主持的晚宴招待会，《现代》杂志编辑部反应很快，当天下午施蛰存就打电话到伐扬·古久列的住处伟达饭店，要求访问。一见面，施蛰存就送了三本《现代》杂志给伐扬·古久列，一本是1932年7月号，登有戴望舒翻译的古久列小说《下宿处》的译文和介绍；一本是1933年6月号，其中戴望舒的《法国通信》中提到过古久列，在同期图版中有一帧《纪德在革命文艺家协会作反法西斯演讲》的照片，也有古久列；一本是新出版的9月号，这一期的图版中有古久列的大幅照片。施蛰存肯定伐扬·古久列为弱小民族解放运动而奋斗的革命家精神，希望伐扬·古久列给《现代》写一篇文章，作为这一次来到中国的纪念。伐扬·古久列同意了，同时，伐扬·古久列也要求施蛰存给他写些材料，谈谈当前中国文艺界的情况。随后，伐扬·古久列写了《告中国知识阶级》，发表在11月份的《现代》四卷一期上，文章的主要内容是：

这里，在中国，资产阶级和地方军阀的必然的腐化，是因贪吝的帝国主义者的蠕蠕的活动而变得加倍的厉害。同时，本国和外国的支配势力更陷全国大众于永久的贫困与愚昧中。中国的贫困，它本身就是统治者权力的保障，而帝国主义的一切阴谋，不过是阶级斗争的滤画式的影子而已。

一切能够理解中国的知识分子都应当采取联合战线，来对付国内的叛徒及国外的榨取者的进攻。而且只有由一些革命的优秀分子——这些分子，我曾经会到过几个的——来领导着，才能达到胜利。

只有忠实、勇敢、勤劳的大众开始抬起头来的时候，中国才能发现她重新走上文化之路所必需的精神条件。

除了社会主义的文化之外，中国便没有其他的福音。

伐扬·古久列回国后，施蛰存写了一份关于中国文学现状的简报，译成法文五大页，寄给戴望舒，托他转致伐扬·古久列。

英国进步作家萧伯纳来到上海，《现代》也迅速作出反应，二卷五期的《现代文艺画报》中开辟了《萧伯纳在上海》的专栏，登出了萧伯纳在上海活动的一系列照片。《书与作者》栏目报道："英国文豪萧伯纳氏此次漫游东亚，已于17日到上海。吾国各文化团体如电影文化协会，非战同盟会，笔会等均参加欢迎。"① 《现代》同期刊发了萧伯纳的剧本《安娜珍丝加》和赵家璧写的《萧伯纳》，表示了对萧伯纳的欢迎。

赵家璧的《萧伯纳》详细介绍了萧伯纳的生平，因为萧伯纳的生平影响着萧伯纳的思想，萧伯纳自己说过这样的话，"我是十足的爱尔兰人。我的家来自约克。"赵家璧认为，这句话带有十二分的讽刺味儿的。因为许多英国人不喜欢萧伯纳，就是因为他是爱尔兰人。萧伯纳出生在爱尔兰，当时的爱尔兰很贫困，贫困的社会图画印在了萧伯纳脑中，便形成了萧伯纳社会思想的精髓。

三卷一期的第一页刊发了鲁迅的《看萧和看萧的人们记》。鲁迅好像是流水账式记录了萧伯纳在上海的日常生活，却是客观的、真实的记录，并且顺带讽刺了那些想当然的、虚假的印象记。鲁迅说："我是喜欢萧的。这并不是因为看了他的作品或传记，佩服得喜欢起来，仅仅是在什么地方见过一点警句，从什么人听说他往往撕掉绅士们的假面，这就喜欢了他了。还有一层，是因为中国也常有模仿西洋绅士的人物的，而他们却大抵不喜欢萧。被我自己所讨厌的人们所讨厌的人，我有时会觉得他就是好人物。"

三卷六期刊登了萧参（瞿秋白）翻译的苏联戏剧理论家列维它夫的《伯纳·萧的戏剧》，介绍苏联方面对萧伯纳的评价，文章说："伯纳·萧的全部创作生活，都是在指出，说明，分析那些构成资产阶级文化本质的矛盾。……却并不是用外表的客观主义去估定这些矛盾，也不是被自己的创作才能俘虏了而在鉴赏这些矛盾，他是完全为着要同这些矛盾斗争，总之最后结算起来——就是同这个文化以及产生这个文化的制度斗争。……这里是萧的伟大的革命意义。他是现代资产阶级戏剧里的唯一的思想家战士。"

一卷三期刊发了凌昌言的翻译文《萧伯纳在莫斯科》，介绍了萧伯纳在莫斯科的行动踪迹及其言论。文章最后用萧伯纳的一句话来结束："共产党首领们是既懂得共产主义，又懂得资本主义的。资本家的代言人却既不懂得共产主义又不懂得资本主义。"

《现代》刊登了大量介绍欧美左翼作家与现实主义作家的文章，如钱歌川的文章《曷普登·辛克莱》（五卷六期），说曷普登·辛克莱是美国著名的左翼作家、社会活动家、现实主义小说家、"社会丑事揭发派"作家。赵家璧的论文《帕索斯》（四卷一期），认为杜司·帕索斯是一个社会写实主义者，他是从迷惘的一代而变为美国左翼作家的。沈圣石的文章《杰克·伦敦的生平》（五卷六期），认为杰克·伦敦是美国坚强的社会主义者

---

① 施蛰存：《书与作者》，《现代》1933年3月第2卷第5期，第769页。

和现实主义作家。杰克·伦敦说，最使他受到影响的两个人，一个是卡尔·马克思，一个是建立综合哲学体系的英国哲学家斯宾塞。杰克·伦敦最有影响的作品是《革命论文集》。毕树棠的文章《德莱塞的生平，思想，及其作品》（五卷六期），介绍修多尔·德莱塞是美国现代小说的先驱，现实主义作家，是从贵族的和中产阶级的转变成平民的和革命的作家。凌昌言的论文《福尔克奈——一个新作风的尝试者》（五卷六期），认为："福尔克奈描写了在文明与野蛮的边境上出入的人物。描写残暴，描写罪恶，描写原始的性欲。"福尔克奈的代表作《避难所》是一部残酷的小说，写的全是人类所能干的最残酷的事情，强奸、拐带、杀人、死刑和私刑吊打等，充分揭露了社会的黑暗。

T. S. 艾略特说："如果希望使某一文化成为不朽的，那就必须促使这一文化去同其他国家的文化进行交流。"① 《现代》杂志对外国左翼文艺理论与文艺思潮的翻译介绍，促进了国家之间的文化交流。

《中国现代文学三十年》中说："左联成立后的第一项重要工作，就是成立马克思主义文艺理论研究会，加强对马克思主义文艺理论的翻译、介绍和研究工作。"② 1930 年代出现的《现代》的翻译与当时左翼文艺界的翻译是同步的，对马克思主义文艺理论在中国的传播起到了举足轻重的作用。

① 刘保端等译：《美国作家论文学》，生活·读书·新知三联书店 1984 年版，第 193 页。

② 钱理群、温儒敏、吴福辉：《中国现代文学三十年（修订本）》，北京大学出版社 1998 年版，第 196 页。

# 写实性文学思想影响下茅盾对《三百年后孵化之卵》的译写*

辛　玲①

**摘　要：**《三百年后孵化之卵》是茅盾在其"写实性"文学思想建构初期完成的一篇译写作品。茅盾从题材选取、主题表达以及艺术技巧三个方面总结了他对"写实性"的理解。在"写实性"文学思想影响下，茅盾运用象征手法，结合多重文学文本，从文化反思性主题传达、"荒岛求生"情节运用、自立奋进的主人公塑造三个方面完成了对《三百年后孵化之卵》的文本重构。作为茅盾早期的文学研究成果，他对"写实性"的认识还需要继续深化，《三百年后孵化之卵》在思想层面也流露出一种空想色彩。但不可否认的是，茅盾的"写实性"文学思想，以及基于这种文学思想的译写实践，是现实主义文学发展过程中的重要收获。

**关键词：**茅盾；写实性；《三百年后孵化之卵》；文本重构

《三百年后孵化之卵》是茅盾公开发表的第一篇翻译作品，译自赫伯特·乔治·威尔斯的短篇小说《隆鸟岛》(*Aepyornis Island*)，连载于1917年1月、2月、4月的《学生杂志》。在现有关于茅盾翻译活动的研究中，这篇作品多是被一笔带过。有研究者将这篇小说归入"科技小说"范畴，认为茅盾翻译这篇小说的目的是要表现"国民对现代科技的憧憬"②。然而纵观整篇译作，作者艳羡西方科技的意识并不明显，而是着重刻画了一位于艰苦环境下保持自强不息精神品质的励志主人公形象。

无论是主旨表现，还是情节结构，《三百年后孵化之卵》与原作相比，都显示出极大

---

* 项目基金：河北师范大学2023年博士科研启动基金项目"茅盾指向解放的文学话语建构"(批准号：13124111)。

① 作者简介：辛玲(1986—　)，女，河北保定人，文学博士，河北师范大学初等教育系讲师，主要研究方向为现当代文学。

② 李建梅：《翻译、民族与叙事——茅盾早期翻译文学研究》，《文艺争鸣》2015年第11期，第52页。

不同。由于在翻译过程中茅盾主观改写的意图比较鲜明，因此以“译写”来定义《三百年后孵化之卵》的翻译方式更为妥当。但也不能将这种译写等同于晚清林译小说式的意译方式。林纾翻译活动的内在动机是将西方文学中的现代伦理观念进行解构，代之以中国传统的伦理观念。因此，林译小说是封建伦理话语操控下的文学产出。从翻译作品所呈现的主题来看，林纾压制和解构了外国作品中所传达的现代伦理话语。茅盾所采用的“译写”方式，其翻译机制是以原著作品为中心，利用具有主题相似性的多文本进行“互文性”对话，最终形成具有现代伦理思想的译写作品，以其配合当时正在进行的新文化运动。因此，只有结合茅盾当时正在建构的“写实性”文学思想以及在此思想影响下组织的文本群，对《三百年后孵化之卵》进行故事情节、人物形象和主旨思想的分析，才能揭示此作品在茅盾文学创作和文学思想发展历程中的地位和价值。

## 一、茅盾“写实性”文学思想的基本点

茅盾在《“小说新潮”栏宣言》中指出，中国文学要融入世界进步潮流，培养自己的新文学创作者，首先要做的便是介绍具有写实性的自然派文学。[①] 他要利用这一派文学提升中国创作者对“写实”的认识。他认为作品如果不能表现人生，那就不能称其为文学。[②] 只有能够表现人生、指导人生的文学才能称之为“进化的文学”[③]。具有现实价值的新文学是中国应该发展的文学。可以说，“写实性”才是茅盾评价文艺作品、筛选外国文学译介的一个重要指标。

在如何创作“写实性”作品的问题上，茅盾也提出了自己的见解。在《对于系统的经济的介绍西洋文学底意见》一文中，茅盾总结文学创作需要观察、哲理和艺术三种功夫。观察就是依靠科学眼光分析社会，找寻那些被忽视但是反映着社会问题本质的细节；哲理的功能是运用科学手段分析社会之后，所得出的结论可以成为文学产生的背景；艺术这一层面最难实现，和“天才”有关，是作家创作个性形成的重要因素。

结合这一时期茅盾对文学问题的思考，这里的文学创作主要针对的就是“写实性”文学。由此可知，茅盾所提出的“写实性”，并非单纯指代一种文学表现手法，而是在题材、技巧以及思想等层面对文学创作提出的综合性要求。茅盾要在中国发展的“写实性”文学，是一种具有现代性特征的文学创作新范式。那么，可以从这三种功夫为切入点，讨论茅盾“写实性”文学思想的基本点。

首先，茅盾将“观察”作为题材获取的重要方式。对生活的科学观察和对人生的指

---

① 参见茅盾《“小说新潮”栏宣言》，《小说月报》1920年1月25日第11卷第1号，第1—2页。

② 参见玄珠《中国文学不发达的因原》，《时事新报·文学旬刊》1921年5月10日第1期，第2页。

③ 冰：《新旧文学平议之评议》，《小说月报》1920年1月25日第11卷第1号，第3页。

导作用，是新文化运动时期新文学倡导者对自然主义文学价值的统一认识。作为最早介绍自然主义的先驱者，陈独秀曾在《现代欧洲文艺史谭》中指出自然主义是科学大兴的产物。自然主义内含的科学方法在揭露人生真相、推动道德转化方面发挥了积极作用。在评价左拉创作时，陈独秀亮明左拉的文学价值即在于将“宇宙人生之真精神、真现象，于世间猥亵之心意、不德之行为，诚实胪列”①。

1921 年，陈望道翻译了岛村抱月关于自然主义的研究论文《文艺上的自然主义》。岛村的这篇论文从描写方法上将自然主义分为消极和积极两种。消极自然主义就是纯客观地描写，是作者心灵空虚的表现。积极的自然主义是让“事物映衬在谦虚而又明洁如镜的心中，平心静气随那印象自由展开”。岛村认为积极自然主义的生命在于“真”。它不是肤浅地描绘事物的外形，而是要调动作者的主体性，展现作者经过思考分析后观察到的“本质”。② 积极自然主义不仅要求创作者有独立思考的能力，而且可以在作品中自由表现自己的所思所想。这就意味着，文学作品是作家能动地观察生活、分析生活后的思想结晶。时任编辑的茅盾还特地为这篇译作写了附记，认同岛村对自然主义创作方法的分析。

在这股自然主义倡导风潮影响下，茅盾形成了自己对“写实性”文学题材选取方法的观念。茅盾指出写实文学要表现的内容，是现实人生里可批评的事，然后对其进行攻击。由此，新思想也就得到宣传。③ 而创作者获取“可批评的事”的途径就是用科学方法对社会生活进行观察和剖析。

茅盾认为选取具有批判性题材的方式，可以仿照自然主义式的科学分析法。这种创作方法的内核是可以“于细微处察得人生本相”的“客观心理”④。这种客观心理是创作者自主运用科学方法进行社会问题分析的必要条件，即作者所具备的理性分析能力。

创作者带着理性分析的客观心理进入现实生活，才能提炼出“写实性”文学需要表现的题材。此外，茅盾将这种通过客观观察获得的题材与中国传统文学中“记账式”的题材进行对比，凸显“写实性”文学创作中作者的批判性地位。茅盾批评中国旧小说只是流水账一般毫无选择地赘述所有生活细节，缺乏选择和审视的意识。旧文学作者就好像是《儒林外史》中在西湖买点心的马二先生，每一样都买，没有选择，缺少评判。毫无选择的记账式描写是作者薄弱思考能力在文学创作中的表现。而“写实性”文学所要表现的真实，源于创作者对生活的甄别和选择，借此发现潜藏在生活中的问题，再将这

---

① 陈独秀：《现代欧洲文艺史谭》，《青年杂志》1915 年第 1 卷第 3 期，第 40 页。

② 参见［日］岛村抱月著、陈望道译《文艺上的自然主义》，《陈望道译文集》，复旦大学出版社 2009 年版，第 942—943 页。

③ 参见沈雁冰《对于系统的经济的介绍西洋文学底意见》，《茅盾全集》第 18 卷，黄山书社 2014 年版，第 22 页。

④ 沈雁冰：《自然主义与中国现代小说》，《小说月报》1922 年 7 月 10 日第 13 卷第 7 号，第 9 页。

些问题通过人物塑造和故事情节的布局进行形象化的表现。选择的方法不同，进入社会生活的角度便各有侧重，创作者对生活素材的提炼也必然各具千秋。

其次，茅盾指出“写实性”作品要有哲理的指导，反映时代特色。这是从思想意识形态层面对“写实性”文学特征的概括。新文化运动的主要任务，是将人从封建礼教牢笼中解放出来，实现精神自由发展。在文学革命中，周作人提出“人的文学”这一概念。这就将新文学表现的主题与时代任务相结合。文学不再是传达圣君教训的工具，而是表现普通人生的舞台。

在《文学和人的关系及中国古来对于文学者身份的误认》一文中，茅盾明确提出文学要为人类服务、文学等于人生的观点。① 他将文学的主题表现与时代和民族文化现状紧密结合，承认文学作为传播新思想②以及表现国民性③的先锋地位。只是，茅盾对时代思想的理解，在当时受自由主义思潮的限制，只关注个人层面的解放。

茅盾指出，文学既然要成为鼓吹新思想的载体，为人类服务，那么就不能只发挥其暴露黑暗的作用，同时也要显出光明的希望。因此，创作者在观察的能力之外，还要具备想象的能力；在分析人生的能力之外，也需要拥有综合表现人生的能力。④ 据此，茅盾在肯定自然主义所具有的分析性的优点之外，也意识到这种创作方式会引发的消极影响，需要一种积极的理想进行弥补。

茅盾吸收了新浪漫主义中的理想性元素，将其和自然主义式的分析方法有机融合。茅盾对新文学的主题表现提出了新要求：对现实社会问题的客观反映与对未来可能性的科学展望，探索个人进步与民族发展共融的路径。这种主题意识提升了文学在推进现代文化革新进程中的社会价值。在分析与综合的共同作用下，文学创作的可写性空间得到了极大提升。

最后，茅盾认为创作者选择何种方式进行文学组织，这是艺术技巧的不同，并不会影响作品的性质。因此，茅盾虽然将题材选择、主题表达视为“写实性”的基本参考标准，但是他在小说技法的学习和吸收方面则保持着一种开放心态。特别是对“象征”这一表现手法，茅盾有自己独到性的见解。

在《表象主义的戏曲》和《我们现在可以提倡表象主义的文学么?》两篇文章中，茅盾阐述了自己对“象征”手法的理解。他认为所谓表象主义（现通译为象征主义），就是用“象征比喻”的手法来描写说明。写实和象征只是艺术上的不同而并非性质上的分

---

① 参见雁冰《文学和人的关系及中国古来对于文学者身份的误认》，《小说月报》1921 年 1 月 10 日第 12 卷第 1 号，第 9 页。

② 参见佩伟《现在文学家的责任是什么?》，《东方杂志》1920 年 1 月 10 日第 17 卷第 1 号，第 94 页。

③ 参见沈雁冰《改革宣言》，《小说月报》1921 年 1 月 10 日第 12 卷第 1 号，第 3 页。

④ 参见郎损《新文学研究者的责任与努力》，《小说月报》1921 年 2 月 10 日第 12 卷第 2 号，第 5 页。

别。① 茅盾只是将“象征”视为一种艺术技巧，对这一技巧的运用并不会造成文学范式的变化。这就意味着，作品的写实性质并不由手法来决定，象征手法也可以用来组织“写实性”的文学作品。

茅盾认为中国传统文学中没有现代意义上的“象征”。《离骚》中的香草美人，唐人赠别诗中的“闺怨”“闺情”，都只是一种“比喻”。他否认传统文学具有象征性，是否与他自己对表象主义的定义相矛盾呢？要回答这个问题，就要结合茅盾对“象征比喻”的具体分析来回答。

在上述两篇专论文章中，茅盾并未对中国传统文学中的“比喻”与现代象征主义的“象征比喻”手法进行明确的对比分析。但是从他对中外文学作品的分析中不难看出，两者之间存在极大不同。在《表象主义的戏曲》中，茅盾所讨论的“象征比喻”不是“象征”“比喻”二词的简单组合，而是为了与中国传统文学中的“比喻”手法相区别而创造的一个专有名词。

茅盾将中国传统诗词中的艺术手法认定为“比喻”的根本原因在于，中国传统诗词中的“香草美人”等喻体所指代的本体具有固定性：这些诗词题材虽然也来自现实，但是题材要表现的主题多是出自“圣贤教诲”，表达的只是忠君恋君的思想。从这个层面来讲，作品缺少思想意识形态层面的“写实性”。

具有现代性特点的“象征比喻”手法与之不同。它是作者在对生活进行分析和综合的基础上，为表现生活本质而使用的艺术手法。相比于中国古典诗词多喻体对一本体的“比喻”法，“象征比喻”手法的运用可以帮助作者拓展表现生活的广度和深度，使主题表达具有含混性，为作品提供广阔的解读空间。运用这种艺术方法结构的作品，不同读者在不同视角下可以对作品生成多元性解读。相较于自然主义直揭现实式的分析，茅盾认为象征手法的介入更易于发挥“写实性”文学在思想意识形态层面指导人生的作用。因此，他认为象征主义可以调节自然主义给人精神带来的刺激，是走向能够指人正路的新浪漫主义的必经之路。②

综上可知，茅盾从自然主义和新浪漫主义文学中汲取营养，完成了其对“写实性”文学思想的最初建构。在“写实性”文学思想基础上，茅盾正在努力探索一条适合中国文学现代化的写实性创作路径。这对中国现实主义文学理论的发展产生了积极影响。他译写的《三百年后孵化之卵》，便是在“写实性”文学思想指导下产生的较早的文学成果。

---

① 参见雁冰《表象主义的戏曲》，《茅盾全集》第 32 卷，黄山书社 2014 年版，第 127 页。

② 参见雁冰《我们现在可以提倡表象主义的文学么?》，《茅盾全集》第 18 卷，黄山书社 2014 年版，第 30 页。

## 二、“写实性”文学思想指导下的文本对话与作品重构

在选择何种外国作品介绍给中国读者这一问题上，茅盾将作品的社会价值作为优先考虑要素。在《介绍外国文学作品的目的——兼答郭沫若君》《对于系统的经济的介绍西洋文学底意见》《新文学研究者的责任与努力》等论文中，他提出译者选择译介对象，除了要依据自己的兴趣之外，还要判断其能否与中国社会需要相合，能否起到拯救时弊的作用。这种译介标准的制定，就是其“写实性”文学思想的伴生产物。

在这种翻译标准的影响下，茅盾对翻译方法的选择也有独特见解。他认为“直译”是在思想、风格方面对原作的还原，并非对文字一字不变、僵化不变通的“死译”①，如果意译可以还原原书大义，也不必一定用字词的直译去否定它②。在《译文学书方法的讨论》一文中，茅盾将译文从“形貌”和“神韵”两个方面进行相比，认为如果可以更好地保留“神韵”，那么“形貌”是可以做出改变的。③ 支撑这一“思想还原”翻译原则的文学逻辑，就是翻译作品主题与中国文化革新需要之间的适配性。正是以服务中国伦理革新为目标，茅盾将《隆鸟岛》放在更广阔的文本体系中进行对话，采用译写方式翻译出《三百年后孵化之卵》。

### （一）第一重对话：威尔斯社会批判性小说与作品的主题重构

茅盾晚年回忆了翻译这篇小说的起因，即主编朱元善想在《学生杂志》上刊登一些好看的科学小说，于是请茅盾选择翻译材料。④ 然而，从原著小说的实际情况来看，这篇小说并不具有鲜明的科学色彩，反而充斥着深厚的社会反思意识。当代学者吴岩在分析威尔斯创作特色时指出，威尔斯科幻思想体系的重要脉络是“站在当代科学发展的前沿去观察现实中的社会矛盾”⑤，对社会问题进行批判。可以推测，茅盾选择翻译这篇小说的主要原因，在于作品中流露出的对极端科学主义的反思以及对资本主义社会畸形发展的批判。这种创作主题与茅盾对社会发展的思考形成共鸣，符合他在新文化建设期的阅读期待。

新文化运动时期，发展科学成为文化领域的一个重要命题。渴望快速融入世界现代化进程的先进知识分子，大力鼓吹科学技术，意图引起国人对科学发展的重视。但是这种对科学技术发展的过分迷恋，也潜藏着另一种危机：未完全摆脱奴性思维的国人，很

① 参见雁冰《“直译”与“死译”》，《小说月报》1922年8月10日第13卷第8号，第4页。

② 参见冰《译书的批评》，《茅盾全集》第18卷，黄山书社2014年版，第54页。

③ 参见雁冰《译文学书方法的讨论》，《小说月报》1921年4月10日第12卷第4号，第1—5页。

④ 参见茅盾《商务印书馆编译所》，《茅盾全集》第35卷，黄山书社2014年版，第154页。

⑤ 吴岩：《科幻文学论纲》，陕西人民出版社2022年版，第141页。

可能会堕落为科技的“奴隶”。因此，茅盾对引入现代科学技术抱有积极态度的同时，也警惕极端科学主义和唯理论对个体自由精神发展产生的破坏作用。

1920 年，茅盾翻译了叶芝的剧本《沙漏》。在为之写的按语中，茅盾批判了“智叟”只信仰书本知识的做法。他认为这种看似崇尚科学理性的行为，实质却是用“知识”桎梏人类精神的发展。对常识或科学的盲目崇拜，本质是对权威的屈服，是个体主动性丧失的一种表现。1956 年，茅盾在《夜读偶记》中又一次反思了唯理论的弊端。他肯定了唯理论在反抗中世纪宗教迷信时产生过的积极作用，同时他也指出唯理论发展至极端的弊端，即将理性作为产生知识的唯一源泉，否认感性知识参与认识过程中的必要性。①他此时对“感性知识”的强调，是对人本质力量的重视。其主要意图是希望个人以批判性态度，参与到社会主义建设之中。

茅盾对极端科学主义和唯理论的警惕与威尔斯对科学的反思，其内核都是强调个体精神独立的重要性。科技是推动人类社会发展的工具，个人不能成为科技的奴隶，反受科技制衡。或许是考虑到正处于新旧文化过渡期的国人还未完全摆脱封建思想的控制，此时对科学技术进行反思，反而会给守旧派以口实，使他们借机攻击正在艰难前行的文化革新运动。因此，茅盾并未将威尔斯对科技的反思和批判直接表现在自己的译写作品中，而是利用虚构性题材，组织了利于塑造理想国民典型的故事情节，将批判性主题转化为理想性主题，即将原著作品对科技进步的弊端批判转化为对理想人生可能性面貌的刻画。对威尔斯在作品中批判的科学偏执发展问题，茅盾给出了自己的解决方案。

**（二）第二重对话：“荒岛求生”叙事符号的调动与理想人生的表现**

为了突出译写作品的主题表现力，茅盾将《鲁滨孙漂流记》引入互文性文本对话之中。《鲁滨孙漂流记》诞生于 18 世纪，当时英国正处于资本主义发展的上升期。鲁滨孙荒岛求生的经历，体现了新兴资产阶级扩张外部市场的探索精神。在这篇作品之后，“荒岛求生”作为一个叙事符号，成为探险类作品情节建构的重要元素，其中就包括创作于 19 世纪末期的《隆乌岛》。

《隆乌岛》诞生之时，资本主义经过百年发展早已弊端丛生。因此，同样是“荒岛求生”这一叙事符号的运用，威尔斯笔下的漂流者已然失去了早期探索者积极向上的人格魅力，变成了一个被金钱欲望裹挟的贪婪者。威尔斯作品中的主人公丧失了对陌生世界的开拓意志，成为一个无法在自然界自洽的孤独者。在威尔斯笔下，“荒岛求生”的叙事符号生发出新的内涵，折射出资本主义社会文化心态的变化：人类对科技的迷信，使其产生了极端的“人类主义”思想，在与外部世界相处过程中产生了一种扭曲的征服心态。人与自然之间表现出一种失衡状态。

茅盾调动这个叙事符号构建情节的主要动因，便是它同时具有对外驱动和对内反思

① 参见茅盾《夜读偶记》，《茅盾全集》第 25 卷，黄山书社 2014 年版，第 241 页。

的双重价值。

首先，茅盾重新激活了“荒岛求生”叙事符号中原型形象鲁滨孙所具有的性格特质。他将鲁滨孙的开拓精神注入《三百年后孵化之卵》的主人公“我”身上，使“我”具备了敢于冒险、大胆质疑、意志坚韧的性格特点。他希望借这一形象驱动国人摆脱静的、被动奴性的文化性格，转而形成一种动的、积极的主人性格。

在原作中，威尔斯为“疤脸人”设定的探险动机是获得最大的物质利益。[①] 茅盾解构了威尔斯作品中主人公所具有的唯利是图和自私自利的性格特点，将探险的动机由外界物质利益驱动转化为个人的内在精神需求。在茅盾笔下，“我”在探险过程中表现出鲜明的能动性和独立性。抗争是主人公冒险过程的主旋律。“自立”“平等”等现代观念在主人公身上得到了突出表现。

在面对旅途中的艰难险阻时，主人公可以迸发出强大的意志力量。他不畏惧恶劣环境，具有战胜困难的自信和勇气。茅盾为主人公设定的海岛生活史，象征着新文化语境下青年进行道德观念调整的必经之路：具有自由意志的个人，才可以在社会生活中展现出“主人性格”，成为文化建设的主力军。为了凸显主人公所具有的“主人性格”，茅盾在译写过程中增加了原著中没有的海岛生活情节，甚至在一定程度上忽视了科学合理性。

茅盾在描写主人公海上漂流的场景时写道，“赤道下夏日之热，实足骇人，虽在海中，而热力不稍减”，在经过一夜漂流之后，见一小岛，便移舟靠近，“登陆后四望，见岛中椰树甚多”，并且靠着“日之热度，及晷度卜之，知此岛必在热带海内无疑矣”。[②] 但是，为了表现主人公在岛中生活的艰苦，以及在艰苦环境中他所具有的自强自立的精神特质，茅盾为这个热带小岛设定了萧瑟的寒冬环境：“日复一日，严冬至矣。岛上初非甚寒，然木叶凋落，丰草枯矣”。将一个热带岛屿的冬季描写成萧瑟枯寂的场面并不符合科学常识。他违背科学常识的改编可见其翻译这篇小说的目的并非普及科学知识，而是要凸显奋发自强的主题意义，为青年读者指明人生方向。

其次，威尔斯小说中关于人与自然失衡状态的内在自省，也成为茅盾创作主题借鉴的一个方面。在《三百年后孵化之卵》中，茅盾向读者展现了具有独立精神和自立能力的个人所能拥有的一种合理、自由的生活方式。同时，他改变了威尔斯作品中对人与巨鸟关系的设定，将构建相互扶助的平等关系作为实现个人与外界和谐共生的手段。

在威尔斯的原作中，“疤脸人”虽然孵化了一只巨鸟，但是他认为自己对巨鸟有“恩义”。他认为巨鸟只是又大又笨的早就被自然淘汰的鸟，而“我”是经过自然选择生存下

---

① 参见［英］H. G. 韦尔斯著、王文江译《隆鸟岛》，《威尔斯短篇小说集：水晶蛋》，大连理工大学出版社2018年版，第35页。

② 茅盾：《三百年后孵化之卵》，韦韬编《茅盾译文全集》第1卷小说一集，知识产权出版社2013年版，第5—8页。

来的人。①“疤脸人”是“人类中心”思想的代表。这种“中心地位”优越性背后体现的是物种尊卑有别的思想。经过茅盾的译写，原作中人与鸟明显的物种高低之分被消解。“我”对巨鸟生命的尊重，是以生命本身所具有的独立价值为前提，而不是以任何外部标准对生命进行标价和赋值。

茅盾将“互助”理念融入人与鸟的关系之中的另一作用，是解构了附属于中国封建伦理体系中的寄生和报恩思想。“我”养育巨鸟长大，提升它的自立能力，并未期望回报。这是对封建伦理影响下所形成的恩报原则的冲击。封建纲常伦理影响下滋生出来的“母凭子贵”“光耀门楣”“衣锦还乡”等文化心态，甚至是对“忠孝节义”原则的变态强调，都是这种恩报原则的变形，其实质都是对个人价值的解构。茅盾将原作中人鸟对抗的情节处理为人助鸟自立，实现共存的做法，一方面体现了“生命平等”的意识，另一方面也隐含着对“自立”这一现代生活准则的认同。

**（三）第三重对话：约翰·克利斯朵夫与茅盾文学文本中的人物谱系**

茅盾将罗曼·罗兰的小说《约翰·克利斯朵夫》视为新浪漫主义的代表作品。因为在这部作品中，作者用积极的理想主义精神塑造了一个典型的具有现代文明气质的青年约翰·克利斯朵夫。约翰·克利斯朵夫身上具有罗曼·罗兰所称赞的真正的英雄主义精神，“在认清生活的真相后依然热爱生活”。这也是茅盾对现实生活所具有的基本态度：“不要感伤于既往，也不要空夸着未来，应该凝视现实，分析现实，揭破现实。”②

在茅盾的作品体系中，与约翰·克利斯朵夫最具同质性的人物形象就是《三百年后孵化之卵》中的主人公“我”，以及茅盾创作于1935年的小说《少年印刷工》中的主人公赵元生。此外，无论是茅盾在作品中所塑造的青年知识分子、时代女性，抑或所描写的觉醒过程中的农民，都可看作他在探索“理想青年”培养之路中的必然产物。茅盾多是从文化革新角度，批判性地探讨新时代青年的思想在向现代化转变过程中可能遭受的封建腐朽文化的阻碍。如何有效实现个体解放是茅盾始终关注的焦点。

在《三百年后孵化之卵》中，茅盾虽然极力展示了“我”所具有的坚韧自立、敢于质疑权威等优秀品质，然而并未给自己的理想主人公找到一条自我实现的合理途径，因此只能将这种理想留存在荒岛之上。当“我”被迫离开自己一手创建的“自由国度”，回归世俗社会时，不得不遗憾感慨：“余一年辛苦为谁来？而今如镜花，如水月，电光石火，一现即灭。吾一生亦等是耳。”③ 最后“我”似乎成了一个由理想堕入现实的“狂

---

① 参见［英］H. G. 威尔斯著、王文江译《隆鸟岛》，《威尔斯短篇小说集：水晶蛋》，大连理工大学出版社2018年版，第47页。

② 茅盾：《写在〈野蔷薇〉前面》，《茅盾全集》第9卷，黄山书社2014年版，第585页。

③ 茅盾：《三百年后孵化之卵》，韦韬编《茅盾译文全集》第1卷小说一集，知识产权出版社2013年版，第20页。

人”，“目望海中，颜色颓唐，喃喃如颠发”①。结合新文化运动时期，建立新文学、新道德的口号备受传统文化势力攻击的现实，主人公“重回旧世界”的结局，体现出茅盾对理想与现实之间矛盾的清醒体认。

随着茅盾对马克思主义，特别是阶级斗争相关理论的深入学习和领会，他在方法论层面逐渐摆脱了新文化运动时期依靠道德提升解决社会问题的空想性缺陷。因此，在赵元生身上，理想主义有了实现的可能性。赵元生在与工人阶级的接触中，逐渐走出迷茫，重新确立自己的奋斗方向。可以说，从《三百年后孵化之卵》中的“我”，到茅盾小说中的时代女性、青年知识分子和青年农民，再到赵元生，他们的人生历程构成了青年奋斗的完整图景，是当时无数革命青年的人生缩影。

**（四）艺术技巧的选择：象征手法的运用**

通过茅盾对原作进行的这种互文式的改写可以推测，其译写目的并非直接暴露社会发展的现实问题，而是要用一个虚构的故事为青年指明人生前进的方向。以冷峻分析为显著特色的自然主义式的表现手法并不能满足作品主题呈现的需要。因此，茅盾选择“象征”这一表现手法将理想性主题与虚构性题材进行融合。这种艺术表现手法的运用增加了主题呈现的含混性以及多元解读的可能性。

茅盾在作品中利用“我”来表现的不仅仅是对个体思想解放和生命体验的探讨。在宏观意义上，“我”也代表了茅盾对国家、民族发展新范式的思考。无论是《鲁滨孙漂流记》中鲁滨孙和“星期五”的关系，还是《隆鸟岛》中疤脸人和巨鸟的关系，关系双方均呈现出主从对立的特点。

在《三百年后孵化之卵》中，“我”竭力想要培养巨鸟自力更生的能力，将巨鸟视为和自己平等的生物。只有在受威胁的情况下才采取对抗策略，可是也并未生出将其毁灭的心思。茅盾对不同物种之间平等地位的描写，也代表了他对世界不同民族如何共存的思考，即在自立基础上实现和谐共生。但是，对于如何实现自立，茅盾还局限在空想阶段，他设想的解决途径还是要依靠个体的道德自觉。

## 三、《三百年后孵化之卵》在茅盾文学创作体系中的价值及其局限

首先，茅盾的“写实性”文学思想以及作为这种思想实战演练成果的《三百年后孵化之卵》，是中国现实主义文学思想发展过程中的重要成果。虽然在艺术呈现上，这次翻译实践还略显青涩，但是茅盾已经显露出在文学创作中将社会批判与理想表现相融合的努力。

---

① 茅盾：《三百年后孵化之卵》，韦韬编《茅盾译文全集》第1卷小说一集，知识产权出版社2013年版，第20页。

其次，茅盾在翻译过程中采用的互文式译写，是对中外文学资源的一次创造性运用。在新文学初创期，符合新文化宣传需要的本土原创文学相对匮乏，这就需要调动外部文化资源辅助推进伦理革新运用。在如何对外国作品进行“合目的性”译介这一问题上，茅盾这种符合本土文化需求的互文式译写方式，可以打破文化隔膜，满足本土文化发展过程中对外国文学资源的期待。

再次，受时代环境以及个人思想发展的影响，茅盾对“写实性”的理解还存在诸多不足。茅盾虽然已经意识到文学作品的题材应该源于作者对现实生活的分析，但是文学艺术的最高表现应该是观察与想象的和谐。文学不仅要“丰肉”，还要“充灵”。然而茅盾此时对理想社会实现途径的设想还具有空想性。他将个人道德修养的提升视为社会问题解决的根本途径。

例如，在《三百年后孵化之卵》中，茅盾虽然满怀激情地描绘了一位具有理想人格的青年，并展现了这类青年在社会改造中能发挥的巨大作用。但是，对如何提升道德修养这一问题，他给出的解决方案只是依靠个人坚韧品性的锤炼。纵然茅盾在作品中表现了美好世界的前景，但是在这一时期他却没有能力为这个世界寻到抵达的可实践性途径。

最后，茅盾的“写实性”文学在艺术表现层面具有极强的包容性。他对象征手法的运用丰富了现实主义文学的表现方式，为中国现实主义文学创作开辟了广阔的道路。他将表现主题与时代发展相结合的做法，赋予了文学创作者关心社会的时代责任感，提升了文学的社会文化价值。纵然茅盾初步建构起来的“写实性”文学思想还存在诸多不足，对《三百年后孵化之卵》的译写充盈着空想主义色彩，但不可否认，正是这些缺陷为茅盾的现实主义文学探索之路指示了继续前进的方向。

# 试论民间资源对“新秧歌运动”的影响*

马海燕①

**摘 要**：“新秧歌运动”是在陕甘宁边区深入挖掘并创造性地利用民间资源的基础上兴起的。《在延安文艺座谈会上的讲话》发表后，知识分子开始真正深入民间、融入农民群体，他们广泛运用民间资源，改编并创作出大量“破旧立新”、秉持“人民立场”的艺术作品。在此背景下，“新秧歌运动”轰轰烈烈地展开了，诞生了一系列优秀的“新秧歌”剧作。民间资源对“新秧歌运动”的影响是广泛而深远的，它在民众宣传与教育方面发挥了积极且良性的引导作用，推动了边区革命文艺的初步成熟与显著进步。“新秧歌运动”中所体现的“破旧立新”的时代精神，不仅在陕甘宁边区具有重大的现实意义，更是民间资源与时代革命精神及理念深度融合的典范。

**关键词**：陕甘宁边区；“新秧歌运动”；民间资源

毛泽东同志《在延安文艺座谈会上的讲话》（以下简称《讲话》）为中国革命和文艺指明了发展方向，强调了“以人民为中心”的创作方向，确认了文艺工作者的责任与使命，规定了“文艺为政治服务，文艺为工农兵服务”的重要原则。《讲话》前，大多数知识分子还沉溺于之前的文艺创作观念，没有对“党的文学”进行深入的认识和了解，“知识分子传统”抑或他们“传统知识分子”的理念和身份，必然导致他们的创作是脱离工农群众的。《讲话》后，边区政府以强有力的政治话语推行文艺界的整风运动，逐步完成知识分子的思想改造，对知识分子的革命定位予以界定，要求文艺工作者深入农村、扎根人民、向人民学习，创作反映农民真实生活和时代精神的文艺作品。这一时期，知识分子开始真正深入民间、深入农民群体，利用大量的民间资源改编、再造出一批“破旧

* 项目基金：国家社科基金重大项目“陕甘宁文艺文献的整理与研究（1934—1949）”（批准号：16ZDA187）。

① 作者简介：马海燕（1985— ），女，新疆乌鲁木齐人，昌吉学院中国语言文学学院教师，陕西师范大学文学院博士生，主要研究方向为中国现当代文学、陕甘宁文艺、新疆当代文学。

立新”、具有“人民立场”的作品。这一时期陕甘宁边区的文艺工作确实取得了显著的成效，其中“新秧歌运动”尤为突出。

## 一、对民间资源的关注与挖掘

关于秧歌，《论语·乡党篇》中就记载了孔子观傩的场景：“乡人傩，朝服而立于阼阶。”① 傩戏被认为是秧歌最早的来源之一。据《绥德县志》记载：“陕北秧歌是广泛流传于陕北地区的一种古老的民间广场歌舞艺术，它与古代的傩仪和社火祭祀活动有着直接关系。”② 秧歌主要流行在北方地区，也是陕甘宁地区颇受人民喜爱的广场歌舞艺术，又被称为“闹秧歌”“闹红火”“闹社火”“闹阳歌”等。“其本名为‘阳歌’，是‘阳间’人世唱给‘阴间’鬼神世界的原始祭祀歌舞。它起源于一种原始巫术，通过法术百兽率舞，以祀神驱鬼，祛除邪恶；并四处游走，挨家挨户祈祥纳福，保佑平安。”③ 在原始社会，秧歌往往和原始宗教信仰或者巫术活动有关，随着社会的发展，秧歌在很大程度上已经脱离了原始神秘主义色彩，演绎成为当地人民节日“狂欢”的重要仪式。每逢春节或者其他重要节日期间，人民群众总会组织表演各种秧歌节目，以此来释放压力、表达内心的喜悦。秧歌这一演变进化的过程一方面来源于人民大众对民间资源的择取，另一方面也符合民间文学变异性的特点，也因此实现了有意义的进化。

秧歌小调在陕北主要在延安和榆林两个地区流行。“陕北传统秧歌，按传统活动的内容和形式可包括‘谒庙秧歌’、‘彩门秧歌’、‘排门子秧歌’、‘大场子秧歌’、‘九曲秧歌’等。”④ 甘肃和宁夏秧歌虽然没有陕北秧歌的诸多种类和影响力，但是亦有自身的特点，甘肃社火小调主要以鼓子秧歌、陇东秧歌、拉花秧歌等为主；宁夏社火小调种类繁多，有“高跷”“跑旱船”“杠子老爷”“牛郎织女”（小放牛形式）和“太平鼓”等，还兼有一些民间小舞台剧的形式。⑤ 以陕北小调《打黄羊》为例，《陕北民歌大全》收录了两首《打黄羊》，其中《打黄羊（二）》的内容为：

> 骑白马来跨洋枪，跟上三哥哥打黄羊。黄羊肉儿（这）我不吃，总不如三哥哥守我着，嗨呀嗨溜花梅呀梅翠花，你把三哥哥饶了几道子。⑥

---

① 杨逢彬注译：《论语》，长江文艺出版社2015年版，第95页。

② 中共绥德县委史志编纂委员会编：《绥德县志》，三秦出版社2003年版，第508—509页。

③ 朱鸿召：《延安日常生活中的历史（1937—1947）》，广西师范大学出版社2007年版，第125页。

④ 榆林市文物文化局编，霍向贵主编：《陕北民歌大全》（上），陕西人民出版社2006年版，第779页。

⑤ 参见《中国民间歌曲集成》全国编辑委员会编《中国民间歌曲集成·宁夏卷》，人民音乐出版社1992年版，第20页。

⑥ 榆林市文物文化局编，霍向贵主编：《陕北民歌大全》（上），陕西人民出版社2006年版，第330页。

这两首《打黄羊》小调节奏明快、情感热烈，表现了男女之间真挚的爱情。其中《打黄羊（二）》在1943年被音乐家安波沿用了原曲调，重新填词改编成《拥护八路军》（也称《拥军秧歌》《拥军花鼓》）：

> 正月里来呀是新春，赶上了猪羊出（呀）了门；猪啊羊啊你送到哪里去？送给那英勇的八（呀）路军，哎嗍糜翠花呀，咳嗍海棠花，送给那英勇的八（呀）路军。①

改编后的歌曲保留了传统民歌的经典曲调和特色，同时在内容方面注入了拥护八路军、歌颂党在陕甘宁边区进行的轰轰烈烈的劳动大生产运动的新的时代元素和主题，在解放区引起人民的强烈反响。这不仅使民歌在新时代焕发出新的生机和活力，也为旧民歌改编为新民歌的重构和创作提供了宝贵的创作经验和启示，同时进一步凸显了原生态民间资源在陕甘宁边区民歌改造和创新过程中的重要作用。再如陕西传说中的《跑旱船》，介绍了社火闹秧歌中“跑旱船”这一舞蹈节目在民间传说中的来历。相传是大禹在治水的时候，因心疼治水的百姓们长期站在水里损伤身体，发明了木排，让百姓都到木排上面运沙泥，既保护了身体，也提高了劳动效率。“因为木排是用竹篾把木头拴在一起的，人们就给它起了个名字，叫‘拴’。后来又叫成‘船’了”，“每到丰收时节，人们就想起大禹来，便把当时治水做的木船推来推去，跑呀，跳呀，唱唱喝喝，祝愿来年如意，永世太平。这样，经过一代代沿袭发展，便形成了今天跑旱船的娱乐活动”。② 从这个传说的内容可以看到，秧歌对于民间既是庆祝丰收、表达喜悦的庆祝仪式，同时也承载着原始先民对理想生活的向往：希冀有贤明的君主统治、太平盛世的社会环境，以及男耕女织的平凡生活。其中也承载了人民朴素的价值观。在这个传说中，“跑旱船”的节目仪式来源于治水时期人民集体智慧和辛勤的劳动，强调了劳动在民间文化和社会生活中的重要性，认为人民只有通过劳动获得的幸福生活才更值得歌颂。在陕甘宁边区的“新秧歌运动”中，很多新秧歌戏的表演内容都与开荒种地等劳动场景紧密相连，其中隐含的是对原生态民间资源中蕴含的集体主义精神和勤奋不息的劳动精神的继承和发扬。

鉴于秧歌这一民间艺术在陕北民间深厚的群众基础和富于艺术感染力的演出方式，陕甘宁边区成立之后，自1938年起，秧歌在延安的各个报纸上都得到了广泛的推介，为边区民间艺术形式的创新注入了新的活力。民间旧秧歌通常在农历春节和重大节日、祭

---

① 安波：《安波歌曲选》，人民音乐出版社1982年版，第10—11页。

② 中国民间文学集成全国编辑委员会、中国民间文学集成陕西卷编辑委员会：《中国民间故事集成·陕西卷》，中国ISBN中心1996年版，第381—382页。

日、庆典中以“综合舞队”的形式进行演出，“以祭天、祭地、祭祖；娱人、娱神、自娱为目的”①。陕北民间旧秧歌按其内容一般被分为“溜沟子秧歌”和“骚情秧歌”两种②：“秧歌队到各商店及财主院里唱些‘溜沟子’的颂词和吉利话，人家给点钱或东西，然后在门口或院里舞弄一番就走。这些秧歌中夹有表现调情和丑化劳动人民的内容，因而老百姓又称它为‘骚情秧歌’、‘溜沟子秧歌’。”③ 民间旧秧歌本身虽然艺术形式多样，富于情感感染力，在陕甘宁地区有着较为广泛的群众基础，但是它本身也确实掺杂着某些阶级局限性和猥琐色情的内容，这些都是与边区所秉持的革命理念和进步思想相悖的。因此为了使其更好地契合边区文化建设的需求，为边区革命事业与文艺群众路线的推行贡献积极力量，在《讲话》后，鲁艺着手对旧秧歌进行筛选与改造，从内容到形式对其进行与时俱进的改编，在“破旧立新”之后，逐渐形成了“新秧歌”和“秧歌剧”这两种创新后的秧歌样式。1943 年鲁艺文工团奔赴边区各地进行巡演，边区“新秧歌运动”就此拉开帷幕。

## 二、“新秧歌运动”的探索与尝试

鲁艺在 1942 年底组织了新式秧歌队，并在 1943 年春节期间率先完成了对“新秧歌”的改编，艺术家们摈弃了艺术中“自由主义”的创作理念，转而深入研究秧歌，把“新秧歌”的改编视为一项重要的“革命使命”去全力以赴地完成。在经历了夜以继日的排练后，“（鲁艺）2 月 9 日出动了由 150 人组成的秧歌队，伞头由刘炽、严正担任，他们去掉了原来由伞头手举伞及棒槌作为舞具的形式，改用手举镰刀斧头，化装成工农形象，新意大增，他们边扭边结合形势即兴编词领唱，群众演员则跟在后面边扭边合唱。由于女演员纷纷参加了秧歌队，所以男扮女装的现象也随之消失。队员们化装成工、农、兵、学、商，表现各界人民联合起来团结抗日的决心”④。原本在春节期间热闹非凡、充斥着敬神娱人欢庆氛围的旧秧歌，经过改编后，在保持原有的热闹欢腾节日气氛的同时，演出道具、唱词和表演形式一改之前迷信低俗之风，取而代之的是对工农团结奋斗思想的大力弘扬，对共产主义理念的热情宣传，以及对团结抗日决心的具体彰显。同时，在演员的选择方面，女性演员同样能够登台表演，充分展示了边区男女平等的先进思想，更进一步影响了边区的社会风气和文化氛围。“新秧歌”的演出生动展示了边区民众生活的

---

① 曹世玉主编：《绥德文库·秧歌艺术卷》，中国文史出版社 2004 年版，第 1—2 页。

② 参见毛巧晖《新秧歌运动：权威话语对“民间”的缔造》，《中华戏曲》2008 年第 1 期，第 87 页。

③ 王克芬、隆荫培主编：《中国近现代当代舞蹈发展史：1840—1996 年》，人民音乐出版社 1999 年版，第 109 页。

④ 王克芬、隆荫培主编：《中国近现代当代舞蹈发展史：1840—1996 年》，人民音乐出版社 1999 年版，第 111 页。

新风尚，也使得秧歌艺术在经历了“破旧立新”之后提升了艺术品位，焕发出时代光彩。鲁艺“新秧歌运动”持续下乡表演，并在向广大人民群众学习的过程中继续不断改编和创新，“新秧歌”的发展创新使人民群众真切地感受到边区欣欣向荣的生活和崭新的精神风貌，同时也展现出在中国共产党的领导下，边区人民崇高的精神追求与坚定的革命信念。

“文艺家同时也是教育家，但是却不要以为自己不必受教育。”① “教育”和“被教育”的双重身份，决定了文艺家和人民群众之间的教育式互动，这本身就是极为艰辛的。1943年2月4日，鲁艺第一次尝试用新编秧歌剧《拥军花鼓》在群众中演出，改编的唱词为：

> 正月里来是新春，赶上猪羊出（哇）了门。猪哇、羊啊，送到哪里去？送给咱英勇的八（呀）路军！哎哩美翠花，黑不溜溜儿花，送给咱英勇的八（呀）路军！

现场群众反响非常热烈，但独独每次唱到“哎哩美翠花，黑不溜溜儿花”这句时，下面群众笑得蹊跷，一次次引发现场的骚动。后来鲁艺知识分子在请教了民间秧歌艺人后才知道，这句话本身是指“男女下身部分”，于是赶紧将这句话纠正为“哎哩美翠花，海哩海棠花”。② 从《拥军花鼓》这部秧歌剧第一次演出的失误可以看到，知识分子和人民大众之间在此时依旧是相对“疏离”的状态，究其根本是知识分子精英意识形态和人民大众民间文化形态在文化磨合、碰撞中存在冲突和摩擦。这证明，民间资源不是单一地接受政治话语和知识分子的改造，而是与它们在碰撞和文化磨合的过程中实现了相互借鉴、相互影响的可能。这也证明了知识分子“自由自在”的精神内质和民间“自由自在”的艺术创作，二者的磨合是通过政治力量促成的。民间资源的底蕴是深厚的，在外在力量强大的压力之下，它依然能以独特的方式完成自我的重塑，因为“民间文化在各种文学文本中渗入的‘隐形结构’的生命力就是如此的顽强”③。这同时也反映出一个客观现实，即在知识分子心中，庙堂意识依旧占据主导思想，他们尚未意识到植根现实土壤中的民众的真实需求，而“新秧歌”需要从民间文学本身和人民的真实生活出发去进行整理和改编。正如张庚在《鲁艺工作团对秧歌剧的一些经验》一文中指出的：“就我所知道的，民歌中间集体的精神是比较少的，进行曲、军歌是没有的。但今天的自卫军、变工

---

① 《中国新文学大系 1937—1949》编辑委员会编：《中国新文学大系 1937—1949》第2集，上海文艺出版社1990年版，第120页。

② 参见朱鸿召《延安日常生活中的历史（1937—1947）》，广西师范大学出版社2007年版，第123—124页。

③ 陈思和：《陈思和自选集》，广西师范大学出版社1997年版，第224页。

队都需要唱歌，也需要在戏剧里反映这些新生活；这就需要我们的改编、创作。不过改编也好，创作也好，先决条件是必须从民歌小调的基础，从老百姓新的生活的基础出发。我们今日要做这步工作，还须在这两方面广泛地掌握材料，好好深入。"① 从张庚的理念看来，民间资源虽然是集体智慧的结晶，但是缺乏适用于革命和社会进步所需要的集体主义精神，因此对民间作品的改编是势必要完成的，而完成的前提是必须深入民间，从原生态民间资源中吸取形式和营养，从人民生活中获取素材和灵感。这种向民间的靠拢体现为一种向下的姿态，即必须从民众的生活中了解他们的审美需求，从而才能创作出符合大众化要求的新生态作品。

虽然"民间秧歌是我们新歌剧的主要基础"②，"新秧歌剧"的改编和创新离不开来自民间的资源——原生态民间秧歌的滋养，但是如何注入新的时代精神和先进的革命宣传理念，就成为艺术家们创新和改编的难点之一。对于"新秧歌剧"而言，"权威话语缔造了一个全新的'民间'"③，因此，来自人民群众对"秧歌剧"的反馈就尤为重要。曹欣在《忆农民谈秧歌》里提到，当时的人民群众（农民）对秧歌剧提出了关于服装和表演方面存在的不足，如在询问老百姓对最初版本的新秧歌剧《兄妹开荒》的意见和建议时，农民们对舞台上演员破破烂烂的着装产生了质疑。他们认为即使是表现开荒的艰难，也应该突显种地活动的"红火劲"，而不是穿得破破烂烂，因为"这个戏主要的要表现兄妹开荒的积极、红火的劲头，要不穿得花絮一些，就看不出这股红火的劲头了；活蹦乱跳是表示个欢乐劲么，不蹦蹦跳跳就没个欢乐劲了，乱蹦乱跳又不好看，把它合合'辙'，那大家就爱看了，看起来也乐乎了"④。农民从自身对秧歌剧的审美体验，给予文艺工作者真实的意见，认为表现新的生活要体现在演出服饰的"新"以及演出情绪的欢乐方面，并不是单纯坚持从实际出发的原则就能让观众接受并喜欢，因为艺术创作本身就是"源于生活而又高于生活"的。其次，对于秧歌剧中演员劳动动作的失误，他们也提出了批评，认为"演《兄妹开荒》的演员不会抓镫把，他们说：'按你们的这个抓法，抓得又松又滑，手在镫把上溜来溜去，真刨起地来，一晌午不知道要磨出多少泡来，叫人看起来也实在不吃劲。'"⑤ 农民们秉承着最真实最朴素的"民间"戏剧演出的理念，他们所执着的民间的审美和对"真实性"再现的要求，也是人民本身对知识分子的民间想象提出合理的批评，并试图以自己的方式参与到对民间资源"再造"的过程中去。这

① 张庚：《张庚自选集》，中国戏剧出版社 2003 年版，第 51 页。

② 张庚：《张庚自选集》，中国戏剧出版社 2003 年版，第 55 页。

③ 毛巧晖：《新秧歌运动：权威话语对"民间"的缔造》，《中华戏曲》2008 年第 1 期，第 92 页。

④ 《中国话剧运动五十年史料集》编辑委员会：《中国话剧运动五十年史料集》第 3 辑，中国戏剧出版社 1985 年版，第 120 页。

⑤ 《中国话剧运动五十年史料集》编辑委员会：《中国话剧运动五十年史料集》第 3 辑，中国戏剧出版社 1985 年版，第 119 页。

也给予了知识分子提示，即在进行艺术改编的过程中要尽量去贴近劳动人民形象的真实性，无论是对生活场景还是劳动场景的描摹，一定要建立在以“主题、剧情和人物需要”为核心的基础之上。但值得注意的是，艺术在反映人民的生活和精神的同时，创作者必须认识到只有人民本身才真正懂得民间艺术的诉求——即在不矫揉造作的基础上，力求最大限度还原民间原生态的生活和劳动场景，体现劳动人民的真实心态。只有在这个层面，戏剧本身才能真正打动人心，才能真正实现宣传政治理念的目的。这就要求文艺工作者们不仅要理解民众的需求，而且要在创作心理方面建立和边区人民共同的情感——“同情，真正具有和当地民众‘相同的感情’，而不仅是‘为他们着想’，是成功的秘诀。对他们的信仰和意见，即使是最无价值的，也要尽可能表示尊重。”① 这也为后来新式秧歌剧的产生做了铺垫：“中共决心复活秧歌时，他们决心把它变成老百姓自己的东西，以求符合毛泽东的政策：‘向人民学习，加以改造，然后交还人民，成为人民自己的东西。’”② “向人民学习”也成为陕甘宁边区政治意识形态所倡导的文艺理念和价值取向。

## 三、“新秧歌剧”代表剧作及其影响

这一时期，陕甘宁边区秧歌剧的代表作是《兄妹开荒》，该剧的作者是王大化和李波。这部剧取材于民间真实的人物事迹，围绕着边区大生产运动和“二流子改造”为主题展开。该剧原型本是边区劳模马丕恩、马杏儿父女，这对父女因生活难以为继，携全家从米脂逃荒到延安。在边区政府的鼓励和支持下，他们承包了自己的土地，在政府的帮助下开始开荒。父女俩起早贪黑地上山种地，终于在年终获得了好收成，并一举成为边区的劳模典型，受到边区政府的表彰。1943 年 1 月 3 日，《解放日报》发表文章《马丕恩马杏儿父女边府奖为劳动英雄》，对马丕恩父女的劳动事迹进行报道，表扬父女俩的劳动精神，号召边区人民积极向劳动模范学习。1943 年 2 月 2 日，边区政府表彰马杏儿为“边区妇女劳动英雄”。此后，《解放日报》陆续发表相关评论文章和报道，将马杏儿作为劳动楷模在解放区积极宣传，激励边区妇女同志以她为榜样，学习她的劳动精神。1944 年 3 月 8 日，《新华日报》“新民主政治下的劳动女英雄”版块刊发了由洪音撰写的《马杏儿》，这时马杏儿人物形象更为饱满，已经不再是“小家”单打独斗、树立典型的劳动英雄，而是能在群众中间既能起到模范带头作用，也能和大家团结互助，有着先进思想的劳动模范：“纺织小组在她的带领与推动之下，进步发展得非常快。”③ 边区一方面从

---

① ［英］查·索·博尔尼著，程德祺、贺哈定、邹明诚等译：《民俗学手册》，上海文艺出版社 1995 年版，第 6—7 页。

② ［英］G. 斯坦因著，李凤鸣译：《红色中国的挑战》，希望书店 1946 年版，第 111 页。

③ 洪音：《马杏儿》，《解放日报》1944 年 3 月 8 日第 2 版。

政府层面对马丕恩、马杏儿父女的劳动模范生活和劳动事迹进行大力宣传，一方面在对民间资源进行再造的同时，出现了以马杏儿为主题的民歌、秧歌剧、秦腔等文艺作品。究其目的，边区正是试图通过树立典型劳动模范，营造“人人热爱劳动”的氛围，这既是大生产运动的实际要求，也是党对边区人民“新的道德观念”建设的积极引导。“简单讲，就是让‘劳动’不仅能够创造物质财富，而且使‘爱劳动’成为‘人民新的道德观念’乃至构成‘美德’，将‘劳动’与‘人民’紧密结合在一起，用‘劳动’来确保‘人民’的‘主体”地位，把‘人民’作为‘劳动’的‘道德’来源。”① 边区政府力图通过各类对劳动的表彰和宣传，教育和感化“二流子”群体，让他们燃起对新生活的希望，接受劳动改造，投身于轰轰烈烈的边区劳动大生活中来。

马丕恩父女的故事被改编成秧歌剧《兄妹开荒》后，在边区引起了巨大轰动。《兄妹开荒》为什么选择“开荒”这一主题呢？首先，这是与边区政府当时安置移民、鼓励开荒的大生产运动的政策导向是相契合的。大生产运动鼓励人民开荒种地，在解放区对劳动模范如吴满有、马丕恩父女等的大力宣传，营造出自上而下鼓励劳动、热爱劳动的氛围。由此可见，自“五四”以来，中国共产党在马克思主义中国化的探索历程中发生了重大的理念转变，从重视和推动工人运动、积极倡导“劳动神圣”的理念，到延安时期已经深刻认识到农民在中国革命中占据的重要位置。自此，“中国共产党领导的中国革命使‘五四’以来‘劳工神圣’的抽象口号在‘走向民间’过程中逐渐实体化”②。这是马克思主义中国化在民间文艺中不断丰富和完善的具体体现。其次，这是农民对土地的热爱和眷恋在民间文学作品中的显现。中国数千年来一直以小农经济为主导，在农民的眼里，土地是被赋予生命的，在土地上的劳作不仅是他们谋生的手段，也是他们生命力量的另一种展现。因此，“从《诗经》开始，最优秀的民间文艺，都是从歌颂田野上的劳动和生活开始的”③。不仅如此，在民间，土地所有权是家庭财富、社会地位甚至是民间权力的象征。费孝通曾说：“中国的社会是乡土性的……乡下人离不开泥土，因为在乡下住，种地是最普通的谋生办法。”④ 农民对土地的热爱和眷恋，积淀成为中华民族文化心理中不可或缺的重要内容。因此，农民在开荒劳作过程中的欢愉是发自肺腑的。这既是在边区新政策下人民拥有土地后真情实感的体现，同时也是中国农民潜在心理结构的显现。因此，与其说《兄妹开荒》新式的秧歌改编是知识分子对民间文学的重塑与改造，倒不如说，这是原生态民间资源对边区民间文学潜在的、强大的反作用力——必须选择符合人民对生活的认知和符合他们审美的艺术形式来表达，也必须创作符合人民生活实

---

① 罗岗：《人民至上：从“人民当家作主”到“社会共同富裕”》，上海人民出版社2012年版，第125页。

② 罗岗：《人民至上：从“人民当家作主”到“社会共同富裕”》，上海人民出版社2012年版，第124页。

③ 陈思和：《陈思和自选集》，广西师范大学出版社1997年版，第223—224页。

④ 费孝通：《乡土中国》，北京出版社2005年版，第1页。

际和内心向往的作品，只有这样，才能让民间文学作品在旧形式、新内容以及传统文化心理这三方面达成共识。最后，《兄妹开荒》改编成兄妹模式，而不是父女模式或夫妻模式，与解放区当时改造旧形式的文艺政策是有关系的。在党早期的文艺理念中，性是相对被禁忌的，夫妻模式俨然不能成为解放区革命斗争层面新生活、新思想的宣传力作，这一点不仅在陕甘宁边区是文艺创作的基本原则，也主导了新中国成立后十七年文学和“文化大革命”期间的文学创作原则。而且旧时秧歌很多是“骚情秧歌”，男女相互调笑的内容很显然并不符合当时的政策和价值观的要求，而是要予以批判和破除的。新式秧歌要剥离旧时秧歌“不登大雅之堂”的内容，还要把它改编成为积极向上且能符合民众心理预期的内容。从这个角度看，“兄妹”模式的选用，自然是比较符合实际的，也是边区以家庭为单位的“开荒大生产模式”的具体显现。

“新秧歌运动”在陕甘宁边区和整个解放区获得了极大的轰动效应，以深入人心的演出内容和艺术形式获得了解放区人民群众的喜爱和认可。它的影响力并不局限在陕甘宁边区或者解放区，在解放战争时期对我党在祖国各地的宣传也起到了举足轻重的重要作用。1943 年初，戏曲作家马健翎创作了秦腔现代戏《血泪仇》，讲述的是农民王仁厚一家在抗日战争时期遭受了国民党反动派的残酷压迫，举家来到陕甘宁边区后，在党和政府的关怀下最终过上了幸福新生活的故事。该戏在延安由民众剧团进行演出，在民众中获得极大反响。1946 年 7 月，尚在大连带领“东北文艺工作团”进行抗战戏公演的颜一烟，在接到上级团委的指示后，将秦腔现代戏《血泪仇》改编为更为老百姓喜爱的新秧歌剧《血泪仇》，在纪念抗战九周年之际，作为重要节目先后在辽东半岛、前线部队和广大农村地区进行巡回演出，赢得了广大人民群众的热烈反响，并取得了显著的教育效果。① 当时大连的工人观众潘洪运在观看这部秧歌剧后，激动地写下这样的文字：“《血泪仇》不是一个戏而是中国人民的一篇《血的控诉》……《血泪仇》明显地表现出两种社会，它是中国社会的一个缩影，这对于我们这被殖民地命运笼罩了 40 年的人民，实在是一个最生动的政治教育!”② 从群众的反馈中可以看到，新秧歌剧《血泪仇》通过国共两党执政下老百姓生活的强烈对比，将中国共产党和延安政府的正向影响辐射到解放区以外的祖国各地。从民间资源中汲取了大量文化元素和艺术养分的秧歌剧，保留了传统秧歌的艺术形式，充分发挥了民间资源的影响力，并被赋予新时代的精神内核，因此，以其本身强有力的宣传功能和亲民的艺术魅力，成为党在特殊历史时期的宣传利器。这不仅增强了人民群众对党的了解和信任，也为党在边区文艺事业的发展奠定了坚实的思想基础和群众基础。

在中国共产党的积极引领下，陕甘宁边区老百姓的精神面貌焕然一新。他们热情高

---

① 参见颜一烟《〈血泪仇〉改编的前前后后》，《新文化史料》1995 年第 6 期，第 55—56 页。

② 颜一烟：《〈血泪仇〉改编的前前后后》，《新文化史料》1995 年第 6 期，第 56 页。

涨地参与到边区大生产运动中，投身于革命事业的建设中，他们所展现出的对劳动的热情、对美好生活的向往和对党的坚定信仰，充分验证了取材自民间资源的“新秧歌运动”影响是广泛而深远的，对民众宣传与教育的引导是积极的、良性的，有力地推动了革命文艺的初步成熟与显著进步。“新秧歌运动”所展现的“破旧立新”的时代精神，不仅在陕甘宁边区具有举足轻重的现实意义，更是民间资源与时代革命精神及理念深度融合的生动典范，为中国当代文艺创作与文化发展提供了宝贵的经验与启示。

# 中央文学研究所与早期作家培养模式

张　柠①

**摘　要**：鲁迅文学院的前身，即丁玲时期的“中央文学研究所”（1950—1953），田间和公木时期的“中央文学讲习所”（1953—1958），是中华人民共和国成立初期创办的作家培养机构。该机构先后举办了四期（五届）培训班，招收学员 279 名。文研所（文讲所）的任课教师层次之高、开设课程之丰富多样，超过了今天任何一所著名大学的中文系。这一办学和培养方式，为新中国文学创作教育提供了经验和借鉴，也留下了值得深思的话题。

**关键词**：中央文学研究所；作家培养模式；丁玲

## 一、苏联作家培养模式的影响

由官方创办的、专门用于培养文学作者、编辑、评论、管理干部的学校，是苏联时代计划经济体制的产物，高尔基文学院就是代表。它是 1932 年 9 月 17 日苏联中央执行委员会为庆祝高尔基文学活动四十周年而决定创办的高等教育机构，1933 年 12 月 1 日正式创建于莫斯科，是为有一定创作能力的作者（尤其是工农兵作者）提供深造机会的培训机构。最初的名称是“工人文学夜大学”，1936 年高尔基逝世后，正式更名为“高尔基文学院”。学员在学习期间侧重于文学技能训练。创作讲座（散文、戏剧、评论、诗歌、文学翻译）由有经验的作家讲授，如费定、法捷耶夫、康·帕乌斯托夫斯基、列昂诺夫等。同时还开设小说理论、诗歌理论、戏剧理论、舞台艺术和造型艺术原理、电影艺术原理等课程。1954 年增设文学高级进修班，学员都是苏联作家协会的会员。苏联时期的著名作家西蒙诺夫、邦达列夫、田德里亚科夫等，都毕业于高尔基文学院。这些由

---

①　作者简介：张柠（1958—　），河北大学文学院特聘教授。

高尔基文学院培养出来的作家，代表了苏联时期文学的典型风格，亦即“社会主义现实主义”精神下的革命浪漫主义风格。也有文学史家对它进行苛严的批评，说这种风格是斯大林时代“一种独特的官方文体。这是一种浮夸、刻板、虚伪、唱高调而又粗俗不堪的文体……和他们的前辈，即老一辈的知识分子相比，则他们缺乏艺术技巧……他们描写的是完美无瑕的英雄形象和冗长的颂扬建设中的事迹的赞歌……充斥着乐观主义、英雄主义、歌舞升平、官方口号、夸夸其谈的爱国主义，以致作品中的主人公看上去要比他们原来的形象大两倍”①。

关于作家是否能够通过学校教育培养出来的问题，向来是有争议的。一般认为，作家是无法通过学校教育培养出来的，学校教育只能将那些与真正的文学相关的东西埋没，而给他们灌输许多与文学不相干的东西。帕斯捷尔纳克②就否定那种由官方组织的专门的文学教育。奥库贾瓦③在《帕斯捷尔纳克是我一尊神》的文章中，回忆了一件发生在20世纪50年代的事情。当时，奥库贾瓦是格鲁吉亚第比利斯大学哲学系的学生，爱好诗歌并开始了诗歌创作。一次偶然的机会，他认识了自己所崇拜的大诗人帕斯捷尔纳克。他将自己试图放弃大学学业，要去高尔基文学院接受专门的诗歌创作教育的想法告诉了这位大诗人，帕斯捷尔纳克及时劝阻了他。帕斯捷尔纳克“把头稍稍向后一仰，闭上眼睛，讲起了我们的文学，其中也谈到文学院。我打算回家后把他说的话全记下来，但是记不下来。只记得他说：‘办文学院是高尔基的一个天才的错误。高尔基本人在校门外度过一生，使他深感沉痛，他便认为，必须创办一所文学院，以培养诗人和散文家。把人们从边远地区招到文学院来，是因为那些人自己挤不进去。’帕斯捷尔纳克对我说：‘你们在综合大学学习多好啊，综合大学的教学大纲，即使是第比利斯大学的，也比文学院的大纲严肃得多，广泛得多。而要成为文学家，成为诗人，根本不需要专门的职业教育，需要的不过是广义的教育，人文学的教育，这种教育恰恰在综合大学进行。’”④ 帕斯捷尔纳克的文学教育标准，仅仅是他个人的而已。新的文学标准并不要求那种综合教育，或者说将全面的综合性教育视为多余的，并且试图用各种方式去消除它、改造它，比如强制性学习，下乡进厂入伍锻炼改造，等等。对于新的文学标准而言，帕斯捷尔纳克的那种所谓“综合素养”似乎恰恰是多余的，被视为“资产阶级的”，要予以清算的。当他获得诺贝尔文学奖的时候，费定代表苏联作协要作者宣布拒绝接受诺贝尔文学奖。帕斯

① ［苏］马克·斯洛宁著，浦立民、刘峰译：《苏维埃俄罗斯文学（1917—1977）》，上海译文出版社1983年版，第248—249页。

② 帕斯捷尔纳克（1890—1960），苏联作家、诗人，著有长篇小说《日瓦戈医生》等，1958年获诺贝尔文学奖。

③ 奥库贾瓦（1924—1997），俄罗斯作家，著名弹唱诗人，1994年获俄语布克奖。1997年病逝于访问法国途中，时任俄罗斯总统叶利钦下令在阿特巴尔街修建“奥库贾瓦纪念馆”。

④ ［苏］奥库贾瓦著，徐玉琴译：《帕斯捷尔纳克是我一尊神》，《俄罗斯文艺》1998年第2期，第49页。

捷尔纳克最终被戴上了诸多吓人的大帽子："颓废的形式主义者""反革命雇用文人""叛徒"等；苏联作协还宣布开除帕斯捷尔纳克的会籍，多名作家联合呼吁苏共中央将他驱逐出境。苏联作协的《文学报》刊登了这样一封所谓的"读者来信"："我从未读过帕斯捷尔纳克这个小丑的作品（引按，当时《日瓦戈医生》还没有出俄文版，只有少数文学编辑读过它的俄文手稿），但是我要求开除他的苏联国籍……应当把这个恶棍赶出我国，因为他在自己这部撒谎的、令人作呕的作品中背叛了祖国……我是一医生，祖上世代行医，我抗议诽谤我们这一行业的帕斯捷尔纳克。"① 高尔基文学院的300多名学员被组织去参加所谓的"自发性"游行示威，并要求在一封抗议信上集体签名。② 在官方的威胁和强大的舆论压力下，帕斯捷尔纳克最后被迫在《真理报》上公开宣布"拒绝"诺贝尔文学奖。

中华人民共和国成立之初，正式确定了"一边倒"的国际交往政策和策略。毛泽东在《论人民民主专政》一文中，早就提出了"一边倒"（倒向苏联）的政策："帝国主义侵略打破了中国人学西方的迷梦"，"走俄国人的路——这就是结论"，"积四十年和二十八年的经验，中国人不是倒向帝国主义一边，就是倒向社会主义一边，绝无例外"，"我们在国际上是属于以苏联为首的反帝国主义战线一方面的，真正的友谊的援助只能向这一方面去找"，"苏联共产党就是我们最好的先生，我们必须向他们学习"。③ 周扬也说："'走俄国人的路'，政治上如此，文学艺术上也是如此。"④ 这种文学上"一边倒"的学习苏联的模式，反映在文艺政策制定、文学理论思维、文艺机关管理体制、文学运动的模式、文学批评的口径和腔调、对文学资源的管理和使用等各个方面。新的文学政策是冷战时期国际国内政治思维在文艺领域的表征。文学理论以苏联的"社会主义现实主义"为中国当代文学创作的最高规范和"唯一正确的道路"。文学机构设置和组织形式以及内部运作规则（党组负责的权力形式）等都是如此。中国的中央文学研究所在基本任务、管理模式、教学内容与教学方式等方面，与高尔基文学院的模式十分接近。

1949年5月22日下午，第一届"文代会"召开前夕，茅盾约请黄药眠、钟敬文、焦菊隐、杨振声、卞之琳、冯至、闻家驷等18位专家座谈，茅盾说："苏联作家协会有文艺研究院，凡青年作家有较好的成绩，研究院如认为应该帮助他深造，可征求他的同意，

---

① ［苏］马克·斯洛宁著，浦立民、刘峰译：《苏维埃俄罗斯文学（1917—1977）》，上海译文出版社1983年版，第351页。

② 参见［苏］奥·伊文思卡娅《"日瓦戈医生"的风波》，安然、高纫译《追寻——帕斯捷尔纳克回忆录》，花城出版社1998年版，第193—194页。

③ 毛泽东：《论人民民主专政》，《毛泽东选集》第4卷，人民出版社1991年版，第1473、1475、1481页。

④ 周扬：《社会主义现实主义——中国文学前进的道路》，《周扬文集》第2卷，人民文学出版社1985年版，第183页。

请到研究院去学习，在理论和创作方法方面得到深造。”① 在5月30日召开的另一次座谈会上，郑振铎也介绍了苏联作协文学院的情况，但提出中苏两国的情况不同，一个刚刚解放，一个结束内战已经三十多年，作家的职业化程度很高。所以，在筹建文学院时，要考虑到差别，云云。但他把苏联作协的“青年作家教育委员会”与“高尔基文学院”混为一谈。②

1949年10月26日，丁玲任团长（吴晗任副团长），率领中国代表团前往莫斯科参加俄国十月革命32周年庆祝典礼（“十月革命纪念日”为俄历10月25日，公历则是11月7日）③，在苏联停留了一个月，其间专门到高尔基文学院参观考察，回国后向中央领导做了汇报。徐光耀在回忆录中也提到，丁玲的秘书陈淼在谈到创办中央文学研究所的时候对他说：“（1）解放不久，毛主席找了丁玲去谈话，问她是愿意做官呢，还是愿意继续当一个作家。丁回答说‘愿意为培养新的文艺青年尽些力量。’毛主席听了连说‘很好很好’，很鼓励了她一番。所以，丁玲对这次文研所的创办，是有很大的决心和热情的。（2）文研所的创办，与苏联友人的重视也有关系。苏联的一位青年作家……一到北京便找文学学校，听说没有，表示很失望。（3）少奇同志去苏联时，斯大林曾问过他，中国有没有培养诗人的学校。以上两项，也对文研所的创办，起了促进作用。”④ 中央文学研究所图书资料室主任刘德怀回忆道：“刘少奇访问苏联，回国后找丁玲谈起苏联高尔基文学院培养青年作家，我国也需要建立相应的培养文学人才的机构。丁玲很乐意为新中国培养青年作家尽力。”⑤

1950年5月至6月，刘白羽到莫斯科参与影片《中国人民的胜利》后期制作工作，回来后于12月在《文艺报》第三卷第四期上撰文，介绍高尔基文学院的情况。文章写道：“文学院是一九三三年，由高尔基倡议创办，属作家协会所领导。创办的动机，并不是由于单纯培养作家的观点，而是高尔基鉴于工人群众当中有很多人喜欢文学，高尔基看到劳动人民中含有丰富的创造天才与智慧，所以，这个学校当时是一所工人文化夜校，是个补习性质的学校。但后来，由于苏维埃社会的成长和成熟，人民文化水平的提高，对文学艺术的要求逐渐普遍，……而渐渐变成为一所正规学校。学院里的课程，除了必须学习马列主义、政治经济学课程之外，学习中的重点最主要的部分是文学史、古代文

---

① 《新文协的任务、组织、纲领及其他——文艺报主办第一次座谈会记录》，《文艺报·试刊》（文代会会刊）1949年6月2日第5期第6版。

② 参见《关于新文协的诸问题——文艺报主办第二次座谈会记录》，《文艺报·试刊》（文代会会刊）1949年6月9日第6期第4版。

③ “十月革命纪念日”一直为苏联时期的国家法定节日。2004年12月25日，俄罗斯国家杜马以324票赞成、104票反对的结果，投票通过了新的《劳工法》修正案，废止每年11月7日的“十月革命纪念日”。

④ 徐光耀：《“丁玲事件”之我经我见》，《新文学史料》1991年第3期，第79—80页。

⑤ 鲁迅文学院编：《文学的日子——我与鲁迅文学院》，内部纪念文集，2000年版，第127—128页。

学、民间文学、苏联文学、文学理论、诗、小说、儿童文学以及各民族文学史、各民主国家文学史。”① 刘白羽所介绍的高尔基文学院的课程设置情况，与下面将要介绍的中央文学研究所的课程设置情况差不多。

## 二、中央文学研究所的创办

中央文学研究所创办前期的准备工作，主要是由丁玲主持。1950 年上半年，由陈企霞执笔，刘白羽、周立波、雷加、艾青、曹禺、赵树理、宋之的、陈淼、碧野、杨朔、何其芳、柯仲平等人参与讨论和修改，向中央文化部（部长茅盾）提交了一份《国立鲁迅文学研究院筹办计划草案》。②

### 国立鲁迅文学研究院筹办计划草案

（1950 年 3 月 9 日）

根据中央文化部及全国文联“1950 年创办文学研究所的决议”草拟如下筹备计划。

一、定名：国立鲁迅文学研究院。

二、创办目的：培养新中国的文学作家及新文学理论、批评、编辑等干部。

三、教学原则：在毛主席文艺方向下，采取理论与实际结合的方针，即学习研究与参加各种实际工作（工厂、农村、部队）与创作相结合的方针。

四、学制：分研究班与普通班。

甲　研究班

1.（参加人员条件）第一，参加人员经过一定的思想改造，具有相当的政治修养及实际工作经验，并有一定的写作能力及表现，或在研究工作、实际工作（如编辑）上有某些经验与成绩者。第二，有相当的文学、政治修养，发表过一些创作或理论，政治倾向进步者。第三，出身工农，有相当的实际工作经验，且有初步的写作能力及表现者。这是参加成员的三种不同对象的条件。

2. 研究班下设创作室、理论研究室。创作室下分散文（包括小说及剧作）及诗歌两组。理论研究室按性质分小组，如理论批评、文学史、民间文学等。

3. 研究班成员，可根据其条件、经验及表现分为研究员与研究生。

---

① 邢小群：《丁玲与中央文学研究所的兴衰》，山东画报出版社 2003 年版，第 29 页。邢小群，文学研究者，乃作家邢野之女。邢野，《平原游击队》的作者，1953—1954 年任中央文学讲习所副所长。

② 本章所有原始材料，除注明出处者之外，均来自鲁迅文学院建院 50 周年展览档案。

4. 研究班不论员、生，研究年限不固定，但起码一年，一年以后，得根据其成绩，决定其继续研究（包括研究生升为研究员）、继续创作，或分配下乡、入厂，以深入生活，并定期回来创作，或分配其适当的工作。此外，在研究的任何时期，都得视需要及情况派员生下乡、入伍、入厂，或组织集体创作及专题研究。

5. 研究班员生，除必须进行干部学习及参加指定的重要的文艺课程学习外，一般以自学及集体研究［理论问题、创作问题、作品（名著或自己的作品）等］为主。

乙　普通班

1. 学生条件：一是有一定的政治知识与实际工作经验，并有初步的文学基础知识或经验（如学习写过通讯、报告、快板诗或从事过部队、农村的编辑、记者等文字工作等）者。二，高中毕业以上程度，有起码的文学写作能力或理论研究实际工作（教育、编辑等）经验，政治倾向进步者。三，工农出身的文艺青年，有实际生活体验及起码写作能力者。

2. 普通班修业年限为二年，第一年为全部普通必修课程，第二年分创作、理论研究二系，创作系下又可分为小说、诗二组，理论研究系亦可分理论批评、文学史、民间文学等组。

3. 课程：

第一，政治课为必修课，分哲学（辩证唯物论与历史唯物论）、马列主义（包括社会发展史、政治经济学、党史等）、国家建设（即各种政策）三门，两年学完。

第二，第一学年普通课程：文艺学（文学概论，毛主席文艺讲话）。中国文学史（包括旧文学及五四以来的新文学）。俄国文学及苏联文学。西洋文学。中国民间文学。名著研究。创作方法。创作实习。

第三，第二学年按创作、理论研究各系不同性质，制定不同课程，作进一步较专门的深入的学习。但本系得选外系一种至二种课程。

4. 学习方法：上课与集体讨论并重，但必须有一定的自学时间。每学期定为二十个星期，寒暑假得组织下乡、入伍、入厂实习。

五、组织机构

院长：正院长一人，副院长一人或二人。

院长办公室：设正副主任各一人，下设各科，助理院长处理日常工作。

教务处：在院长领导下，计划、推动、管理全院教育学习事宜，设主任一人，下分教务科（掌握课程，设科长一人，科员三人）、组织科（掌握干部、学生材料，负责对外联络，组织干部学习，设科长一人，科员三人）、图书资料科（建设图书室，整理、保存、供给学习研究资料，设科长一人兼图书馆长，图书管理员三人，资料组长一人，组员三人）。总计教务处得需干部十七人。

秘书处：在院长领导下，计划、推动、管理全院生活及事务事宜。设主任一人，下分秘书科（科长一人，文书股文书、打字、刻印四人；收发一人，并领导传达、看门、司车二人及通讯员三人；俱乐部负责体育娱乐的干部二人；公务员十五人；汽车司机等二至四人）、总务科（正副科长各一人，会计股三人，事务股保管、采购、建设等四人，管理股三人，伙夫七人）。总计秘书处需干部及勤杂人员约四五十人，内科员以上干部约需十二三人。

研究班：在院长领导下，按计划进行研究、创作、实习等。设班主任一人，秘书一人，下面创作室、理论研究室各设室主任一人，室下面可分组，组设组长；研究人员分为研究员与研究生。有些研究员可兼教授、教员、助教等等。研究班需要室主任以上干部四人。

普通班：在院长领导下，按计划组织学生学习。设正副班主任各一人，第二学年设创作、理论研究系主任各一人。刚创办时只需班主任二人。学生生活等由学生民主管理。

教授会：由各专任的教授、副教授、讲师、教员、助教组成，在院长领导下研究、讨论及建议全院教学具体实施上面的事宜。

院务会议：由院长、办公室主任、研究班主任、普通班主任、教务处主任、秘书处主任、教授代表、学生代表，组成院务会议，在院长的领导下决定全院的大政方针（首先是教学方针）。

此外，还可建立联系性质的教学会议，由院长办公室主任、教务处主任、各班主任及各科主任、教员、学生代表组织之。

六、创办第一期招生计划

甲　介绍、保送五十名。研究班员生暂定为三十名，全部介绍、保送，不招生；通班学生介绍、保送二十名。介绍、保送来后审查确定如研究班或普通班，不合格者介绍工作。分配名额暂定：

1. 四大野战军，每一野送六人，共二十四人，但数目不一定平均分配。

2. 各大行政区、军区，统一由各中央局负责介绍、保送，共二十六名，东北、华北可多一些，华东、中南次之，西北、西南可少些。

3. 男女兼收，二十三岁以上，四十岁以下。

乙　招收普通班学生五十名。

1. 京津二十名，沪宁二十名，武汉十名。

2. 男女兼收，二十岁以上，三十岁以下。

3. 此外，可酌情收取少数旁听生，不超过十名。

七、房子：约需一百五十间至两百间。

八、供给：一律供给制，研究班员生按干部待遇，学生按学生待遇，旁听生自费。

九、进行计划

甲　三月份批准计划，决定主要筹备干部，制定预算。

乙　四月份批准预算，找到房子。

丙　五月份初步建设房子，调人，配备干部，向各级调介绍保送的人员。

丁　六月份干部配备有个眉目，发出招生广告，拟详细教学计划。

戊　七月份建设大体就绪，批准详细教学计划，准备招生及开学后的一切。

己　八月份招生完毕，九月初开学。

十、目前的主要事项

甲　决定并批准计划。

乙　确定筹备处负责人。

丙　作预算，找房子。

（完）

该草案原为手写稿。在诸多草稿和文件中选择这份手稿的全文，是因为它包括了当时中国作协中热衷于创办“文学研究院”者比较全面的设想，从中可以看出丁玲创办一个大型作家培养机构的勃勃雄心。但这些设想中有许多并没有实现。1950 年 4 月 24 日，草案正式上报中央文化部时，是一份字数较少的打字稿，增加了长篇大论的“创办理由”，省略了组织机构和招生计划的详细内容，增加了预算（小米 44 万 1 千斤，用实物预算，是因当时货币体系不稳定），上报材料中的名称依然坚持写着“中央文学研究院”。但文化部 1950 年 6 月 26 日的批复却是“中央文学研究所”：

本部为了培养一些较有实际斗争经验的青年文艺写作者及一些从事文艺理论批评的青年，业经呈准文化教育委员会及政务院，决定本年内筹办文学研究所，并聘请丁玲、张天翼、沙可夫、李伯钊、李广田、何其芳、黄药眠、杨晦、田间、康濯、蒋天佐、陈企霞等十二人为筹备委员组织筹委会并以丁玲为主任委员、张天翼为副主任委员，特此函达。

中央人民政府文化部（盖章）

1950 年 6 月 26 日

据说，“文学研究所”这个名称，是当时的政务院副总理兼文化教育委员会主任郭沫若最后定下来的。[①] 也有人说是因为周扬不同意叫“院”才改为“所”的。[②] “所”比

① 参见邢小群《丁玲与文学研究所的兴衰》，山东画报出版社 2003 年版，第 104 页。

② 参见邢小群《丁玲与文学研究所的兴衰》，山东画报出版社 2003 年版，第 141 页。

“院”感觉上更小一些。据梁斌回忆，胡乔木也不主张叫“院”，并且说毛主席主持的“广州农民运动讲习所”也叫“所”嘛。① 20世纪80年代，丁玲在鲁迅文学院的一次讲话中还提到关于“鲁迅文学院”初期命名的事：“按我的意思，是希望叫个‘什么什么院’的，但上面不批，只准叫‘所’。‘所’好呀，你看，‘卫生所’，‘托儿所’，‘派出所’，还有‘厕所’，都是‘所’啊”②。丁玲的语气中明显带有不满和讽刺。

文化部1950年7月18日发出“同意‘中央文学研究所计划草案’的批复”：

一、“中央文学研究所计划草案”及第一次筹备委员会会议决议七项照准，望即据此进行。

二、随此附发“中央文学研究所筹备委员会”长戳一枚。

中央人民政府文化部（盖章）

部长：沈雁冰

1950年7月18日

**中央人民政府文化部令**

（50文秘字第589号）

中央文学研究所业经政务院第六十一次政务会议通过设立，并通过任命丁玲为中央文学研究所主任，张天翼为副主任。奉此，原“中央文学研究所筹备委员会”应即结束，正式成立中央文学研究所。兹随令转发政务院任命书两份，并颁发“中央文学研究所印”木刻关防一颗。望即遵照执行，并将关防启用日期连同印模一式三份报部备查。（引按：“关防”即官印。）

此令

中央文学研究所

丁玲主任

张天翼副主任

中央人民政府文化部（盖章）

部长：沈雁冰

副部长：周扬　丁燮林

1950年12月27日

---

① 参见鲁迅文学院编《文学的日子——我与鲁迅文学院》，内部纪念文集，2000年版，第98页。

② 鲁迅文学院编：《文学的日子——我与鲁迅文学院》，内部纪念文集，2000年版，第52页。

中央人民政府文化部下达的这份命令，应该是中央文学研究所正式成立的标志。但此前的 1950 年秋季，中央文学研究所组织机构已基本确定，教员和第一期学员也都已经到位，校舍、资料室、办公设施都已经办妥，所以，一般认为中央文学研究所是 1950 年秋季成立的。1951 年 1 月 8 日，正式举行第 1 期研究员班的开学典礼。第一期学员胡昭回忆：“我永远忘不了我们的开学典礼。过去只在文学史上、在报刊上见过名字和照片的文学前辈相继走进小小的礼堂：郭沫若、茅盾、周建人、叶圣陶、丁玲、张天翼、李广田……”① 还有周扬、沙可夫、黄药眠等人都参加了开学典礼。郭沫若说，新中国成立了，可歌可泣的事情很多。茅盾说，希望他们中间出现高尔基、马雅科夫斯基和莎士比亚。周扬说，希望大家认真学习毛泽东思想。

## 三、中央文学研究所的学员、师资、课程

中央文学研究所的校址，在鼓楼东大街 103 号，另外在鼓楼东大街 156 号和后海北官房 27 号有房产（主要是做学员的宿舍）。从 1950 年开始的丁玲时期的“中央文学研究所”（中央文化部和中国文联共同管理），到 1953 年后的田间和公木时期的“中央文学讲习所”（全国文协管理），前后经历了 7 个年头，共招收四期五个班（第一期两个班）的学员，结业学员 279 人。经历了 1955 年的“丁陈反党集团”事件和 1957 年“反右”运动，中央文学讲习所被迫终结。直到 1980 年，重新恢复建制，改称“中国作家协会文学讲习所”，由李清泉任所长，徐刚任副所长。1985 年改称“鲁迅文学院”，唐因任院长，1991 年由贺敬之任代理院长，终于实现了与苏联高尔基文学院的名称接轨的愿望。但此时的鲁迅文学院，或者说中国作家协会，与风起云涌的 50 年代相比，已经不可同日而语了。下面所附表格，是 2000 年鲁迅文学院庆祝建院 50 周年展览时制作，但中央文化部 1954 年 1 月的公文所示为“中国作家协会文学讲习所”，并附有方印图案，特此说明。

表 1　历届主要负责人简介——中央文学研究所时期（1950—1953）

| 姓名 | 简介 | 职务 | 任职时间 |
|---|---|---|---|
| 丁玲 | 作家 | 所长 | 1950—1953 |
| 张天翼 | 作家 | 副所长 | 1950—1953 |
| 田间 | 诗人 | 秘书长 | 1950—1953 |
| 康濯 | 作家 | 副秘书长 | 1950—1953 |
| 马烽 | 作家 | 副秘书长 | 1950—1953 |

① 邢小群：《丁玲与文学研究所的兴衰》，山东画报出版社 2003 年版，第 34 页。

表2 历届主要负责人简介——中央文学讲习所时期（1953—1958）

| 姓名 | 简介 | 职务 | 任职时间 |
| --- | --- | --- | --- |
| 田间 | 诗人 | 所长 | 1953—1956 |
| 吴伯箫 | 作家、教育家 | 所长 | 1953—1956 |
| 邢野 | 作家 | 副所长 | 1953—1954 |
| 田家 | 作家 | 副所长 | 1953—1954 |
| 公木 | 诗人、学者、教育家 | 副所长 | 1953—1958 |
| 萧殷 | 作家、记者、教育家 | 副所长 | 1953 |
| 徐刚 | 作家、记者 | 讲习班主任 | 1956—1957 |

中央文学研究所学员的选拔方式和标准，在上一节的“草案”中已有详细说明。第一期和第二期学员属于调干性质，有些学员同时兼任工作人员，比如马烽、徐刚等，同时兼任中央文学研究所的干部和老师。综合鲁迅文学院院史展览资料和学员回忆文章，前四期五班的学员情况如下。

1. 第一期第一班（研究员班），1950 年 10 月入校，1953 年 6 月结业。学员有马烽、西戎、李若冰（笔名沙驼铃）、唐达成、陈淼、古鉴兹、徐刚、陈登科、李纳、刘德怀、周雁如、司仃、张今慧、吴长荣、王雪波、高冠英、郭小兰、王慧敏、段杏锦、董伟、逯斐、葛文、胡正、王景山、王谷林、丁力、雷加、张学新、杨润身、徐光耀、朱靖华、胡昭等。

2. 第一期第二班（研究生班），1952 年 9 月入校，1953 年 8 月结业。学员有玛拉沁夫、曹道衡、毛宪文、刘真、张凤珠、龙世辉等。研究员班和研究生班两班共 53 人。

3. 第二期 1953 年 9 月入校，1955 年 3 月结业。学员有邓友梅、张志民、白刃、孙静轩、沙鸥、苗得雨、赵郁秀、胡海珠、王谷林、和谷岩、王有卿、刘超、沈季平、漠南等共 43 人。另外还有 24 名是第一期转过来继续学习的。第二期实际上是 67 人。

4. 第三期是 1956 年上半年的短训班。学员有吉学沛、李学鳌、胡万春、流沙河、钟艺兵、梁信、任大霖、王剑青、胡景芳等 60 人。这些学员都是“第一次全国青年文学创作者代表大会”代表中挑选出来的。

5. 第四期是文艺编辑班，1956 年 10 月入校，1957 年 6 月结业。学员有马德波、王平凡、王成刚、王占彪、李昭、高歌今等 99 人。

总的来看，第一、第二两期学员的素质比较高。第一班成名作家比较多，主要是来自老解放区和解放军部队的青年作家。第二班是从各大学选来的，曹道衡、毛宪文、白婉清、王有钦、许显卿等来自北京大学，龙世辉、王鸿谟来自辅仁大学，还有复旦大学等高校的。

到中央文学研究所授课的老师，都是著名作家和学者。以下为鲁迅文学院提供的主要授课老师名单：艾青、卞之琳、冰心、蔡其矫、蔡仪、曹禺、曹靖华、陈荒煤、陈企霞、陈学昭、陈涌、陈占元、丁玲、冯雪峰、冯至、光未然、公木、胡风、郭沫若、何其芳、黄药眠、柯仲平、康濯、老舍、李广田、李何林、李霁野、李劼人、李又然、刘白羽、柳青、庐隐、吕叔湘、吕荧、马烽、玛金、茅盾、彭慧、阿红、聂绀弩、裴文中、阮章竞、沙鸥、邵荃麟、孙伏园、孙家琇、孙维世、秦兆阳、吴伯箫、吴兴华、吴组缃、夏衍、萧殷、萧三、杨晦、严文井、杨思仲、杨朔、杨宪益、叶君健、叶圣陶、游国恩、余冠英、俞平伯、张道真、张天翼、张庚、田间、赵树理、郑振铎、周扬、钟敬文、周立波等。

## 鲁迅文学院提供的第一期第一班课程表（部分）

**1. 中国古典文学课程**

裴文中：史前的文化　　郑振铎：中国文学史、中国古代文学
郭沫若：屈原　　俞平伯：古诗十九首、孔雀东南飞
郑振铎：三国六朝文集　　余冠英：南北朝乐府诗、乐府词
郑振铎：唐代的骈文和传奇　　游国恩：白居易和讽刺诗
叶圣陶：古文　　郑振铎：词与词话
叶圣陶：辛稼轩词　　叶圣陶：元朝时代的文学
张　庚：元曲　　聂绀弩：水浒传
郑振铎：明代的小说与戏曲　　郑振铎：《桃花扇》与《红楼梦》
郑振铎：清朝末年的小说　　钟敬文：人民的口头文学

**2. 五四以来的新文学**

蔡　仪：五四新文学史　　李何林：左联成立前后十年
李何林：抗日统一战线前期的新文学　　李伯钊：苏维埃时期文艺史料
杨　晦：延安文艺座谈会讲话以后　　李又然：鲁迅先生思想的发展
吴组缃：茅盾的小说　　陈企霞：丁玲的作品
丁　玲：漫谈“左联”点滴　　老　舍：抗战时期的文协
郑振铎：文学研究会　　黄药眠：郭沫若的诗

**3. 文学理论课程**

李广田：《实践论》与文艺工作　　黄药眠：主题与题材

萧　殷：文学与语言　　　　　　　　　叶圣陶：语文问题
艾　青：谈诗　　　　　　　　　　　　田　间："诗"的报告
丁　玲：读书问题及其他　　　　　　　胡　风：怎样阅读文学名著

4. 文艺思想与文艺政策

周扬：毛主席"讲话"的历史意义　　　严文井：文艺批评
冯雪峰：社会主义现实主义的几个问题　艾　青：文艺的阶级性与党性
周　扬：文艺统一战线与思想斗争　　　陈企霞：为文艺的新现实主义而斗争
胡　华：关于党史　　　　　　　　　　徐　刚：中国共产党党史

5. 苏联文学

周立波：契诃夫的小说　　　　　　　　冯雪峰：关于《毁灭》
陈企霞：苏联短小说　　　　　　　　　光未然：苏联独幕剧

老学员事后的回忆文章，可以弥补这份课程表的不足。第二期学员赵郁秀的听课记录保留得比较完整，她在《我们的队伍向太阳》的回忆文章中，记录了当时的授课情况：中国古典文学，除文化部副部长郑振铎讲授《中国古代文学史》之外，还有李又然讲《诗经》，游国恩讲《楚辞》和白居易，冯至讲杜甫，阿英讲元曲，宋之的讲《西厢记》，冯雪峰主持学习《水浒传》的课程研讨会。中国现代文学，李何林讲"五四"以来的新文学（现代文学史），吴组缃讲茅盾的小说，黄药眠讲郭沫若的诗歌，陈荒煤讲电影创作，柯仲平讲解放区文艺，康濯讲小说《太阳照在桑干河上》，冯雪峰讲鲁迅的小说，胡风讲鲁迅的杂文，孙伏园讲鲁迅生平。西方文学，杨宪益讲古希腊神话、史诗、戏剧，吴兴华讲文艺复兴文学和《神曲》，冯至讲歌德的《浮士德》，叶君健讲《堂吉诃德》，蔡其矫讲惠特曼，陈占元讲巴尔扎克，高铭凯讲《欧也妮·葛朗台》，张道真讲《约翰·克利斯朵夫》，孙家琇讲莎士比亚，曹禺讲《罗密欧与朱丽叶》，卞之琳讲《哈姆雷特》，吕荧讲《仲夏夜之梦》，吴兴华讲《威尼斯商人》。俄苏文学，李何林和彭慧讲俄罗斯和苏联文学概况，方纪讲托尔斯泰，张光年讲《大雷雨》，潘之汀讲契诃夫，冯雪峰讲肖洛霍夫，等等。①

授课较多的老师是郑振铎和李何林。在学员的回忆中，游国恩、李何林、李又然、郑振铎、丁玲、杨宪益、冯至、曹禺、孙家琇等老师的课比较受欢迎。第二期学员孙静轩回忆了冯雪峰和胡风讲课的情形："此公（冯雪峰）最不善言辞……每次开讲，就像是自言自语、说给自己听似的，只听他唠唠叨叨没完没了地讲下去，简直听不懂他讲些什

① 参见鲁迅文学院编《文学的日子——我与鲁迅文学院》，内部纪念文集，2000年版，第364—376页。

么……无独有偶，除了冯雪峰，还有一个胡风，也是个不会讲话的人……像是被什么堵塞了似的，断断续续说半句留半句，始终表达不出一个完整的意思……”孙静轩了解到胡风与党内文艺领导“不和”的信息，便“特别留意捕捉他的每一句话，想抓把柄”。孙静轩用“革命”的观点，质疑胡风对鲁迅的理解，说胡风只强调鲁迅的“进化论”阶段，没有讲鲁迅从“进化论”到“阶级论”的飞跃时，冲突终于爆发了，胡风“拍着桌子叫嚷起来，……说胡某再不敢进文讲所的大门了，边说边走下讲台，气冲冲地走了出去”。孙静轩说，自己后来成为批胡风的积极分子，“很是出了一阵风头”，直到“文革”后才幡然悔悟。孙静轩还认为，讲得最糟的是玛金和沙欧。玛金讲文艺学，绕来绕去，不但学员糊涂了，连他自己也糊涂了。沙欧讲“联共党史”是“赶鸭子上架”，结果是谁也不听他的。①

## 四、中央文学研究所的培养方式和教学成果

中央文学研究所（讲习所）的教育方式，是课堂教学和讨论、自学以及创作实践、社会实践（下乡、入厂、入伍）三位一体。第一和第二两期，在教学上比较正规，也就是说正式上课的时间和自己读书、创作的时间比较多。第一期学员的第一个学期，共开设4门课程：马恩列斯方法论、大众哲学、文艺学、新文学史，共14周，每周5天上课，周五小组漫谈，周六大组讨论，作业是提交学习心得或读书报告。这种正规上课安排了整整4个学期。第二期学员苗得雨回忆道：“文学讲习所的学习，包括政治理论、业务学习（中外文学史、文艺理论、作家作品研究）和创作实习。自第二期起更加系统，除原有的范围，又增加了‘文学概论’‘中共党史’‘世界近代史’等。作家的辅导也更加具体化，如丁玲、张天翼、康濯、马烽、赵树理、刘白羽、严文井辅导小说组，光未然、宋之的、陈白尘辅导戏剧组，艾青、田间辅导诗歌组，每人辅导谁都一一列明。第一学期，研读中国文学，第二学期，研读外国文学，第三学期重点研读鲁迅作品，第四学期研读《红楼梦》。研读重点有小组范围的，有全体的，全体的都有大组讨论数天，如第一期讨论《水浒》，第三期讨论鲁迅作品，……外国文学重点讨论莎士比亚戏剧……”②

学员除了在校学习和自己读书、写作之外，还参加各种社会实践活动。1951年底，第一期第一班的部分学员参加全国政协土改工作团，到广西参加土改半年，由田汉、艾

① 参见鲁迅文学院编《文学的日子——我与鲁迅文学院》，内部纪念文集，2000年版，第163—165页。孙静轩（1930—2003），诗人，1943年加入八路军，1953年入中央文学讲习所学习，1958年被划为右派，1962年后定居成都。

② 鲁迅文学院编：《文学的日子——我与鲁迅文学院》，内部纪念文集，2000年版，第306页。

青、李又然带队，回来后又分组下乡入厂入伍，或参加北京的“三反”运动。1953年，第一期第一班学员到浙江采风，第一期第二班学员到山西大同煤矿实习。1953年，第二期学员到青岛国棉六厂实习。

与延安鲁迅艺术文学院（以下简称“延安‘鲁艺’”）早期的“三三制”教学模式（三个月在校学习，三个月上前线，再回学校学习三个月）相比，中央文学研究所（尤其是第一、第二期）要正规多了，学习时间也更长。延安“鲁艺”在周扬任常务副院长时期，一度也试图走正规化、学院化、专门化的道路。从一份1940年、1941年制订和修改的课程表，可以了解当时延安“鲁艺”在办学思路上的变化：文学、戏剧、音乐、美术四系公共课10门（中国的近代史、文艺思潮史、社会问题、西洋近代史、思想方法论、外国语等），共740学时（其中外国语360学时），三学年修完。文学系专业课11门（包括中外文学史、文学概论、文学批评、文学名著选读、理论名著选读、中国小说研究、中国诗歌研究、作家研究等），共1080学时，三年修完。选修课3门（民间文学、新闻学、文学翻译），每门60学时。文学系的师资也很强，有何其芳、周立波、陈荒煤、严文井等，丁玲、艾青、高长虹、萧军、欧阳山等人都应邀到延安“鲁艺”做过演讲。然而，延安“鲁艺”在正规化、专门化方面的这种努力和尝试，引起了毛泽东、贺龙等中央领导人、前方部队将领和边区某些文化界人士的不满。在1942年的整风运动中，被批评为脱离实际、关门提高。① 丁玲的中央文学研究所的境遇，也基本上是一样，第一、第二期之后就改成短训班了。

在学员的生活上，文学研究所实行半军事化的供给制或包干制。资料员李昌荣说：“不是供给制。供给制是全都管了。是包干制，给一点点钱，根据资历分大灶、中灶、小灶。我是部队转业到文研所的。在部队，我是排长级，到文研所就给我一个班长级待遇。那时思想很革命，随便怎么都行。王景山（李昌荣的丈夫）是三十几元……我们拿包干制的人，生活水平很低。谁富呢？有孩子的富。为什么？因为孩子有供应，营养品、保姆费，有两个孩子的，公家出钱给你雇一个保姆，孩子的营养费花不了。……后来，我得了肺病，王景山让我吃15元的中灶（据当时的管理员张凤翔说，小灶20元，中灶18元，大灶12元），我再给母亲钱，就什么钱也没有了。我们从来不做衣服。但日常生活用品、学习用品都发，包括手纸。后来人事科干部王孔文劝我改成薪金制。我们没有孩子，如果改成薪金制就有上百元钱了。我想，坏了，让我领薪金，就是对我实行雇佣了，我就不是革命大家庭里的一员了，所以就哇哇地大哭起来。到了1955年一律改成薪金制时，有人和我开玩笑说，李昌荣，我们都改了，你一个人革命吧。”②

王景山入学前是江苏通州师范学校的教师，有较好的收入，他在西南联大和北京大

---

① 参见王培元《延安鲁艺风云录》，广西师范大学出版社2004年版，第82—94页。

② 邢小群：《丁玲与文学研究所的兴衰》，山东画报出版社2003年版，第23页。

学的同学杨犁（当时在《文艺报》任编辑）推荐他来学习。一进文研所，丁玲就找他谈话："文学工作要耐得清苦、耐得寂寞。……你看杨犁，在外面肯定是领导干部了，在这里还是吃大灶。"① 可见在这里学习而又吃大灶者，生活还是比较清贫的。从学员的回忆中可以看出，生活清贫并不是问题，但等级制在他们的脑子里还是留下了很深的印象的。第一期学员朱靖华回忆："那时候的等级观念很重。……这是由战争年代长期的'供给制'演化而来的。我来文研所是吃大灶，使用的是简陋的三屉桌，椅子是木头板的，这是最次的待遇。秘书以上可以用两屉一头沉带橱柜的桌子，并配有小书架。学员是'研究员'，可以用软椅和一头沉桌子。一般吃中灶的处级干部用大的一头沉，有三个抽屉，还可以用软座沙发椅，并配有大书架。……所长级干部是小灶，丁玲是特灶（也有说是小灶）。"②

丁玲是文学研究所的所长和主心骨，如果不受外力左右的话，她的话就是文学研究所的"圣旨"。1951年初，丁玲在中央文学研究所的第一次讲话中就显得很有个性，她说："我们要敢于怀疑，敢于提问题，不怕提错了，要同志们都用思想，提问题才能解决问题。假如，只听不怀疑，将来走出去，碰到与此相反的思想，就难分别谁是谁非了。所以我们不能只跟着人家讲，人云亦云。以前同志们常说这样的文章不好，但怎样的不好？我们一定要刨根究底，找出原因。究竟你为什么不喜欢这个作品，是作品本身不好，还是自己思想问题没有解决？不要打太极拳一样互不相关。"③

1951年7月31日"第二学季'文艺思想和文艺政策'单元学习总结的启发报告"，主要是结合当时对电影《武训传》的批判，对萧也牧《我们夫妇之间》和朱定《关连长》等小说的批判，来批判小资产阶级思想。丁玲说道："是不是样样都要总结呢？……不是，而是要总结我们同学中思想上有了哪些进步。从《武训传》《关连长》《我们夫妇之间》里，讨论无产阶级的，非无产阶级的，小资产阶级的文艺思想，什么是好的，什么是为害人民的东西。……上海认为萧也牧是解放区最有才能的作家，其次是秦兆阳，认为萧也牧的作品有工农兵，又有艺术。人家反对我们，不是从内容上，他们不敢，而是从形式上反对我们，认为缺乏爱，缺乏感情，缺乏人情味。……《我们夫妇之间》主角是知识分子，是知识分子结合工农兵。写张英不好，就是想衬托李克好。《关连长》的出现，不是不了解解放军，而是故意出解放军的洋相。不是看不见好的东西，而是专门去找坏的东西，夸大，甚至造谣。这不是有心、政治上的问题，而是思想上的问题。走下去，可能走到反我们的反对阶级方面去。小资产阶级改造，是一个很大的问题。"④ 丁玲

---

① 鲁迅文学院编：《文学的日子——我与鲁迅文学院》，内部纪念文集，2000年版，第57页。

② 邢小群：《丁玲与文学研究所的兴衰》，山东画报出版社2003年版，第24—25页。

③ 丁玲：《怎样迎接新的学习》，《丁玲全集》第7集，河北人民出版社2001年版，第232页。

④ 邢小群：《丁玲与文学研究所的兴衰》，山东画报出版社2003年版，第215—216页。

做这个报告的时候，她批判萧也牧的文章早就成稿，交给了《文艺报》正在等待发表中。文章以给萧也牧“公开信”的形式，刊登在《文艺报》第四卷第八期上。文章直接指出萧也牧的小说《我们夫妇之间》是“虚伪的作品”“小市民趣味”“出工农干部的洋相”，并奉劝萧也牧“老老实实努力改造自己”。①

第一期第一班入学近一年的时候，丁玲开始作创作动员报告，急于要求学员拿出有分量的、重大题材的、像《白毛女》和《谁是最可爱的人》那样的作品。这个动员报告似乎与丁玲的文艺观不大吻合，但她创办中央文学研究所之后，急于想出一批有轰动效应的作品。她在1951年11月14日《给第一期第一班学员作创作动员报告》中说：“一年来，我所培养青年作家的方法、道路是对的，没有脱离政治、群众。但成绩是没有的。我们并没有说马上要成绩，但成绩却还是要的。……搞创作一定要搞出东西来，分量重，主题意义大。写自己熟悉的东西，是对的，但要看你熟悉的是什么，身边琐事不合要求，不合水平。同时，我们还要强调集体来搞，《白毛女》就是集体的。当然，这不大容易。不过要相信，集体里能产生好东西。这次要求写作是任务，也是考验，对大家都是考验。集体地搞，有重点地搞，希望大家争取做重点。我们要争取写出一个剧本来，1952年上半年上演。写出几篇好的小说和报道来。魏巍的通讯受到欢迎，是因为文中对志愿军战士有无限的热情。群众要求热情蓬勃的东西，我们的东西往往不热烈，黯淡无光……”②

丁玲1953年辞去文学研究所所长的职务。1955年，中国作家协会开始整肃“丁陈小集团”。1956年下半年又准备改正，1957年上半年又翻过来，这期间几经周折，最终将其定为“反党集团”。到了1957年，中央文学研究所（文学讲习所）终于关门。丁玲立志想干一件“有意义的事情”，终于失败了，还将自己搭了进去。丁玲的“罪状”，主要是“搞个人崇拜”，提倡“一本书主义”，妄图“不要党的领导”，等等。丁玲的学生张凤珠和徐光耀等人认为，这些都是“莫须有”的。在阅读鲁迅文学院编的《文学的日子——我与鲁迅文学院》一书时，读到50年代老学员的回忆录20多篇，其中除了一些客观材料之外，多数是抒情，回忆自己的青春岁月，但涉及创作问题本身的不多。这些学员毕业以后当专业作家的也不多，他们大多成了文学干部，是各省市文联、作协的领导人。笔者现在做这样的假设：如果丁玲不辞去所长职务，她的愿望实现了，也就是按照她在创作动员报告中所想的那样，结果又怎么样呢？

下面是鲁迅文学院建院50周年展览上所提供的一份《文学研究所和文学讲习所学员1950—1966年的代表作》目录——

---

① 丁玲：《作为一种倾向来看——给萧也牧同志的一封信》，《丁玲全集》第7集，河北人民出版社2001年版，第255—263页。

② 邢小群：《丁玲与文学研究所的兴衰》，山东画报出版社2003年版，第219—220页。

徐光耀：《小兵张嘎》（电影剧本）
邓友梅：《在悬崖上》（小说）
马　烽：《结婚》《三年早知道》（小说），《我们村里的年轻人》（电影剧本）
董晓华：《董存瑞》（电影剧本）
梁　斌：《红旗谱》（小说）
邢　野：《平原游击队》（电影剧本）
刘　真：《春大姐》《我和小荣》（小说）
李　纳：《明净的水》（小说）
和谷岩：《狼牙山五壮士》（电影剧本）
谷　峪：《一件提案》（小说）
陈登科：《风雷》（小说）
王雪波、张学新：《六号门》（剧本）
马拉沁夫：《草原上的人们》《草原晨曲》（电影剧本），《敖包相会》（歌词）
白　刃：《兵临城下》（电影剧本）
郭梁信（梁信）：《红色娘子军》（剧本）
朱祖贻：《甲午海战》《赤道战鼓》（剧本）

就中央文学研究所和讲习所四期五班的 279 名毕业生整整 16 年而言，上面的成果实在不算多。而且文学研究所（讲习所）这个培养（文学）作家的地方，结果大部分都在改编电影剧本。值得注意的长篇小说，也只有梁斌一部《红旗谱》。梁斌是一个比较执着的人，经常是夹着一个里面装着手稿的大牛皮纸文件袋，一边参加会议，一边偷偷地写作。梁斌晚年在接受毛宪文采访时说，文学讲习所的政治理论课“讲联共党史，没有什么道理，还不如讲政治经济学”①。

上面列举的那些课程，多由名师来教授，其规格之高、阵容之强大，无论是当时还是现在，都是任何一所高等学校文学系所无法想象也无法相比的。第一期和第二期学员的学习期限都是两到三年，还有一部分学员从第一期转到第二期继续学习，最长的时间长达四年，长期与著名作家和学者在一起交流、切磋，但最终的教育效果却不明显，倒是那件与中央文学研究所（讲习所）、与丁玲等人密切相关的政治事件，成了当代文学史研究的重点之一，这不得不让人深思！

2024 年 6 月 10 日附记：本文初稿写毕于 2008 年。这次稍作修订，第一次出现在学术期刊上。

---

① 鲁迅文学院编：《文学的日子——我与鲁迅文学院》，内部纪念文集，2000 年版，第 98 页。

# 土地改革与民族精神的交融
## ——《欢笑的金沙江》与《美丽的南方》的互文性解读*

黄晓娟　黄璇①

**摘　要**：李乔和陆地是两位优秀的民族作家，他们分别所作的长篇小说《欢笑的金沙江》与《美丽的南方》在中国当代文学史上具有重要地位。两部小说同为涉及土地改革题材的民族经典文学作品，存在明显的互文关系。民族地区土地改革叙事作为构成中国故事的元素之一，生动展现了民族地区人民在中国现代化进程中不懈奋斗最终翻身做主人的历史画卷，尤其是两部作品对土地改革时期彝、壮两个民族地区人民艰苦创业、当家做主人的描绘，对他们不惧险阻、艰苦奋斗、积极乐观等精神的塑形，成为红色文化精神的有力表征。对《欢笑的金沙江》与《美丽的南方》进行互文性解读，挖掘民族文学经典与红色文化的深层互动关系，对探究新时代背景下民族文学经典中的红色文化传承意义非凡。

**关键词**：李乔；《欢笑的金沙江》；陆地；《美丽的南方》；互文性解读

20世纪以来，民族文学经典中的红色文化书写是中华民族文化的重要组成部分，其根植于中华优秀的传统文化，孕育于如火如荼的革命岁月，发展于不懈奋斗的和平年代，生动展示了中华民族走向伟大复兴的思想源流，是中国人民创造光辉未来的强大精神动力。《欢笑的金沙江》（1956）② 与《美丽的南方》（1960）这两部民族文学经典著作蕴含着丰厚的红色文化基因，凝结了土地改革时期四川凉山彝族地区、广西壮族地区人民与红色文化精神相契合的期待视野。对以上两部作品进行互文性解读，挖掘民族文学经典

---

* 项目基金：国家社会科学基金重大项目“民族文学经典中的红色文化传承研究”（批准号：23&ZD291）。

① 作者简介：黄晓娟（1971— ），女，广西全州人，文学博士，广西民族大学副校长，教授，博士生导师，主要研究方向为中国现当代文学、中国女性文学、中国少数民族文学。黄璇（1994— ），女，广西百色人，广西民族大学在读硕士，主要研究方向为中国现当代文学。

② 本文研究的《欢笑的金沙江》是指1956年人民文学出版社出版的李乔长篇小说《欢笑的金沙江》。

与红色文化的深层互动关系，对探究新时代背景下民族文学经典中的红色文化传承意义非凡。

## 一、《欢笑的金沙江》与《美丽的南方》的互文性生成

土地改革是中国当代作家聚焦的重要题材之一。本文所论“土地改革”指从解放战争时期到新中国成立初期，中国共产党在内忧外患的境遇下，领导人民开展的一场废除封建剥削土地制度、实行农民阶级土地所有制的革命运动。土地改革作为20世纪中国社会现代化进程中的重大历史事件，不仅是一场翻天覆地的社会运动，也是一次震荡心灵的思想变革。丁玲《太阳照在桑干河上》（1948）、周立波《暴风骤雨》（1948）、赵树理《邪不压正》（1948）等都是珠玉在前的涉及土地改革题材的经典代表之作。新中国成立初期，随着土地改革深入扩展到民族地区，反映民族地区土地改革的小说也相继问世。“书写主旋律、弘扬民族精神是少数民族文学自诞生起就包含的题中应有之义。”①《欢笑的金沙江》与《美丽的南方》是两部反映民族地区土地改革的经典文学作品，这两部作品无论是作者经历还是文本背景、主题、思想等都具有诸多相似之处，内含重要的互文关系，都在展示本民族特色的同时彰显着对中国共产党及新中国的认同，歌颂党和国家为民族地区人民群众带来的美好新生。它们在互文性视域中共同折射出民族作家对土地改革的深刻认识，丰富了红色文学的璀璨宝库。

在中国古代文论中，互文的概念可以追溯至“参互成文，合而见义”，其强调文本之间的相互参照、整合，以揭示更深层的意义。中国当代学者李玉平认为，互文性是“文本与其他文本，文本及其身份、意义、主体以及社会历史之间的相互联系与转化之关系和过程”②，而“文学的互文性观点是人们对文学认识的深化”③。学者秦海鹰则认为，互文性关系“可以在文本的写作过程中通过明引、暗引、拼帖、模仿、重写、戏拟、改编、套用等互文写作手法来建立，也可以在文本的阅读过程中通过读者的主观联想、研究者的实证研究和互文分析等互文阅读方法来建立”④。在西方文论中，互文性理论最早由法国符号学家茱莉亚·克里斯特瓦（Julia Kristeva）提出，在文学研究中主要探讨不同文本间的相互关系。互文性理论强调文本不是孤立存在的：“任何文本都是由一些引文拼合而成的，任何文本都是对另一个文本的吸收和转换。”⑤ 并且通过互涉关系和逻辑生成，

① 刘大先：《千灯互照：新世纪少数民族文学创作生态与批评话语》，暨南大学出版社2017年版，第74页。

② 李玉平：《互文性：文学理论研究的新视野》，商务印书馆2014年版，第67页。

③ 李玉平：《互文性：文学理论研究的新视野》，商务印书馆2014年版，第3页。

④ 秦海鹰：《互文性理论的缘起与流变》，《外国文学评论》2004年第3期，第29页。

⑤ ［法］茱莉亚·克里斯特瓦著，秦海鹰译：《巴赫金：词语、对话与小说》，周启超编选《欧美学者论巴赫金》，南京大学出版社2014年版，第3页。

从一个封闭的系统转变为一个开放的、动态的意指实践过程。米哈伊尔·巴赫金的“对话艺术”理论认为，文本间存在一种内在的对话关系。互文性理论进一步扩展了这一观点，将文本视为与其他文本的对话，使得文本成为历史与文化的镜像。中西方在“互文”这一通行的译名上发生了字面上的巧合，虽二者不是同一层次的概念，但借助这一巧合，“阐释者可以在中国的‘互文’和西方的‘互文’之间展开某种跨语言、超时空的‘能指的游戏’”①。综上可知，互文性理论的内涵甚广，不仅局限于文本与文本之间的相互关系，还包括文本与更广泛的社会、历史和文化的联系互动。这一理论为我们理解文本生成、意义构建以及文化传承提供了一个独特的解读视角。

从多民族文学视角来看，民族文学间呈现“你中有我、我中有你”之态，在艺术形式、思想内容、价值取向等方面都存在互鉴交融、互补共进的关系。

彝族作家李乔的“人生道路和创作实践，是与中国各族人民的崇高理想紧密联系的”②。他的《欢笑的金沙江》“是一曲奴隶解放的赞歌，又是一幅反映少数民族生活的广阔历史画卷”③。小说以四川凉山彝族地区人民配合中国共产党完成土地改革为故事线索展开叙事，通过描绘四川凉山彝族人民为争取民族解放积极参与民主改革以及坚决镇压叛乱的艰难历程，反映了四川凉山彝族地区人民在中国共产党的领导与帮助下，从奴隶翻身做主人的社会变革，这一历史变革宣告着：只有坚持中国共产党的领导，才能团结人民彻底推翻吃人的奴隶制度，战胜一切艰难险阻，走上康庄大道。1995 年《欢笑的金沙江》被中共中央宣传部列为“全国百部爱国主义长篇名著之一”。冯牧评价《欢笑的金沙江》是“一本既能鼓舞人们的社会主义和爱国主义热情，又能给读者许多丰富有趣的社会生活知识的优秀作品”④。李鸿然赞誉：“像《欢笑的金沙江》这样真实地全面地描写彝族人民的生活和斗争的作品，当时绝无仅有，在中国几千年文学史上也是第一次。”⑤

壮族作家陆地是“广西当代文学的奠基人，也是中国当代多民族文坛上的知名作家”⑥，还是“解放区成长起来的少数民族作家，他的创作和他的战斗生活经历紧紧连在一起，表现了强烈的战斗性和革命思想倾向”⑦。他的《美丽的南方》是壮族长篇小说、广西土地改革题材小说的发轫之作，“作为壮族作家写壮族生活的第一部长篇小说，《美

① 秦海鹰：《互文性理论的缘起与流变》，《外国文学评论》2004 年第 3 期，第 29 页。

② 李鸿然：《中国当代少数民族文学史论》（下），云南教育出版社 2004 年版，第 788 页。

③ 特·赛音巴雅尔主编：《中国少数民族当代文学史》，北京十月文艺出版社 1999 年版，第 195 页。

④ 冯牧：《谈〈欢笑的金沙江〉》，《冯牧文集》第 1 卷，解放军出版社 2002 年版，第 114 页。

⑤ 李鸿然：《中国当代少数民族文学史论》（下），云南教育出版社 2004 年版，第 789 页。

⑥ 李鸿然：《中国当代少数民族文学史论》（下），云南教育出版社 2004 年版，第 752 页。

⑦ 吴重阳：《中国现代少数民族文学概论》，中央民族学院出版社 1992 年版，第 148 页。

丽的南方》标志着陆地小说创作的新进展”①。小说讲述了长期遭受军阀和地主双重压迫的广西邕宁县长岭乡人民，在中国共产党的领导与帮助下不断觉醒，最终摆脱压迫、改变悲惨命运的历史进程，“揭示了壮族地区土改运动的伟大的社会历史意义”②。在全国第三次文代会上，时任作协主席的老舍给予“《美丽的南方》是无争的长篇小说优秀佳作”的佳誉。李鸿然高度评价《美丽的南方》：“是陆地在小说创作领域的重要创作成果，也是我国当代多民族文坛上的重要收获。”③

基于上述对“互文性”内涵及两部小说内容、意义、影响的梳理，本文认为《欢笑的金沙江》与《美丽的南方》属于直接互文本，故把民族地区的土地改革叙事置于中国当代文学发展的脉络中审视，将二者进行横向延伸与纵向拓展比对，对两个不同民族身份作家的作品进行互文性解读，从中进一步探求其在民族文学、红色文化两个维度的深层意义。互文性理论的丰富指涉，也为我们解读以上两部民族经典著作提供了较为新颖可行的视角，使“不同民族的语言、文学、文化得以相互交流、交融，彼此吸引、吸收，共同成长、成熟，不断传承、发展，构成一个促进人类理解、沟通、团结、进步的互文空间”④。

## 二、《欢笑的金沙江》与《美丽的南方》文本内容的多维互文

两部小说问世于同一时期，虽由不同民族的作家创作，却在历史时代背景选择、民族文化与红色文化双重书写方面遥相呼应，形成镜像对读的明显互动。这种互动在文本间建立了深层连接，构成意味深远的对话关系，使作品在多维度上反映了两位民族作家对时代问题的洞察、思考和解答。通过文本间的对话关系，我们可观不同民族身份作家在同一历史语境下呈现出的“不同而和”的文学表征。

### （一）民族地区土地改革历史的互文

“文学史的表层结构方式的时序性和历史描述的因果性表现出鲜明的与‘中国历史’文本的互文本性关联。”⑤ 为两部作品建构起联系的是相同的历史时代背景，即新中国成立初期的土地改革运动。1942 年，毛泽东发表了《在延安文艺座谈会上的讲话》（以下简称《讲话》），确立了“为工农兵服务”的方针，明确了“文艺为人民大众服务”的目

① 梁庭望、黄凤显：《中国少数民族文学》，山西教育出版社 2003 年版，第 456—457 页。

② 梁庭望、黄凤显：《中国少数民族文学》，山西教育出版社 2003 年版，第 457 页。

③ 李鸿然：《中国当代少数民族文学史论》（下），云南教育出版社 2004 年版，第 755 页。

④ 胡慧：《从互文性看文学、文化的传承与发展》，《学术界》2006 年第 5 期，第 209 页。

⑤ 李晓峰、刘大先：《中华多民族文学史观及相关问题研究》，中国社会科学出版社 2012 年版，第 123 页。

标，指出人民生活是“一切文学艺术取之不尽、用之不竭的唯一源泉”①。此外，《讲话》还在思想层面推动了小说向更民族化和大众化的方向发展。中国共产党领导的土地改革旨在彻底消除封建剥削，满足了农民的土地需求，激发了群众的革命热情，为社会主义改造和社会主义经济的发展奠定了坚实基础，也为中国社会由新民主主义向社会主义转变创造了必要条件。土地改革的全面实施和胜利，标志着数千年封建土地制度的终结，使农民真正翻身做主人。

20 世纪四五十年代民族土地改革题材小说的集中涌现，便是对土地改革这一历史命题的文学表达，同时也是对毛泽东《讲话》精神的成功实践。在《讲话》精神的引领下，李乔与陆地不约而同地受到鼓舞与指引，积极投身到这场土地改革运动中，将现实的土地改革斗争与思想改造结合起来，并执笔记录下这一伟大的历史变革，以坚定立场阐释了土地改革的合理性与必然性。

李乔与陆地都是土地改革运动的亲历者，具有丰富的革命斗争经历和体验，十分熟悉农村的社会生活和土地改革情况。李乔出身贫苦的彝族农家，早年生活困苦，后在军旅生涯中接受中国共产党的教育，在中国共产党民族政策的号召下自觉参加四川凉山地区的民主改革。1948 年，陆地在东北参加土地改革，后又与清华、燕京大学的师生一起参与了南宁郊区的土地改革。这样的人生经历与情感意志决定了李乔与陆地相似的审美旨趣，即主动关注渴望翻身解放的彝族和壮族人民群众。实践积累和党性熏陶为他们创作《欢笑的金沙江》与《美丽的南方》提供了先决条件。李乔在《醒了的土地》② 自序中写道：“由于这几年一直在凉山参加工作，看到凉山翻天覆地的变化，作为一个彝族人，我有说不出的兴奋和感动。因此，我想把我所经过的那些事情，那些血泪，那些党的丰功伟绩记一记……”③ 陆地在《美丽的南方》后记里阐述其写作“无非是为了想通过韦廷忠这个人物从奴隶变成主人的这一翻身故事，使读者不但看到世世代代受剥削和迫害的农民如何在党的领导下跟地主进行了尖锐而复杂的斗争，终至获得了胜利；同时也看到各级干部怎样通过不断的实践，逐步做到了领会和掌握党的方针政策，以及为人民服务的思想也逐渐成为人们共同追求的崇高的品德”④。李乔与陆地在其作品中将自身的土地改革经历分别进行艺术加工，叙说了四川凉山彝族地区和广西壮族地区在新中国成立初期的土地改革情况和斗争历史。两部小说契合《讲话》精神，配合宣传中国共产党的土地改革政策，歌颂了光辉的土地改革斗争，同时构成对土地改革叙事的补充与对

---

① 毛泽东：《毛泽东选集》第 3 卷，人民出版社 1991 年版，第 860 页。

② 1959 年经李乔修订，《欢笑的金沙江》定名为《欢笑的金沙江》第一部：《醒了的土地》，并由人民文学出版社重排印行，增加了“自序”及“附录”文章各一篇。此版本仅在扉页定名为《欢笑的金沙江》第一部：《醒了的土地》，封面书名仍是《欢笑的金沙江》。

③ 李乔：《欢笑的金沙江》，人民文学出版社 1959 年版，第 5 页。

④ 陆地：《美丽的南方》，作家出版社 1960 年版，第 328 页。

民族地区红色文化的文学呈现，因此，在中华民族文学史上具有重要的价值和意义。

“少数民族文学从诞生的那天起，就带有鲜明的民族性与政治性。”① 《欢笑的金沙江》和《美丽的南方》用文学的形式记录民族地区土地改革的历史。《欢笑的金沙江》中提及因民族地区的特殊性，土地改革时期中国共产党提倡民主地进行改革，小说借助小苏的话来解释道：“因为你们凉山是兄弟民族聚居区，不同内地，所以我们不能替你们去搞。土改不土改，是你们自己的事情，由你们自己决定，我们不能替你们决定。”② 这一解释体现了中国共产党对民族地区特殊性的尊重、对民族自主权的重视，既展示了党在民族地区政策的灵活性，同时也反映了彝族人民在土地改革过程中的主体地位。该政策不仅赢得了四川凉山彝族人民的信任，也为土地改革顺利进行奠定了基础。《美丽的南方》中写道：“这次土改运动，比清匪反霸深入了，老乡们慢慢地都能辨别出谁是真心为老百姓办事，谁是把人民当牛当马。”③ 这种变化不仅提高了农民的政治觉悟，也加强了他们对中国共产党的信任和支持。小说通过这一情节，刻画了土地改革对农民思想转变的深刻影响，体现了中国共产党的感召力。两部作品均展现了土地改革给民族地区带来的深远影响，强调了中国共产党在推动社会进步和民族解放中的关键作用，同时也表明了两位民族作家对土地改革的支持态度和立场。

《欢笑的金沙江》与《美丽的南方》这两部作品是作家基于亲身经历和深切情感所作，这使得他们的写作不可避免地将现实与革命紧密相连。为满足中国共产党政策宣传和阶级斗争的特殊需求，这两部作品以贴近民族地区人民群众的笔触为历史事件提供了文艺阐释，赋予了小说以时代印记。

### （二）土地改革背景下民族认同书写的互文

通过《欢笑的金沙江》与《美丽的南方》，我们得以窥见李乔、陆地二人在土地改革历史语境下对民族认同的书写。民族地区的土地改革运动不仅是一场深刻的社会经济变革，也是一次民族文化认同意识的重要觉醒。加之，民族文学是中国文学的子集，民族地区土地改革叙事是整个国家土地改革叙事的重要组成部分，两部作品的重要地位不言而喻。《欢笑的金沙江》与《美丽的南方》映照出民族地区人民在土地改革熔炉中的锻造、对文化身份的探索和确认，在民族认同的书写上形成镜像互文。其主要表现在地域、民俗、人物塑造三个层面。通过对这三个层面的深入分析，我们将得以揭示土地改革如何成为民族认同构建的催化剂，以及文学如何成为民族认同表达的重要渠道。

在地域层面，两部作品进行土地改革书写的民族地区与民族文学关注的地域有密切

---

① 徐俊六：《论少数民族文学铸牢中华民族共同体意识的内在逻辑》，《民族文学研究》2023年第3期，第28页。

② 李乔：《欢笑的金沙江》，人民文学出版社1956年版，第70页。

③ 陆地：《美丽的南方》，作家出版社1960年版，第284页。

关联，因此，对民族区域的土地改革书写在整个土地改革叙事中尤为重要。大多数民族地区相对于汉族地区解放得较晚，民族地区的土地改革也是在汉族地区土地改革的实践影响下进行，四川凉山与广西便是其中两个相对较晚进行土地改革、获得解放的民族聚居区域。这两个民族地区的社会形态各异，在新中国成立初期仍面临着阶级、制度等多重矛盾的阻碍，土地改革难度相对较大，故需要一定的时间“看各少数民族内部的工作情况与群众的觉悟程度如何，才能决定”①，同时也需要“给予各少数民族以更多的时间去考虑和准备他们内部的改革问题”②。

彝族作家李乔与壮族作家陆地不约而同地将故事发生的空间背景设置在民族区域并非巧合：在情感偏向上，两位作家的土地改革经历与民族身份使他们天然地选择了本民族聚居的区域作为故事发生的地域背景，书写本民族的土地改革故事；在政治思想上，土地改革文学与土地改革的现实发展密切相关，作为思想改造的重要方式，为推进后续工作进一步开展，中国共产党鼓励作家们创作与土地改革紧密相关的文学作品，以期通过这一艺术形式触动农民心灵；在文学行动上，各民族是中华民族整体中的部分，民族文学则是中国文学的重要构成，书写民族地区的土地改革历史，既将“边地民族”融入中国社会的现代化进程，将民族地区土地改革书写置于当代文学发展史，又推进了彝、壮民族铸牢中华民族共同体意识的文学书写，进一步探寻民族文化的新生动力，不仅是为本民族立传，也是为铸牢中华民族共同体意识立言。在此层面，两部作品均显现出农民与土地的浓厚情感关系。从《欢笑的金沙江》中阿火黑日“天天替沙马家干活，沙马木札只给他两顿包谷饭吃，要等沙马木札给他一个女人做媳妇，分给他一块土地，把他分居出去后，他才能有私有财产”③，可见其对土地的渴望和对家庭的向往。他的生活和未来都与土地紧密相连，土地不仅是他劳动的场所，更是他实现个人梦想和家庭幸福的基础。沙马木札承诺的土地对他来说，是摆脱贫困、获得独立和尊严的象征。在《美丽的南方》中，“湿润的土地，在明丽的阳光下飘散着一层薄薄的烟雾。果园里的梅花正在盛开，竹子开始茁长出青青的新叶”④，“田野上，现在是一部分人在田垄间耕犁土地，一部分人在田塍上送粪运肥……在村道上断断续续地出现”⑤。土地在这里不仅是农民的生活生产资料，更是他们情感的寄托和精神的家园。这些对土地的描述，无不展示出农民对土地的依赖和眷恋，映衬出农民对土地的渴望和对美好自由生活的向往，因而，土

① 刘少奇：《一九五零年六月十四日，在人民政协全国委员会第二次会议上关于土地改革问题的报告》，《新黄河》1950 年第 5 期，第 6 页。

② 刘少奇：《一九五零年六月十四日，在人民政协全国委员会第二次会议上关于土地改革问题的报告》，《新黄河》1950 年第 5 期，第 6 页。

③ 李乔：《欢笑的金沙江》，人民文学出版社 1956 年版，第 64 页。

④ 陆地：《美丽的南方》，作家出版社 1960 年版，第 159 页。

⑤ 陆地：《美丽的南方》，作家出版社 1960 年版，第 159 页。

地改革的重要性不言而喻。

在民俗层面，李乔与陆地在小说中不仅分别展示了彝族和壮族的风俗文化，还巧妙地将革命宣传融入其中，使得民族风俗与革命理念有效勾连，形成互文。通过对彝、壮两个民族传统习俗的细节勾画，作品在展现了民族文化丰富多样的基础上，还传递了积极向上的土地改革精神。其中最突出的便是对山歌吟唱的描写。彝、壮两族儿女尤擅山歌，日常生活中他们常以山歌传情，这些山歌旋律优美，歌词朴实，易于传唱，因此山歌以其独特的风格在革命时期成为一种有效的宣传工具，激发了彝、壮人民的革命意识，故而在小说中，山歌被赋予了新的意义，成为宣传革命理念的载体。

《欢笑的金沙江》中，“共产党把满天的乌云吹散，毛主席把我们的部落由危险变为平安，我的大爹，大妈，兄弟，姐妹们，共产党的恩情，我们永远不能忘!”① 等唱词以朴实的语言歌颂中国共产党，表达了四川凉山彝族人民对党的感激之情，以及对民族团结和携手共进的向往。《美丽的南方》中，工作队鼓励大家团结起来讨伐地主覃俊三时，马仔拿着喇叭筒爬到树顶去广播山歌：“旧时农民多贫苦，都为地主剥削人；天上星星有定数，地主罪恶数不清；如今革命得解放，贫雇中农一家人。”② 这些山歌不仅朗朗上口，而且能够有效地激励人心。老人和小孩也一同加入传唱队伍中：“地主覃俊三，罪恶高过山；杀人不见血，妻离子又散。”③ 在长岭村的土地改革热潮中，赵老头的山歌“谁的功？谁的力？劳动的结果。全世界工农们，联合起来呵!”④ 更是激发了壮乡儿女的团结精神，共同朝着推翻封建地主制度的目标前进。

彝族和壮族人民通过山歌表达对中国共产党的认可和对新生活的期待，同时也通过山歌传播革命教育。小说中的山歌不仅是革命的象征，更是贫困农民反抗封建压迫、追求新生活的坚定意志的艺术呈现，真实再现了四川凉山彝族地区与广西壮族地区的民族精神风貌，凸显了人民对革命胜利的热切期待。

在人物塑造层面，《欢笑的金沙江》与《美丽的南方》都成功地塑造了一系列鲜明的民族人物形象，两部作品在塑造典型的“民族干部”“农村新人”形象上具有一致性。奴隶出身的彝族干部丁政委（《欢笑的金沙江》）“表现了党的正确领导和党的民族政策的胜利”⑤。他早年参加红军，接受中国共产党的教育，后受党委派，主持凉山分工委会的工作，在实践中坚定地贯彻党的民族政策，用智慧调解沙马家和木锡家的矛盾，团结内部，还联合当地民众，击败了国民党胡宗南的残余势力，消除了政治上的对立，成功带

① 李乔：《欢笑的金沙江》，人民文学出版社 1956 年版，第 93 页。

② 陆地：《美丽的南方》，作家出版社 1960 年版，第 218 页。

③ 陆地：《美丽的南方》，作家出版社 1960 年版，第 218 页。

④ 陆地：《美丽的南方》，作家出版社 1960 年版，第 314 页。

⑤ 李鸿然：《中国当代少数民族文学史论》（下），云南教育出版社 2004 年版，第 791 页。

领四川凉山彝族人民迅速摆脱长达数千年的奴隶制束缚，迈入社会主义社会。在土地改革斗争中成长起来的民族干部韦廷忠（《美丽的南方》），起初是受尽压迫的农民，对地主的剥削显得麻木不仁，但最终在中国共产党的教育下觉醒，决心与地主决裂，成为一名勇敢的民族干部。这些民族干部不仅在物质方面帮助民族地区群众，在思想上同样帮助群众成长为土地改革的中坚力量。然而，民族地区的土地改革仅依靠民族干部是远不足够的，更需要各民族儿女形成自发的内驱动力。因此，这两部作品还强调了"农村新人"的形象塑造，如奴隶领袖黑彝沙马木札和磨石拉萨（《欢笑的金沙江》）、农民苏嫂（《美丽的南方》）等，他们勤劳善良却备受压迫，幸而在中国共产党的教育与引导下，他们转变迂腐思想，积极参与土地改革，同党一齐努力，最终翻身做主人。

李乔和陆地塑造的具有代表性和时代感的民族人物，不仅展现了本民族的独特性格，还反映了时代的变迁，揭示了民族地区人民在革命和建设中的精神风貌。无论是"民族干部"还是"农村新人"，都具有崇高的时代意义。他们坚定地在中国共产党的领导下，参与土地改革，通过实际行动，成为现代化建设的推动者，展现了在新时期社会主义建设中国家对青年的期待。他们甘于奉献，对故乡和同胞充满热爱，体现了中华民族共同体的价值追求。通过对这些典型人物的塑造，作家展现了彝族和壮族人民在土地改革中的觉醒与斗争，显现了他们在中国共产党领导下的成长。

## 二、《欢笑的金沙江》与《美丽的南方》思想意蕴的多重互文

《欢笑的金沙江》与《美丽的南方》对土地改革的肯定，是红色文化在民族地区遍植的直接体现。从《欢笑的金沙江》与《美丽的南方》的互文中可以看出民族地区红色文化的深化。两部作品在反映土地改革时期两个不同民族地区广阔的斗争生活和变革情况上，均内蕴着红色基因，肩负着记录历史事实、赓续红色文化的功能，在中国当代文学史上具有重要意义。李乔与陆地这样的民族作家更是"沉浮在中国的革命斗争历史中"①，"在创作中通过民族视角，表现民族生活，并以自己的所观所感创作出反映革命历史、高度凝练革命意识、对人们的思想价值塑造具有启迪性的文学作品"②。鉴于此，这两部作品不仅在文本内容上产生联系，在思想意蕴上还呈现出一种"双线并置"的互文关系：既展现了土地改革这一历史事件对民族精神、红色文化的熔炼，又彰显了民族精神与红色文化的双重协奏。

### （一）民族精神的互文

我国是一个统一的多民族国家，中华民族多元一体是我国的显著特征之一。"我国辽

① 黄晓娟：《推进民族文学经典中的红色文化传承》，《人民政协报》2023年11月6日第10版。

② 黄晓娟：《推进民族文学经典中的红色文化传承》，《人民政协报》2023年11月6日第10版。

阔的疆域是各民族共同开拓的，悠久历史是各民族共同书写的，灿烂文化是各民族共同创造的，伟大民族精神是各民族共同培育的。”①《欢笑的金沙江》与《美丽的南方》共同呈现出对民族融合的期许与认同，同时也是中华民族精神在彝族和壮族文化中的表征。小说虽为同一主题，但因切入的民族、地域等视角不同，叙事上存在着一定差异，故两部作品对民族精神的互文可看作是两个不同民族地区的民族作家在土地改革背景下对其形塑的相互补充照应。这种补充照应主要体现在总体性与个体性两个方面，即对中华民族多元一体的认同，以及对本民族以爱国主义为核心的不畏艰险、迎难而上的民族精神的颂扬。

一方面，中华民族多元一体的认同在《欢笑的金沙江》与《美丽的南方》中得到了生动的体现。对于因拥有不同民俗传统而呈现出多样性的各民族地区，土地改革作为一场深刻的社会变革无疑会引发激烈震荡。在这一过程中，新生力量的介入势必会打破原有族群的稳定架构，推动其进行全新的质性重构。因此，中国共产党必须谨慎思考如何引导民族地区人民顺利地进行并完成土地改革。在这一时代需求之下，受过党的教育、深谙本民族与汉族文化的李乔、陆地二位作家，以扎实的理论素养、满腔的政治热情，运用便于本民族理解接纳的平实语言共述对中华民族多元一体的认同，用诗意的方式呈现出多元一体的文化自觉和民族担当。中国是多民族共生的国家，民族地区的土地改革文学作品不仅蕴含了各区域文化的精髓，还生动展现了各民族在历史长河中的发展轨迹，成为民族文化多样性的生动写照。两部作品通过对不同民族群体在土地改革运动中生活变迁的勾勒，呈示了中华民族在历史洪流中不断融合、共同进步的壮丽图景。

李乔与陆地不仅是土地改革实践的先锋，更是宣传的中坚力量，他们深深植根于自己的民族身份意识，并将其巧妙地融入集体性的中华民族身份意识之中，用文字为民族地区的社会变革和文化发展绘制出绚烂的篇章，通过这两部作品热切地表达了自身对土地改革的支持、对人民当家做主的渴望及对中国共产党的拥护。李乔、陆地二人更是进一步向本族人民阐释了土地改革的深远意义，解答了本族人民的疑惑，激发了他们对改革的认同和参与的热情，成为促进不同文化背景人民之间相互理解、团结奋进的重要桥梁。在他们的宣扬与带动下，中国共产党在民族地区土地改革的理念得以广泛传播，对于缓解改革可能引发的社会摩擦起到了至关重要的作用。同时，中华民族多元一体的认同意识的深化，使得民族地区的人民在改革图存、当家做主的历史诉求中自觉地将自己纳入“中华民族”的整体中，强化了其对中华民族一体的认同。

另一方面，小说对本民族以爱国主义为核心的不畏艰险、迎难而上的民族精神的颂扬同样鲜明。“以爱国主义为核心的民族精神，以敢于革命斗争为重点的拼搏精神等，为

---

① 《关于以铸牢中华民族共同体意识为主线推动新时代民族文学事业高质量发展的意见》，《文艺报》2023年10月13日第2版。

民族地区的经济社会发展提供了意识形态保障与行动指南。”① “弘扬以爱国主义为核心的民族精神和以改革创新为核心的时代精神，使各民族人心归聚、精神相依，形成团结奋进的强大精神纽带。”② 在土地改革的艰难历程中，无论是《欢笑的金沙江》中的彝族人民，还是《美丽的南方》中的壮族人民，都展现了坚韧不拔、勇于变革的精神风貌。两部作品中，对民族精神的赞颂贯穿始终，不论是勤劳的农民，还是智慧的领导者，在面对土地改革带来的挑战时，不仅没有退缩，反而更加积极地投身于改革浪潮中，努力争取自己的权益，为民族的繁荣和国家的强盛贡献力量。作品对民族精神的赞颂，既是对各民族在逆境中不屈不挠、勇于变革的精神的肯定，更是对整个中华民族在历史转折点上所展现出的集体意志和行动力的颂歌。

在《欢笑的金沙江》中，彝族人民迎难而上，坚定跟党走，勇于求新生，揭示了其民族精神的坚韧与活力。在《美丽的南方》中，壮族人民在改革浪潮中的积极参与、迈步向前，同样彰显了其民族精神的深邃与包容。这两部作品通过文学的形式，将对本民族精神的赞颂融汇于对社会现实的深刻反映中，不仅为读者呈现了丰富的历史和文化图景，更激发了读者对民族精神的认同和自豪感。此外，两部作品还传递了一种积极向上的社会价值观，在面对困难和挑战时，民族精神鼓励人们保持乐观，勇于探索和创新，对于推动社会进步和文化发展具有深远的影响。《欢笑的金沙江》与《美丽的南方》以彝族和壮族地区的土地改革故事丰富中国故事，以彝、壮两族的精神丰富中华民族共有精神家园，使彝、壮两族精神得以在更广泛的层面上播撒，从而在实现民族复兴和国家繁荣的道路上发挥着更为深远的影响。

### （二）红色文化弘扬与传承的互文

“红色文化是中华民族从深重苦难走向伟大复兴的历史进程中创造的，马克思主义基本原理同中国具体实际相结合、同中华优秀传统文化相结合的先进文化，是中华民族精神财富的重要组成。”③ “民族地区红色文化是中国共产党领导团结各少数民族群众，在血雨腥风的革命战争年代，为实现人民解放与民族独立，进而推进中国社会根本性变革所创造的革命文化，是承载着共产主义崇高理想和中华民族伟大复兴不懈追求的先进文化，是红色文化的重要组成部分。”④ 红色文化的实质是“红色文化对中华优秀文化的主

---

① 王敏、汪勇：《新时代民族地区红色文化传承价值的四维探析》，《观察与思考》2020年第6期，第93页。

② 《关于以铸牢中华民族共同体意识为主线推动新时代民族文学事业高质量发展的意见》，《文艺报》2023年10月13日第2版。

③ 何洪兵：《价值遮蔽与彰显：红色文化的当代传承》，《四川大学学报》（哲学社会科学版）2023年第4期，第161页。

④ 王敏、汪勇：《新时代民族地区红色文化传承价值的四维探析》，《观察与思考》2020年第6期，第89页。

动融入”①。回顾党的光辉历程，我们不仅要看到其在政治、经济和社会方面的伟大成就，更要重视党的红色文化传承。在百年未有之大变局正加速演进的今天，传承红色文化仍具有重要意义。由此，两部作品对红色文化的互文可看作两个不同民族地区的民族作家对土地改革中凝结的红色文化的弘扬与丰富，包括：其一，小说内蕴积极乐观的土地改革精神；其二，两部小说的创作是铸牢中华民族共同体意识的方式之一。

首先，《欢笑的金沙江》与《美丽的南方》背后深刻的文化意蕴与伟大的土地改革精神内涵相契合，内蕴着积极乐观的土地改革精神。土地改革不仅是一场关键的制度变革，更是一次深刻的精神觉醒。土地改革精神是早期共产党人遗留给我们的宝贵精神遗产，是红色文化的精神形态与具体表现。李乔与陆地用昂扬向上的笔调，在小说中展现了积极乐观的态度和对人民当家做主的美好生活的向往，这种笔调契合了积极乐观的土地改革精神，使得两部作品都洋溢着新中国成立初期民族地区人民群众在土地改革过程中乐观向上的革命精神气质。土地改革精神是时代精神的彰显，与国家、民族的命运相连。在土地改革过去几十年后的今天，重读民族地区土地改革文学对于提升各民族的精神风貌、讲好中国故事具有深远的价值意义。在这两部作品中，民族地区的土地改革不只是革命历史的记忆，其生成的伟大土地改革精神更是一种精神力量，激励着民族地区的人民群众在新时期继续发扬这种不畏艰难、勇于变革的伟大精神，为实现中华民族伟大复兴中国梦贡献自己的力量。

其次，《欢笑的金沙江》与《美丽的南方》的创作是铸牢中华民族共同体意识的途径之一。“中国多民族文学与中华民族共同体意识之间是交融共生、辩证统一的关系。”②“中国多民族文学交融共生与中华民族共同体意识的产生与发展是同步同构的，随着各民族文化间的交融互鉴得以不断丰富、发展、创新。”③ “中国多民族文学的交融共生关系深化了中华民族共同体意识。”④ “少数民族文学的政治性、民族性与文学性决定了铸牢中华民族共同体意识是其特殊使命。”⑤ 这两部作品通过对土地改革运动的书写，不仅再现了民族地区土地改革的历史场景，在更深的层次上还传达了红色文化的核心价值。通

---

① 何洪兵：《价值遮蔽与彰显：红色文化的当代传承》，《四川大学学报》（哲学社会科学版）2023 年第 4 期，第 167 页。

② 杨杰宏：《中华民族共同体视域下的多民族文学交融共生关系研究》，《学术探索》2023 年第 8 期，第 114 页。

③ 杨杰宏：《中华民族共同体视域下的多民族文学交融共生关系研究》，《学术探索》2023 年第 8 期，第 114 页。

④ 杨杰宏：《中华民族共同体视域下的多民族文学交融共生关系研究》，《学术探索》2023 年第 8 期，第 117 页。

⑤ 徐俊六：《论少数民族文学铸牢中华民族共同体意识的内在逻辑》，《民族文学研究》2023 年第 3 期，第 27 页。

过文学作品的传播，红色文化得以跨越时空，成为连接过去与现在、个体与集体的桥梁，从而在新时代的语境下继续铸就中华民族的共同体意识。民族地区土地改革的艰辛岁月留存在人民的记忆里，土地改革时期的这两部文学作品，既是民族地区人民的土地改革记忆，也是人民对党和国家感情的真切表达。我们得以从中探究民族地区人民群众对土地改革的态度和对中国共产党的选择。民族地区土地改革的光辉成就不仅属于各民族地区的人民群众，更属于整个中华民族。四川凉山与广西这两个民族地区的人民在土地改革时期凝心聚力，携手共进，将改革进行到底，最终实现人民当家作主的美好愿景是铸牢中华民族共同体意识在土地改革时期的体现，是共产党赢得民心的见证，也是研究共产党民族政策的重要素材，在当下，仍可为红色民族文学的创作和研究提供重要的文本参照和研究价值。

在党的二十大提出“讲好中国故事、传播好中国声音，展现可信、可爱、可敬的中国形象”① 的号召下，文艺创作被赋予了新的时代使命。“讲述中国故事”要求创作者回顾历史，把握时代脉搏，展现中国的发展成就和精神风貌。在新时代的背景之下，重读民族文学红色经典，不失为向世界展示一个真实、立体、多元的中国的重要途径。这两部文学作品，以其深刻的历史背景和丰富的文化内涵相互映照，共同丰富了中国共产党百年奋斗史的叙事。它们在记录土地改革、肃清土匪等重大历史事件的同时，也反映了民族地区在党的领导下实现社会变革的生动实践；不仅记录了彝、壮民族的历史变迁，也表达了其对新生活的向往和对旧社会制度的批判，激励着人们为共同的理想和目标而奋斗。总的来说，这两部作品是民族精神与红色文化相结合的经典佳作，展现了民族精神的传承和发展，为读者提供了丰富的文化体验和深刻的思想启示。

## 结 语

李乔和陆地是两位优秀的民族作家，《欢笑的金沙江》与《美丽的南方》在中国当代文学史上具有重要地位。与此前涉及土地改革题材的小说区别在于，这两部小说聚焦民族地区的土地改革，对土地改革这一历史进行补充书写，使得西南、中南土改斗争情况在中国当代文学里得到了较为细致与真实的反映。两部作品从构思到成熟深度参与了中国当代文学经典的建构历程。总之，李乔和陆地记录或表现的是他们各自体验与认识到的土地改革的“真相”。“多元状态下的交流互动，是我国当代少数民族文学的现实生存

① 《高举中国特色社会主义伟大旗帜为全面建设社会主义现代化国家而团结奋斗——在中国共产党第二十次全国代表大会上的报告》，《人民日报》2022 年 10 月 26 日第 4 版。

氛围；互动状态中的多元发展，则又是当代少数民族文学的持续追求目标。”① 尽管在处理民族矛盾和阶级矛盾时，《欢笑的金沙江》与《美丽的南方》存在一定的简化和模式化倾向，但其为我们展现了彝、壮两个民族地区土地改革的缩影，提供了一个时代精神镜像，在新时代的背景下仍具有显著的启发意义。这两部作品鼓励我们在回顾历史的同时展望未来，以更开放、多元的视角来理解和塑造中国故事。因此，通过《欢笑的金沙江》与《美丽的南方》的互文性阐释，不仅能探寻民族精神与红色文化的新活力，讲好中国故事、红色故事，引起新时代读者强烈共鸣，还有助于将我国边地民族的发展纳入国家整体现代化进程，推进铸牢中华民族共同体意识，赓续民族文学经典中的红色文化根脉。

图 1 人民文学出版社 1956 年版
李乔《欢笑的金沙江》封面

图 2 人民文学出版社 1959 年版
李乔《欢笑的金沙江》第一部：《醒了的土地》封面
(此版本仅在扉页定名为《欢笑的金沙江》第一部：《醒了的土地》，封面仍是《欢笑的金沙江》。)

① 关纪新、朝戈金：《多重选择的世界——当代少数民族作家文学的理论描述》，中央民族大学出版社 1995 年版，第 174 页。

李乔著

欢笑的金沙江

第一部

醒了的土地

人民文学出版社

一九五九年·北京

图3　人民文学出版社 1959 年版
李乔《欢笑的金沙江》第一部：《醒了的土地》扉页

图4　作家出版社 1961 年版
李乔《醒了的土地》封面
（此版本封面书名改为《欢笑的金沙江》第一部：《醒了的土地》）

图5　作家出版社 1960 年版陆地《美丽的南方》封面

# 社会的转型与作家的代际更替
## ——以1950年代作家的文学创作为例*

李宗刚①

**摘　要**：中国当代文学已经走过了70多年的历程。在这70多年的时间里，作家的代际更替生生不息，不同代际的作家群体在当代文学场域中找到了自己的“力量”，各领风骚数年或十余年。1950年代中青年作家的代际更替，较好地体现中国现当代文学“交接”的内在规律。从某种意义上说，一个作家早期所接受的文学教育将在某种程度上设定其未来文学创作的疆域，更预设了其从事文学创作时的内在情感和思想，这促成了作家的代际更替，为文学创作的转型奠定了基础。

**关键词**：代际更替；文学教育；当代文学；社会转型

文学教育的背景对作家的文学创作具有极其重要的或潜在或直接的影响。从某种意义上说，一个作家早期所接受的文学教育将在某种程度上设定其未来文学创作的疆域，更预设了其从事文学创作时的内在情感和思想。从总体上看，中国当代文学已经走过了70多年的历程。在这70多年的时间里，作家的代际更替生生不息，不同代际的作家群体在当代文学场域中找到了自己的“力量”，各领风骚数年或十余年。为了能够更好地审视中国当代文学历史发展演变的轨迹，我们拟以1950年代文学作为观照对象，通过对这一时期的中青年作家文学创作代际更替的透视，来厘定1950年代文学发展演变的内在轨迹。

### 一

在中国当代文学发生和发展的前期，第一代作家所接受的教育是近代新式教育或现

* 项目基金：国家社会科学基金一般项目“共和国教育与中国当代文学”（批准号：17BZW021）。

① 作者简介：李宗刚（1963—　），男，山东惠民人，山东师范大学文学院二级教授，博士生导师。

代教育，有些乡村学校尽管无法与上海、北京等现代都市的学校相提并论，但并不影响其传递现代教育理念和现代教育内容。这些学校已经迥然区别于传统的私塾，其所使用的教材也不再是私塾的"四书五经"，取而代之的是现代课本。随着语体文的"国文"课本的使用，许多作家在文学启蒙阶段便开始接受中国现代文学的熏陶，至于其任课教师，显然也不再是那些以讲授"四书五经"为主的传统文人，而是一大批接受了现代教育的学生。这样一来，这批后来成长为第二代作家的学生既有现代教育背景、又有革命体验，因而便很快成长为旨在书写革命的主力军。

从中国当代作家的构成谱系来看，许多第一代作家是从中国现代作家转化而来的，当然，并不是所有的中国现代作家都转化成为中国当代作家。有些现代作家在新中国成立后则远离了文学创作，甚至改行从事其他工作，成为中国当代文学的旁观者，自然也就不能算是中国当代文学的第一代作家。还有些作家则在1949年前后离开大陆到了中国香港和台湾地区，有些作家甚至到了美欧等国家，尽管也从事文学创作，但他们创作出来的文学算不上真正意义上的中国当代文学，充其量只能算是中国现代文学创作在海外的一种延续方式。针对第一代作家的文学创作及其文学转向等问题，有教科书曾经做过这样的梳理："从'旧社会'过来的现代作家群发生了分流。一些受新文学影响的作家，放弃了写作。""茅盾撰写长篇的计划终于流产，巴金、老舍曾去朝鲜前线体验生活，前者的短篇小说集（如《我们会见了彭德怀司令员》）与后者的长篇《无名高地有了名》都说不上成功。沈从文从事文物研究，钱钟书专事学术研究，李健吾从事翻译；张恨水的旧派小说是落后的代表，他曾尝试改编《孟姜女》以证明自己弃旧从新；张爱玲、徐讦、梁实秋离开大陆去了香港、台湾地区和美国。"① 显然，在历史的巨变中，中国现代文学作家走上了不同的人生道路，他们的文学创作由此也被赋予了不同的意识形态的色彩。② 从这样的维度来看，我们所枚举的中国当代文学中的第一代作家主要是那些继续从事文学创作的现代作家和一批新中国成立后开始步入文坛的作家。

中国当代文学作家按照代际差异，可以划分为不同的代际作家。第一代作家是在近代新式教育、域外现代教育和现代教育影响下成长起来的作家，其代表性作家为郭沫若、茅盾、巴金、老舍、曹禺、丁玲、沈从文等中年作家，这批作家在1949年之前已经在文坛上确立了其不可撼动的文学史地位和价值。然而，在1949年之后，他们把更多的时间投入到了文化管理工作中，在文学创作上并没有创作出超越其前期文学成就的文学作品。

---

① 朱栋霖、吴义勤、朱晓进主编：《中国现代文学史（1915—2016）》（下），北京大学出版社2018年第3版，第23页。

② 在对20世纪中国文学的研究中，有些学者把中国内战造成的海峡两岸对峙作为研究中国文学的基本参考坐标，甚至由此建构起了"现代中国文学"或者"20世纪中国文学"等研究范式。在此，我们没有将中国台湾地区的文学纳入研究对象中，主要是出于政党领导这一维度的考虑。我们把中国共产党领导下的中国文学视为中国当代文学。

即便像老舍这样曾经创作出《龙须沟》等优秀话剧的作家，但从总体上说，他们的文学创作黄金时代似乎已经远去，扑面而来的新生活并没有成为他们创作的对象，他们的文学成就大都止步于 1949 年。至于像沈从文这样的作家，甚至远离了文学创作，走上了文物服饰的考古工作。显然，文物服饰的研究工作与文学创作相去甚远。

针对第一代作家，我们可以划分为以下几种类型：其一是“革命作家”；其二是“进步作家”；其三是“中间作家”。① 当然，我们在此用“革命”“进步”“中间”三个关键词来修饰这一批作家，并不是从思想的维度进行修饰的，而是根据他们所处的特定现实境遇和自我身份进行修饰的。当然，还有一批作家倾向于国民党，他们被后来的文学史命名为“反动作家”。本文要解决的主要问题是共和国教育与中国当代文学的复杂关系，而不是与中国现当代文学的关系，如此说来，这批作家便已经被排除在中国当代文学之列了。这批作家或者跟随国民党到了中国台湾，成为偏居一隅的国民党所推崇的作家，或者在中国香港继续从事文学创作，其文学主旨带有鲜明的政治性，尤其是对共产党持有反对立场。从总体上说，这批“反动作家”的文学创作已经无法影响到大陆读者，自然也就难以进入中国当代文学序列。因为我们所认定的中国当代作家并不是依照时间维度确认其身份的，而是根据其政治身份加以确认的，也就是说，我们在此所使用的中国当代文学的概念主要是指在中国共产党领导下的文学，也就是人们常说的共和国文学。由此出发，我们认定的中国当代作家自然是指在中国共产党领导下从事文学创作的作家。

第一代作家中的“进步作家”是那些身在“国统区”但不认同国民党的作家，这批作家尽管没有参加具体的革命活动，但他们在思想和情感上更倾向于共产党。有些“进步作家”是由左翼作家转变而来，他们生活和写作的主要物理空间为“国统区”，但其文学创作并不是旨在维护国民党，而是逐渐地走上了疏远乃至对抗国民党的文学创作之路。这批作家早在 1949 年之前的文学创作便已经形成了自己的显著特色，如那些被视为带有民主主义思想的作家。这批作家在 1949 年之后，无法像“革命作家”那样较早地实践毛泽东《在延安文艺座谈会上的讲话》（以下简称“讲话”）的精神，也没有初步完成自我文学创作模式的转变，更无法像那些接受共和国教育成长起来的作家一样可以“无缝对接”新中国对文学发展的诉求。因此，这批作家在后来的文学创作上大都经历了一个蜕变期，这批作家很难再像以前那样，能够引领和占据文学创作的主流，甚至在极端的情况下，他们的文学思想还需要重新铸造。遗憾的是，这批作家的思想已经基本定型，其

① 我们所指认的中国当代文学是一个带有浓厚意识形态色彩的概念，其核心要义是在中国共产党领导下开启的文学。正是基于这一点，第一代作家可以划分为三个系列：其一是“进步作家”；其二是“中间作家”；其三是“革命作家”。这里的“进步作家”“中间作家”和“革命作家”自然也主要基于政治考量，我们把那些认同共产党领导的作家视为“进步作家”，把那些在共产党的领导下开始创作出符合共产党主流意识形态话语要求的作家视为“革命作家”。

文学创作的基本路径已经固化。实际上，这批作家因为远离中国革命，所以在革命题材的文学书写方面便显得有点隔膜。这样一来，这批作家在十七年文学时期创作出来的文学作品并没有像那批革命作家一样格外引人注目。取而代之的是，一大批并没有接受非常丰厚的文学教育的革命者，依靠着丰沃的生活积淀和刻骨铭心的人生体验，写出了一大批革命作品，成为引领一个时代风骚的代表性作品。而这批进步作家，其文学创作并没有像 1949 年以前那样，获得时代的特别青睐。

第一代作家中的“中间作家”是那些既对国民党的主张持不合作的态度，又对共产党的认同感相对不是那么鲜明的作家。中间作家与进步作家不同，与革命作家更有区别，他们尽管也有较为明晰的政治主张，但并没有非常明晰的党派意识，尤其是在国民党和共产党之间，尽管也有一定的倾向性，但从组织上讲，他们既不属于国民党，也不属于共产党，似乎置身于党派之外。其实，这批自认为既不是国民党也不是共产党的人，曾是国共两党争取的对象，这种情况在革命没有取得成功之前固然还有一定的现实空间，但随着革命的胜利，这批作家已经不再被视为“第三种人”，而是带有小资产阶级思想的作家，他们的文学创作所显示出来的精神诉求与毛泽东的“讲话”精神更是有了较大的出入。如沈从文便是这一作家群体的代表性作家。早在 1939 年，沈从文发表了《一般或特殊》一文，针对抗战文艺存在的非文学化倾向，提出文学不能成为“宣传品”，作家也可以写“与战事”“与政治”“并无关系”的作品，作家不要当“宣传家”，要做“具特殊性的专门家”①。这些文学主张在 1949 年之后显然已经不合时宜了。沈从文曾经这样说过：“我对文学方面，是个早已过时了的人。解放以前就经常被有权威的教现代文学的批评家，贬得一文不值。解放后，因而避免误人误己，所以即离开了学校，改了业，转入历史博物馆工作，名义上作研究员，事实上不折不扣作了整十年说明员。”② 这就是说，这批作家在 1949 年之后大都改行了，或者进入研究机构，或者到大专院校，从而疏离了他们曾经钟情的文学创作，走上了另外一种人生道路。对此，在“文化大革命”初期，沈从文面对满墙的大字报，就极为忧愁地告诉史树青：“台湾骂我是反动文人，共产党说我是反共老手，我是有家难归，我往哪里去呢?”③ 沈从文的尴尬不仅道出了处于对峙双方中间地带的知识分子的苦衷，而且也道出了在党派关系紧张到你死我活的特殊时期，个体选择所面临的尴尬情形。值得欣慰的是，像沈从文这样的中间作家此后尽管没有创作出文学作品，但他从事中国服饰历史的研究，并写出了足可传世的史学经典著作，此正所谓“失之东隅，收之桑榆”。当然，随着新时期拨乱反正的开启，沈从文在新时期又获得了格外重视。1979 年 10 月，第四次全国文艺工作者代表大会召开，沈从文以作家的

---

① 沈从文：《一般或特殊》，《今日评论》1939 年 1 月 22 日第 1 卷第 4 期，第 6 页。

② 沈从文：《沈从文全集 第 25 卷 书信》，北岳文艺出版社 2002 年版，第 408 页。

③ 丁东：《反思郭沫若》，作家出版社 1998 年版，第 113 页。

身份参加了这次会议。但此时的沈从文对文学似乎并不是十分热心，反而有冷眼旁观的意味："他总是闭目养神，或伏案瞌睡，既不抬头，更不鼓掌。但我注意到，在小平同志讲话时，到关键处，他微微睁开眼睛，高兴地鼓起掌来。会下打听我才知道，他就是著名作家沈从文先生。"① 然而不容置疑的是，此后沈从文开始在国内引起了更大的关注，国内的报刊开始对沈从文的文学成就进行重新评价。这说明，我们对中国当代文学的考察，需要将其置于整个 20 世纪的历史沧桑的变迁中进行"同情之理解"的把握。

在 1949 年之前接受了现代教育并成长起来的作家，在 20 世纪中国文学史上被称为"现代作家"，这也是我们把其纳入代际作家范畴中加以分析的作家。这批作家的文学创作与共和国教育尽管没有多少直接的关系，但在 1949 年之后，这些久负盛名的作家依托着他们既有的文学创作经验所累积起来的文学作品，通过诸多方式，参与到了中国当代文学的建构的历史过程中，成为在共和国教育下成长起来的作家在文学创作上的提携者和助力者。因此，我们要考察共和国教育与中国当代作家的关系这一重要问题，便无法离开对这一群体的深入剖析。

## 二

中国当代文学并不是凭空而来的，中国当代作家也不是与中国现代作家毫无关系的，二者之间有着内在的无法切断的联系。许多革命作家是由左翼作家转变而来，是在革命的熔炉中成长起来的作家。在投身写作之前，他们在思想和情感上便倾向中国共产党。这批作家在 20 世纪二三十年代是"左翼作家"，后来奔赴延安直接投身革命，成长为"革命作家"。他们在延安经历了革命的洗礼，尤其是在"讲话"的导引下，其创作出现了转向。如丁玲、萧军等作家，他们在开启文学创作之路时已经形成了自我相对稳定的文学特色，因此，在文学创作上对接"讲话"的精神时存在着自我否定的转化过程。

有些中国现代作家在 1949 年之后，依然从事文学创作，这些作家便由此转化为中国当代文学的第一代作家，如来自"国统区"的郭沫若、茅盾、巴金、老舍、曹禺、胡风等作家。然而，这些作家的文学创作的高峰期大都在 1949 年之前。在 1949 年之后，大多数作家的文学创作再也没有实现自我突破与自我超越，只有少数第一代作家在文学创作的道路上继续奋力前行。但从总体上说，他们的文学成就已经无法标示出中国当代文学所企及的高度。这说明，一个代际转换的时代已经开始了，正如胡风充满无限豪迈的激情所宣示的那样，"时间开始了"。然而，这一"开始"并不属于这一批作家，而是属于那些正在成长的解放区作家。

从革命作家所接受的现代教育来看，这批作家内部具有较大的差异性，有些作家接

---

① 《邓小平与拨乱反正（下篇）》，《北京日报》2004 年 8 月 9 日。

受了较好的现代教育，其代表性作家便是丁玲。丁玲在1918年就读于湖南省公立第二女子师范学校，后转入长沙的中学就读。1922年，丁玲前往上海，在陈独秀、李达等创办的平民女子学校学习。1923年，丁玲经瞿秋白等介绍，入中国共产党创办的上海大学中国文学系学习。1924年，丁玲来到北平，并结识了青年编辑胡也频。1927年，丁玲的处女作《梦珂》在《小说月报》发表。1928年，其代表作《莎菲女士的日记》引起文坛的反响，并出版了第一本短篇小说集《在黑暗中》。1929年，丁玲与胡也频、沈从文在上海合办《红黑》杂志，并开始了文学创作的转向，其标志便是她第一部长篇小说《韦护》的创作完成。1930年，丁玲参加中国左翼作家联盟。1931年，丁玲出任左联机关刊物《北斗》主编及左联党团书记。1932年，丁玲加入中国共产党。1933年，丁玲被国民党特务绑架，拘禁在南京。1936年，丁玲逃离南京，奔赴延安，直接投身于中国革命的洪流中，并由此开启了文学创作的新阶段。

丁玲作为深受五四新文学思潮影响又较为系统地接受了现代教育的作家，其早期创作的文学作品较好地对接了五四新文学的个性解放主题，尤其是女性解放的主题，在当时的文坛产生了较大的影响。1944年，毛泽东曾经这样评说过丁玲："丁玲现在到工农兵当中去了，《田保霖》写得很好；作家到群众中去就能写好文章。"① 为此，毛泽东还专门赋诗一首，其中两句是"昨日文小姐，今日武将军"，其主旨便是对丁玲在文学创作上的自我突围表示充分肯定。丁玲这样创作出极端张扬个性解放的作品的左翼青年作家在"讲话"精神的导引下，创作出了《太阳照在桑干河上》这样切入中国革命和实践的长篇小说，其跨度可谓相当大。《太阳照在桑干河上》获1951年度苏联斯大林奖金，并被译成多种文字，受到国外读者的广泛赞扬。

如果说丁玲是从国统区投奔到解放区并由此走上了革命道路的话，许多解放区作家从一开始便沐浴在革命的光辉中，并在参加革命活动的过程中走上了文学创作之路。这批作家的第一身份与其说是作家，不如说是参与了中国革命的战士。如果不是参加了中国革命，没有经历过战火的洗礼，他们也许根本就不会走上文学创作的道路。从这样的意义上说，这批作家能够成长为第一代作家，既有个人因素的影响，更受时代因素的影响。我们甚至可以说，这批作家是在时代大潮的裹挟下走上了文学创作之路。如果没有时代大潮的裹挟，他们也许根本就不会走上文学创作的道路，更不会成长为第一代作家。这批作家在时代的召唤下，应时代之命，开启了其文学创作的道路，并成为中国现代作家。正是这样一批革命作家，在共和国成立的早期，重新反观其走过的血与火的革命道路，获取了从事文学创作所需要的题材，创作出了迥然区别于中国现代作家及其作品的中国当代文学。

在1949年之后，一大批从解放区走过来的青年作家，则顺承着解放区的文学创作的

---

① 丁玲：《毛主席给我们的一封信》，《人民日报》1982年5月25日第4版。

惯性，在文学创作上毫无障碍地对接到了 1949 年之后的生活，并由此走上了新的文学创作道路。在这批作家中，既有像赵树理、周立波、柳青这样一些早就进行文学创作的作家，也有像梁斌、杜鹏程这样新面孔的作家。他们有些早在中国当代文学发生之前便通过自己的文学实践确立了中国现代文学的范式；有些在 1949 年之前便在中国现代文学的基本范式的基础上，开始了具有中国当代文学特质的文学创作，其创作基本上以毛泽东“讲话”精神为主导。

在延安时期，为了宣传革命和鼓舞人民参加革命，中国共产党极为重视文艺的宣传功能，为此还专门成立了抗日大学以及后来的华北联合大学，从而把宣传工作人才的培养当作革命的重要一翼。实际情况也的确如此，革命文学在动员群众和发动群众、促成革命胜利方面的确起到了无可取代的作用。正是在这一所所革命的简易学校中，一批从事文艺工作的作家开始走上文学创作之路。这批革命作家是在“讲话”精神的指引下开始文学创作，属于解放区代表性的作家，如赵树理、周立波、刘白羽、杨朔、草明、孙犁、欧阳山、柳青、周而复、马烽、袁静、孔厥等。这批作家在 1949 年之前便已经历了文艺整风运动，在从事文学创作时注重自觉地实践“讲话”精神，因而在中国当代文学建构初期便成为中国当代文学的主力军。

在第一代作家中，周立波是一个不可忽视的存在。他参加革命后，尤其是置身于农村土地改革的大潮中，切实地感知到了历史的巨变，并由此创作出了反映农村土改生活的长篇小说《暴风骤雨》。这部作品与丁玲的《太阳照在桑干河上》一起描绘出了中国土地改革的历史画卷。值得肯定的是，周立波在创作出《暴风骤雨》这样的优秀长篇巨制之后，在 1949 年之后又深入农村，切身体验到农村的一系列历史巨变，创作出了《山乡巨变》这样的代表性长篇小说。

需要注意的是，与周立波一起获得过斯大林奖金的丁玲没有在 1950 年代初再次走进乡村，也没有真正地体验到农村的历史巨变，而是在中央文学研究所开始了带有专业性的文学教育工作。这在某种维度上说明，第一代作家在 1949 年出现了较大的分化，有一批作家继续深入农村，从而触摸到农村社会变化的脉搏，创作出了一系列优秀的文学作品；而有些作家，则源于其“老革命”的特殊身份而获得了体制内的某些职务，反而使他们失却了再次深入民间的机缘，也就没有再次触摸到农村生活变化的脉搏，自然也就没有在既有的文学创作基础上实现自我的否定性超越。尤其值得关注的是，这批作家因为身在体制之内，反而因此陷入较为复杂的运动之中，由此蒙受了不公正的批判，丁玲便是如此。丁玲后来被打成“反党小集团”的主要成员，由此蒙受了多年的不公正的待遇，及至 1970 年代才得以平反昭雪。然而，这一时期的丁玲，已经不复有延安时期创作《我在霞村的时候》时的精神状态。尽管她依然创作了一系列文学作品，如在下放农场时期创作了《杜晚香》等小说。然而，历史的脚步已经跨入改革开放的新时期，这个时期的文学创作更注重从历史的维度对过去进行一些反思。孙犁在丁玲离开这个世界时专门写文章高度评价了她的文学贡献："一颗明亮的，曾经子夜高悬，几度隐现云端，多灾多难，与祖国的命运相伴随，而终于不失其光辉的星，殒落了。"① 对于丁玲在中国现代文学史上的地位问题，在2010年代有学者给予了这样的评述："丁玲是中国现代文学史上一位重要的女作家，也是一位命途多舛的女革命者。她说：'我不幸，也可说有幸总被卷入激流漩涡，一个浪来，我有时被托上云霄，一个波去，我又被沉入海底。'延安时期的丁玲，经历的正是从云霄沉入海底的过程。起因之一就在于她以女性的生命体验，洞察到以男性为主体的革命阵营内部，既有着两性间在阶级、民族利益上的一致性，还存在着男性以革命的名义对女性的歧视。她站在女性的立场上，大胆而犀利地揭示出被革命外衣遮蔽的性别歧视问题，从而挑战了革命群体内依然固有的父权—夫权制性别秩序。这无疑威胁到男性的权威和革命阵营的稳定。"② 由此可以看出，丁玲在时代的沉浮中失却了一个作家从事创作所需要的诸多外部条件，而丁玲在早期接受的现代教育所孕育出来的个性意识尤其是女性意识，使得其始终保持了自己的文学个性。然而，正所谓此一时彼一时，在蒙受冤屈的岁月里，丁玲的文学创作没有延续既有的势头，也没有得到时代的推崇，她创作出来的小说再也没有演绎出像当年的《太阳照在桑干河上》那样的轰动性的传奇效应。

与丁玲等人不同的是，一些革命作家没有创作出以个性解放为主题的文学作品，而是在创作伊始便创作出了对接毛泽东的"讲话"精神的文学作品，具有代表性的作家如袁静和孔厥。他们共同创作的《新儿女英雄传》既没有丁玲早期《莎菲女士的日记》的现代知识女性个性解放意识，甚至也没有像丁玲的《太阳照在桑干河上》一样，在关注社会解放主潮的同时还关注被边缘化的小人物的情感和命运，取而代之的是那种高亢昂扬的革命主题。正是基于这一点，郭沫若曾经这样高度评价这部作品："应该多谢毛主席在延安文艺座谈会上的指示，给予了文艺界一把宏大的火把，照明了创作的前途。在这一照明之下，解放区的作家们已经有了不少的成功作品。本书的作者也是忠实于毛主席的指示而获得了成功的"，"读者从这儿可以得到很大的鼓励，来改造自己或推进自己"。③ 显然，郭沫若之所以对这部作品给予如此之高的评价，恰是缘于这部作品在战时状态下起到了教育和鼓舞读者的作用，并以这种方式推动中国革命走向胜利。尽管这部作品创作的时间是在1949年前后，其在《人民日报》连载的时间为1949年5月，但从其内在精神特质来看，已然确立了此后十七年文学叙事的基本范式，可以视为中国现代文学和中国当代文学居于历史交汇点上的承前启后的代表性作品。正是由此开始，诸多"忠实于毛主席的指示"的十七年文学作品，便犹如涓涓细流逐渐地汇聚成了中国当代文

---

① 孙犁：《关于丁玲》，《人民日报》1986年3月19日第8版。

② 张文灿：《延安时期丁玲的女性意识与革命立场》，《党史博览》2014年第2期，第46页。

③ 郭沫若：《新儿女英雄传·序》，人民文学出版社1956年版，第1页。

学的主潮。

## 三

在延安本土成长起来的革命作家，其所接受的文学教育尽管也是现代教育，但他们走上文学创作的道路，主要来自于他们在血与火的洗礼中所经受的情感磨炼和思想锤炼，其代表性作家便是赵树理。赵树理从当初注重追随五四新文学道路并由此创作出一系列注重个性解放的文学作品，到开始投身于中国社会现实巨变的历史大河中，并由此走上了乡土文学创作的道路，成为知识分子在革命的召唤下"走向民间"的代表性作家。其创作的一系列带有浓郁乡土气息的现实主义文学作品被视为"山药蛋派"的代表性作品，赵树理也由此成为实践毛泽东的"讲话"精神的代表性作家之一。1955年，赵树理创作了反映农村社会主义过渡时期的现实主义作品《三里湾》，这部反映合作化运动的长篇小说塑造了"好党员"形象。他们"在办社的工作中显示出高尚的品质、丰富的智慧和耐心、细致的作风"，"他们的文化程度一般都不甚高，但是对人和事都能实事求是地分析研究，作出非常实际的具体对策"。所以，在《三里湾》中的"新人"，像支部书记王金生，埋头实验的王玉生，朴实纯洁的王玉梅等，都是来源于现实生活中的人物，尽管这部小说依然存在着"两条路线斗争"的局限，但从总体上看，赵树理还是努力调和既有的政治理念与现实生活切实感受之间的关系，从而最大限度地确保了人物形象的真实性。尽管如此，赵树理还是对自己的文学创作进行过这样的反思："为了迅速地配合当前政治任务，固然应该快一点写，但在写作之前准备得不充分的时候，正确的做法是赶紧把不充分的地方补充准备一下然后再写，而不是就在那不充分的条件下写起来。"显然，赵树理所说的"当前政治任务"就是一些政策。如果把文学形象当作图解这一政策的方式的话，自然就会存在这样或那样的局限，这也是赵树理所说的"旧人旧事容易生活化，而写新人新事有些免不了概念化"，"写马多寿等人仍比金生、玉生等人突出"。[①] 曾有学者针对这一现象作了这样的分析："这种缺点的产生恐怕不是作者本身的创作力的问题，而是生活本身是否能够孕育某些批评家所期望出现的理想人物的条件问题。作者有意去塑造他，但生活本身又难给予作者以方便，也就难免出现概念化的人物的。"[②] 这一分析无疑是中肯的。

在赵树理之后，追随着赵树理足迹前进的还有不少的作家，其中代表性的作家是柳青。柳青作为受过现代教育和传统教育双重影响的作家，其文学创作一方面在政治上与

---

① 赵树理：《〈三里湾〉写作前后》，《文艺报》1955年第19期，第26页。

② 林曼叔等：《论赵树理的长篇小说〈三里湾〉》，牛运清主编《长篇小说研究专集》（上），山东大学出版社1990年版，第450页。

时代同步，另一方面在一些深层的男女文化观念上则与五四新文化以来的文学诉求还有某些龃龉。但这并不妨碍柳青的文学创作在中国当代文学历史上的地位。实际上，柳青在创作《创业史》时受制于其要回答中国农村“为什么会发生社会主义革命”这一时代之问，即“《创业史》这部小说要向读者回答的是：中国农村为什么会发生社会主义革命和这次革命是怎样进行的。回答要通过一个村庄的各阶级人物在合作化运动中的行动、思想和心理的变化过程表现出来。这个主题思想和这个题材范围的统一，构成了这部小说的具体内容。”① 为此，柳青深入农村体验和观察生活，并努力遵循现实主义的文学创作原则，从而弥补其既有的双重教育的局限性，为中国当代文学贡献出了一部具有史诗性的文学作品。

从延安走出来的第二代作家马烽之所以走上了中国当代文学创作的道路，主要得力于在社会巨大的变革中而获得了改变命运的机缘。马烽曾对自己的学习经历有过相关陈述：“生于一九二二年。原籍山西省孝义县居义村。幼年丧父，家中生活十分困难，七岁时全家（母，姐、妹）搬到汾阳县东大王村娘舅家村里寄住。”“从小在该村小学念书，课余时间，参加田间劳动……大约在我十三岁的时候，考入了孝义县立第一高小。在亲友们的资助下，学习了一年半。”正是这段极其宝贵的读书机会，使马烽获得了文学的熏陶，并“在小学时代曾看过不少章回体的旧小说，这一时期主要是看了一些新小说：一部分是五四以来的作品；另一部分是苏联十月革命和建设初期的作品。与此同时，自己也偷偷练习写作”②。这段时间的读书和写作训练，使马烽对中国传统章回体小说有了更多的了解，而五四以来的文学作品和苏联的文学作品，又为他从事文学创作奠定了坚实的基础。因此，马烽曾回忆道：“1938 年春参加革命队伍，先在连里当战士，几个月后调到宣传队当宣传员。同年冬加入中国共产党……1940 年冬到延安‘鲁艺’附设的部队艺术干部培训班学习，半年后编入部队艺术学校美术队学习。”“1942 年春天，我写了一篇战斗小故事，题目叫《第一次侦查》，竟然在当时延安《解放日报》上发表了，这一下更加坚定了我写作的决心和信心。”由此可以看到，正是在特定战争年代的客观需要下，马烽既有的文学功底得到了发挥的空间，这为他与西戎后来创作《吕梁英雄传》做了很好的准备工作。马烽就自己与西戎为什么会创作出《吕梁英雄传》有过这样的阐释：“报社（包括出版社）社长是由当时晋绥分局宣传部秘书长周文兼任。他是三十年代的作家。除自己写过一些长篇和短篇小说之外，在鲁迅先生指导下做过一段时期通俗化、大众化工作，曾经把《铁流》《毁灭》改编为普及本。他对通俗化、大众化很有兴趣，……我和西戎同志合著的《吕梁英雄传》，主要是在他指导、鼓励下写成的。”③ 这说明，马烽的

① 柳青：《提出几个问题来讨论》，孟广来、牛运清编《柳青专集》，福建人民出版社 1982 年版，第 283 页。

② 马烽：《马烽自传》，《山西师院学报》（社会科学版）1980 年第 4 期，第 27 页。

③ 马烽：《马烽自传》，《山西师院学报》（社会科学版）1980 年第 4 期，第 28 页。

文学创作首先植根于现实生活，其次是注重借鉴五四新文学传统，再次便是向苏联战争小说学习，并通过改编为普及本而从中汲取了其文学创作的内在精髓，最后便是他注重向自己身边的作家学习，使马烽把在学校读书时期积淀的文学素养转化为一种文学创作的实践，并由此确立了自我的作家身份。正是基于这一点，在1949年之后，马烽担任了中国作家协会的领导。这既与他的文学创作所显示出来的实绩有关，也与他的革命战士身份有关——在这个新旧政权更替的特定时代，一大批从事革命的文艺工作者，开始执掌共和国的一些不同领导部门的权力。负责文学和艺术工作的中国作协和中国文联开始自觉地领导文艺工作，由此使得过去那种相对松散的作家团体和文艺团体变成了有组织有纪律的团体，其名称尽管带有"协会"字眼，但从根本上而言，这类"协会"已经不再是那种游离于组织体制之外的团体，而是被整合到组织体制内的团体。这便确保了共产党对文艺工作的领导。从这样的意义上说，以马烽为代表的革命作家成为中国作协的领导人便意味着中国当代文学的创作将被纳入新生的共和国文学体制中。

在诗歌创作方面，第一代作家中可以划归于革命作家范围的代表性诗人有何其芳①、郭小川②、艾青、田间、阮章竞、李季、闻捷、李瑛、贺敬之等。这批诗人很多是从战争年代走过来的，是中国革命的参与者和推动者，也是中国革命的书记官和歌者。这类作家很多，如公刘在开国炮声中参军来到云南；白桦参加过渡江战役，渡江后进入西南；梁上泉、雁翼、周良沛、高平、顾工、韩笑、张永枚、未央、柯原等，也都有类似的经历。③ 这批诗人在参军之前接受了一定的现代教育，尤其是对五四以来的新诗有着天然的认同乃至推崇，因此，他们参加革命和建设之后，便开始走上了新诗的创作之路。

在1949年之后，中国社会发生的翻天覆地的变化，激荡着一批诗人的心弦，这成为他们从事诗歌创作的内在驱动力。如1933年出生的邵燕祥，早在1947年中学读书时就参加了北平的中国共产党领导的外围青年组织，并在北平等地报刊上发表具有进步思想倾向的诗作。新中国成立后，他在中央人民广播电台工作。正是新闻记者的特殊身份使得邵燕祥有机会走进无限广阔的生活，切身感受到中国社会的历史性巨变，由此创作了一系列影响较大的新诗。

有些参加革命的青年人尽管在1949年时并没有成长为作家，但他们在这一时期接受的教育，为他们在1950年代从事文学创作起到了奠基作用。如知侠在1954年之所以出版了《铁道游击队》，便与这一阶段所接受的教育有关。对此，知侠曾这样回忆道：

① 何其芳也在革命的熔炉中获得了自我的转型，其诗歌创作从当初以低吟着个人忧郁的情感转向高扬着豪迈的情思，前后的转变可谓是巨大的。

② 郭小川读中学时便积极参加抗日救亡运动，1937年参加八路军，1941—1945年在延安马列学院学习，新中国成立后，曾在中南局宣传部、中宣部和中国作家协会等部门从事领导工作。

③ 张钟、洪子诚、佘树森著：《当代文学概观》，北京大学出版社1980年版，第56页。

“1938年，我是个二十岁的青年，到陕北去参加革命，在抗大[①]学习。这个时期有两件事，对我以后的创作有极大的影响。一个是我到陕北不久就随抗大一分校深入敌后，到山西太行山去了。”“当我刚到陕北时，延安鲁迅艺术学院正在招生，我爱好文学，曾要求到鲁艺学习。组织上不同意，要我随抗大到敌后，开展敌后的游击战争。”“第二件事是东迁太行山……这两篇作品表面上看像是虚构的小说，实际上却是我真实生活的写照。”“如果没有这两次到他们那里去深入生活，我就不可能把《铁道游击队》这部作品写出来。”[②] 通过知侠的这一自白，我们可以总结出，第一代作家接受的教育尽管并不丰厚，却创作出了优秀的文学作品的内在奥秘——这便是现实生活为他们的文学创作提供了足够的支撑。对此，知侠曾经这样说过：“《铁道游击队》是以真人真事为基础写出的。……他们在党的领导下，创造了很多惊人的英雄斗争事迹。”这就是说，知侠的文学创作与其说是一种虚构，不如说是一种客观生活的文学再现，这样的文学创作带有极强的报告文学特点，以至于有些作家很难分清文学创作的虚构与报告文学的写实之间的差异。知侠便有过这样的思考：“原先，我想把他们所从事的斗争，用传记或报告文学形式来写的，以后改为小说来写了。……尽管如此，但我还是以他们真实的斗争发展过程为骨架，以他们的基本性格为基础来写的。老实说，书中所有的战斗场面都是实有其事的。”[③] 这就是说，知侠作为许多战斗场面的亲历者，自己便被这一系列的战斗场面所感动，他的文学创作便是对现实生活的艺术再现。这样一种丰厚的现实生活的馈赠，弥补了作家所接受的教育的局限，从而使其文学世界在现实生活的支撑下获得了确立。因此，在写作之初，知侠尽管也有过这样或那样的顾虑，如：“本来按我个人微薄的写作实践，写这样大的作品，是力不胜任的。”[④] 但是，丰沃的现实生活土壤却促成作家获得了写下去的营养：“所以有勇气写下去，主要是铁道游击队的可歌可泣的英雄斗争事迹鼓舞了我。……同时，作为一个文艺工作者，我熟悉了他们在党的领导下所创造的英雄斗争事迹，也有责任把它写出来，献给人民。”正是基于这种可歌可泣的英雄事迹，从而确保作家完成了其文学世界的建构。尽管这样建构起来的文学世界，在他看来还存在着这样或那样的不足，如“写出来后，自己再看一遍，又使我很不安，总觉得我所写的，远不如

---

① 笔者注：“抗大”开设的课程主要是军事和政治方面的课程，而鲁迅艺术学院开设的课程则有文学专业课。但从作家培养的角度来审视，我们便会发现，二者并没有截然分明的界碑。像知侠尽管在抗大学习，但他在《抗大文艺》上还发表了处女作《晚风里的一群》。参见知侠《充满战火气氛的创作道路》，《新文学史料》1989年第4期，第4页。

② 知侠：《漫谈拙作话当年》，陈夫龙《〈铁道游击队〉文献史料辑》，中国社会科学出版社2018年版，第10—11页。

③ 知侠：《铁道游击队》，上海文艺出版社1978年版，第604—605页。

④ 知侠：《我怎样写“铁道游击队”的》，《读书月报》1955年第3期，第22页。

他们原有的斗争那样丰富多彩”①。但这样的不足并不妨碍其建构起来的文学世界的独立性价值。

在 1950 年代的中国当代文学作家谱系中，与知侠的文学创作情形类似的作家并不在少数，甚至带有某种普遍性。如《敌后武工队》的作者冯志便有过类似的表述：“书中的人物，都是我最熟悉的人物；有的是我的上级，有的是我的战友，有的是我的‘堡垒’户；书中的事件，又多是我亲自参加的。”“《敌后武工队》与其说是我写的，倒不如说是我记录下来的更恰当。②《红旗谱》的作者梁斌也曾就自己写该书说过类似的话：“有人问我，怎样想起要写《红旗谱》这样一部书。我说，我还在少年时代，曾经体验了旧中国时代广大人民所经历的苦难：那种悲苦与辛酸，那种痛苦和折磨，在我少年的心灵上烙下深深的印痕。此外，我受了时代的感动，受了很多事件的感动”，“在这个时代中，一连串的事件感动了我，烈士们英勇的形象激动了我，自此，我决心在文学领域内把他们的性格、形象，把他们的英勇，把这一连串震惊人心的历史事件保留下来，传给下一代”。③ 吴强曾经就《红日》的首尾作过这样的说明：“十年来，风展红旗，激流滚滚，六亿五千万勤劳勇敢的人民迈步直前。哪个方面都在经过火热的斗争之后，获得了丰硕的成果。就象十年以前的莱芜、孟良崮、辽沈、平津、延安、淮海等等伟大的胜利的战斗那样。”④ 杜鹏程就《保卫延安》的创作有过这样的陈述：“这一场战争，太伟大太壮烈了。随便写一点东西来记述它，我觉得对不起烈士和战争中流血流汗的人们。”⑤ “我下决心写一部反映延安保卫战的长篇小说，歌颂人民战争的光辉胜利，歌颂老一辈无产阶级革命家以及解放军指战员的丰功伟绩，以告慰烈士在天之灵，教育年轻一代。”⑥ 通过作家的自述我们可以发现，在中国社会发生历史性大变动的特定历史时期，作家作为历史的参与者和推动者，亲自见证了中国社会现实发生的翻天覆地的变化，这样的实绩本身便具有史诗性特质。如保卫延安、孟良崮战役、平原游击队、铁道游击队、敌后武工队，与此相关联的还有诸多的英雄传奇故事，本身便超越了作家的想象，由此构成了一部部的英雄史诗。对此，周扬曾说过：“假如说在全国战争正在剧烈进行的时候，有资格记录这个伟大战争场面的作者，今天也许还在火线上战斗，他还顾不上写，那么，现在正是时候了，全中国人民迫切地希望看到描写这个战争的第一部、第二部以至许多部

---

① 知侠：《铁道游击队》，上海文艺出版社 1978 年版，第 608—609 页。

② 冯志：《敌后武工队》，花山文艺出版社 1990 年版，第 2 页。

③ 梁斌：《我怎样创作了〈红旗谱〉》，刘云涛等编《梁斌研究专辑》，海峡文艺出版社 1986 年版，第 11、15 页。

④ 吴强：《红日·修订本序言》，中国青年出版社 1959 年版，第 11 页。

⑤ 杜鹏程：《杜鹏程文集》第 1 卷，陕西人民出版社 1993 年版，第 529 页。

⑥ 杜鹏程：《平凡的道路》，陈纾、余水清编《杜鹏程研究专集》，福建人民出版社 1983 年版，第 17 页。

的伟大作品!”① 从这样的意义上讲，从战争年代中走过来的作家作为历史的“书记官”，在这样的文学黄金时代，作家的文学创作只要恪守生活的基本原则，便与艺术规律相对接。正如杜鹏程所说的那样：“作品中的事件和人物，有其本身的规律，并不是你能随意支配它，而是它强有力地支配着你。如果违反这些规律，你会找来一大堆麻烦，你会写出连你自己也不愿多看两遍的章节。”② 在这个前所未有的文学黄金时代里，即便没有接受过多少教育的高玉宝也创作出了自传体小说《高玉宝》。③ 然而，这些作家在书写完了自己最为熟悉的战争生活之后，尽管继续从事文学创作，但其创作出来的文学作品再也没有超越既有的文学作品所能企及的历史高度。

总的来看，1950 年代的中国当代文学正处于革故鼎新、继往开来的历史节点上，以郭沫若、茅盾、巴金等为代表的中年作家在革命成功后开始从社会的边缘走向中心，甚至还执掌了中国文学的领导权力，其文学创作所需要的那种相对沉寂的生活已经不再，取而代之的是相对繁忙的文化管理等事务性工作，再加上他们对革命本身的了解还需要一个过程，其文学创作的节拍自然难以跟上已经变化了的时代步伐。与其不同的是，一批在解放区走过来的青年作家以及一批在革命的炮火中出生入死的战士，则开始拿起笔，以纪实的方式来书写自己所熟悉的革命生活，或者到生活中积累生活体验，由此书写出了一大批或者反映革命战争的文学作品，或者反映现实的山乡巨变和城市变革的文学作品。事实上，这一大批名不见经传的青年作家恰好成为 1950 年代文学创作的生力军，并由此塑造了这一时期的文学的整体风貌。这标志着那一批已然步入中年的现代作家与正在成长的青年作家之间的代际更替正悄然展开。从某种意义上说，1950 年代中青年作家的代际更替，较好地体现出中国现当代文学“交接”的内在规律。

---

① 周扬：《新的人民的文艺》，《周扬文集》第 1 卷，人民文学出版社 1984 年版，第 529 页。

② 杜鹏程：《创作生活片断——〈在和平的日子里〉初版后记》，《我与文学》，陕西人民出版社 1984 年版，第 30 页。

③ 高玉宝没有上过小学，是在参加革命后写的入党申请书，“人”“党”等字都是用图画标注的。然而，就是这样一位没有接受过系统教育的革命战士却成了作家，这恰是时代使然。当然，在此过程中，文学编辑作为他们成为作家的中介，其作用是不可小觑的。然而，在中国当代文学研究的相关成果中，对此现象缺少应有的关注和阐释。

# 革命话语、人性叙事与风景权力

## ——论《苦菜花》的多重话语建构*

孙　欣　陈夫龙②

**摘　要**：《苦菜花》成功塑造了中国抗战文学中一个革命母亲的英雄形象，成为革命女性形象谱系中不可或缺的重要典型。对新型革命英雄人物的呼唤、高涨的政治热情和个人的情感追求，构成了作家创作的原初动力。小说通过对新型英雄人物的塑造和对传统侠义精神的改造体现了革命话语对文本的价值统摄；在对人性本质和爱情伦理的叙写中流露出作家隐秘的个人话语，实现了革命浪漫主义与革命现实主义的有机结合；小说中的风景描写以其政治功用性构成了文本中潜在的第三层话语结构。作者立足于人民性创作立场，通过多重话语融汇交织，使文本深层形成了独具特色的审美张力结构，极大地丰富了齐鲁大地红色基因图谱的价值内涵。

**关键词**：《苦菜花》；冯德英；革命话语；人性叙事；风景权力

## 引　言

《苦菜花》是作家冯德英创作的第一部长篇小说，也是解放军文艺社于 1958 年出版的第一部作品。因此，解放军文艺社编辑部在《解放军文艺》1958 年第 1 期对出版社的成立和《苦菜花》的出版进行了隆重祝贺与重点宣传，表明要“更好地反映我国人民革命武装斗争，繁荣军事文学创作”③。与当时的文学创作潮流相应和，《苦菜花》一经问

---

* 项目基金：国家社会科学基金一般项目“抗战文学侠义书写与中国形象建构研究”（批准号：23BZW129）；枣庄英才集聚工程专项经费资助项目“当代山东抗战小说的侠义书写与山东形象研究”（2022 年度）。

② 作者简介：孙欣（2000—　），女，山东青岛人，山东师范大学文学院 2022 级硕士研究生，主要研究方向为中国现当代文学与文化。陈夫龙（1975—　），男，山东枣庄人，文学博士，博士后，山东师范大学文学院教授，博士生导师，主要研究方向为中国现当代文学与文化。

③ 《解放军文艺社将出版军事斗争题材的文学作品》，《解放军文艺》1958 年第 1 期，第 96 页。

世，便产生了巨大影响，初版发行便销售一空。1965 年，八一电影制片厂拍摄的电影问世，成为中央纪念抗战胜利 20 周年的重点剧目在全国范围内放映，轰动一时，在民间产生了巨大的思想教育意义。① 1990 年代后，吕剧、电视剧等改编形式不断激活着《苦菜花》文本的民间生机，实践着小说的经典化过程。小说主要讲述的是发生在山东昆嵛山一带的抗日战争故事，成功塑造了一个革命母亲的英雄形象。小说以母亲和儿女们的抗战活动为中心，凝聚着底层民众反抗压迫的呼声及不畏艰难的强大生存意志，在抗日战争的时代背景下表现为英勇无畏的革命理想和坚忍不屈的献身精神。在宏大叙事和日常生活的穿插描写中，作者巧妙实现了革命话语和个人话语的交织融合，同时以景物描写和民间歌谣的政治功用性倾向展现出风景权力与意识形态的隐秘关联。

1958 年，《苦菜花》一经出版便引发了广泛讨论，有文章指出该小说“反映了千百万中国革命母亲的本质面貌，塑造了一个完整而深刻的革命母亲的英雄形象”②。该文具有主流文艺思想的鲜明特征和社会思潮的引领作用，奠定了《苦菜花》的研究基调。1964 年之后，《苦菜花》因和平主义、人性论、色情描写等受到批判，“书中的人物原型也受到了牵连”③。“文革”结束后，一些曾遭受批判的“毒草”重新进入读者视野，批评界开始呼吁“重读《苦菜花》”④。新时期以来，研究者们从家族叙事、革命伦理、人性化、版本传播等角度对《苦菜花》进行了深入研究⑤，尤其将“革命母亲”这一理想英雄人物的传统视域打开，关注爱情与人性化带给小说的独特审美意蕴，拓展了其研究深度，但对文本中相关话语力量的关注仍然不够。基于此，本文拟从革命话语、人性叙事、风景权力等角度切入，探析多重话语力量如何在文本中交相辉映，最终成就了小说独特的美学形态。

---

① 《电影艺术》1965 年第 5 期发表了该刊记者采写的文章《焦庄户民兵畅谈影片〈苦菜花〉》，文中提到民兵们就电影内容召开座谈会及其产生的影响：“焦庄户的青年民兵看了影片后，不但受到了一场实际的阶级教育，而且推动了练兵工作”。

② 李希凡：《英雄的花，革命的花——读冯德英的〈苦菜花〉》，《文艺报》1958 年第 13 期，第 27 页。

③ 俞春玲采写：《〈苦菜花〉及其他——冯德英访谈实录》，《新文学史料》2015 年第 4 期，第 51 页。

④ 《中国图书评论》于 1995 年第 4 期发表时雨的《重读〈苦菜花〉》，文中提及希望在这类书销声匿迹十几年后，“那些热衷于谈论人性、人道，热衷于表现人类共同痛苦的作家，包括我们自己，都重读一次《苦菜花》吧”。

⑤ 参见龚奎林《家族叙事、三角恋爱与革命伦理的多重变奏——重读〈苦菜花〉》，《当代文坛》2011 年第 6 期，第 101—105 页；王春林、梁贝《阶级话语视阈中的人性化战争书写——关于冯德英长篇小说〈苦菜花〉》，《当代文坛》2021 年第 3 期，第 31—38 页；陈若谷《“有情”的革命何以再造新生——重读〈苦菜花〉》，《百家评论》2022 年第 4 期，第 36—44 页；丛新强、韩金男《论“经典化”视野中的〈苦菜花〉》，《百家评论》2022 年第 4 期，第 29—35 页。

## 一、英雄呼唤与侠义改造：革命话语的价值统摄

新中国成立前后，党和国家领导人认为文艺工作应与国家政治、社会事态保持相对一致的步伐，继续推广《在延安文艺座谈会上的讲话》中确立的工农兵文艺方针政策。与此同时，《文艺报》《人民日报》等反映主流文艺方针政策、探讨相关文艺问题、引领文艺发展方向的权威刊物也在不断推出相关文学批评。1949年7月，第一次文代会在北京召开，毛泽东、周恩来、郭沫若、茅盾、周扬等人参会并做相关报告，“人民文艺”“革命文艺”成为当时文艺领域的主流思潮。在这一思潮的引领下，反映抗日战争、乡村变革的文学作品不断涌出，相继出现了《风云初记》《保卫延安》《洼地上的“战役”》等以革命历史为主要题材的现实主义文学作品。这部分作品在反映真实抗战生活的同时，也因其中主要人物的“阶级出身”“思想矛盾”等而引起了广泛争议，甚至遭受批判。1953年，周扬在全国第二次文代会上发言：“文艺创作的最崇高的任务，恰恰是要表现完全新型的人物，这种人物必须是和旧社会所遗留的坏影响水火不相容的，恰恰是不只要表现我们人民的今天，而且要展望到他们的明天。”① 与此相应，在文艺批评界，批评家们更是高度认同与迫切呼唤一种新的、理想的、光明伟岸的英雄人物。② 正是在这种文艺思潮的引领、召唤与启示下，出于对新型革命英雄的呼唤及创作自觉，冯德英满怀高涨的政治热情和对革命女性尤其是“母亲”的敬畏与缅怀，积极投身于抗战题材文学创作，《苦菜花》应运而生。

《苦菜花》成功塑造了胶东抗日战争中革命英雄母亲形象，这一英雄形象恰恰符合周扬对文艺作品人物的呼唤：第一是新型人物；第二是与旧社会水火不相容。作为表现阶级压迫和抗战精神的文艺作品，这一时期的革命历史小说或是聚焦受压迫的青年男女，展现他们在共产党的引领下反抗地主阶级的压榨、在民族将倾的危机中抗击敌寇保家卫国，并一步步成长为英勇无畏的共产主义战士的成长过程；或是展现农村新旧斗争，着力塑造落后人物形象与优秀基层干部形象；或是刻画战场中不畏牺牲的战士，凸显无产阶级革命者顽强斗争的精神风貌。冯德英在正面描写抗战过程的激烈残酷、塑造英勇无畏的先锋战士的同时，将目光转向了无数英勇战士背后的支撑性存在——默默无闻、忍受艰苦、无私奉献的母亲。这是在当时文艺背景下被一定程度上忽略、还未曾予以凸显

① 周扬：《为创造更多的优秀的文学艺术作品而奋斗——一九五三年九月二十四日在中国文学艺术工作者第二次代表大会上的报告》，中国文学艺术界联合会编印《中国文学艺术工作者第二次代表大会资料》，1953年版，第26页。

② 参见胡苏《革命英雄的谱系——〈红旗谱〉读后记》（《文艺报》1958年第9期，第16—19页）、李希凡《一个光辉的共产党员的形象——谈〈在和平的日子里〉阎兴的性格》（《文艺报》1958年第12期，第24—26页）等。

的新型英雄形象，但暗合了无数百姓内心的情感认同。在关于《苦菜花》的座谈会中，“许多同志谈到母亲的形象之所以使人感到特别亲切，是因为作者让我们感到，她就是在我们身边生活着的许多慈爱的母亲中间的一个”①。《苦菜花》中的母亲形象，是“中国式母亲”的现代缩影，将默默无闻的革命母亲从抗战幕后推到了人民面前。与周扬的文艺主张及倡导相一致，这一英雄形象不仅是新型的，而且是光明伟岸的，是理想化的，是与旧社会水火不相容的。在母亲身上，并不存在旧社会压迫所带来的刻板、懦弱等时代缺陷，而是在最初便表现出开明、坚韧的性格特征。齐鲁大地作为孔孟之道的发源地，受几千年儒家思想影响颇深，而民间更是恪守封建礼仪制度，对女性的压迫尤甚。母亲不惜承受诸多风言风语的责难，她“以自己的身历痛苦，又为着劳动，宽宥了不听约束的女儿”②，让女儿得以逃脱束胸、裹小脚的封建束缚，自由茁壮地成长。在娟子加入共产党、背起枪、处死地主王唯一后，家族中欺软怕硬的守旧派以“三从四德”“二十四孝”等名头辱骂母亲，母亲顶住了“家规族法”的威胁，生出“女儿有什么不对呢”③的内心呐喊，与旧社会的封建礼教彻底决裂。无论是毅然送孩子们参加共产党的决心，对军队战士们无微不至的细心照料，还是面对敌军酷刑坚决不供出工厂地址的坚韧心性，母亲身上折射出的是一个无比光明伟岸的英雄形象。她既有普通妇女吃苦耐劳、坚忍朴素、疼爱儿女的优秀品质，又表现出战士般舍生忘死、英勇无畏、甘于奉献的精神光辉，成为无产阶级文艺浪潮中新型英雄——革命母亲的象征。

基于对英雄的呼唤，冯德英一方面着力塑造母亲所代表的新型英雄形象，另一方面在革命思想指引下对传统英雄形象进行了现代性改造。在中国传统文化脉络中，民间草莽、江湖侠客是满足人们英雄梦幻和现实拯救愿景的传统母题。原始氏族强悍血性的民风和崇侠尚武的情结成为积淀在民族心理结构中的集体无意识，表现为民族文化深处坚毅顽强的精神品质和崇尚正义的人格力量，“侠是一种有良知、血性和正义感的舍己为人、激扬生命的精神气质，这种精神气质唯侠独有，是人之为侠的本质特征，其中的义是侠的伦理观念和道德准则的价值核心”④。这种侠义的精神气质在社会稳定时潜隐在百姓的血脉中，在社会混乱时则成为反抗压迫的显性力量。作者在楔子中描述昆嵛山一带百姓遭受地主阶级的压迫，逃到深山老林，成为劫富救贫的“红胡子”，借此引入了“逼上梁山”的传统潜结构。小说中的姜永泉、于得海、柳八爷等主要战士，也因“红胡子”的前身而具有了传统侠匪的精神质素。值得注意的是，侠客身上既展现出伸张正义、光明伟岸的一面，也往往存在着肆无忌惮、争强好胜的人性弱点。有研究者曾经指出，《水

① 《英雄的母亲教育着我们——部队读者座谈〈苦菜花〉》，《文艺报》1958年第13期，第29页。

② 冯德英：《苦菜花》，人民文学出版社1959年版，第18页。

③ 冯德英：《苦菜花》，人民文学出版社1959年版，第36页。

④ 陈夫龙：《边缘的激情：中国新文学作家与侠文化研究》，中国社会科学出版社2024年版，第62页。

浒传》看似在描写英雄好汉的传奇，但其中有大量翻案文章，可以把这种现象称为“英雄好汉的阴暗面”①，“以武犯禁”“肆意纵横”也成为侠客内蕴的复杂属性。但可以发现的是，在当时文艺政策的指引下，作者有意淡化了正面英雄人物的复杂内涵，而着力凸显其正义的一面。为了彰显英雄人物对革命的突出贡献，“有意识地忽略他的一些不重要的缺点，使他在作品中成为群众所向往的理想人物，这是可以的而且必要的”②。因此，对姜永泉、于得海、柳八爷等侠匪的形象塑造，作者运用了两种不同的叙事策略。姜永泉和于得海在出场时便是共产党战士的形象，作者并未聚焦于他们从侠匪到革命战士的身份转变，而是通过百姓的口耳相传交代了他们的侠匪背景。出场时即改造完成后的革命战士形象，代表作者有意消解掉了他们性格中有缺陷的一面，而着力凸显战士们光辉伟岸的正面形象，这与时代要求和文艺政策是相一致的。而对以柳八爷为首的另一群侠匪形象，作者则详细描写了他们从放纵不羁的土匪流寇到成为革命战士的现实改造过程。对于柳八爷，作者虽勾勒出他粗莽野性、放荡不羁的性格特征，但也细腻刻画了他与共产党战士于得海、王东海比枪过程中从傲慢自大到心悦诚服的心理转变。而在处理改造过程中遇到的问题时，作者通过柳八爷手下的马排长奸污百姓这一事件，以共产党的革命教育和群众的真情感化，让柳八爷真正实现了从漠视军纪的自由匪寇到爱护百姓、纪律严明的革命战士的身份转变，从而亲手处决了马排长。值得注意的是，为了凸显英雄人物的正面形象，作者将禽兽不如的行径安排在了非重要人物马排长身上，并将其定义为必须铲除的败类，以死亡为最终结局。而对于重要人物柳八爷的描写，则始终未有违纪行为，巧妙维护了其英雄的正面形象，并且通过对他的改造过程展现出共产党强大的感召力与教育力。

无论是对革命母亲这一新型英雄形象的塑造，还是对传统侠匪等旧式英雄的改造，都是革命话语对文本的价值统摄。意识形态冲突、文艺政策演变及其中各种力量的碰撞交融在再现革命光辉历史的宏大叙事中消解重建，以政治性批评话语确立了小说的意识形态标准和审美创作规范。趋同的政治化形态写作模式以英雄形象突出作品的宣传教育功能，却在一定程度上消解了人物的复杂性。这或许就像多年后冯德英在提及反面人物间谍王柬芝时承认的那样，“他们本身也是很复杂的人物，不是像我写得那么简单”③。凸显英雄人物的正义光辉而忽视其性格的阴暗面，描写反面人物的虚伪狡猾而忽视其挣扎犹疑，革命话语成为支撑小说叙事和人物塑造的价值准则。

---

① ［美］浦安迪（Andrew H. Plaks）：《中国叙事学》，北京大学出版社2018年第2版，第183页。

② 周扬：《为创造更多的优秀的文学艺术作品而奋斗——一九五三年九月二十四日在中国文学艺术工作者第二次代表大会上的报告》，中国文学艺术界联合会编印《中国文学艺术工作者第二次代表大会资料》，1953年版，第27—28页。

③ 俞春玲采写：《〈苦菜花〉及其他——冯德英访谈实录》，《新文学史料》2015年第4期，第56页。

## 二、人性光辉与爱情抉择：个人话语的隐秘渗透

如果以政治功利性作为文艺生产的唯一动机，那么文学作品将不可避免地陷入僵化的模式套路，失去自由的文学精神和多元的审美倾向。文学作品是作家心灵的密语，自然不可避免地渗透着作家个人话语的力量。在革命话语中如何调适好政治立场与个人情感的矛盾冲突，让作品成为革命浪漫主义与革命现实主义的有机结合，是作家在时代语境中需要解决的问题。

在冯德英的少年时代，他的哥哥姐姐们就献身于革命战争。在革命信仰的感召下，冯德英的母亲热情收留共产党及革命战士尤其是女干部、女八路，让自己家里成为共产党和革命战士的“招待所”。母亲对共产党和革命战士的深切爱戴与细心照顾深深影响着年少的冯德英，凝铸成冯德英创作的原初激情和潜在动力。作者直言：“我出生在胶东昆嵛山区一个贫苦的农民家庭。在黑暗的旧中国，那是一片浸泡着血和泪的土地。日本鬼子的铁蹄肆意在家乡的土地上践踏；国民党反动派横征暴敛、残酷压迫和剥削……于是，我的家庭、我的父兄姐姐先后走上了革命的道路；于是，我的母亲——这个饱受苦难的胶东妇女，成了‘红色堡垒户’的女主人。打从我懂事的第一天起，耳濡目染的便是战争的血与火、爱与恨的较量。”① 洒满亲人鲜血的土地、可歌可泣的英雄故事、革命战士的奋斗事迹等通过年少时期的耳闻目染成为作者创作的原始质料。对母亲的爱戴、讴歌和追忆成为冯德英走向文学之路最为直接的情感动力，因此，在创作《苦菜花》之前，他曾以四五万字来记叙母亲的真实事迹，成为《苦菜花》诞生的“胚胎”，甚至在出版前相当长的时间内以《母亲》作为《苦菜花》的最初名字。正是立足于对母亲的爱，作者遵循了内心真实的情感流动，实现了革命战场叙事与日常生活叙事的融合，捕捉母亲在日常生活中展现的人性光辉。从对子女的爱，到对姜永泉、赵星梅等革命烈士们的爱，母亲虽然奔波在种田织布日夜操劳的日常生活中，但内心始终蕴含着对个体的悲悯与同情，“这种爱早已超出爱子女爱姜永泉的范围，现在更扩大了”②。这是作者对淳朴人情的描绘，同时寄寓着对和平生活的憧憬和对美好人性的赞美。

从生活经历出发，冯德英善于描写细腻的情感纠缠。他讲道：“大姐参加工作，母亲支前，所以家里老住女干部、女八路，家里都住满了。我小一点，跟她们感情特别深，很依恋这些人，我是这样养成的。”③ 基于对女性的依恋和情感把握，作者在描写正面战场血腥残酷的战斗场面的同时，也以多种形态的爱情叙事展现出生活的真实面貌，从而

① 冯德英：《我的“实话实说”》，《人民日报》1999年11月4日第12版。

② 冯德英：《苦菜花》，人民文学出版社1959年版，第285页。

③ 俞春玲采写：《〈苦菜花〉及其他——冯德英访谈实录》，《新文学史料》2015年第4期，第52页。

形成作品独特的美学张力。民族危机和抗日烽火的社会背景，让爱情始终与革命工作纠缠不清。在描写娟子与姜永泉这对共产党战士的爱情时，作者写道："她不是单纯从一个姑娘来感受他的可爱，他的价值，而她觉得每个人对他都会有这样的感情……生死与共的战友的友情，使人类所有的任何友谊，都无可比拟。"① 姜永泉是以革命引导者和信仰领路人的身份出现在娟子身边的，因此，娟子对他的爱情与对共产党的信仰掺杂在一起，铸就了一种特殊时代下爱慕与信仰交织的更深层次的精神之爱，也形构了革命年代爱情的特殊存在方式。而当爱情与革命工作面临冲突时，作者在主流意识形态的指引下，选择了爱情让位于革命、爱情让位于责任的处理方式。赵星梅与纪铁功这两位战斗在最前线的革命者，为了革命工作的顺利进行而不断推迟结婚的脚步，最后双双陨落。王东海在面对心上人白芸的热烈告白时，脑海中浮现的却是舍夫救人的花子，由同情怜悯而产生的责任让他断然拒绝了白芸。爱情与革命的价值选择成为小说中爱情叙事的中心，爱情的温暖、宽容、和煦与战场的激烈、残酷、血腥形成了一舒一紧的节奏起伏，在对党的忠诚中形铸了作者的叙事逻辑。

作为一名共产党员，冯德英将对女性情感的细腻体悟、对革命战士的真切讴歌在政治忠诚的内在体认中演化为爱情让位于革命的主体逻辑。但是作者并没有拘泥于这种叙事框架，而是在爱情的多元形式中探索人性的复杂面向。小说设计了两对偷情的男女，一对是杏莉母亲和王长锁，一对是花子和老起，着重凸显了他们维护爱情的艰难挣扎，营造出隐忍和激烈两种不同的叙事氛围。杏莉母亲和长工王长锁的爱情属于中国文学传统的偷情范畴，在被宫少尼设计揭发后，为了维护对方的性命，杏莉母亲选择了默默忍受宫少尼的侵犯，而王长锁不得不成为间谍王柬芝传递消息的棋子。游走在间谍家庭和革命战士之间，两人因爱情羁绊而呈现出痛苦、懊悔、愧疚的煎熬心态，作者以二人的爱情表现出无权无势的底层人民在恶势力压迫下进退失据的生存困境。爱情是他们荒芜人生中的救命稻草，可他们却难以负担爱情的沉重。同样是偷情的花子和长工老起也面临着爱情的失语，横亘在他们中间的是传统礼教带来的社会性压迫，作为被封建礼教残害的童养媳，花子为了野性的爱情尝试挣脱原定的人生轨迹，虽付出了代价，却也获得了新的生机。这两对爱情描写具有截然不同的氛围，一对是隐忍、沉默、克制的，一对是反抗、激烈、高昂的，正是在这种同中有异的偷情语境中，人性的复杂和多面才能得到真实的展现。

在重现革命烈士的光辉事迹和展现爱情让位于革命大义的时代伦理之外，作家浓郁的个人情感也成为支撑小说叙事稳步向前发展的精神动力，在对人性的挖掘中增添了小说的趣味性，这或许也是研究者将革命战争小说称之为"通过对武侠与言情进行改造而

① 冯德英：《苦菜花》，人民文学出版社 1959 年版，第 111 页。

成为‘革命＋恋爱献身’的新通俗小说”① 的原因所在。在对母亲的深情爱戴中展露人性光辉，在对爱情伦理的抉择中折射人性多面，个人话语始终潜隐在文本的深层，通过对现实的真切描摹实现了生活真实与艺术真实的有机融合。在革命现实主义与革命浪漫主义的交相辉映中反映特殊时期的本质规律，再现抗战生活的真正面貌。而这也是作品能够不断保持艺术生命力，成为“十七年”红色经典文学殿堂中一员的关键所在。

## 三、景物描写与民间歌谣：风景话语的有机融入

自然风景是现实生活中不可缺少的组成部分，风景本身所具有的独特的审美特征能够与人物内心情感和实际行动相结合，在小说文本中发挥着重要的作用。“风景的再现并非与政治没有关联，而是深度植于权力与知识的关系之中”②，这意味着当风景与民族、战争等联系在一起时，风景一词往往会成为意识形态的代名词，在景色象征性的再现中揭示出潜在的文化权威的影响及其社会性基础，从而形成一种意味深长的“风景权力”。在冯德英的小说创作中，革命话语的宏大叙事和个人话语的隐秘情感成为支撑小说发展的复调式结构，也是“革命＋恋爱”式叙事模式与阐释模式的交织共生。小说中的风景描写在一定程度上提供了切入文化价值的途径，以其政治功用性形成了小说的第三层话语结构。

在《苦菜花》中，风景描写超越了自然景色的审美属性，体现出鲜明的政治功用性特征，从而使外在的景色成为推动小说情节发展、揭示人物内在心理及张扬革命情感理念等的重要因素。以小说第一章为例，在娟子等初出茅庐的共产党人围剿地主王唯一的行动中，行动的前奏、高潮、结束均伴随着相对应的景物描写，并以极具情感性的语词暗示了行动的发展脉络。小说以一场暴风雨的到来暗示了行动的前奏：

> 母亲看看天，天上大块的白云，在慢慢聚集起来，转变成黑色。一阵秋风从山头刮来，刮得那谷叶儿和母亲的头发一起飘拂起来。
>
> 母亲全身一阵紧张，她预感到，一场暴风雨就要降临了。③

云朵由白色转变为黑色，秋风刮来吹动母亲的头发，这既是暴风雨来临的前兆，也象征

---

① 龚奎林：《家族叙事、三角恋爱与革命伦理的多重变奏——重读〈苦菜花〉》，《当代文坛》2011年第6期，第102页。

② ［美］温迪·J. 达比著，张箭飞、赵红英译：《风景与认同：英国民族与阶级地理》，译林出版社2011年版，第9页。

③ 冯德英：《苦菜花》，人民文学出版社1959年版，第8页。

着一场激烈的革命行动在悄然生成。暴风雨既预示了下文的情节发展，也营造了一种紧张、壮烈的氛围。行文继续，当母亲发现了娟子摆弄猎枪的行为时，她由猎枪联想到家庭曾经的灾难，文本中又一次出现了景物描写：

> 天空更加阴沉。铁块般的乌云，同山尖连在一起，像铁笼一般把人们圈囚住。一缕缕灰白色的轻雾，缓缓地从茅草屋顶上浮过。一阵阴凉的秋风，把已枯萎的楸树叶吹下来。残叶不高兴跟着风走。于是，风就旋转起来，从山上冲进村中，从街上卷到院子里来。树叶发出萧萧飒飒的响声，像是在悲哀地哭泣。①

阴沉的天空、铁块般的乌云、阴凉的秋风、枯萎的树叶，作者以此预示了下文的悲惨情节，于是两年前的回忆在沉重的气氛中开始展现，仁善、仁义兄弟两个被地主欺压以致仁善全家死去、仁义被迫出逃的残酷场景呈现在读者眼前。随着回忆结束，景物描写推动情节继续向前发展：

> 随着夜的降临，雨也下来了。
>
> 开始是断续的雨星，渐渐增多转大，一会儿就变成倾盆大雨了。天黑得伸手不见五指，两人相对碰着鼻尖也难看清脸面。在这滂沱的雨夜里，路上一个行人也没有。②

正是在这场雨夜，共产党员们进行了暗中的行动，黑暗与雨声成为行动的保护伞。伴随着倾盆大雨，党组织从地下转为公开的夺取政权活动进入了高潮部分，也在第二章的开头迎来了胜利的曙光：

> 天晴了。雨后的早晨分外爽快。大地散发出潮润清凉的气息。太阳出来了，照耀着一片新生气象。那座座的山峰被雨水浴洗过后，搽着层淡淡的朝霞，矗立在蓝得像海洋一样的天空中，显得格外庄严和秀丽；有几只苍鹰，回绕着山顶，翅子一动不动，上面像有根看不见的线吊着它们似的，缓缓地悠闲自得地翱翔着。③

太阳晴朗、朝霞曼妙、鹰击长空，景物描写从紧张、激烈的状态转变为一片新生的喜悦，也预示着这场革命行动迎来了胜利。暴风雨来临前、大雨倾盆而下、雨后爽快的清晨正

① 冯德英：《苦菜花》，人民文学出版社 1959 年版，第 12 页。

② 冯德英：《苦菜花》，人民文学出版社 1959 年版，第 23 页。

③ 冯德英：《苦菜花》，人民文学出版社 1959 年版，第 25—26 页。

好对应了行动的前奏、进行中和胜利结束，最后明媚鲜活的景物描写与时代精神产生了呼应，预示着革命终将取得胜利的果实。

《苦菜花》中重要事件发生前或者情节发生转折时，作者往往习惯性地以景物描写预示情节发展方向，在一定程度上形成了套路化的书写模式。这种景物描写的缺陷是明显的，因为“它从根本上体现的是采用功利性的态度理解文学，不能真正立足审美角度来书写自然”①。在这一意义上，不能把小说中的风景看作是纯粹的风景，而应将其与社会文化相联系，发掘出风景所蕴含的情感态度和价值选择。在文艺为工农兵服务的文化语境中，风景以隐喻象征的形式暗含着意识形态的立场和倾向，明朗、纯洁的景物意象代表着社会文化所歌颂、期待的对象，阴沉、昏暗的风景则代表着社会文化所批判、抨击的对象，由此，风景脱离了独立的审美内涵，而成为知识与权力的表征。

除了对自然景物的描写，小说中还存在着大量“有声的风景”——歌谣。产生于民间、流传于百姓的歌谣，在人人传颂中凝聚了集体共同的价值准则，一经强化，便可成为沉淀在百姓心中的集体无意识，具备强大的文化属性，从而“构成文本与历史和政治话语的互文性”②。比如小说中的歌谣：“什么花开放黄金黄/什么人奋勇上战场/什么人投敌当汉奸/什么人消极抗战跑到大后方/什么人消极抗战跑到大后方嘛咦呀嗨//迎春花开放黄金黄/八路军奋勇杀敌上战场/汪精卫投敌当汉奸/国民党消极抗战跑到大后方/国民党消极抗战跑到大后方嘛咦呀嗨/……”③ 对共产党的歌颂和对国民党的批判成为歌谣的表达内容，通过与革命话语的互文，歌谣以民间生成的形式填补了社会文化的另一侧面。除了展现革命战场的相关歌谣，小说中也存在着表现儿女情态的歌谣，如：“一呀一更里来/月牙刚出山/姐姐绣房心中打算盘/想起婆家好心酸/姑爷长得不及炕沿/可恨的媒人把奴骗/妈妈呀！女儿多可怜/二呀二更里来/……”④ 可见歌谣因内容的不同而呈现出不同的表达效果，它既可以成为儿女们内心情感的隐秘流露，也可以呈现出鲜明的政治批判特征。多样化的民间歌谣与不同的意识形态相结合而呈现出独特的话语属性，成为文化表达的有效手段。

整体来看，小说中的风景描写虽有一定缺陷，但也表现出与中国传统叙事一脉相承的特征。在中国传统文学的语境中，“叙事没有走到理过其辞的境地，而是从环境生活开始，引发心灵的感动，兴起表达的意蕴，产生共在默会的言传”⑤。这在诗歌中尤为明

---

① 贺仲明：《文学风景中的权力与传统——以“十七年”乡土小说的风景描写为中心》，《文艺研究》2023年第8期，第93页。

② 从新强、李丽：《有声的“风景”与革命叙事——论“十七年”小说的歌谣嵌入现象》，《当代文坛》2020年第5期，第64页。

③ 冯德英：《苦菜花》，人民文学出版社1959年版，第317—318页。

④ 冯德英：《苦菜花》，人民文学出版社1959年版，第13页。

⑤ 邱茂泽：《中国叙事通义》，中山大学出版社2013年版，第7页。

显，以环境起兴，找到描述的感觉，在心领神会的体悟中进行自然流畅的表达。而在明清古典白话小说中，往往把诗词韵文插入正文的叙写中，以“诗曰”“词曰”扩充了小说的语言表现形式，这与《苦菜花》中民间歌谣的嵌入有异曲同工之妙。这些历史悠久的语言表达形式，经过时代需求的改造，在“十七年”文学中以一种与政治相合拍的方式得以表达，形成了带有鲜明时代烙印的风景话语，并在与革命话语和个人话语的交织中，形铸了小说特有的美学形态。

## 结 语

冯德英出生在战争年代，成长、发展于新中国成立后的和平时期，革命战争年代的生存体验和历史记忆，以及蕴蓄于其内心深处的壮志豪情，让他自觉以一种饮水思源的政治情怀缅怀艰苦的抗战岁月，讴歌新的时代。冯德英的创作植根于人民生活的土壤，始终将人民性作为写作的根本立场。他曾坦言：“我深深体会到，任何伟大的作家和作品，其创作源泉只能来自于人民的生活，其思想感情只能与人民息息相关。”[①] 正是在人民性指引下，冯德英自觉接受了文艺为工农兵服务的创作原则，在尊重生活真实的基础上，赋予艺术真实以鲜活生动的质素，在小说中将胶东人民反抗压迫、浴血奋斗的革命生活予以真实再现，超越了一般意义上的颂歌模式，使文本深层涌动着多元话语融合交织的力量。革命话语和个人话语的交织迭代成为支撑小说情节发展的潜结构，在对革命历史和人性本质的叙写中实现了革命浪漫主义与革命现实主义的有机结合。同时，小说中的风景描写在一定程度上超越了景色本身的审美属性，以其政治功用性构成了具有权威性特征的风景权力。风景话语既可以与个人话语相结合而成为个人内心情感的有效表达策略，也可以与革命话语相结合而呈现出鲜明的政治属性，从而在多元话语交织中形成了一种审美张力结构。冯德英对故乡昆嵛山区斗争生活的真情描绘，不仅使昆嵛山革命根据地成为胶东革命历史必不可少的精神地标，而且极大地丰富了齐鲁大地红色基因图谱的价值内涵。

---

① 冯德英：《生活的馈赠　人民的哺育》，《人民日报》1987 年 5 月 26 日第 5 版。

# 红色经典的“新中国”想象*

史春晖①

**摘　要**：从知识社会学的视角来看，“新中国”想象就是将“新中国”安置进符号共同体中建构一个媒介化现实。对于20世纪50—60年代的中国来讲，以论证“新中国”合法性为创作宗旨的红色经典成为建构“新中国”符号共同体的媒介。红色经典通过革命主体的塑造建构了“新中国”想象的主体，即以革命者为代表的受压迫的人民；通过完成型的叙事结构建构了“新中国”想象的客体，即翻身解放与集体劳动的社会主义“新中国”；在此基础上，红色经典就主体与客体的关系进行呈现，作出了为什么建立“新中国”与如何建立“新中国”的回答。红色经典的“新中国”想象是其之所以经典的价值与意义所在。

**关键词**：红色经典；“新中国”想象；媒介建构

20世纪50—60年代，以确立新生政权的合法性为创作目标，红色经典通过书写中国革命历史和社会主义建设展开了对“新中国”的想象。“新中国”想象是红色经典区别于其他艺术作品的价值与意义所在。然而，与价值相比，红色经典的“新中国”想象研究却并未凸显出其独特性。相关研究将“新中国”想象看作是从时间层面划定的概念。基于此，1949年之后的文艺作品及其叙事都是对于“新中国”的想象，红色经典与非红色经典相比自然无法凸显其特殊性。这种处理方式显然将复杂的问题简单化了。从知识社会学的视角来看，“新中国”这一现实是一种意义的建构，它并非一开始就被人们理解与认识。那么，为什么红色经典能够建构想象的“新中国”，两者有什么必然性？红色经典

---

* 项目基金：山东省社会科学规划研究重点项目“山东红色文化旅游资源的数字化开发与传播策略研究”（批准号：23BLYJ09）；国家社科基金重点项目“‘红色经典’的跨文本研究”（批准号：16AZW003）；山东省社科规划项目“智媒时代网络舆论共识的协同建构机制研究”（批准号：23CWTJ90）。

① 作者简介：史春晖（1989—　），女，山东师范大学新闻与传媒学院讲师，博士，主要研究方向为媒介理论、红色文化传播。

选择哪些符号元素来建构想象的“新中国”？“新中国”形象呈现出什么样态？其建构策略是什么？上述问题仍然需要进一步的分析与探讨。

## 一、红色经典建构“新中国”想象的必然性

“社会建构”一词是由彼得·伯格与托马斯·卢克曼（Peter Berger & Thomas Luckmann）在 1966 年《现实的社会构建》（*The Social Construction of Reality*）中明确提出的概念。他们认为，客观世界是一个制度世界，制度秩序若要被视为理所当然就需要安置进一个符号/象征意义共同体中被合法化。① 那么，如何进入符号/象征意义的共同体中被合法化？1922 年，“拟态环境”的提出者李普曼讨论了个人“脑中图像”的形成机制，指出是媒体创造了我们头脑里的象征性想象，这些想象有可能与我们经历的“外在”世界完全不同。也就是说，媒介在建构社会现实的过程中扮演了重要的角色。那么，媒介如何建构社会现实？Adoni & Mane 进一步发展了伯格和卢克曼的思想。他们认为，现实的社会建构需要三类现实：客观现实、符号现实、主观现实。客观现实是以一种外在于个体的客观世界被经验的，这一现实被人认为不证自明，符号现实由一系列表现客观现实的符号组成（如艺术、文学或者是媒体内容），主观现实则是客观现实与符号现实进入到个人主观现实中的内化与接受。② Weimann Gabriel 在此基础上提出了一个双锥模型，进一步推进了现实建构的过程。双锥模型基于“现实”“建构的媒介化现实”以及“感知的媒介化现实”建立。其中，建构的媒介化现实是建构过程的第一步，它指的是以新闻故事、小说戏剧、新闻报道、图片、音乐等形式进行的媒介符号加工过程。也就是说，“我们所体验的客观世界，并不是客观世界本身，而是我们所想象的世界”③。从这一角度来看，“新中国”并非一开始被人们所理解与认识的概念，其成为一个客观现实的过程同样是一个媒介符号加工的过程，是一个想象的过程。

具体到“新中国”想象来看，自甲午一役，中国一方面丢失了自己的传统身份，另一方面又不得不重新寻找新的身份。于是，知识分子将重建中国的目光锁定于西方的民族国家体系上，“改变中国”和“建立一个新中国”成为近代以来中华民族的理想。1912 年，辛亥革命建立起共和政体。但资产阶级革命派“民主共和”式的“新中国”并未实现真正意义上的民族独立与国家富强，重新建立国家形象的意识在“五四”反传统中开

---

① 参见［美］彼得·伯格、托马斯·卢克曼著，汪涌译《现实的社会构建》，北京大学出版社 2009 年版，第 16 页。

② See Adoni H., *Mane S.:Media and the social construction of reality:toward an integration of theory and research, Communication Research* 1984, 11(3), p.327.

③ 贾春增主编：《外国社会学史》，中国人民大学出版社 2000 年版，第 328 页。

始了。伴随马克思主义的传播，无产阶级将中国革命推向新的发展阶段，而“新中国”概念则在中国共产党的实践中一步步走向成熟。1940 年 1 月，毛泽东在《新民主主义论》中指出：“新民主主义的政治、新民主主义的经济和新民主主义的文化相结合，这就是新民主主义共和国，这就是名副其实的中华民国，这就是我们要造成的新中国。”① 1949 年，《中国人民政治协商会议共同纲领》宣告中华人民共和国成立，并为新中国的建设作了规定，要“建设一个独立、民主、和平、统一和富强的新中国”②。至此，“新中国”概念得到确立。

需要指出的是，建设一个什么样的“新中国”仅仅靠理念的提出是不够的。理念还需要被人民大众所理解与认识，这就需要将“新中国”安置进一个符号/象征意义共同体中被合法化。对此，王一川认为，面对鸦片战争，中国的知识分子开始重建中国，文学凭借其想象性自觉担负起这一伟大的历史使命。梁启超的《新中国未来记》、蔡元培的《新年梦》、陈天华的《狮子吼》等，都是思想家们在小说中对“新中国”的想象。在文学作品中，红色经典建构“新中国”想象是有其历史的必然性的。对于 20 世纪 50—60 年代的中国来讲，符号共同体的建立需要新中国文艺，红色经典是新中国文艺的典型代表。红色经典一方面以表现革命历史及社会主义建设为创作宗旨，另一方面以工农兵为接受主体，是真正普及到大众中去的作品。这两个方面的特征就使红色经典通过“新中国”叙事建立起新的符号/象征意义共同体，完成了对“新中国”的想象。如《文艺报》1952 年第 15 号刊登了一封读者来信，其中，部队读者认为写英雄人物的书太少了，工人认为应该多刊登劳动英雄的书，学生则要求多印刷体现思想改造的图书，农民要求能够指导他们展开农业工作的书。③ 这些诉求表现在红色经典作品中就是对新中国成立前革命历史的重新讲述以及对新中国社会主义建设这一现实的描绘。需要注意的是，“新中国”想象是一个完整的动态的过程，要建构一个意义的共同体更需要将这个完整的过程阐释清楚，而不仅仅是勾画一个想象的“新中国”。这个完整的过程包括谁在想象？想象的“新中国”是什么样子的？以及两者之间的关系，即为什么要建立“新中国”以及如何建立？这样才能使想象的“新中国”合理合法，既有来龙去脉又包含现实图景。

## 二、红色经典建构“新中国”想象的主体

“新中国”想象首先是谁在想象“新中国”，这就是“新中国”想象的主体。从这个

① 毛泽东：《毛泽东选集》第 2 卷，人民出版社 1991 年版，第 709 页。

② 周恩来：《人民政协共同纲领草案的特点》，中共中央文献研究室编《建国以来重要文献选编》第 1 册，中央文献出版社 1992 年版，第 15 页。

③ 参见刘金《我们很快就会看得懂的》，《文艺报》1952 年 8 月 10 日第 15 号，第 36 页。

层面来看，红色经典的“新中国”叙事首先建构的是谁想要建立一个新的国家。虽然梁启超于 1902 年在《新民说》中已经提出了“国族”的概念，但新中国成立前后普通民众意识中关于民族国家的概念并不明朗。更确切地讲，民众想要的是一种新的生活，这种新生活是存在于新国家还是旧国家当中并不是他们所关心的问题。那么，谁来想象“新中国”？这一任务就落在了社会主义新人身上。社会主义新人在红色经典中呈现为“工农兵中的英雄形象”。

1949 年 7 月，周扬在第一次文代会上明确提出了“新的人民的文艺”的创作目标。“新的人民的文艺”要求作品的创作要注重工农兵中英雄形象的塑造。这充分说明了，工农兵中的英雄形象就是红色经典建构的革命主体，他们具体呈现为红色经典塑造的鲜明的主角形象。红色经典中的主角包括理想化的革命军人、农民新人、先进的工人阶级以及革命知识分子。红色经典中革命军人形象的身份最为复杂，既包含工人、农民，也包含知识分子，但工人或农民出身的占大多数。如《红日》中的沈振新、梁波；《保卫延安》中的周大勇等。农民形象塑造的鲜明特点是将人物放在代际中，农民新人形象主要集中在第二代农民身上，如《红旗谱》中的朱老忠、《创业史》中的梁生宝和《山乡巨变》中的陈大春。知识分子形象在红色经典作品中是以被改造或自我改造的面貌出现的。在知识分子的塑造中，革命知识分子是红色经典着重刻画的社会主义新人形象，如《青春之歌》中的林道静。需要注意的是，尽管工人形象并未成为“十七年”文本的叙述主体，但是只要其甫一现身，革命性与先进性就光芒四射。① 如《红岩》中对许云峰的描写：“他那明亮深远的目光，充满了洞察一切的智慧。在他面前，从来没有克服不了的困难和解决不了的问题。……老许的经历，成岗知道的很少，只知道他是工人出身。”② 可以说，正是这些工人、农民中的新人，典型的革命军人以及革命知识分子构成了红色经典建构的革命主体。

从红色经典对革命主体的身份安置来看，作品赋予这些人物形象两方面的特质：一是旧社会赋予他们的贫苦出身。如《林海雪原》一开始就在少剑波的回忆中强调了他孤苦的童年：“是在剑波六岁那年上，父母双亡，姐弟俩就开始了孤苦无依的生活。”③ 革命知识分子林道静娜拉式的出走正是源于对旧社会的失望，文中表现为“黑的像墨水一样的海水卷着巨浪是可怕的，但是在林道静的眼里，这黑暗的社会更可怕”④。二是建设新社会应具备的新思想。贫苦出身或者对旧社会的失望使他们想要改变现有的生活状态。改变就需要具备另一方面的特质，即新的思想，这种新思想反映在作品中就是从反抗到

---

① 参见姜辉《革命想象与叙事传统》，人民出版社 2012 年版，第 85 页。

② 罗广斌、杨益言：《红岩》，中国青年出版社 2000 年版，第 45 页。

③ 曲波：《林海雪原》，人民文学出版社年 2012 年版，第 9 页。

④ 杨沫：《青春之歌》，中国青年出版社 2013 年版，第 38 页。

革命的思想转变。正如《保卫延安》中周大勇对新战士的讲话："别人不革命能行，我们不革命就没法子活！"① 正是这两方面的特质使得红色经典中的主角都有着明确的目的性，即通过革命反抗原有生活、追寻新生活。这表现在革命历史题材中是理想化的革命军人消灭国民党军队及土匪，为建立"新中国"顽强斗争的故事，如《红岩》《红日》《林海雪原》《保卫延安》；是农民通过革命斗争开始关于"国家前途"与"救国方针"的思考与行动，如《红旗谱》；是知识分子通过革命将个人自由与国家独立结合起来的蜕变，如《青春之歌》；表现在农村题材中是通过农业合作化运动走上社会主义道路，从而实现父辈们发家致富的梦想，如《创业史》《山乡巨变》。所以，只有革命才能消灭旧社会的恶霸，解救所有受压迫、受剥削的人，而没有压迫与煎熬的国家就是"新中国"。

红色经典建构的这些革命的主体就是"新中国"想象的主体。之所以说他们在想象新中国是因为，与父辈们无法形成自觉的革命意识不同，他们在新旧社会的选择中走上了党所指明的道路：通过革命斗争与集体劳动过上父辈渴望的生活。因此，工农兵中的英雄形象具有了社会主义这一抽象国家本质的自觉意识，是能够带领人民去建立一个"新中国"的主体。更重要的是，这些英雄形象是有代表性的。从一部作品来看，他们是统治者压迫之下的代表，具有一定的典型性。从更深层的意义上来看，他们代表的是千千万万像他们一样的人民大众。也就是说，红色经典建构的"新中国"想象的主体不仅仅是少剑波、梁生宝、林道静，更是千千万万正在受压迫的人民群众。这就为"新中国"建立的合法性提供了重要依据。需要指出的是，要分析红色经典对"新中国"想象的建构，仅仅讨论谁在想象"新中国"是不够的。"新中国"到底是什么样子的还需要进一步分析其叙事结构以呈现更为完整的建构路径。

## 三、红色经典建构"新中国"想象的客体

红色经典的叙事结构能够呈现想象的"新中国"的现实图景。从红色经典作品的叙事结构来看，角色之间的行动构成叙事程序，叙事程序呈现了作品叙事中的组合关系以及叙事模式。叙事模式就能够进一步呈现出主体在想象一个什么样的"新中国"，这就是红色经典建构的作为客体的"新中国"。

从红色经典作品的叙事程序来看，其叙事结构呈现为一种完成型的组合关系。在红色经典作品当中，主角对对头的消灭推动了情节的发展，这些阶段性的胜利一步一步走向最终胜利。如《林海雪原》可以分为5个叙事程序。土匪烧杀土改工作队打破了杉岚站土改工作的平衡；面对土匪的屠杀，战士们开始寻找匪徒踪迹，最终，许大马棒匪巢被剿，主角获得阶段性胜利；小分队继续在雪地进行追踪，带领夹皮沟百姓进行劳动生

① 杜鹏程：《保卫延安》，人民文学出版社2012年版，第111页。

产，恢复匪徒迫害之前的平衡；伴随杨子荣登上威虎山，小分队将座山雕匪巢剿灭；同时，第三路栾超家获得重要情报，小分队又将九彪、妖道全部抓获，牡丹江市沉浸在紧张愉快的劳动旋律中。叙事程序勾连起故事情节，每一个叙事程序都有其叙事功能。从红色经典叙事程序的功能来看，主角目标往往在最后一个或两个叙事程序中才能够实现。因此，叙事程序前几个部分的功能均是F（SnO）（F：功能；n＝相斥；SnO：主角未得到对象）①，叙事程序最后部分的功能是F（SuO）（F：功能；u＝相容；SuO：主角得到对象）。这样的叙事程序使得红色经典作品呈现为“确立任务——斗争——完成任务”的叙事模式。如《林海雪原》任务的确立始于土匪对百姓的残杀，战士的仇恨推动了接下来的剿匪行动。斗争的过程就是剿匪的过程，任务的完成终于剿匪的胜利以及新的斗争的开始。同样的模式也出现在其他作品中，如《青春之歌》任务的确立始于对个人独立与自由的追寻，斗争的过程围绕林道静走上革命道路展开，任务的完成终于林道静加入中国共产党，真正实现了个人的独立与自由。《创业史》任务的确立始于梁生宝创业的失败，斗争的过程就是发动农民创立互助组的过程，任务的完成终于互助组成功并进一步发展为农业合作社以向社会主义过渡。

不仅仅是这几部作品，其他作品同样如此。从这个角度我们就可以理解红色经典作品对“新中国”现实图景的建构。从红色经典作品的叙事模式来看，任务的确立始于改变不利的环境，任务的斗争过程以及任务的完成就是朝向想象的“新中国”迈进的过程。“新中国”的现实图景就在任务的确立以及完成的过程中呈现出来。

首先，“新中国”是劳苦大众翻身解放的“新中国”，它表现为没有阶级剥削与压迫，人人独立自由。从红色经典作品的叙事模式来看，任务的确立始于对不利环境的改变，这种不利环境表现为被剥削压迫的处境与贫穷落后的生活。像《红岩》《红日》《保卫延安》《林海雪原》这类革命战争作品表现的是革命军人保卫人民的崇高理想。如《林海雪原》中，国民党及土匪残杀杉岚站百姓，激起了战士们的愤慨，复仇情绪高涨，于是他们决定剿匪以报血海深仇。像《红旗谱》《创业史》《山乡巨变》表现的是新型农民革命者对于没有压迫、生活富裕的诉求。既然任务的确立始于工农大众去改变不利的环境，那么任务的完成就是红色经典对“新中国”现实图景的建构。具体表现在两个方面：一是改变不利的环境意味着翻身做主人，因此，“新中国”是工农劳苦大众翻身后的中国。工农阶层在“新中国”则由奴隶变为主人。如《红旗谱》中党员贾湘农问运涛：知道什么叫作革命吗？他解释道，革命就是要打倒腐朽的军阀，“受苦的人们，工人，农民，就要起来打倒他们，自己起来管理自己的事情”②。二是工农翻身做主人意味着推翻了旧有

① 参见罗钢《叙事学导论》，云南人民出版社1994年版，第123页。NP＝叙事程序，F＝叙事功能，n＝相斥，u＝相容。

② 梁斌：《红旗谱》，中国青年出版社2000年版，第115页。

的阶级秩序，因此，“新中国”是没有阶级剥削与压迫，人人独立自由的国家。这种没有阶级剥削与压迫的国家是社会主义中国，其最终目标是实现共产主义。如《红岩》中对许云峰在阴暗地窖里默想的描写：“他想过去，也想将来。想到自己怎样从一个受迫害的工人，变成一个革命者”；“也想到即将到来的胜利，和胜利后建设社会主义的壮丽事业”①。

其次，“新中国”是通过集体劳动建设社会主义的中国。在红色经典作品当中，劳动在不同的叙事程序中呈现出来。红色经典作品主要表现了四类劳动：劳动的被破坏与停滞、不劳动、劳动没有结果、劳动自救与共同富裕。表现中国革命历史的战争题材作品中主要呈现的是劳动的被破坏与停滞。正是反革命的破坏使得劳动停滞了，劳动停滞也就无法进行革命斗争，因此，发动工农群众劳动就成为任务确立的推动力之一。如《红岩》的开篇是特务在工厂放火，导致工厂的工人生活困难。在这样的情况下，成岗被调到长沙兵工厂去做管理员以团结工人、恢复生产、组织斗争。与战争中劳动被破坏而带来的劳动停滞不同，红色经典中还表现了一类不劳动的人群，就是压迫、剥削贫农的地主以及富农。《红旗谱》中的冯老兰、《创业史》中的姚士杰、郭世富等就属于这样的人。劳动没有结果体现在以梁三老汉为代表的传统农民的劳动中。从具体某个人来看，劳动可能使其改变原有的生活状态，但从整体来看，变的是发家的人，不变的是有人发家有人贫穷的不公平关系。第四类劳动是红色经典的最终落脚点。这一类劳动表现为：劳动自救与劳动共同富裕。第一，在《林海雪原》《红日》等战争题材作品当中，劳动可以实现自救，并为解放战争也就是任务的完成提供支持。第二，在《创业史》与《山乡巨变》中，劳动则是直接体现在劳动方式的转变上，任务的完成就是个体劳动向集体劳动的转变。因此，红色经典对“新中国”的建构就体现在以下两个方面：一，在“新中国”人人都要劳动。通过人人都起来劳动进行生产自救，改变剥削与压迫的生活秩序。二，“新中国”要有新的劳动方式：集体劳动。正如在蛤蟆滩举行的群众会上，被压在底层的庄稼人认识到，历史如果停留在1953年查田定产以后的局面，他们就会很快倒回到1949年之前的命运中。也就是说，土改的公平并不能带来最终结果的公平，只有改变原有的劳动生产方式，才能实现共同富裕。

## 四、“新中国”想象主客关系的文本呈现

要想使“新中国”想象合理合法，还需要解释为什么要建立一个“新中国”以及如何建立“新中国”。这就需要对叙事结构做进一步的解读。红色经典对“新中国”想象的建构是一种意义的建构，叙事结构不同，传递出来的意义也就不同。我们可以说红色经

① 罗广斌、杨益言：《红岩》，中国青年出版社2000年版，第475页。

典通过主角形象建构了“新中国”想象的主体，通过角色间的行动关系建构了想象的“新中国”这一客体，但关键的问题是，主体为什么想要建立一个“新中国”以及如何建立“新中国”。只有给定这一关系才能够呈现出“新中国”的来龙去脉，建立起真正的意义共同体。

具体来看，红色经典作品的叙事结构首先向我们呈现了为什么要建立一个“新中国”。从叙事模式中的任务确立来看，这一部分呈现出来的是主角改变原有生活的努力。为什么要改变原来的生活也就意味着为什么要建立一个“新中国”。那么，从战争题材作品来看，“新中国”的建立源于反革命的迫害与残杀；从知识分子成长题材来看，“新中国”的建立源于旧家庭与旧社会中制度的不合理，以及资产阶级观念的局限性对个人成长的阻碍；从农村题材作品来看，“新中国”的建立源于土地私有制所带来的残酷的剥削与压迫，在剥削与压迫下创业始终不会获得成功。而建立一个“新中国”才能改变以上困境。

其次，红色经典作品的叙事结构回答了“新中国”如何建立起来。一方面，建立“新中国”要通过革命在翻身的大道上打仗。从战争题材作品来看，在翻身的大道上打仗就呈现为发动群众革命剿匪，以保护群众的胜利果实，支援全国大规模的解放战争。从知识分子成长题材来看，在翻身的大道上打仗意味着摒弃个人主义以及独善其身的资产阶级观念，通过武装斗争打破不合理的旧制度，以获得民族的解放，只有实现民族的解放才能实现个人的解放。从农村题材作品来看，在翻身的大道上打仗就呈现为通过社会主义革命推翻土地私有，走互助合作的道路并最终朝向社会主义迈进。另一方面，建立“新中国”要在五谷丰登的大道上劳动。从战争题材作品来看，剿匪是为了保护劳动生产，劳动生产才能实现自救，同时支援战争的胜利；从农村题材作品来看，要摒弃自发思想与单干模式，通过集体劳动走互助合作的道路，最终实现共同富裕。对此，杨子荣乐观地讲道：

> 现在咱是在翻身大道上打仗，将来是要在五谷丰登的大道上劳动，这两节大道连起来，就到了共产主义社会。所以我现在每做成功了一件事，都觉得是在共产主义大道上前进了一步，我也每天检查检查，我这一步走的怎么样？①

最后，红色经典作品的叙事结构象征了革命的胜利是历史的必然规律。始于灾难与失败，终于胜利与光明的叙事模式洋溢着一种革命乐观主义精神，无论主角遭遇多大的困难，其结局终将是胜利，即走向新的生活与新的道路。也就是说，每一部“红色经典”讲述的革命斗争故事都只是“新中国”建立过程中的一个局部、一个片段，但它所呈现

① 曲波：《林海雪原》，人民文学出版社 2012 年版，第 390 页。

的却是整个中国革命胜利的历史及其必然规律。① 同时，主角在最后一个或两个程序时才获得对象，这就意味着革命的胜利并非一蹴而就的，而是一项需要长期坚持下去的未完成的事业。正如不同红色经典作品最后所呈现出来的画面：牡丹江市沉浸在劳动当中，林道静入党，合作社继续发展，等等。

## 结语

从建构论的视角来看，红色经典的“新中国”想象完成了谁在想象“新中国”、“新中国”的现实图景、为什么建立“新中国”以及如何建立“新中国”这一完整过程的建构。其中，以红色经典塑造的革命主体为代表的受压迫的群众是“新中国”想象的主体，革命主体想象的“新中国”呈现为劳苦群众翻身解放的“新中国”以及通过集体劳动建设的社会主义“新中国”。革命主体之所以要建立“新中国”源于反革命的迫害与残杀、旧家庭与旧社会中制度的不合理以及土地私有所带来的剥削与压迫。若要建立“新中国”首先要通过革命在翻身的大道上打仗，然后要在五谷丰登的大道上劳动。

红色经典之所以能够想象“新中国”正是因为叙事结构完成了对于历史、现在、未来的整合。首先，从叙事程序的功能来看，一开始主角是失去对象的（SnO）。也就是说在旧中国中，主角不可能得到对象。而主角在最后对对象的获得（SuO）意味着只有在“新中国”才能获得对象。这就使得作品的叙事结构通过战争、个人成长或者农业生产完成对于“新中国”的意义建构（图 1）。

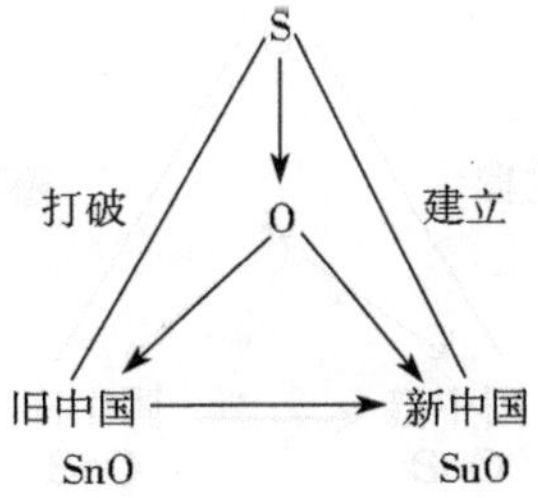


图 1 “新中国”的意义建构

基于这一功能，红色经典的叙事结构在时间上呈现为从一个叫“过去”的点经过一个叫“现在”的点朝向一个叫“未来”的点的线性方向流逝。② 这一点在红色经典作品

---

① 参见李茂民《论“红色经典”的崇高美》，《山东师范大学学报》（人文社会科学版）2018 年第 3 期，第 23 页。

② 参见李杨《抗争宿命之路》，时代文艺出版社 1993 年版，第 15 页。

对“新中国”想象的建构中具体呈现为：我们必须要流血牺牲才能换来“新中国”的建立；必须要在工农中进行锻炼才能实现自身的成长；必须走农业合作化道路才能实现共产主义。这一叙事方式进入到个人日常生活的时空结构中就使每个人都能意识到自身有一个内在的时间流，并尽可能让自己的各种计划在时间上保持同步。也就是说，关于过去，红色经典建构了人们共同享有的记忆：“新中国”建立的革命历史；关于未来，它为个体行动的计划确立了参考框架，即实现社会主义与共产主义是“新中国”的发展目标；关于现在，它揭示出社会主义革命与社会主义建设是当下的主要任务，是通往社会主义与共产主义的必经之路。基于此，红色经典的“新中国”想象是红色经典的意义所在，也是红色经典的价值所在。需要强调的是，“新中国”想象是一个既在历史中绵延也在当下建构的过程，这就决定了新的时代会有新的想象。那么，新时代的红色经典如何继续传承、凝聚我们共同的“历史记忆”仍然是令人期待的问题。

# 多文体建构下的中国共产党人文学形象

马学永　武嘉绚[①]

**摘　要**：共产党人是中国新文学中的重要人物形象。对该人物形象的艺术塑造，在新文学发展的各个阶段中都有着明显的体现，各种文体都参与其中，使得共产党人成为新文学的重要内容。小说通过细节刻画、情节虚构来呈现共产党人的发展历程；诗歌则在言志与抒情中袒露共产党人的内心世界；纪实与抒情的散文在相对固定的发展路径中抒发共产党人的主观感受；凭借着特殊的传播载体，戏剧与影视以一种更为直观的方式展现共产党人的精神面貌。总体而言，各文体共同揭示出共产党人形象所承载的丰富内涵与独特魅力。但是在实际发展过程中，各文体对共产党人的塑造也存在较为突出的问题。

**关键词**：新文学；共产党人；艺术呈现；文学体裁

在共产党人文学形象的塑造过程中，小说、诗歌、散文、戏剧、影视文学等多种艺术形式均发挥着重要作用。小说通过虚构情节、描述人物的动作和心理变化来展现共产党人形象的成长历程，诗歌主要以抒情或鼓动的方式来凸显共产党人的精神品质，散文在纪实与抒情的创作模式中抒发共产党人的内心感受，戏剧通过激烈的矛盾冲突呈现革命者的内心世界，影视文学凭借着娱乐性的视听文化更为直观地展现共产党人的精神风貌。在这些异彩纷呈的艺术形式中，审美性的虚构与纪实性的再现相融合、浪漫主义的主观抒情与现实主义的客观描写并行不悖、阅读文化与视听文化的联系日趋紧密，使得共产党人形象在不同的文体中得到全方位塑造。

---

① 作者简介：马学永（1982—　），男，山东青州人，临沂大学文学院副教授，主要研究方向为中国现当代小说。武嘉绚（2000—　），女，山东潍坊人，浙江师范大学人文学院研究生，主要研究方向为中国乡土小说。

## 一、动态发展中的红色小说

早在 20 世纪 20 年代初，描述共产党人的小说已经出现，且其发展历程基本上与中国共产党的诞生、发展同步。瞿秋白、陈毅、张闻天、蒋光慈等革命党人，不仅较早开始尝试利用小说的形式来刻画中国早期的共产党人形象，还在宣传中国早期的无产阶级革命理念等方面发挥了重要作用，如《涴漫的狱中日记》《旅途》《归来的儿子》《少年漂泊者》等。虽然这些革命家将塑造共产党人形象视为有意识的艺术探索和政治追求，然而在当时的文坛中，这一创作倾向未能形成具有广泛影响力的潮流。

1927 年后的“革命文学”真正将共产党人形象推向文坛的中心。1928 年前后，蒋光慈、钱杏邨、洪灵菲、杨邨人、刘一梦、茅盾、叶圣陶、丁玲、孟超等人都集中创作过这类小说，如《短裤党》《流亡》《战线上》《失业以后》《冲突》等。在这些作品中，革命者们凭借狂热的革命情绪和流行的革命理念，对“革命”进行理解、反思与宣传，让共产党人成为文学作品中的重要人物类型。同时，处于现代城市文化氛围之中的革命文人还借用浪漫主义、现代主义的艺术手法进行小说文本的构建和人物形象的塑造，使得作品充满了新颖、时髦的色彩，这也让共产党人成为备受关注的人物形象之一。

左联成立之后的左翼文学阶段，革命小说逐渐摆脱了前期模式化、公式化的缺陷，增加了更多的现实性内容，浪漫主义、无政府主义因素也在不断减弱，小说中的理性化的革命伦理正在形成。在这一时期的革命小说中，作家笔下的共产党人形象主要呈现为两种形态。其一，小说中试图寻找新出路的时代新人成为潜在的共产党人形象，如《水》《山雨》《多收了三五斗》《残冬》等。其二，共产党人的文学形象直接正面出现在小说中，如《田家冲》《子夜》《一个含笑的死》《割弃》《鬼巢》等作品。作者试图在呈现苦难的时间叙事中凸显共产党人的成长历程，也试图通过实际斗争场景的空间叙事来展现共产党人的革命精神与革命意志，从而奠定了共产党人形象塑造的两种基本模式——史诗型与传奇型。

在延安文学阶段，小说中出现了大量的共产党人形象。在《一颗未出膛的枪弹》《在医院中》《夜》《一个人的烦恼》《一个钉子》《在教堂里歌唱的人》等作品中，作者主要以革命的参与者、延安“红色圣地”的外来者等身份来描述共产党人的生存境遇与思想状态，对革命者精神世界中的苦闷和革命工作中的阴暗面进行了较为真实的描述。这些作品构成了小说对共产党人形象塑造的第三种模式——现实反思型。而《太阳照在桑干河上》《暴风骤雨》等小说则形成了共产党人形象的第四种模式——政策指导和精神引领型。小说中的共产党人代表着中国共产党的声音，他们的主要工作是宣传、贯彻党的思想路线，并在思想上与党的政策保持高度一致。除此之外，《吕梁英雄传》《新儿女英雄传》《洋铁桶的故事》等作品将革命浪漫主义精神与革命传奇叙事融为一体，凸显了中国人民在抗日战争中的英勇抗争和革命精神。

新中国成立之后，通过小说来反映中国共产党人参与无产阶级革命与社会主义建设的历程，不仅成为革命文学发展的一种必然趋势，也成为中国共产党对作家们的政治要求。所以，这一时期出现了大量的小说作品，塑造了众多典型性的共产党人形象，如《林海雪原》中的杨子荣与少剑波、《青春之歌》中的林道静、《创业史》中的梁生宝、《红岩》中的江姐、《保卫延安》中的周大勇、《野火春风斗古城》中的杨晓冬、《三家巷》中的周炳、《红旗谱》中的朱老忠等。这些形象是革命浪漫主义和革命现实主义相结合的产物，是作者的政治立场与国家的政治需要相结合的产物，同样也是民间文化、知识分子文化与现代革命文化相融合的产物。

进入新时期之后，作家们笔下的共产党人形象呈现出更为多元的态势。《山菊花》《战将陈赓》《南京的陷落》《皖南事变》《历史的天空》《桥隆飙》等小说继续革命历史题材的书写，既有革命传奇的虚构，也有革命史诗的重现。在反思和伤痕小说领域，《神圣的使命》《枫》《犯人李铜钟的故事》《大墙下的红玉兰》《布礼》《蝴蝶》《天云山传奇》《剪辑错了的故事》《芙蓉镇》《西望茅草地》等作品，对现实、历史进行了控诉和反思，但人物历经磨难之后对理想信念的坚守和对新生活的美好想象是作品中共产党人的主要思想特征。《乔厂长上任记》《开拓者》《新星》《三千万》《花园街五号》《沉重的翅膀》《祸起萧墙》《改革者》等改革小说，主要体现描述中国共产党在新时期中的改革决心，作品中的乔光朴、车篷宽、牛宏、解净、李向南、傅连山、陈春柱、杨昭远等共产党人是一些“精神引领型”的时代英雄。他们大刀阔斧、雷厉风行的改革措施，体现出中国共产党自我革命的勇气。

在90年代的“现实主义冲击波”小说潮流中，谈歌、关仁山、何申、刘醒龙等作家更为关注改革过程中所产生的问题、冲突，并特别把乡镇基层中的社会问题视为小说内容的主要关切点，在对现实问题的描述中点明了共产党人党性与人性、现实与政治的复杂纠葛。可以说，“现实主义冲击波”是改革小说的延续和补充，弥补了前期改革小说中人物形象单一、作品现实内涵不足等缺陷，共产党人形象也逐渐从“精神引领”走向了“现实反思”的层面，即从神圣的祭坛逐渐走向平凡、世俗的现实生活中去。

如果说新写实小说、“现实主义冲击波”小说、新历史小说使共产党人的文学形象更加丰富乃至于斑驳，那么王跃文、周梅森等人的官场小说、反腐小说则让共产党人形象从现实的含混地带重新变得单纯、明朗起来。《抉择》《国家干部》《人民的名义》《至高利益》《国家公诉》《苍天在上》《省委书记》《沧浪之水》等小说虽然也涉及共产党人在利益面前的复杂内心状态，但是总体基调比较明朗，即强调了共产党人的浩然正气是国家体制改革的勇气，是社会主义事业不断前行的锐气，是中华民族腾飞的底气。

除了以上作品之外，《白鹿原》《君子梦》《青烟或白雾》《你在高原》《江南三部曲》《牵风记》等作品中的共产党人形象则构成了另外一种类型模式——文化反思和文化重构型。作家们试图在对传统文化、“五四”启蒙文化与现代革命文化的综合性理解中，建立起“革命理想”的历史脉络，从而将白灵、许正芝、吕中贞、宁伽、谭功达、汪可逾等人的革命行为在更为纯净、悠远的理想主义层面上进行阐释，因而获得了前所未有的崭新审美效果。

总体而言，在经历了各个历史阶段之后，中国新文学史中的小说在共产党人形象的塑造方面，形成了比较清晰、丰富的人物塑造模式，如青春幻想、革命传奇、革命史诗、现实反思、文化重构等。这些模式或单独存在，或被作家们综合运用，由此塑造了众多经典性的共产党人形象。而这些人物形象的成长、发展历程不仅体现出中国共产党人理想信念的坚持与深化，也体现出中国新文学的发展和变迁。

## 二、言志与缘情的红色诗歌

由于诗歌蕴含了言志与缘情的两种基本特征，因此诗人们在凸显个人情感与道德意志时，常常使诗歌呈现出一种“表现”优于“再现”的显著倾向。虽然叙事诗在中国新文学的发展历程中一直存在，并且还出现了一些经典性的诗歌作品，但是诗歌的主流仍为抒情言志诗。这种情况在红色诗歌中也普遍存在。

最早尝试用诗歌来刻画共产党人形象的作品是蒋光慈的《新梦》与《哀中国》。《新梦》呈现了作者对俄国十月革命的情感认同，在此基础上《哀中国》则抒发了作者对祖国的深沉哀愁和对中国无产阶级革命的呼唤。在此之后，随着中国革命的推进，红色诗歌成为中国新诗中的重要诗歌类型。职业革命家如毛泽东、陈毅、陶铸、王若飞等人，创作了大量的红色诗歌，他们通过诗歌表达了自己的革命意志，也向世人展示了革命者的形象，其中的《西江月・井冈山》《忆秦娥・娄山关》《赣南游击词》等作品甚至成为中国红色诗词的经典。但是，这些职业革命家的笔下多为旧体诗词，在新诗领域进行红色诗歌创作的文人群体当属后期创造社和太阳社成员，例如郭沫若、成仿吾、冯乃超、姚蓬子、钱杏邨、洪灵菲、冯宪章、杜力夫、殷夫等。他们创作的普罗诗歌，如《前茅》《伟大的死》《血字》等，具有浓郁的革命浪漫主义色彩，体现出一名共产党人对革命的深情呼唤和为了革命而献身的革命理想主义品质。普罗诗歌对共产党人的塑造具有鲜明的特征，但也具有明显的缺陷，例如情感抒发缺乏理性的节制、对革命的认识比较肤浅、形象不够突出、语言缺乏诗意等。

中国诗歌会成员延续了普罗诗歌对共产党人精神世界的书写方式，但是也有诸多突破。杨骚、穆木天、蒲风、任钧（卢森堡）等人从现实苦难出发来渲染革命激情，赋予革命精神以相对坚实的现实基础；用通俗的语言、简单的节奏来增强诗歌的宣传效果，体现了共产党人与下层民众融为一体的书写意图。同时，这一群体的诗歌还与“中国共产党领导的革命斗争有着直接的、自觉的血肉联系”①，因而诗句带有极为明确的政治性和组织性。但是这些作品也有明显的不足，如结构比较简单，表述方式过于粗暴，使得诗歌在获得了力量的同时也失去了部分的艺术美感。

解放区文学对共产党人的塑造主要体现为两种创作趋向。一种是街头诗、朗诵诗中的“战斗者”。短促的诗句、“阶梯式”的结构是这些诗歌的突出特征，如《给战斗者》《我把我当作一个兵士》《守住我的战斗的岗位》等。这些作品中的主人公不仅具有前一时期突出的革命意识，还有比较明确的“岗位意识”，即自觉地将自己归为“集体”中的一员。诗歌中的共产党人形象也发生了重要的变化，年青诗人所带有的个体主义色彩的浪漫逐渐转为集体主义范畴内的革命浪漫。另一种则是“新歌谣”。这种诗歌是在民间传统歌谣形式中注入革命的内容，以歌颂革命、政党等，如《移民歌》《王贵与李香香》《咱们的领袖毛泽东》《南泥湾》等经典作品塑造了革命领袖、人民军人以及翻身后走向革命的农村共产党人等形象，诗歌兼具革命性和民间性等多重因素。

除了大众化的诗歌探索之外，抵达延安的一批知识分子在经历了思想上的震撼、情感上的转变之后，开始用诗歌的形式来赞扬中国共产党人，如艾青《黎明的通知》、白原《延安》、莫耶《延安颂》、周立波《一个早晨的歌者的希望》等作品。这些诗歌中充满着诗人们对于中国共产党的一种集体归属感，他们塑造出自己心目中伟大的共产党人形象，以实现知识分子个体理想与集体主义革命理想的高度结合。与此同时也实现了知识分子对自身的精神改造，从而将自身也塑造为一个“合格”的共产党人形象。

在“十七年”与“文革”阶段，诗歌领域对于共产党人形象的塑造延续了延安时期的审美模式和艺术特征，但也有一定程度的拓展。胡风、郭沫若等人在新中国成立之初的《时间开始了》《新华颂》等诗歌中，将自己描述成欢呼新中国诞生的共产党人，以此开启了政治抒情诗的先河。紧随其后的张志民、贺敬之、李季、郭小川等人，延续着这一诗歌的创作风貌，歌颂社会主义新生活。其中，郭小川的抒情诗具有比较明显的个性，如《致大海》《望星空》《山中》等作品，不仅表达了作者对于革命理想的坚守与追求，还蕴含着作者复杂的情感和个体化的思考。除了政治抒情诗，在赞美社会主义新生活的叙事诗中也出现了比较鲜活的共产党人形象，如《杨高传》《复仇的火焰》《边地短歌》《煤海短歌》等。

进入新时期之后，诗歌创作经历了一个较为明显的转变期。“革命”仍然是一个重要主题，但是却涌现出不同的声音，如理性反思和现实批判等。在新时期初期，《一月的哀思》《周总理，你在哪里》《中国的十月》等作品追忆革命领袖、歌颂中国共产党粉碎“四人帮”的胜利。在“归来的诗人”中，《在浪尖上》《光的赞歌》《悬崖边的树》《半棵树》《悼念一棵枫树》等作品开始体现出突出的诗体解放、思想解放色彩。诗歌追求人性

① 钱理群、温儒敏、吴福辉：《中国现代文学三十年（修订版）》，北京大学出版社 2018 年版，第 301 页。

的深度和个性的表现，在政治上体现为思想解禁之后对历史和政治的深度反思。此外，政治抒情诗作为“十七年”时期最主要的诗歌样式，在这一阶段仍旧在继续发展。《“八一”之歌》《为高举的和不举的手臂歌唱》《请举起森林般的手，制止！》《小草在歌唱》《将军，不能这样做》等诗歌，既有对党和社会主义集体的描述，也有对个体共产党员形象的刻画；既有历史性的反思，也有对未来的展望。

进入 90 年代之后，诗歌在对历史的反思以及消费文化侵入的现实背景之下逐渐被边缘化，与社会主流文学保持一定的距离，由此形成了“外面人很难进去，里面人不愿出来”的小圈子文化状态。在这种边缘化的文学样式中，共产党人的形象也随之被边缘化，甚至共产党人的身份被故意忽视与遮蔽。虽然也有一些正面描述共产党人形象的作品，但是总体而言数量少，影响力也不大。

从中国新诗的发展历程来看，诗歌对于共产党人形象的塑造呈现出大开大合、跌宕起伏的状态。从向往自由的浪漫主义转向无产阶级革命主义，从相对独立的知识分子转向革命的小兵，从历史中归来的革命小兵转而进行独立的写作和思考。当革命的小兵老去之后，新起的文坛新人沿着革命老兵开启的反思道路继续前进，但是反思的结果便是与主流文化相疏离，共产党人的形象在其作品中也逐渐边缘化，不再占据诗坛的中心位置。

## 三、抒情与纪实并举的散文

在中国新文学的散文发展史中，描述无产阶级革命和中国共产党人形象的散文作品数量众多，且形成了较为成熟、固定的创作模式。其中，最为突出的便是抒情与纪实相互融合的模式。

在二三十年代，左翼文人开始通过散文来建构自己心目中的共产党人形象，并对正在战斗的勇士和已经牺牲的革命烈士进行颂扬和缅怀。鲁迅的《序〈孩儿塔〉》《中国无产阶级革命文学和前驱的血》《守常先生全集题记》《〈伪自由书〉后记》等作品可以说是左翼时期集纪实与抒情于一体的散文典范。他以简短的篇幅、精练的语言、深沉的情感揭露了“左联五烈士”、李大钊、丁玲等人或牺牲或被捕的现实遭遇，并对他们的革命行为进行了高度的赞扬。如在《序〈孩儿塔〉》中对于殷夫《孩儿塔》诗集的描述：“这是东方的微光，是林中的响箭，是冬末的萌芽，是进军的第一步，是对于前驱者的爱的大纛，也是对于摧残者的憎的丰碑。”① 这不仅是对红色诗歌的赞赏，更是对中国共产党人伟大事业的高度认同。茅盾《严霜下的梦》《叩门》《雾》《雷雨前》《沙滩上的脚迹》《从牯岭到东京》、瞿秋白《多余的话》等散文则是通过对共产党人内在世界的真实展现，体

① 鲁迅：《序〈孩儿塔〉》，《鲁迅全集》第 6 卷，人民文学出版社 1981 年版，第 494 页。

现出共产党人温暖、坚定而又复杂的内心世界。

在延安和其他解放区的散文创作中，作家通过散文来展现自己的革命信念已成为一种常态化的文学行为，出现了大量正面描述共产党人形象的散文作品。主要体现为以下几种类型：一是以《我歌唱延安》《风景谈》为代表的革命抒情散文；二是回忆战争的纪实性散文，如《老山界》《忆过草地》《战时旅行日记》《陈赓将军印象记》等；三是反思性散文，如《干部衣服》《三八节有感》《论同志之“爱”与“耐”》等。这些散文从不同方面展现了中国共产党人的精神世界，但无论是正面颂歌、客观纪实，还是现实批判和理性反思，都可以体现出中国共产党人的精神风采。

这一时期散文的基本类型在新中国成立之后得到较好的继承和延续。抒情散文以杨朔、秦牧、刘白羽、吴伯箫等散文大家的作品为代表，纪实性散文以《谁是最可爱的人》《我们会见了彭德怀司令员》《毛主席向着黄河笑》和《志愿军英雄传》《经济建设通讯报告选》等作品为代表。虽然反思性散文出现的时间较为短暂，且总量并不很大，但是其影响却比较深远，《燕山夜话》《三家村札记》《在桥梁工地上》《本报内部消息》《被围困的农庄主席》《马端的堕落》等作品是其中的代表。这些作品对社会主义建设中出现的问题，如官僚主义、形式主义、精神懈怠、生活腐化、品质堕落等，进行了真实呈现，具有深刻、犀利的批判精神，体现出知识分子言论文化干预现实、批判现实的优秀品质。同时，对正面的共产党人形象进行了高度赞扬，充分体现出作为共产党人的作家对社会、人民、历史的责任感。

进入新时期之后，散文这一体裁在共产党人形象的塑造方面，逐渐淡化单纯的抒情模式，而历史追忆与客观呈现方面的作品则继续发展，因此这时期散文中的共产党人形象更具现实品格。具体而言，主要有以下三类。一是回顾历史、重塑英模、坚定信念的作品，如《人民的心》《永恒的纪念——回忆敬爱的周总理的一个片段》《悼念田汉同志》《正气歌》《划破夜幕的陨星》等。这些散文既有对毛泽东、周恩来等革命领袖的赞扬，也有对在特殊政治岁月中遭受不公正待遇的共产党员的正面叙事。二是在历史沉思中深化人文理性，在政治纠葛中重现人性光辉，如《胡风“集团”案：20世纪中国的政治事件和精神事件》《风雨中的雕像》《大有大无周恩来》《假如毛泽东去骑马》等。在这些作品中，共产党人的形象更加复杂，但是他们身上所体现的革命理想更具有人文气息和历史内涵，同样也充满了人性的光辉。三是切入现实、引领建设、面向未来，《延安样本》《幸福播撒太行山——李保国在太行山区扶贫纪事》《信仰无价——一个共产党人的生死财富》《塘约道路》《钟南山：苍生在上》等报告文学作品是这种类型散文的重要代表，从社会建设的各个方面，反映了中国共产党人在新时期夙夜在公、克己奉公、天下为公的光辉形象。

总之，中国新文学中的散文体裁在描写共产党人形象方面呈现出较为单纯的发展趋向，形成抒情、纪实与反思这三大类。虽然不同时期散文的侧重点有着或多或少的差异，但整体上仍是处于这三种成熟、固定的创作模式之中。

## 四、视听文化的戏剧与影视

在现代时期，戏剧领域对于共产党人形象的塑造，主要出现于“苏区”与“解放区”的戏剧运动中。

1930年左联建立后成立了中国左翼剧团联盟，南国社、艺术剧社、摩登社等社团在1930年前后成立并加入左联，田汉、于伶、洪深、陈白尘、白薇等剧作家则积极进行左翼戏剧的创作。但是因为政治环境的原因，此时戏剧中出现了较少的共产党人形象。虽然作品在整体上的革命意味比较强烈，但是革命者的形象实则是隐含在剧作中的。剧作家们的革命叙事主要是通过对现实的批判、对落后人物及团体的讽刺来表述一种积极、进步的革命立场，有的作品还以“历史剧”的艺术形式对现实进行间接的讽喻。但是在“苏区”和“解放区”的戏剧运动之中，共产党人成为戏剧的核心人物。

在“苏区”的红色戏剧中，方志敏《年关斗争》、李伯钊《骑兵歌》、沙可夫《最后的胜利归我们》、胡底的《松鼠》、聂荣臻《八一南昌起义》、韩进《牺牲》《李保莲》等作品描述了大量的共产党人形象，也形成了比较固定的艺术特征和创作模式。一是集体创作与个人创作交相辉映，除上述作家个体创作的剧作之外，还出现了《杀上庐山》《我——红军》《春耕战线》《春耕突击队》等集体创作的作品。二是创作参与者广，既有革命文人，也有革命的领导者，甚至还包括苏区的群众。三是情节简单，但戏剧冲突比较激烈，能够在有限的时间和激烈的戏剧动作中呈现共产党人的革命精神。四是突出渲染革命情绪，以达到良好的现场鼓动效果。

延安戏剧在一定程度上继承了“苏区”红色戏剧的艺术特征和创作模式，剧作也逐渐成为“宣传群众、组织群众、武装群众”① 的良好工具，但是这经历了一个时间段内的转变。在1942年之前，延安红色戏剧主要以“演大戏”为主，“大戏”主要指的是国内外名作家的剧作，如《雷雨》《上海屋檐下》《钦差大臣》《伪君子》等作。这些剧作的情节较为复杂，语言的书面化、欧化特征突出，演出场次较多，共产党人形象较少出现在舞台上。这种现象直到1942年的“解放区”戏剧运动后才得到改变。戏剧内容通俗易懂，结构简单，情节明了，革命主题格外突出，语言高度生活化且具有情感性、鼓动性，许多作品还吸收了传统戏剧的表现形式，《同志，你走错了路》《血泪仇》《夫妻识字》《李国瑞》《牛永贵挂彩》《白毛女》等作品是其中的代表作。

新中国成立以后的戏剧创作主要从两个方面进行共产党人形象的塑造。一是从革命理想主义的角度对革命历史和社会主义建设阶段的共产党人进行正面讴歌，延续了革命

---

① 葛一虹：《中国话剧通史》，文化艺术出版社1990年版，第175页。

浪漫主义和革命现实主义相结合的创作思路，如《万水千山》《红色风暴》《南海战歌》《战斗里成长》《钢铁运输兵》《考验》《十三陵水库畅想曲》《青年突击队》《八面红旗迎风飘》等。讴歌是主要的叙事主题，截然相对的矛盾冲突是基本的情节模式，然而人物大多带有公式化、脸谱化的特点。二是从干预生活的角度塑造出一批形象复杂的共产党人，如《洞箫横吹》中的刘杰、《布谷鸟又叫了》中的郭家林、《同甘共苦》中的孟莳荆等。剧作家们对现实中的问题进行了较为客观、尖锐地描述，使这些作品呈现出现实主义的品格，成为这时期不可多得的优秀之作。“文革”期间最为出名的作品便是“八大革命样板戏”。这些样板戏主要从红色经典小说、剧作中改编而来，并祛除了不合乎“三突出原则”“两相结合原则”“红黑斗争一线贯穿始终原则”的内容，从而使作品中的共产党人形象高度理念化、概念化。

进入新时期之后，戏剧方面对于共产党人形象的塑造主要体现在以下三点。一是从历史还原的角度，对中国共产党党史中的真实人物进行再现，阐述其在战争年代与和平岁月中的高尚情操，并展现共产主义战士的英雄本色，如《陈毅出山》《陈毅市长》《毛泽东的故事》《虎踞钟山》等。二是对“文革”进行反思和批判，如《枫叶红了的时候》《丹心谱》《于无声处》等。三是对新时期社会主义建设中的新人形象进行赞美和讴歌，如《张鸣岐》《岁月风景》《洗礼》等。新世纪以来，随着戏剧市场萎缩和戏剧文学样式边缘化处境的出现，戏剧作品的数量大幅减少。且在娱乐文化的强力冲击下，各种喜剧和幽默剧成为戏剧的主流形态，使得戏剧中的共产党人形象主要集中于官方所支持的主旋律作品中，如《焦裕禄》《赤子》《送你过江》《生命高度》《我在天堂等你》《黄土谣》《十八洞》《村官李天成》等。虽然在题材方面与前期的戏剧创作相比并没有很大的出入，但是在艺术表现方式上，新世纪以来的剧作家们在处理宏大的政治主题、严肃的红色题材时不再显得过于拘谨，情感的抒发也更为生活化，在叙述共产党人的理想信念时也颇为诗意和灵动。

影视文学的发展虽略迟于戏剧艺术，但是在共产党人形象的塑造方面，两者却包含了一些相似性。在左翼文学阶段，两者都将描述的重点置于社会苦难、民族困难方面，叙事内容上也都带有很强的革命色彩，比如反抗日本帝国主义侵略、弘扬爱国主义精神等，《狂流》《肉搏》《渔光曲》《风云儿女》等电影作品是其代表作。在这些电影中，编剧们或是描述青年知识分子的人生选择，或是描述下层民众的生存苦难，或是描述家国民族的危机变迁。但是因为政治环境的原因，这些作品中的共产党人形象被刻意地隐瞒、遮蔽。

到了延安文学和解放区文学时期，影视艺术进入了一个相对快速的发展阶段。其中，“‘延安电影团’的成立，标志着共产党领导下的、以延安为中心的抗日根据地的电影摄制工作的开始”①，共产党人的形象也随之出现在屏幕上。《延安与八路军》《南泥湾》《边区生产展览会》《中国共产党第七次全国代表大会》《九一扩大运动会》《十月革命节》《延安各界庆祝辛亥革命三十周年大会》《国际青年节》等纪录片真实地记录了共产党人在延安的工作与生活情况，很好地发挥了新闻影片的战斗特色和宣传鼓动作用。抗日战争的结束，影视文学在多方面得到了长足的发展，如“昆仑”公司受到共产党地下组织的领导，推出了一系列思想立场鲜明、共产党人形象多样、艺术表现突出的优秀影片，如《八千里路云和月》《一江春水向东流》《关不住的阳光》《丽人行》《希望在人间》《四下江南》《民主东北》《秋收》《伟大的贡献》等，电影中共产党人形象既有历史的真实感，也具备了较高的艺术审美性。

新中国成立后，随着新中国电影体制的建立，电影在题材内容、生产规模、语言艺术等多方面都展现出全新的面貌，在共产党人形象的塑造上则主要体现出以下两点特色。一是致力于塑造革命历史、革命战争时期作为历史主体的“工农兵”形象，如影片《桥》《红旗歌》《高歌猛进》《中华女儿》《刘胡兰》《赵一曼》《扑不灭的火焰》《冲破黎明前的黑暗》等。二是大力进行红色作品的改编，凡是有影响力的红色经典文学作品大多被改编成电影，如《红岩》《红日》《红旗谱》《林海雪原》《野火春风斗古城》《冰山上的来客》等，其中的共产党人形象也基本上延续了原有文学作品中的思想特征，但艺术表现方式更加灵活和生动。

新时期以来，电影逐渐冲破了极左文艺思想的种种清规戒律，冲破了一个个现实题材的禁区。同时，随着经济体制的转变，影视文学中的商业性、娱乐性因素逐渐增长，共产党人在荧幕中的表现也有了相应的变化。题材虽然更加广泛，但共产党人的数量和出现的频次有所降低，而且在表现方式上也呈现出与此前不同的面貌，这在第三代导演的创作中尤为明显。例如，《归心似箭》《今夜星光灿烂》等作品试图突破原有战争片的固有创作模式，而是选择对“战争”与“爱情”的关系进行全新的阐述，其中的共产党人形象也逐渐摆脱了旧有影片中模式化、公式化的缺陷，成为一个个具有良好品德、真实人性的普通儿女。

进入 90 年代之后，伴随着消费文化的兴起、审美观念的进一步开放以及现代信息技术的飞速发展，以影视为代表的视听文化呈现出前所未有的复杂局面。这一时期，描述中国共产党党史和国家领导人事迹的作品依旧存在。《决战之后》《开天辟地》《毛泽东的故事》《彭德怀》《建国大业》《建党大业》《开国大典》等作品延续了“十七年”时期所确立的革命史诗和英雄传奇的写作模式，但是突出了人性和现实的因素，因而共产党人的形象变得更加丰满与真实。与此相对的是以娱乐性为主要目的的抗战神剧、谍战影视剧的大量出现，如《箭在弦上》《黑狐》《抗日奇侠》《牺牲》等。在这些影视作品中，革

① 李少白：《中国电影史》，高等教育出版社 2006 年版，第 112 页。

命只是被悬置起来的历史背景，现实背景则是具有高度渗透性的商业文化。因而，共产党人的身份更多只是一种外在的面具，内在的精神实质却是娱乐化的明星效应。由此便导致了革命的严肃性被严重削弱，共产党人的理想主义、英雄传奇等成为时代的消费品。还有一类影视作品着眼于历史与现实的还原，让共产党人处于人性善恶的复杂交织、革命目标与现实问题的尖锐碰撞、革命理想的高远纯粹与生活中的无聊平淡的正面交锋中，这类优秀的影视作品有《亮剑》《潜伏》《历史的天空》《恰同学少年》等。

而当下反腐题材的影视剧成为从官方到民间普遍认可、具有较高观赏期待的影视剧目，这既反映出中国共产党对于自我革命的深入认识，也反映出中国百姓在娱乐文化侵袭的大背景下所葆有的现实关切意识与积极的社会期待，如《人民的名义》《抉择》《沧浪之水》等影视剧的广泛关注和热议。除此之外，近几年还出现的关于农村脱贫致富的影视剧。这类作品以政府政策为导向，从农村现实出发，关注农民生存问题，以农村新人特别是共产党人形象为聚焦点，形成了一大批关于精准扶贫、农村基础建设、基层党组织建设等内容的“新农村”题材影视剧，如《绿水青山带笑颜》《花繁叶茂》《我们在梦开始的地方》《爱在青山绿水间》《寻找北极星》《好雨知时节》《遍地书香》《我的金山银山》《经山历海》等。

## 结　语

从共产党人形象艺术呈现的实际情况来看，各文体都有参与，但是从影响力来看，小说成就最大，其他文体相对单薄，各文体的发展情况并不均衡。并且，各文体对于共产党人形象的塑造整体上呈现出思维僵化、艺术形式落后等问题，没有很好地呈现出共产党人形象中的丰富文学内涵。从各文体的发展历程来看，共产党人的文学形象在不断走向深入的同时，也出现了许多问题，如：在消费文化盛行的当下这种人物形象呈现出边缘化、娱乐化和平面化的现象，严重损害了这种文学形象的艺术审美性和政治严肃性；来自意识形态领域的干预力量一方面保证了这种人物形象的思想品质，但又设置了诸多写作禁区，并形成了一股相对保守的文学思潮，从而影响到文学的创新写作和自由写作。所以便形成了一种怪异的文学现象，一方面是没有底线的“自由”，一方面是“不敢越雷池半步”的故步自封；一方是哗众取宠的狂欢，一方是自唱自和的寂寞。

从中国现当代历史和中国新文学史发展的角度来看，中国共产党人既是历史的开拓者，又是新文学的重要推动力量，理应获得高度、深入和全面的阐释。但是直至当下，我们对共产党人形象的塑造仍然缺乏一个开放、深入、厚重的文学格局。塑造兼具人性的复杂性、政治的严肃性和文学的审美性为一体共产党人形象，仍然是当代文学家努力的方向。

# “史”与“诗”的融合
## ——论《红旗谱》的电影改编*

侯　平①

**摘　要**：梁斌的小说《红旗谱》被誉为史诗性作品，1960年由这部小说改编的同名电影展现了20世纪初到30年代冀中平原上阶级斗争和农民运动的历史，也具有“史诗性”。两部作品“史”与“诗”融合的特色，既是世界的，也是中国化的。这部电影是对历史的真实再现，人物大多有生活原型，主创熟悉河北生活和历史，为电影的写实风格打下基础。电影既有宏大历史叙事，又富有浓郁的生活气息。梁斌有诗人气质，他原著本有的诗意在电影中得到了强化，导演凌子风也富有诗情，片中景物描写和爱情书写，诗意盎然，还有大量洋溢着民俗风情的场景。这部电影符合戏剧性包含的集中性、紧张性和曲折性的要求，正反双方矛盾激烈，具有较典型的戏剧结构，其戏剧性将“史”与“诗”很好地融合起来。

**关键词**：《红旗谱》；电影改编；史诗；诗意；戏剧性

1957年，梁斌的《红旗谱》出版；1960年，《红旗谱》被搬上银幕。电影由胡苏、凌子风、海默、吴坚编剧②，凌子风执导，崔嵬主演，吴印咸摄影，是“十七年”电影的一部力作。1958建立的天津电影制片厂最先拟将小说《红旗谱》搬上银幕，这一计划受到文化部的重视。北京电影制片厂也有意将这部小说改编成电影，并列入国庆10周年

---

* 项目基金：2021年国家社会科学基金项目“中国当代作家域外出访写作研究（1949—1966）”（批准号：21BZW147）。

① 作者简介：侯平（1980—　），女，四川自贡人，天津外国语大学国际传媒学院副教授，主要研究方向为中国现当代文学与文化。

② 电影《红旗谱》片头的编剧署名是：胡苏、凌子风。1980年中国电影出版社出版的电影文学剧本《红旗谱》编剧署名是：胡苏、凌子风、海默、吴坚。“剧本编剧署名为胡苏、凌子风、海默、吴坚四人，后来影片上映时正值海默因《洞箫横吹》在‘反右倾’运动中遭受错误批判而被略去。”（参见朱安平《〈红旗谱〉世代相传》，《党史博采》2016年第9期，第61页。）

献礼片计划。鉴于天津电影制片厂建厂伊始，条件还不具备，文化部暨电影局领导陈荒煤、夏衍商量，提出以北影为主，与天津厂联合摄制，最后影片由两厂共同完成。①

电影《红旗谱》当时获得了很高的评价，时隔 64 年的今天，依然获得较高的评价和观片量。豆瓣评分是 7.2 分，标记是 1976 人看过，1412 人想看，1513 人评分。Bilibili 上观看量 5.2 万，点赞 1865，弹幕不时出现"中文系/汉语言文学/电影学/考研人前来"字样，可以看到除了一般观众关注外，这部电影在专业学习中的重要性。②

小说《红旗谱》被称为"全面地概括了整个民主革命时期中国农民的生活和斗争的史诗"③。"作为史诗，它记录了三十年代战斗的声音；它以令人信服的真实的艺术形象描述了党和劳动人民直可溯至远祖的血缘谱系"④。"史诗性"在当时的长篇小说中，主要表现为："揭示'历史本质'的目标，在结构上的宏阔时空跨度与规模，重大历史事实对艺术虚构的加入，以及英雄'典型'的创造和英雄主义的基调。"⑤ 与原小说一致，电影展现了 20 世纪初到 30 年代冀中平原上阶级斗争和农民运动的历史，也具有"史诗性"。

## 一、冀中历史的真实再现

《红旗谱》自出版以来被誉为中国共产党领导下的农民运动的壮丽史诗。史诗是古代民间文学的一种体裁，通常指以传说或重大历史事件为题材的古代长篇民间叙事诗。最早使用"史诗"这个概念的，是古希腊的哲学家亚里士多德，他在《诗学》中，把当时的文学作品分为史诗、抒情诗和戏剧三类。后来黑格尔在《美学》中指出："史诗就是一个民族的'传奇故事'，'书'或'圣经'。每一个伟大的民族都有这样绝对原始的书，来表现全民族的原始精神。"⑥ 马克思认为："随着印刷机的出现，歌谣、传说和诗神缪斯岂不是必然要绝迹，因而史诗的必要条件岂不是要消失吗？"⑦ 卢卡奇指出原初的韵文形式的史诗消逝了，新的史诗却诞生了，他是最早明确地将史诗从文体概念转向审美范畴来讨论的理论家，以后托尔斯泰、巴尔扎克的小说也成为史诗性作品。

在此界定下，中国除了各民族远古口传史诗如《格萨尔》《江格尔》《玛纳斯》《黑暗

---

① 参见朱安平《〈红旗谱〉世代相传》，《党史博采》2016 年第 9 期，第 61 页。

② 豆瓣和 Bilibili 数据统计于 2024 年 9 月 16 日 14 点。

③ 冯牧：《〈红旗谱〉与〈创业史〉》，《冯牧文集》第 1 卷，中国人民解放军出版社 2002 年版，第 276 页。

④ 胡苏：《革命英雄的谱系——〈红旗谱〉读后记》，《文艺报》1958 年第 9 期，第 19 页。

⑤ 洪子诚：《中国当代文学史》，北京大学出版社 2007 年版，第 96 页。

⑥ ［德］黑格尔著，朱光潜译：《美学》第 3 卷下册，商务印书馆 1996 年版，第 108 页。

⑦ ［德］马克思：《〈政治经济学批判〉导言》，中共中央马克思恩格斯列宁斯大林著作编译局译《马克思恩格斯全集》第 30 卷，人民出版社 1995 年版，第 53 页。

传》等外，《三国演义》《水浒传》《西游记》等古典小说也被纳入广义的史诗性作品范畴。现代文学诞生以来，茅盾、巴金、李劼人等的小说也被视为有史诗笔墨。新中国成立以后，创作上对“革命”与“战争”、“民族独立”与“阶级解放”，以及英雄人物形象的表现更推动了史诗性作品的出现。1954年冯雪峰在《文艺报》发表《论〈保卫延安〉的成就及其重要性》一文，提出“英雄史诗”的概念。① 在“十七年”涌现出的史诗性作品中，梁斌的《红旗谱》是其中的佼佼者。

《红旗谱》是“十七年”红色经典小说“三红一创，青山保林”中的一部，其具备“史诗性”要求的“主题的民族性”“题材的宏伟性”“画面的全景性”②，它描绘了壮阔的农民革命历史画卷，塑造了前所未有的现代中国农民的典型形象，体现了民族风格和中国气派。述“史”是史诗的基本要求。电影《红旗谱》讲述了从清末到民国，农民朱老巩、朱老忠父子两代人，以及年轻一代严运涛、严江涛等与地主冯兰池斗争的故事。影片解释了中国革命“发生”的历史原因：农民财产被地主阶级侵占，但个体不足以对抗。同时电影也揭示了中国革命走什么样的道路才能成功的“必然规律”：只有组织团结起来，在共产党的带领下才能取得胜利。

《红旗谱》从小说到电影，都是革命历史题材。学者黄子平对“革命历史小说”有过概括：“它们承担了将刚刚过去的‘革命历史’经典化的功能，讲述革命的起源神话、英雄传奇和终极承诺，以此维系当代国人的大希望与大恐惧，证明当代现实的合理性，通过全国范围内的讲述与阅读实践，建构国人在这革命所建立的新秩序中的主体意识。”③影片选取了原著中朱老巩“大闹柳树林”、朱老忠还乡、脯红鸟事件、反割头税斗争几个经典情节，但原著中描写的保定二师学潮未展现，这既与电影时长限制有关，也与该事件是革命低潮期受“左”倾盲动路线影响有关。从影片布局来说，二师在城市，与前面农村情节也存在偏移。电影结束在民众反割头税斗争胜利的画面，民众手中红缨枪攒动，烈火熊熊燃烧，展现一片红的大好形势，让人欢欣鼓舞。从电影中能了解到这时期的大事件，包括清末土地制度变化、农民闯关东、北伐战争、“四一二”反革命政变、反割头税斗争等。

梁斌创作的《红旗谱》中的事件很多是真实的，其中的人物大多有生活原型，他说：“在这个时代中，一连串的事件感动了我，烈士们英勇的形象激励了我。自此，我决心在文学领域内把他们的性格、形象，把他们的英勇行为，把这一连串震惊人心的历史事件

---

① 冯雪峰：《冯雪峰全集》第4卷，人民文学出版社2016年版，第207—224页。注：该文最初发表于1954年7月30日、8月15日《文艺报》半月刊第十四号、第十五号，题为《论〈保卫延安〉的成就及其重要性》。后改为《论〈保卫延安〉》，1956年5月由新文艺出版社出版单行本，《冯雪峰全集》第4卷据此版本收入。

② 王先霈：《论史诗性》，《社会科学》1984年第6期，第110—116页。

③ 黄子平：《灰阑中的叙述》，上海文艺出版社2001年版，前言第2页。

写出来。《红旗谱》从短篇发展到中篇，又从中篇发展成长篇。其中有些人物在我的脑海里生活不下十几年。开始长篇创作的时候，我熟读了毛主席的《在延安文艺座谈会上的讲话》，仔细研究了几部中国古典文学，重新读了十月革命后的苏联革命文学。"① 特别是核心人物朱老忠，其原型来自作家熟悉的宋姓老人。主演崔嵬把这一人物有血有肉地塑造了出来，朱老忠成为影片最大的亮点，他是新旧交替时代的农民英雄，具有江湖好汉的豪放性格，重情重义、有勇有谋。卢卡奇曾指出："史诗中的英雄并不是一个个人"，"史诗的一个本质标志就是它的主题并不是一个个人的命运而是一个群体的命运"。② 朱老忠是小说和电影的中心人物，他具有典型性，他的反抗象征着中国农民的抗争，他走的道路具有普遍性，只有在中国共产党的领导下，民众团结起来，才能取得一个又一个的胜利。

作品中的英雄并不是单个的人，而是英雄群像。小说开头是朱老忠的父亲朱老巩路见不平，反对冯兰池侵占四十八村公产，电影片头崔嵬饰演的朱老巩，也将其豪迈侠义很好地进行了传达。朱老忠朋友严志和的儿子运涛、江涛则是在共产党领导下自觉走向革命道路的新一代英雄，运涛在电影中塑造较充分，他带领民众抗争、参加北伐军等情节都一一展开，但江涛形象较单薄，他的故事还未充分展开。春兰等女性人物形象也鲜活动人，她们参与了与地主阶级的斗争。电影勾勒出革命英雄谱系，表现了三代农民的成长。史诗有个共同的审美旨趣，就是崇高。崇高在这些人物特别是朱老忠身上尤其明显，他们都是为大众、为大义而奋斗的英雄。反面人物塑造上，地主冯兰池和其子冯贵堂形象也具有写实性，符合"史"的要求，能看到地主阶级在时代下发生从保守到改良的演变，但其骨子里对农民的欺压和凶狠不变。

电影是一门综合艺术，天津厂先请河北省文联主任、时为长春电影制片厂编辑处长兼编剧的胡苏改编剧本，导演则特聘亦曾与河北交集密切、以《中华女儿》《母亲》《深山里的菊花》等革命历史题材影片享誉影坛的凌子风担纲，编剧中还有海默。摄影是吴印咸，从影片特定革命历史题材内容出发，确定了与之一致的摄影基调：浑厚有力，朴素扎实，切忌轻浮、鲜艳、单薄，并且要有乡土气息。该片的作曲瞿希贤采取流行于河北地区，为农民喜爱的河北梆子作为基调音乐，配器上同样选用具有北方特色的唢呐、高胡等乐器，以渲染气氛、刻画人物。③

电影主创熟悉河北生活和历史，为电影的写实风格打下基础，从剧本打磨到镜头设计，以及音乐都尽量做到了还原历史的真实。电影既有宏大历史叙事，又富有浓郁的生

---

① 梁斌：《我怎样创作了〈红旗谱〉》，《梁斌全集》第6卷，百花文艺出版社2014年版，第7—8页。

② ［匈］卢卡奇著，张亮、吴勇立译：《卢卡奇早期文选》，南京大学出版社2004年版，第42页。

③ 参见朱安平《〈红旗谱〉世代相传》，《党史博采》2016年第9期，第60—64页。

活气息。导演凌子风说“小说我看了七遍，熟悉极了，好像是我自己的作品”①。影片高度还原了原小说的内容，梁斌对电影的改编是认可的，即便是有些修改和添加，他也赞同。凌子风回忆说：“他（梁斌——笔者注）说我加的东西小说没有，我发展了，是符合他的心意的。”② 电影再现了小说的历史画卷，将北方农民的生活和斗争从纸上迁移到了大银幕。电影发挥出纪实功能，将人物和事件还原，以强大的视听魅力感染着观众。

## 二、诗意的生成

陈平原在著作《中国小说叙事模式的转变》中提出“史传传统”与“诗骚传统”共同制约着中国叙事文学发展的理论构想。③ 钱钟书在《谈中国诗》、朱光潜在《长篇诗在中国何以不发达》中也提到中国缺乏史诗。源自《诗经》的中国文学和始自《荷马史诗》的西方文学，二者大不相同，中国除各民族远古口传史诗外，缺少西方如荷马、维吉尔所作那样的史诗，只能说有广义的“史诗性”作品。梁斌视野开阔，小说《红旗谱》接续了现代中国小说史诗性的追求，学习了俄罗斯文学和苏联革命文学，对法国、日本文学也多有借镜④，由之改编的电影也具有中外艺术交织的特性，它们的史诗性既与世界相通，又强烈地体现出民族特征，典型地表现在浓郁的“诗意”上。

中国是一个诗歌的国度，陈世骧等学者认为中国有“抒情传统”，捷克汉学家普实克指出中国“在旧文学中占据主导地位的抒情性……现在被史诗性所取代”⑤。中国文学现代性的基本逻辑是从抒情走向史诗，古典文学中的抒情传统被现代文学中的史诗书写所取代。但无论是“抒情传统”还是“史诗”，均与“诗”有关系。“诗意，简单地说就是诗的意境。诗的意境是指诗歌中所描绘的生活与情感融为一体所形成的艺术境界”⑥。古典小说经常出现“有诗为证”，常描绘出诗的意境，古代小说家往往也有诗人身份。

梁斌是以诗歌创作踏上文坛的，他第一篇公开发表的作品是寓言诗《麻雀与鹞》（1930 年载上半年的《保定日报》）。1933 年，梁斌在《大公报》发表了新诗《黎明之前》。1961 年他创作有《宋洛曙之歌》，作家在晚年还写有不少题画诗。他的诗歌具有不纯性，除了《黎明之前》是抒情诗外，其他的是寓言诗、叙事诗、题画诗，反映出作家多才多艺的跨界思维。他晚年集中创作的题画诗更体现出诗画合一、以诗写景的特征，

---

① 凌子风著，凌飞、凌丽整理：《风——凌子风自述》，二十一世纪出版社 2015 年版，第 211 页。

② 凌子风著，凌飞、凌丽整理：《风——凌子风自述》，二十一世纪出版社 2015 年版，第 213 页。

③ 参见陈平原《中国小说叙事模式的转变》，北京大学出版社 2010 年版，自序第 2 页。

④ 参见卢桢《梁斌对外国文学的接受与借鉴》，《中国社会科学报》2024 年 7 月 1 日第 5 版。

⑤ ［捷］亚罗斯拉夫·普实克著，郭建玲译，李欧梵编：《抒情与史诗——现代中国文学论集》，上海三联书店 2010 年版，第 39 页。

⑥ 李春平：《袅袅余音与淡淡幽香——关于小说的诗意》，《光明日报》2022 年 6 月 29 日第 14 版。

这也与古人作画题诗传统一致。在梁斌的创作天地里，艺术具有相通性，他是自由的，诗意也融入了他的小说创作，书中风景、风俗和人情描写给读者留下深刻印象。

小说《红旗谱》里，冀中一带风景如画："有一条弯弯曲曲的长堤，是千里堤。堤上有座河神庙，庙台上有两棵古柏树"①，"滹沱河打太行山上流下来，像一匹烈性的马。它在峡谷里，要腾空飞蹿，到了平原上，就满地奔驰。夏秋季节，涌起吓人的浪头。到了冬天，在茸厚的积雪下，汩汩细流"②。书中对冀中地区的饮食习惯、过年习俗和玩鸟习气等风俗都进行了充分描写。河北文学有以孙犁为代表的"荷花淀派"，其以诗情画意闻名，同出一地，梁斌也被赋予了这片土地的灵性与诗意。"燕赵多慷慨悲歌之士"，梁斌推崇英雄，他自身也具有浪漫、感性的特点，为了写《红旗谱》他三辞官，创作时完全沉醉在自己的这部小说中无法自拔，每天伏案疾书十多个小时，废寝忘食。

梁斌原著中就有的诗意在电影中有所强化。这部电影不是典型的诗意电影，学界未对其诗意有充分关注和论述③，但诗情画意是影片一大特点。电影强化了原著中就有的景物描写和爱情书写，勾勒出一派田间乡镇风光，细腻描绘了浪漫忠贞的运涛和春兰之爱，还补入了大量民俗风情场景，营造出浓郁的诗意。导演凌子风创作本具有"在主流和主导之间不自觉游走"④ 的特点。他相信感觉，崇拜灵感，是位艺术狂人，甚至有"疯子"的绰号，其骨子里本是一个自由、浪漫、纯真的艺术家。在告别世界之际他留下的最后一句话是："我爱这个美丽的世界。"⑤《红旗谱》是他创作历程上的一座里程碑，确立了他的艺术风格和影史地位。他自己也认为"在《红旗谱》上用了点功，懂了一点电影"⑥。影片体现着冀中平原浓烈浑厚的乡土气息，具有令人感奋的"燕赵之风"。

小说中写到了人和人之间真挚的情感，写农民之间的阶级情，特别是朱老忠和严志和之间的深厚情谊，还浓墨重彩写下了运涛和春兰、江涛和严萍的爱情。春兰是农村姑娘，对待爱情和革命大胆且执着；严萍是城市女孩，她温婉坚韧，具有知识分子气质，但她和江涛的爱情在电影中因时长所限未展现。电影中运涛和春兰的爱情是重要的叙事线索，有数个场景段落表现。

1. 乡道上，运涛和朋友们闹闹嚷嚷而来，家门前绣花的春兰抬头问询，原来是

---

① 梁斌：《红旗谱》，《梁斌全集》第1卷，百花文艺出版社2014年版，第5页。

② 梁斌：《红旗谱》，《梁斌全集》第1卷，百花文艺出版社2014年版，第8—9页。

③ 参见宋杰、徐锦《抒情传统下的中国诗意电影》，《北京电影学院学报》2020年第1期，第4—14页。

④ 曹保平：《在主流和主导之间的不自觉游走——凌子风创作论》，《当代电影》1999年第5期，第36页。

⑤ 参见霍庄《关于凌子风晚年创作辉煌的形成》，《电影创作》2002年第5期，第68—74页；霍庄、徐晓星《"我爱这美丽的世界"——凌子风百年冥诞祭》，《当代电影》2016年第6期，第73—75页；沈大春《凌子风的电影世界》，西南大学2009年硕士论文。

⑥ 凌子风著，凌飞、凌丽整理：《风——凌子风自述》，二十一世纪出版社2015年版，第214页。

他们捉住了一只脯红鸟，春兰和运涛一起看珍稀的脯红鸟，他们面带笑意，含情相望，恋人头顶柳枝轻拂。

2. 镜头推出一个蓝底布上绣鸟的大特写，再拉远表现春兰在屋内窗下给鸟绣笼罩，运涛在窗外凝视，两人隔窗交流。电影发挥视听优势，布景巧妙，两人同在一个画框里，镜头在他们脸上和窗内外切换，并插入鸟的空镜头，显得温馨灵动。影片以视听语言补充和深化了原著中这一直叙的情节，增加了诗意。

3. 夕阳西下时，运涛与春兰瓜棚夜话。镜头先是远景，火烧云下一对人身影，再拉近镜头，两人谈心，天边云霞空镜头融入，江涛说想看看春兰的手，两人爱情羞涩甜蜜。

4. 春兰给运涛送行，坡上两个人影由远到近，再以中近景表现两人的依恋和不舍，周边月光、河水、小船、野草野花或点缀人物，或以空镜头出现，创造了情景交融的境界。

电影还有数个风俗画一样的场景，也极富诗意。《红旗谱》拍摄时，“在火车站旁边安排了一个很热闹的集市，在场面调度上选用了具有新中国成立前北方乡镇特点的景物，比如有卖保定咸菜的，有说大鼓书等等……看上去像中国画的长卷，展示出北方农村市集的热闹气氛”①。朱老忠回乡时就路经这里，他听到北方大鼓书唱父亲“大闹柳树林”的事迹，这曲词抑扬顿挫、朗朗上口，他路边喝大碗茶时遇到十五年未见的朋友严志和。运涛、大贵卖鸟也发生在集市，人群熙熙攘攘，年轻人拒绝卖鸟给地主冯兰池，画外音戏曲声响起，众人去看戏，画面切到戏台上，有两个白衣女子对唱戏、祭拜灵堂，台上台下镜头切换，底下冯兰池使坏，派人抓看戏的大贵去当壮丁。还有个段落是春兰绣“革命”字样在身上去集市，人群嚷嚷“看革命了”。她之后和朱老忠等看街头武术表演，运涛借了这个场地向民众宣传革命思想。还有朱老忠和人对练武术、农民杀猪场面，也传达出当地尚武、“杀年猪”的习俗。

影片中一些镜头也满蕴着诗意，如片头奔流汹涌的河水的空镜头，以及枯树、铜钟的大特写；朱老忠入党时连续四个青松的画面，形成隐喻意，象征着共产党人的气节和昂扬的斗志；白雪皑皑中江涛走来，路遇老驴头和春兰；严志和与儿子江涛在抗税暴动前床头夜谈，后面墙上映出江涛娘纺车的影子，女人和纺车的影子动起来，前后景相衬，镜头语言细腻丰富。片尾的大火空镜头也呼应了革命主题。导演凌子风的诗性思维在《红旗谱》中已露端倪，到新时期更得到了充分发挥。1984年他执导沈从文小说改编的同名电影《边城》，在影史上留下了诗意电影的杰作。

电影《红旗谱》弥漫着诗意，使宏大历史叙事中增加了抒情风，虽然这些诗意是散

① 凌子风著，凌飞、凌丽整理：《风——凌子风自述》，二十一世纪出版社2015年版，第270页。

落在情节中的，不过借用马一浮所言、叶嘉莹很赞同的对诗的认识："诗歌兴"其实就是（人的生命）"如迷忽觉，如梦忽醒，如仆者之起，如病者之苏"①。如果将电影凝聚出一个诗性的点，那可以认为是革命（反抗性），三代农民对地主阶级不屈不挠的反抗，以及更多人团结起来的革命。影片中人物诗意的亮相镜头（朱老巩、朱老忠举起铡刀）、如火如荼的反抗民众，都凸显了这一点。电影表现出宏大历史事件中民众集体斗争和个体维护生存切身利益的统一，由此生发出了强烈的诗意。正如梁斌的革命生涯、跨越多种艺术门类的创作，凌子风的自在浪漫性格和艺术生涯，都能看出创作者的反抗意识和自由追求。

洪子诚提及"十七年"的小说创作："'史诗性'，是当代不少写作长篇小说的作家的追求，也是批评家用来评价作品达到的思想艺术高度的重要标尺。这种创作追求，根源于作家充当'社会历史家'，再现社会事变的整体过程，把握'时代精神'的欲望。"②同时期涌现出了许多"史诗性"作品，揭示历史规律、表现宏大叙事、具有英雄气概。在"史诗性"作品的界定中，并不特别看重"诗意"的成分，但中国是一个诗的国度，从"诗骚传统""抒情传统"出发，"诗意"是中国传统小说难以绕开的层面，《红旗谱》对此有继承和发展，且在同类史诗性小说中其"诗意"较为浓郁。从这个意义上说，小说《红旗谱》和由此改编的电影既是按西方标准可界定的"史诗性"作品，又是中国传统孕育下的富有诗意之作。

## 三、在戏剧性下的统一

"史"和"诗"融合在西方传统史诗中，主要是以口耳相传的韵文实现，之后的史诗性作品中，是以精神和形式联结。布鲁姆认为"史诗——无论古老或现代的史诗——所具备的定义性特征是英雄精神"，史诗英雄永远处于"不懈"的"对抗性"追求中，史诗作家则不懈地"渴望创造不衰的想象"，也许这些才是"伟大史诗的真正标志"。③ 外在上史诗应具备形式特征，如阿诺德所谓的"恢弘风格"，弗莱所谓的"百科全书式的规模和其循环式结构"，乔伊斯和布莱希特所追求的"客观性和权威"之类。④

中国古典小说《三国演义》《水浒传》《西游记》虽可纳入广义的史诗性作品范畴，但各书中各章节相对独立，联结性不强。自现代以来，中国史诗性小说加强了叙事，将

① 马一浮：《马一浮集》第1册，浙江古籍出版社、浙江教育出版社1996年版，第57页。叶嘉莹：《从西方文论与中国诗学谈李商隐的诠释与接受》，《北京社会科学》2014年第6期，第25页。

② 洪子诚：《中国当代文学史》，北京大学出版社2007年版，第96页。

③ ［美］哈罗德·布罗姆著，翁海贞译：《史诗》，译林出版社2016年版，导言第5—7页。

④ 参见［英］罗杰·福勒编，周永明、薛洲堂、李律译《现代西方文学批评术语辞典》，春风文艺出版社1988年版，第217—220页。

“史”与“诗”更有机地联系到一起，情节的完整性、连贯性更强。具体到《红旗谱》而言，其通过戏剧性打通了“史”与“诗”，这也有别于同时期同一地的孙犁的小说，孙犁作品难以被改编为影视作品，“十七年”中对其改编一部都没有。孙犁对此也有认识，他说：“我的小说，又缺乏戏剧性的情节，改编成电影，就更有其困难之处。”① 这也是这两位同出于华北平原的作家的相异处。

梁斌和戏剧早就结下不解之缘，他从小喜欢看戏，其生活的村里就有一个丝弦班子，有两百多年的历史，出过一些名角。当时他看的戏种主要是河北梆子，此外还有莲花落、皮簧戏以及北昆曲。他1986年还专门写过《北方昆曲的崎岖道路》《谈“捧角”》的文章，可见对戏曲的喜爱和重视。梁斌20岁考入山东省立剧院表演系，当时学校设京剧和话剧课程，京剧是主科，话剧是副科，但他喜欢话剧，还在学校组建了一个话剧团，而且在《济南日报》副刊上开了一个专栏，倡导话剧。

抗日战争开始，梁斌在冀中新世纪剧社工作，曾任社长，他在剧社又当导演又当编剧，并教戏剧理论、表演，自己还参加演出。他编写剧本《爸爸做错了》，演了一千多场，还写了冀中第一部抗战歌剧《抗日人家》。1942年，曾根据《三个布尔什维克的爸爸》（《红旗谱》前身）写了一个五幕剧《千里堤》，写农民和地主的斗争。他还创作有五幕话剧《五谷丰登》。1944年，梁斌与邓拓将郭沫若的《甲申三百年祭》改编成《李自成》，并在剧中饰演牛金星。梁斌与戏剧的紧密关系，为学界所注意到。②

电影导演凌子风也熟悉戏剧，他1935年就读于南京国立戏剧学校，虽然他是从学习美术、雕刻起家，但他有丰富的戏剧创作经验。电影《红旗谱》能看出他“对戏剧性叙事和人物形象的塑造以及将戏剧性叙事中的家庭，伦理，人物关系等因素作为一种政治话语方式加以运用等诸多方面的技巧和规律的掌握”③。此外，河北省话剧团于1958年率先改编演出话剧《红旗谱》取得很大成功，崔嵬为主演《红旗谱》曾赴该团“取经”，话剧导演蔡松龄也是饰演严老祥、严志和父子的扮演者，电影和话剧间也有些关联。

小说原著《红旗谱》具有戏剧性，由四场戏串起了整个故事，即朱老巩“大闹柳树林”“脯红鸟事件”“反割头税运动”“保定二师学潮”。但作为一部长篇小说，它的日常叙事是较多的。④ 在电影1小时49分的有限时长里，戏剧性得到了进一步强化，即选择前三个事件，加强了戏剧冲突。如“大闹柳树林”一段采用了压缩处理，朱老巩中冯兰池调虎离山计后，原著中他和严老尚去了饭馆，电影里是他们刚走了几步，铜钟就被砸，

① 孙犁：《小说杂谈·小说与电影》，《孙犁全集》第7卷，人民文学出版社2004年版，第231页。

② 参见阿庚《〈红旗谱〉作者梁斌的戏剧情缘》，《党史博采》2011年第9期，第57—60页。

③ 钟大丰：《个性·时代·传统——浅谈凌子风的前期电影创作》，《电影艺术》1992年第5期，第18页。

④ 参见阎浩岗《论〈红旗谱〉的日常生活描写》，《文学评论》2008年第4期，第189—193页；丁琪《冲突与交融——〈红旗谱〉中的革命诉求与乡村理想》，《文艺理论与批评》2015年第5期，第88—91页。

朱老巩立时呕血，随后身亡。在原著中是不知所来的两个强人欺辱朱老忠姐弟，电影则是先交代冯兰池安排手下人斩草除根，然后是表现朱老忠姐弟被欺凌，这凸显了地主阶级的罪恶，强化了阶级间的矛盾和血海深仇。

电影还增加了一些情节，表现阶级斗争的激烈。如朱老忠一家与严志和火车站相遇后，他们赶着马车回家路过冯家，拒绝按照冯家规矩下车。朱老忠的大车，停在冯兰池的高阶前。仇人相见，分外眼红，冯兰池惊恐地瞪着两眼，朱老忠虎眼圆瞪，这一场面形成了强烈的视听冲击力。电影中即便是比较舒缓的诗意的场景段落，也多设置了戏剧冲突。如运涛与春兰瓜棚夜话，前有冯兰池觊觎春兰，安排管家去挑事；后有管家带着春兰父亲老驴头出现，打散这对有情人。这里的阶级冲突、父权管制，都加剧了电影中的戏剧性。这些设计使电影故事跌宕紧凑，增加了看点，提高了电影的观赏性，毕竟电影投资较高，且是需要买票才能欣赏的艺术，更需要获得观众的认同。

电影诞生较晚，世界各国电影大多有向戏剧“取经”的情况。中国电影和“戏”的亲缘关系更甚，以标志其诞生的《定军山》为起始，它就和戏剧结下了不解之缘，早期中国电影甚至有“影戏”之称。以戏剧为核心的电影观念，对中国电影影响深远。“影戏”观点立论之基，就是认为电影是一种戏剧性的叙事艺术，戏是电影之本，电影是戏剧的外延和进化，它们在本质上并无二致。学者陈犀禾指出：“在剧作上，‘影戏’把冲突律、情节结构方式和人物塑造等大量戏剧剧作经验都搬用过来。在镜头结构上，‘影戏’采用了与舞台幕场结构相似的较大的戏剧性段落场面作为基本叙事单元。”① 钟大丰认为：“影戏”理论由双层结构的理论框架构成，在外层是一个带有浓厚戏剧化色彩的技巧理论体系，深层结构中则孕育着一种从功能目的论出发的电影叙事本体论。②

《红旗谱》作为“十七年”的代表电影，有较典型的戏剧结构，戏剧性将“史”与“诗”融合起来。学者董健说：戏剧性又具体表现出哪些艺术特征呢？一曰集中性。戏剧化的情节必须是相对紧凑和集中的。二曰紧张性。所谓“戏”，就是从某一“平静、舒缓”状态的打破到求得新的“平衡”的一个过程。三曰曲折性。一波三折才有戏，平铺直叙没有戏，戏剧性的所有特征都不可能离开曲折性而存在。③ 电影《红旗谱》符合戏剧性包含的集中性、紧张性和曲折性的要求，正反双方矛盾激烈，反映出地主阶级和农民阶级不可调和的矛盾。朱老忠和冯兰池有着血海深仇，朱老忠的父亲朱老巩和其姐都为冯家所害，其儿子又被抓了壮丁，农民们长期被地主欺压。《红旗谱》是二元对立模式的戏剧性架构，人物善恶两极化的倾向十分明显。在地主冯兰池的逼迫下，朱老忠、严志和等农民没有活路，唯有反抗才能生存下去。电影也借助了戏剧的结构展开情节，有

① 陈犀禾：《中国电影美学的再认识——评〈影戏剧本作法〉》，《当代电影》1986 年第 1 期，第 83 页。

② 参见钟大丰《“影戏”理论历史溯源》，《当代电影》1986 年第 3 期，第 79 页。

③ 参见董健、马俊山《戏剧艺术十五讲》，北京大学出版社 2004 年版，第 74—78 页。

着明显的开端（大闹柳树林）、发展（脯红鸟事件等）、高潮（反割头税斗争）、结局（斗争胜利）的叙述故事框架，故事环环相扣，情节跌宕起伏。

电影《红旗谱》实现了历史、诗意和戏剧性的融合，较好地完成了红色经典的改编任务，成为中国影史上的一部优秀之作。但也有论者指出：这一时期的“史诗性”写作，由于作家史诗意识（体现为对历史、现实的主体独立思考与批判意识）不足，现实也没有提供真正史诗意识生长的空间，这些作品还没有完全达到“史诗性”应有的高度。① 由原著改编的电影也不可避免地存在着这样的问题。就电影而言，导演凌子风也表达过对影片的不满：“现在回过头来再看，很多东西我不满意，如果让我重拍，我不会这样拍了。”② 电影在历史、诗意和戏剧性上也存在融合不足、深度不够等问题，但一时代有一时代之文艺，创作者们已经尽最大努力去完成这个作品，且在“史诗”作品的世界性和中国化上有继承和发展。整体来看，这部小说和由之改编的电影，都取得了较高的成就，至今仍能让我们欣赏和赞叹。受众能从中了解过去的革命历史，感受到波澜壮阔大时代的风云；在诗意的浸润中，又能体会到风景、风俗的魅力以及情感的美好；更能沉浸在跌宕起伏的戏剧性情节中。在梁斌诞辰 110 周年之际，重读《红旗谱》，欣赏同名电影，既是对前人的纪念，也有助于吸取经验，推动我国文艺不断进步和发展。

---

① 参见董建等主编《中国当代文学史新稿》，人民文学出版社 2005 年版，第 118 页；王本朝《史诗性与当代文学的美学迷思》，《求是学刊》2014 年第 5 期，第 134—141 页。

② 凌子风著，凌飞、凌丽整理：《风——凌子风自述》，二十一世纪出版社 2015 年版，第 209 页。

# 莫言创作对红色质素的转化和创生*

高　志①

**摘　要**：莫言的创作中有大量异域文学和中国传统文化质素，这是不争的事实，但也不能据此抹杀“红色经典”文学对他创作的影响。“红色经典”是莫言创作的潜在背景，并成为莫言作品隐现的幽灵，因而简单地否定“红色经典”对莫言的影响是不符合实际情况的。从阅读史看，莫言深受中苏红色小说的启发，模仿和改写“红色经典”书写模式，超克“红色经典”人物塑造、情节设置、叙事艺术和语言运用上的束缚，从局部改写到整体变形，从叙事要素解构到重组，以人类学视角取代阶级论视角，开拓现代书写的多种面向，完成文学的蜕变，形成了独特的艺术风格。笔者意欲梳理莫言创作借鉴资源和突围的轨迹，尝试图绘莫言作品创生的路径。

**关键词**：红色经典；莫言；语境置换；戏仿；创生

莫言的创作有其历史传统和时代基点。他从小深受“红色经典”的耳濡目染：“那个时代是红色经典流行的时代，我看的第一部长篇小说是马烽、西戎的《吕梁英雄传》……那时没有选择，碰巧遇到哪本就读哪本，作为毛泽东时代生长起来的少年儿童，读红色经典和革命英雄主义小说，与社会和学校里的教育完全一致……”② 莫言的阅读范围远远超出后来“红色经典”限定的范围，《苦菜花》《吕梁英雄传》《红旗谱》《艳阳天》《金光大道》《沙家浜》《小二黑结婚》等成为阅读红色素材，并且浸泡在红色政治氛围之中：“像一些革命样板戏，《红灯记》啊，《沙家浜》啊，都被改编成猫腔。”③ 在以民间形式改编的样板戏的熏陶下，“红色经典”的主题、人物塑造、情节安排和叙事结构

* 项目基金：新疆博士启动资金项目“中国当代底层文学研究”（批准号：620322008）；新疆天池领军人才项目“共同体美学下的新疆当代多民族文学研究”（批准号：51052401415）。

① 作者简介：高志（1978—　），男，河北邢台人，新疆大学中国语言文学学院副教授，博士生导师，中国文艺评论（新疆大学）基地执行主任，主要研究方向为中国现当代文学。

② 姜异新整理：《莫言孙郁对话录》，《鲁迅研究月刊》2012年第10期，第4—5页。

③ 姜异新整理：《莫言孙郁对话录》，《鲁迅研究月刊》2012年第10期，第8页。

在莫言的创作中留下了浓重的痕迹。

在思想解放的时代，阶级叙事正在由个人叙事代替；莫言与其他作家一样，开始从异域文学中汲取营养。新中国成立后，苏联文学作品的大量译介拓宽了莫言的创作视域，他善于质疑，并常以比较的视野和越界的思维去反思异域“红色经典”书写的差异问题：“《钢铁是怎样炼成的》应该是苏联的红色经典了。他们的红色经典比我们的水平高。我十几岁时到我姥姥家，看过我舅舅的一套连环画，是《静静的顿河》的电影版，浅蓝色那种，看不够啊。每年去都要找出来看一遍，印象非常深刻。”① 莫言的怀疑精神滋养了其创新性写作。

## 一、“红色经典”的影子

莫言早期作品明显有“红色经典”的影子，无论是选材，还是人物、情节设置和词汇使用，“红色经典”以显性的方式出现。比如“为什么人”的问题，莫言将工农兵作为其书写重点，《春夜雨霏霏》《黑沙滩》《岛上的风》《断手》《金发婴儿》《丑兵》写作对象是士兵或军官，《白鸥前导在春船》《售棉大道》《石磨》《大风》《三匹马》《放鸭》写作对象是农民，《白棉花》写作对象是工人。

莫言引入“红色经典”写作的大框架，书写革命历史，关注工农兵生活，多以正面道德叙事为主，如《黑沙滩》中富有正义感的场长，《丑兵》中士兵们积极要求奔赴战场为国家献身的精神，《大风》中赞扬爷爷劳动技能的娴熟。但莫言在小说细部加以突破，如《丑兵》写作就有李存葆《高山下的花环》的影子（李存葆与莫言是解放军艺术学院的同学，相互之间有一定的影响)。《高山下的花环》的情节结构是：赵梦生是军队领导的儿子，逃避上前线，但最终被迫奔赴前线，梁三喜为了拯救赵梦生而牺牲自己的生命，赵梦生灵魂受到洗礼而资助梁三喜的亲属。莫言《丑兵》与李存葆小说有类似的叙事视角、叙事模式、叙事主题和叙事语言，莫言的突破之处是赋予英雄的士兵以丑陋的形象，这违背了“红色经典”英雄人物的塑造原则。

在“如何为”原则上，莫言扎根民间，以民间艺术形式来写乡土生活，猫腔和说书形式成为民族风格和民族气派的表征，这是对“红色经典”写作模式的继承和地域化的拓展。“红色经典”借助通俗易懂的形式占领读者市场，它使中心话语“渗透到社会各阶层和日常生活的各个角落，融入中国民众日常公共话语和个人话语的方方面面。红色经典通过语言建构的英雄人物和负面人物以及他们的语言表述，如革命理想主义的豪言壮语、警句格言等，成为中国最有影响力的象征符号”②。在《春夜雨霏霏》中，莫言采用

---

① 姜异新整理：《莫言孙郁对话录》，《鲁迅研究月刊》2012 年第 10 期，第 5 页。

② 刘康：《在全球化时代“再造红色经典”》，《中国比较文学》2003 年第 1 期，第 15 页。

了古典文学思妇的视角和口吻，但个别段落可透视“红色经典”的影响和话语痕迹：“你去年又说不能探家了，因为岛上的机器要大检修；你今年又说不能探家了，因为连队里要进行人生观教育……”①

莫言小说创作起始是在模仿中寻找突破的，其《岛上的风》是对“五四”时期动物进化论无限扩大的否定。严复翻译的《天演论》有选择性、有意识地对进化论进行改写、漏译，他将“优胜劣汰”的竞争原则推广到社会层面，并将动物发展作为进化论唯一路径，而有意忽略保持和退化的状况存在，这一线性发展凸显启蒙救亡的国族期盼，但它窄化和扭曲了进化论。莫言否定社会进化论，反对将动物竞争理论运用到人类社会。小说中李丹为救苏扣扣而牺牲了生命，这无法用动物进化论的观点解释，否则身为班长的李丹就会自己保存自己，任由自然自由选择了，这也彰显了“红色经典”中“为他人”的社会主义道德理念。莫言塑造了主要英雄人物李丹的形象，教育了全岛驻军，尤其是抱持“社会达尔文主义”的大学生冯琦琦，“我从你身上，从你的战友身上，认识到了人生的真正意义。我抛掉了自己视为圣经的‘社会主义达尔文主义’，写了入党申请书”②，这符合“根本任务论”（“努力塑造工农兵的英雄人物”）和“三突出论”（“在所有人物中突出正面人物，在正面人物中突出英雄人物，在英雄人物中突出中心人物”）的要求和规定。

莫言的《石磨》模仿赵树理《登记》的结构和主题，两个短篇都是以某个事物为中心展开两代人的爱情故事。《登记》以罗汉钱定情物展开两代人的爱情故事，以新旧对比来歌颂解放区的婚姻自由政策；而莫言以石磨这一劳动工具作为两代人的爱情“符号”，勾连父辈和子辈的爱情纠葛。莫言将故事背景放在了20世纪80年代，批判了传统爱情观念的因袭，呼唤爱情和婚姻自由，珠儿与“我”最终结成良缘，与赵树理小说中结局一样，但莫言的小说更凸显了传统婚姻观的顽固，渗透了作者对文化和社会的批判。

莫言早期创作在选材、人物形象塑造、情节设置和人物关系以及故事结局上皆有意模仿“红色经典”叙事，甚至可以和某些经典形成对照关系，但莫言在模仿“红色经典”的同时，也在不断地寻找突破口，摆脱传统的束缚。莫言曾经这样讲述阅读“红色经典”时的疑虑和反思：“只读过普希金的《渔夫与金鱼的故事》、契诃夫的《万卡》，还有《钢铁是怎样炼成的》，这算苏联的作品了。还读过安东诺夫的《信》……我觉得苏联的小说比我们的红色经典要好一些，好在真实。它们暴露了革命队伍内部的阴暗面，实际上读的时候心里面是抗拒的。”③

① 莫言：《白狗秋千架》，上海文艺出版社2012年版，第7页。

② 莫言：《白狗秋千架》，上海文艺出版社2012年版，第96页。

③ 姜异新整理：《莫言孙郁对话录》，《鲁迅研究月刊》2012年第10期，第5页。

## 二、人物设置：承与变

“红色经典”的人物塑造遵循“根本任务论”和“三突出论”，这两点规约作品的生产：“比如英雄人物于得海，身高‘中等个子’变成了‘上中等个子’，‘身体粗壮’改为‘身材魁伟’，修改后眼睛前面还要强调‘大’。改动后的形象更符合当时英雄人物高大魁梧、富有智慧、具有威慑力这一普遍的形象特征。二是人物对话、心理活动的改动，把许多流露私人感情的交谈变成了集体式的、革命式的讨论。”① 人物塑造限制越来越严，创作模式化、固定化和单一化。人物形象、语言、出身、行动、衣着甚至眼神都能透露出人物的善恶，好坏论定以政治为唯一标准。

莫言在“红色经典”的语境下成长，并且深受苏联革命文学的影响，他在比较的视野中发现苏联文学中塑造人物新异之处在于其挖掘人物身上的阴暗面。莫言引入雨果的美丑对照原则，打破了“红色经典”文学“英雄人物”塑造的约束，“英雄人物”外形塑造、心理和语言建构的“高大上”在莫言创作中则还原为人类学的视角，外表丑陋而内心仍可以美的观点突破了简单的、狭窄的、极端化的英雄形象塑造。

1985 年前，莫言作品开始突破“红色经典”的藩篱，写人物阴暗面（如《黑沙滩》中钻营者士兵郝青林），丑陋的形象也可入文（《丑孩》中外表丑陋内心美的丑孩），商业化对艺术的戕害（《民间音乐》以及后来升级版《你的行为使我们恐惧》）；从《透明的红萝卜》开始，莫言的探索领域和深度全面开始，摆脱“红色经典”的焦虑感增强，如王德威所言：“莫言的人物已一再显示新中国子民面目千变万化，既不‘红、光、亮’，也不‘高、大、全’。他（她）们不只饱含七情六欲，而且嬉笑怒骂，无所不为。”② 莫言《丑兵》中塑造了外表丑陋而内心美的王三社，他被边缘化，却积极要求上前线而最终为国捐躯。但在“红色经典”中，外表丑陋往往成为“地富反坏右”的代名词，如蝴蝶迷、许大棒子、座山雕、钱文贵、刘文彩、龟山、小猪队长、能不够、小腿疼、黄世仁等，这一塑造原则借鉴戏曲类型化塑造模式而被定型，作者、观众和读者共同完成了这一建构，在 1942—1977 年的文学创作中很难突破。莫言从《丑兵》开始不断突破“红色经典”的形象塑造原则，正面人物和反面人物不再类型化和单一化，人物意识形态色彩逐渐淡化。如《黑沙滩》中，郝青林为政治生涯而告密，“我”从报纸上抄写入团申请书，厂长粗话连篇。

如果说莫言创作前期塑造的人物还限定在工农兵范围，那么从《红高粱家族》开始，小说主人公就由工农兵转变为土匪，包括中篇小说《野种》的土匪胚子，这完全颠覆了

---

① 俞春玲：《＜苦菜花＞及其他——冯德英访谈》，《新文学史料》2015 年第 4 期，第 53 页。

② 王德威：《当代小说二十家》，生活·读书·新知三联书店 2006 年版，第 224 页。

“文艺为工农兵”的原则；且主人公性格复杂，类似古代侠客形象，他们既坚持民族正义，尊老爱幼，但又违反社会秩序、法律，甚至杀人越货，莫言写出了民间存在的原生态，不再用政治态度定性他们，“而是从生命本体角度来写土匪之恶。十七年和‘文革’时期小说中的土匪为恶，如许大马棒等几乎都是家族性‘恶’的延续，天生就具有‘恶’的质素”①。各种政治力量的书写也采取人类学的视角，不偏不倚，不带意识形态的有色眼镜去塑造人物。《丰乳肥臀》中司马库、沙月亮、孙不言、鲁立人代表不同的政治力量，母亲却默默忍受着争斗之中的痛苦，并想方设法抚养他们的后代，母亲履行伦理责任，借种生子，忍受着无尽的屈辱。

小说《红高粱家族》是个突破，但从严格意义上讲，土匪余占鳌仍是贫困的雇工，而到了《生死疲劳》，主人公不再仅仅限于工农兵的范畴，莫言以地主西门闹的视角来写人间变迁，地主成了主角，西门金龙、蓝脸、洪泰岳、蓝金龙、蓝解放等成为阴间视角对象的一部分。错杀西门闹，西门闹诉冤改写了“红色经典”中对地主的书写模式——恶贯满盈、形象丑陋、阴险狡诈，并且民兵连长黄瞳的狡猾，洪泰岳对地主婆白氏的爱情，西门金龙的大义灭亲，蓝脸的坚持单干等，这些人物及其事件设置都突破了“红色经典”原则。异域创作观念的侵入使莫言的创作颇受诟病，其2005年创作的《檀香刑》被称为转向“古典文学”的典范，其中人的塑造更加圆形化、立体化，“我想，如果在一部小说里，把刽子手当作第一主人公来写，会非常有意义”②。

莫言对人物心理进行深层次的探究，还原历史现场，揣摩人物心理，以存在主义来写生命个体存在的合理性，如《丰乳肥臀》中各种力量的存在，《红树林》中采珠人边缘化的生存状态，《檀香刑》中刽子手的自我心理逻辑，等等。下面就以《檀香刑》为例来谈谈该问题。赵甲身为行刑人，需要克服心理的恐惧和寻找心理的安慰：“他们是真正的‘千夫所指’啊，是一种什么样的东西支撑着他们活下去呢？……肯定要有一个很长时间的心理调适过程。”③ 莫言详细描写了赵甲的杀人过程。对犯人刘光第尤其是孙丙，赵甲的心情是复杂的。莫言在小说中没有过多地描写赵甲的心理活动，而是通过行刑的细节来展示赵甲的心理活动，这种方式塑造人物借鉴了戏剧中的行动元象征语言，是把檀香刑作为一种艺术来表演。

在“红色经典”中，革命乐观主义成为塑造人物的黄金准则，人物的物质、生理需求被摒弃，并成为“红色经典”写作的禁区。莫言的“吃喝”主题写作率先突破写作禁区，这一破冰之举有拉伯雷《巨人传》的风范，其主人公庞大固埃以物质需求来开启文艺复兴人的意识觉醒的大门，莫言也以“吃喝”为突破口，塑造了罗小通和罗通的形象。

---

① 周建华：《新时期以来涉匪小说匪性叙事的异质化》，《当代文坛》2013年第6期，第47页。

② 姜异新整理：《莫言孙郁对话录》，《鲁迅研究月刊》2012年第10期，第10页。

③ 姜异新整理：《莫言孙郁对话录》，《鲁迅研究月刊》2012年第10期，第10页。

“吃肉”成为新时期决定社会关系和家庭关系走向的主要因素，罗通与野骡子、杨玉珍的关系纠葛，罗小通与他们的关系以及和老兰的关系，皆取决于“肉”的有无和多少。性欲书写是另一个“红色经典”的禁区，张贤亮开新时期性描写的先河。莫言在《红高粱》中就以性来塑造“爷爷”“奶奶”大胆开放个性的形象，《丰乳肥臀》中“母亲”的借种以及儿女们的风流史，《四十一炮》中对五通神（性欲象征）的赞美，这些都是冲破“红色经典”人物塑造条框的例子。

莫言从人物塑造入手，人物形象更加复杂化，人物成了复杂场域中鲜活的个体生命，不再是乌托邦式人物。情节设置不再遵循“红色经典”套式：发现问题—领导者出现—启蒙引导—发动群众解决—大团圆，而是通过引入“意识流”——也可说是“魔幻现实主义”，思想自由流动，回忆、前瞻、议论，以插叙、倒叙和补叙的方式进行书写。但其脉络还是可见的，取“草蛇灰线”之法，摒弃了“红色经典”中的线性叙事。在语言方面，莫言加强了修饰语和口语的运用，排比句和反讽手法兼用，扩大了文本的容量（语言的狂欢，不可避免的泥沙俱下），且中西文体并用，突破了样板戏、小说和颂歌等“红色经典”叙事形式的区隔。

莫言创作的人物自己拆解自己，罗小通的嗜肉、上官金童的恋乳症、黑孩的贪吃、西门闹的恋世、西门金龙的爱政、蓝脸的恋地、赵甲的杀人术和眉娘的疯狂恋爱等，人物在自我诉说和行动中诠释自我诉求和价值。个人的欲望上升到主要位置，替代了阶级、集体观念，历史叙述还原为日常叙事，历史作为书写的背景，个人表演改写了大写的历史，“人”的塑造归位人类学视角，解构主流意识形态，同时又在形成新的意识形态。

## 三、语境置换：颓败与重建

在现代社会中，市场、资本和消费文化的语境与“红色经典”生产的年代有很大不同，阶级统治的强制力在持续减弱。莫言不仅写出人物自身的欲望，还颠覆了“红色经典”中的情节规制，并把人物塑造上升到哲理高度。这是对人性弱点的揭露和对社会“染缸”意象的批判。在小说《酒国》中，作者以侦查员丁钩儿为主人公调查婴儿事件，丁钩儿最终沦落，不能挣脱社会染缸，情欲等人的动物性和黑暗势力的盘根错节击垮了他。丁钩儿为华北方言“腚沟儿”谐音，即人的排泄的最终出口，莫言的“命名”从一开始就突破了“红色经典”中命名的“高大上”原则，而是还原为民间命名逻辑（丑陋、物体、卑下，如臭蛋、石头、狗儿等）。丁钩儿最终落入厕所而死，这就如《红楼梦》中人物的判词。

莫言在其中塑造了老革命，作为引导人，丁钩儿在听了其教训后，明白老革命的现实困境：“他原想对老头儿倾诉衷肠，竟变成了老头儿对他发泄不满。他感到失望，明白了这世界上谁也教不了谁的道理，人人都有烦心事，说出来不充饥不解渴。”① 老革命丘八爷作为引导人没有承担起对丁钩儿的启蒙责任，这与“红色经典”中的启蒙者作用大相径庭。在《青春之歌》中，卢嘉川和江华将林道静从资本主义生活道路引导到人民解放事业中来；《红旗谱》中的贾湘农引导运涛参加革命，指导朱老忠的革命工作；而在莫言的小说中，这个引导人却变得软弱无力，引导人本身就陷入了社会的困境之中，那么主人公的结局可想而知。莫言在丁钩儿墓志铭中则予以谅解：“在浪漫多情的年代里，弟兄们，不要审判自己亲兄弟。”② 莫言对人物的评价不以简单的政治、伦理标准，这是其个性化创作的前提。“我不认为一个写作者可以随便对作品中描写的人和事做出评判，但假如要评判，那也应该使用一种不同流俗的评判标准。”③ 莫言的思想从鲁迅和陀思妥耶夫斯基小说中得到启发：“我们一般的作者，能拷问出洁白底下的罪恶就很好了，但鲁迅和陀斯妥也夫斯基能更进一步地拷问出罪恶之下真正的洁白。”④

在《蛙》中，莫言以悲悯的情怀、谅解的态度塑造了“姑姑”复杂的形象。新中国成立初期，作为赤脚医生，“姑姑”拯救了很多小生命，在计划生育政策执行中又伤害了不少未出生的生命。“姑姑”的爱情、家庭悲剧，她的后半生的忏悔，情和理，善与恶，政策和伦理，民间和庙堂，这些矛盾揪扯着她，她承受了莫大的心理压力。莫言对“姑姑”的理解和同情，是作者从历史路径去塑造“姑姑”形象。人的正义和非正义没有了固定的评估原则，人类学的视角凸显，莫言创作的民间化、超阶级化理念越来越明显，这突破了“红色经典”人物塑造的原则。

在“红色经典”中，时间是线性发展的，以此构建革命历史和社会主义建设的完整性和神圣性。语言则摒除个人语言的特色，“我们”取代“我”“你”“他”等单数人称，群体的代名词是阶级的象征；修饰词删除，增强句子的表意功能，语言的教化功能得到凸显，因为句子的象征、含蓄、歧义等均被视作小资产阶级话语的表征。莫言以语言为载体突破了“红色经典”的写作范式，他运用通感的手法，变线性叙事为空间叙事，丰富语言写作的空间。他在《小说的气味》中写道：“作者在写小说时应该调动自己的全部感觉器官，你的味觉、你的视觉、你的听觉、你的听觉、你的触觉……它不再是一堆没有生命力的文字，而是一个有气味、有声音、有温度、有形状、有感情的生命活体。”⑤ 莫言的语言是任意的、约定俗成的，词汇以纵横排列获得意义，语意存在于词汇搭配的瞬间，时空移动，语意变迁，以语言为载体来存留固定意义是不可能的。《四十一炮》

① 莫言：《酒国》，当代世界出版社 2003 年版，第 187 页。

② 莫言：《酒国》，当代世界出版社 2003 年版，扉页。

③ 莫言：《用耳朵阅读》，作家出版社 2012 年版，第 91 页。

④ 姜异新整理：《莫言孙郁对话录》，《鲁迅研究月刊》2012 年第 10 期，第 10 页。

⑤ 莫言：《我的高密》，中国青年出版社 2011 年版，第 175 页。

中，罗小通以不断地诉说来挽留少年时光，莫言清醒地认识到语言存留世界的无效性："这是徒劳的……这也是写作者的救赎之道。用叙述的华美和丰盛，来弥补生活的苍白和性格的缺陷，这是恒久的创作现象。"① 该小说创作于 2003 年，市场经济体制逐渐健全，市场和消费占据人们的生活中心，读图时代到来，书写语言受到冲击，日常生活审美化。

20 世纪 80 年代，社会对思想和意义的追逐开始退潮，从 1993 年伊始，人文精神失落的大讨论反映了问题的严重性，莫言重新审视"炮"的意义。"诉说"内涵一种思想，与生活意义匮乏形成了互补，尝试以诉说的戏剧性、场景化去构建意义的立体空间。这与《透明红萝卜》的写作背景不同，后者创作于 1985 年，是对"二十七年"文学的反拨（一元化体制禁锢、批判和摧毁个人话语及思想），单一语言系统生产出单一声音，个人是无言的，黑孩则是"无言"群体的代表。这些表征同样现身在《丰乳肥臀》中，其中对"雪集"的描述，集上的民众都沉默无声："经过土改、公社化、大跃进、三年大饥荒之后，人们一定会想起来，不说话真是最高的生存智慧，因为，就像莫言在小说里说的那样，平时人们说的百分之九十八都是废话。"②

莫言将第一人称、第二人称和第三人称叠加使用，甚至连自然界动物都以第一人称出场。作者把各种人物放在了同等的位置上，《酒国》中的丁钩儿、李一斗、"妖孩"和莫言视角交错进行；《丰乳肥臀》中的作者视角、上官金童、我们在不同情节上使用不同的人称；在《生死疲劳》中，有亡灵的视角，有驴、牛、猪、狗、猴和大头儿的视角，而在第三部"猪撒欢"部分中，以猪十六的视角讲述其大战刁小三、追月成狂、思故里和乘乱夺王。不同视角开拓了叙事的维度，小说更有立体感，更加全面，更有空间的存在感，人物和动物处在同质空间，他们的地位同等重要，文化赋予的地位消解了，他们是自然界平等的一分子，时间停止了，进化论占据了重要位置，莫言以此解构了主流意识形态。

莫言在此基点上，借鉴鲁迅叙事资源，把作者、叙述人、主人公、读者等元素引进小说，创造出不同的空间。在《酒国》中有三个层次视角：第一种，丁钩儿视角是以侦查和堕落为流程来写；第二种，莫言和李一斗的通信则以两个维度进行，一个是现实中请教创作问题，一个是虚构《酒国》的篇章——《肉孩》和《妖孩》等内嵌故事人物创作的小说，补充丁钩儿视角无法达到的地域；第三种，莫言视角寻访"酒国"，寻找创作灵感，又发现酒国中各色人物与小说人物相同。第一种视角和第二种视角中的第二维度构建了一个完整的酒国——腐败、工业、吃喝产业化、极端市场化，第二种视角第一维度拆解了第一种视角的真实性，第三种视角颠覆了第二种视角第一维度和第一种视角，又重新构建前两种视角中的酒国，证据为莫言到酒国后发现酒国的布局和人物系列与之

---

① 莫言：《四十一炮》，浙江文艺出版社 2017 年版，第 401 页。

② 叶开：《莫言的文学共和国》，北京大学出版社 2013 年版，第 278 页。

前创作小说相雷同。叙事错综复杂犹如叙事迷宫。这部小说创作于1989—1993年先锋文学热潮冷却期，“90年代初，先锋文学的热潮逐渐退却，它的式微，暴露出了先锋文学在具有自身文学形式与文学观念上的开拓意义与反叛精神的同时，也存在着一些致命的弱点”①。莫言却大胆采用形式主义技巧触及社会敏感问题，这既体现了莫言的担当责任，又体现其创新精神和策略性。

莫言还继承和创新了鲁迅的看客叙事类型，把看客引入创作之中，看客和主人公处在同等地位上，共同完成一部戏的创作。比如长篇小说《檀香刑》，赵甲和看客共同完成了杀人艺术的表演：“发现这种看客文化、看客心理，不仅仅在中国独有，西方社会也大量存在。……难道不麻木吗？……有了看客，有了罪犯，还缺一个演员，只有有了杀人者以后，杀人者、被杀者、看客才构成了一场完整的戏剧，当然上面有导演者。基于这样的考虑，我就把刽子手作为《檀香刑》的第一主人公来写。”② 鲁迅创作视野中的看客处在尴尬的位置上，其既是压迫的对象，又是统治阶级的帮凶，鲁迅以悲悯的情怀关照他们，认为他们既可怜又可悲，是启蒙的对象。而莫言却将看客视作一场戏不可或缺的一部分，没有正义和非正义之分，没有愚昧和精英之分，他们只是一般的观众，这超克了意识形态内涵，回归到人类学视野，莫言以悲悯的眼光审视宇宙万物，从哲学的角度思考人存在的意义和困境。

莫言善于讲故事，“越来越觉得小说还是要讲故事”③。莫言把对现实的关怀用故事的结构、叙事和语言表述出来，《蛙》《丰乳肥臀》《四十一炮》《酒国》等，莫言把故事场景化，挣脱“红色经典”的概念化和程式化的藩篱，叙事的多层次性丰富了故事，由史诗到个人化叙事印迹明显。

## 四、形式创生：戏仿与颠覆

莫言的创作在叙事艺术、人物塑造、语言使用和风格层面与“红色经典”形成“互文”关系：“互文性理论认为任何文本都不可能脱离其他文本而存在，其意义产生于它与其他文本之间或引用或吸收或改造或扩展的相互联系，但是这样的互文过程因为融入了丰富的文化内涵及知识结构，又不可等同于静态的文本特性。”④ 莫言创作的意义不仅就莫言作品本身而言，而且主要指其作品与互文的文本关系而言，莫言的创作不是独立存在的，而是在关系中产生意义，它才是独特的这一个。

---

① 宋伟：《当代社会转型中的文学理论热点问题》，文化艺术出版社2012年版，第248页。

② 姜异新整理：《莫言孙郁对话录》，《鲁迅研究月刊》2012年第10期，第9，11页。

③ 莫言：《旧“创作谈”批判》，《恐惧与希望·演讲创作集》，海天出版社2007年版，第284页。

④ 陈刚：《文学多体裁翻译》，浙江大学出版社2015年版，第531页。

莫言在互文中模仿、改写“红色经典”，以幽默、不严肃的方式模仿其创作的要素和流程，从而生产适应新时代的文本，新的意义也就生产出来，所以莫言使用了戏仿的方法，而戏仿是“最具意图性和分析性的文学手法之一。这种手法通过具有破坏性的模仿，着力突出其模仿对象的弱点、矫饰和自我意识的缺乏。所谓‘模仿对象’可以是一部作品，也可以是某派作家的共同风格”①。

莫言的前期创作是对创作对象的模仿。在莫言的大多小说中，“大写的人”退出了历史舞台，这是对《在延安文艺座谈会上的讲话》的改写，“文艺为工农兵服务”及“三突出”“根本任务论”等“红色经典”遵循的原则被拆解。仅仅相隔五年，莫言就摆脱了宏大叙事书写的禁锢，《岛上的风》《丑兵》《黑沙滩》中的军人英雄形象鲜明，这一时期作品在模仿“红色经典”文学中有所突破。《岛上的风》是对“社会主义进化论”的揶揄和否定，社会主义进化论是把达尔文的“适者生存”自然选择观拓展到人类社会，莫言以冯琦琦的视角观察守岛战士为了他人而牺牲生命的壮举。人生意义在于奉献而不在于自我奋斗取胜，这种理念继承“红色经典”文学内涵，创作没有突破。《丑兵》有对《高山下花环》的模仿，《高山下的花环》中出身好的士兵政治觉悟却低，且想方设法逃避战争；而形象不佳的士兵却被边缘化，但其政治意识强，积极要求参加战争而为国捐躯，由出身/血统论到“美丑对照原则”②，莫言借镜雨果文艺理论思想和苏联的革命文学理论，突破了阶级论的范畴。《黑沙滩》有张一弓《犯人李铜钟的故事》的影子，同名“场长”，同为军人，同为私自处理粮食问题被捕，不同的是，张一弓的《犯人李铜钟的故事》书写三年困难时期，为避免饿死人，李铜钟私开粮库放粮；《黑沙滩》书写厂长不符合政治的言论和为应急私自通知百姓抢收小麦的违法行为，而且出现出卖者形象郝青林，他为了一己私利告密。

1985 年后，莫言的创作与“红色经典”的互文多为风格的借镜和戏仿，从人物形象、语言、叙事时空、作品构架、内在意蕴等角度互文“红色经典”，在对照的语境中生产出新意义，“颠覆的主要是那些贫乏单调、失去生命力的僵化符号和权威话语，同时体现出自由平等的精神、快乐哲学和理想精神，所以它不但不会导向虚无，相反它是在为自由的丰富的生命创造条件”③。《欢乐》中对《小二黑结婚》戏仿、更改和翻案，“三仙姑”是被批判的人物，她勾引青年的行为和外在装扮被以民间俗语来加以嘲讽，而莫言在《欢乐》中质疑了这一定位：“三仙姑才四十五岁么，很年轻么，为什么不能穿绣花鞋，穿镶边裤？为什么就不能搽官粉，戴首饰？区长可以批评他干涉了小芹的婚姻自由，不应该批评她的服饰打扮。中国人老的快，四五十岁就老了吗？就不能恋爱结婚了吗？

---

① ［英］袁吉·福勒著，袁德威译：《现代西方文学批评术语词典》，四川人民出版社 1987 年版，第 194 页。

② 马新国主编：《西方文论史》，高等教育出版社 2008 年第 3 版，第 234 页。

③ 杨剑龙等：《新世纪初的文化语境与文学现象》，中央编译出版社 2012 年版，第 186 页。

从这个角度看，我认为三仙姑是解放区最少封建思想的妇女！"[①] 《球状闪电》以孩子"蛐蛐"的视角，意欲摆脱意识形态的干扰，童年纯真，观点不偏不倚，作者以人类学的角度考虑问题，而不是从某一意识形态出发；孩子视角是一种姿态、一种思维，它搁置意识形态，实际上是对意识形态的抵抗，同时也陷入了无政治的政治之中。

莫言作品互文"经典文学"，生发新意义，颠覆了创作的固有程式和意义生产体系，突破了文学创作中不符合文学规律的体系和因素。莫言创作采取人类学视点，超克意识形态的局限，时间消隐了，自然界偶然性摒除了一时的强者和弱者之分，进化论中的偶然性占据上风，"在那一瞬间，一滴沉重的、滚烫的松树的眼泪把谋杀者和被谋杀者，把最阴险的和最坦直的、把侮辱者和被侮辱者，固定在同等凄凉的位置"[②]。这与沈从文创作中偶然性在生命进程中的位置有类似之处。将人的动物性还原出来，文明的影子消失殆尽，文艺复兴建构的"人是万物灵长"的启蒙观念在这里没有了位置，人外在附丽的华光褪色，人与动物没有等级之分。莫言描写了人的丑陋和肮脏，如人的粪便、酿酒和煮肉中羼尿、人生吃蜗牛、剥皮、檀木刑等，将人性恶的一面——暴力和残酷性细致铺排。

莫言拓展书写的广度和深度，突破阴暗面书写禁忌，拓展"红色经典"的书写模式。莫言前期小说中人性的美好和"仁"的精神也得到进一步书写，《红高粱家族》中"我爷爷""我奶奶"深明大义，抗日救民，这与他们身上的阴暗面并驾齐驱，研究者多着眼于该小说写作的背景，阐释解放人性的方面和对处于边缘地位的民间活力的真实书写，其开辟了新的意识形态领域。但是，笔者认为，莫言书写人性的阴暗面，不仅仅反拨意识形态，还发现了人的复杂性。莫言主观上不是有意偏离主流写作，而是从人的真实状态、生活经历观察，从苏联文学中汲取创作营养，过分强调其意识形态作用就有政治化的嫌疑。

莫言深处齐鲁大地，自然耳濡目染"仁"文化，这是鲁迅"为民请命"[③] 思想的延续和复苏。《天堂蒜薹之歌》是莫言用35天写就的为民抗命之作，关注底层民众生存状态，曾遭到生命威胁。莫言在小说中没有拔高带头人高羊高马的形象，高羊胆小懦弱，在监狱苟且偷生，四婶未得到公正判决而放火烧政府，后因被掘祖坟而上吊自杀，这些底层民众的生存状态渗透了作者的悲悯情怀和担当意识。《丰乳肥臀》中对母亲的书写，有学者认为其中有大地神盖亚的形象，无可厚非的是，这种比较研究有开拓意义；但是该小说是莫言为表达对母亲的敬意，一次偶然的机会看见车站内一位带小孩妇女的辛苦有感而发。母题研究要植根于中华民族之地，母亲的宽容、付出、无怨无悔、忍耐、坚

① 莫言：《欢乐》，上海文艺出版社2012年版，第220页。

② 莫言：《欢乐》，上海文艺出版社2012年版，第221页。

③ 鲁迅：《鲁迅全集》第6卷，人民文学出版社2005年版，第121页。

强等母性之爱只有放在中国齐鲁大地上才坚实，是在 20 世纪齐鲁文化影响下的农村妇女的言行，仅仅靠母性之爱难以说明问题。地域文化、乡风民俗、个人性格，完成了母亲的建构，所以上官鲁氏才具有共性，也具有地方文化品格，当然性别角色也占据重要位置。

语词、句式模仿“红色经典”中的英雄行为，而形象和语言错置。反面形象置换为英雄的语气和话语，语境错置，产生戏谑的味道，消解了一体化叙事。英雄在新时期却沦落到家败的困境，反讽的语气解构了类型化的英雄塑造模式。高大同姓名寓意与形象形成悖论，英雄陷入物质、家庭和伦理的困境，英雄的结局并没有英雄的待遇。莫言对英雄现实处境的同情和无奈，充满了对现实的反讽、批判的力量，英雄蜕化为草民。高大同诅咒、痛恨以权霸占自己老婆的权贵，这些变质的人民公仆光明、伟岸的形象不复存在，“你们使用狼狗、使用伞兵……东风吹，战鼓擂，当前的世界上究竟谁怕谁？你装孙子啦？”① 23 个“使用”，有意置换语境，并以误用创造新意，也可以说颠覆了“红色经典”类型化叙事模式。

1993 年，批评家王彪在《新历史小说选》中提出“新历史小说”现象，并将莫言归入其行列，认为莫言以个人话语/性和物质欲望代替阶级话语来展开叙事，并变换多重视角，打破了“我们”的一维视角。但是，莫言的创作是在“红色经典”濡染下进行的，无法摆脱前置语境的影响，因此单单强调莫言的新异是有偏颇的，反过来说，忽视莫言的创生能力也是有失公正的。

---

① 莫言：《欢乐》，上海文艺出版社 2012 年版，第 249 页。

· 红色儿童文学研究 ·

# 论抗日战争时期解放区儿童戏剧的状况、特点及价值*

谭旭东　邹应菊①

**摘　要：** 抗日战争爆发，改变了一代儿童的命运与生存状态，战火将他们推向了苦难的深渊，也将他们推进了解放的战场。其中由儿童组织演出的儿童戏剧在抗战时受到重视并迅速发展。具体来看，解放区的儿童戏剧在前期苏区"红色儿童剧"的基础上，始终跟随"一切为了抗战"的戏剧运动方针进行发展。从西北到晋察冀再到苏北，解放区陆续建立起了儿童剧团，成为抗战戏剧团体中不可或缺的一支生力军。这一时期解放区的儿童戏剧主要以抗战现实题材为主，以话、歌舞剧为主要表现形式，以"戏剧游击战"为演出形式，着力展现剧中英勇无畏的理想儿童形象。从儿童戏剧的"儿童本位"与艺术性的层面来看，解放区的儿童戏剧存在一定的问题与局限。但结合时代需求与历史背景，解放区的儿童戏剧肩负起了儿童教育与抗战宣传的重任，在硝烟弥漫的年代做出了不容忽视的贡献。

**关键词：** 抗日战争；解放区；儿童戏剧；儿童剧团

1937年的"七七事变"，日本帝国主义不断扩大侵略，揭开了全国抗日战争的序幕，中国人民进入了长达八年的全面抗战阶段。在抗击敌寇，拯救民族于危难之中的时代情势之下，文学必须从单纯审美的幻境中摆脱出来，从而发挥它的呐喊、宣传、鼓动作用。于是在抗日战争时期，原有的文学格局，包括儿童文学的艺术格局便发生了重要改变，戏剧艺术暂时性地占据了中心的位置。这是因为，戏剧具有大众性、普遍性、战斗性的

* 项目基金：国家社科基金重大项目"百年中国儿童文学分体史研究"（批准号：23&ZD289）。

① 作者简介：谭旭东（1968— ），男，湖南省安仁县人。上海大学文学院、外语学院双聘教授，"伟长学者"特聘教授，博士生导师，主要研究方向为儿童文学、创意写作和当代文学批评。邹应菊（1999— ），四川人，现为广东汕头幼儿师范高等专科学校学前教育学院教师，主要研究方向为儿童文学、创意写作。

特点。戏剧一方面是最易被大众接受的文艺形式，适应于战争年代人民文化程度普遍不高的社会现实，而另一方面，戏剧能够迅速反映生活，具有极强的感召力，能够直接教育、鼓动广大民众加入抗日救亡的队伍中去。儿童戏剧则更是如此，因为“小孩子演戏最容易感动人，最易于激动，所以儿童戏剧是最好的宣传工具”①。在由中国共产党领导的解放区中，涌现出了吕梁抗战剧团、抗敌剧社儿童演剧队、延安少年剧团等代表性的儿童剧团，创作出了以莫耶的《荒村之夜》、胡可的《清明节》、胡沙的《公主旅行的故事》为代表的儿童戏剧，是整个解放区的戏剧运动与戏剧文学的重要组成部分。回望历史，这一时期的儿童戏剧是特定历史时期的产物，即便存在一定不足，但培养和教育了战争中的儿童，在抗战宣传方面推动了民族解放战争，是战时语境中儿童教育与抗战文化相结合的重要实践。

## 一、解放区儿童戏剧发展状况

解放区的儿童戏剧前有苏区在戏剧运动中对儿童剧进行的探索为基石，后有中央“戏剧为战争、生产及教育服务”为方针指引。各个抗日根据地的儿童剧团服务于抗战形势，以抗战救国为主旨，反映抗战现实，宣传革命文化，扩大了中国共产党的革命影响，儿童抗战戏剧的传播之地也就是革命文化所传播之处。

### （一）前期基础与剧运总方针

苏区的戏剧活动，从井冈山时期到抗日战争爆发前夕，前后大约有 10 年的时间，期间创作了大量的剧目。而这些剧目虽然很少专门为儿童而创作，但有很多儿童团员参演，也有许多反映儿童苦难生活与积极斗争的内容，在戏剧中表现出儿童的特征。例如《无论如何要胜利》《快快归队当红军》与《李保莲》等。韩进创作的《李保莲》，写的是苏区儿童团员李保莲勇敢机智地与偷袭的敌人作斗争的故事，在苏区表演过很多场，受到民众普遍欢迎。苏区当时还创建了高尔基戏剧学校，招收了近千名学员，进行戏剧、歌咏、美术、舞蹈等方面的训练，在抗战以后投入了各地的宣传工作。陕西瓦窑堡于 1937 年成立了人民抗日剧团，由陕北根据地原有的列宁剧团和从长征过来的一批“红小鬼”合并建立，在“七七”事变后改名叫“流亡孩子抗战剧团”。可以说，苏区关于儿童的戏剧为解放区的儿童戏剧做出了早期探索，为解放区培育了儿童剧团积极发展的土壤。

抗日战争爆发后，戏剧作为抗战宣传的重要形式迅速发展，而解放区也在不断明确着戏剧运动的方针战略。1939 年 7 月 7 日，中华全国戏剧界抗敌协会晋察冀边区分会成立宣言里就提出：“在抗战里，一切是为了抗战的，一切是服从抗战的；今天，我们要动员全国所有一切的力量，争取抗战建国的胜利。”宣言也提到了对儿童戏剧的重视：“我

---

① 张早：《抗战中的儿童戏剧》，《戏剧春秋》1940 年 11 月第 1 期，第 59 页。

们要开展新剧、活报、儿童戏、子弟班即旧戏班，使一切新旧戏剧都为抗战建国的事业而奋斗。”① 在1940年的中华全国戏剧节抗敌协会晋察冀边区分会拟的《新年戏剧大纲》中明确提出了“戏剧是为政治服务的”②。戏剧要密切配合政治任务，致力于广泛深入地掀起抗日救亡热潮。1943年3月27日，中央文委开会讨论了戏剧运动方针问题：“这次会议确定了边区和各抗日根据地的剧运总方针，就是为战争、生产及教育服务。”③ 戏剧的内容必须为抗战服务，戏剧的形式必须为群众所了解，这是当时一切戏剧运动的出发点。战争打断了“五四”时期儿童戏剧梦幻童真的正常进程，但同时唤起和重塑了儿童戏剧的艺术精神。在总的剧运方针下，儿童戏剧被推入了贴近现实、反映现实、服务于现实的现实主义轨道。

### （二）解放区的儿童剧团

在抗日战争初期，解放区的儿童剧团也处于初始阶段。1937年12月，在中国共产党鲁西北特委领导下，刘定一在鲁西北的聊城组建了解放区的第一个儿童剧团——聊城孩子剧团。1938年11月，在山西牺牲救国同盟会领导下，来自上海的青年大学生施凌散和四五个戏剧歌咏爱好者发起组织了三十个左右的孩子，成立了吕梁抗战剧团。他们在晋西南宣传抗战、推动农村剧运，其代表性剧目有描写反汉奸斗争的儿童剧《中华儿女》和说服落后妇女抗日的儿童剧《妇女》。1938年5月，太行山地区凌川孩子抗日宣传队与联合抗日流动剧团合编，成立八路军太行山剧团。1939年，小八路战线剧团成立。战争初期敌进我退的形势造成了这些剧团的极大流动性和不稳定性，使得这些儿童剧团的有关资料也严重匮乏。

进入1940年后，随着解放区的扩大和形势的相对稳定，儿童剧团如雨后春笋般纷纷出现，解放区儿童剧团的发展进入高潮阶段。1940年1月，在晋察冀根据地成立了西北战地服务团的儿童演剧队，一年后改名为少年艺术队，代表性剧目有儿童歌舞剧《八路军和孩子》，儿童话剧《表》《路》《童养媳》《抓汉奸》《读好书》等。1942年，由于边区“精兵简政”，少年艺术队解散。1940年前后，晋察冀军区政治部抗敌剧社成立了儿童演剧队，1942年改称少年儿童演剧队。先后演出的剧目有歌舞剧《过难关》《空城计》《交通舞》，话剧《儿童万岁》，歌舞童话剧《乐园的故事》等。1943年，少年儿童演剧队由于队员的工作调动而宣告结束。1941年“四四儿童节”前，延安少年剧团成立，由当时

---

① 刘增杰、赵明、王文金等编：《抗日战争时期延安及各个抗日民主根据地文学运动资料》（中），知识产权出版社2010年版，第751—752页。

② 刘增杰、赵明、王文金等编：《抗日战争时期延安及各个抗日民主根据地文学运动资料》（中），知识产权出版社2010年版，第635页。

③ 刘增杰、赵明、王文金等编：《抗日战争时期延安及各个抗日民主根据地文学运动资料》（上），知识产权出版社2010年版，第222页。

的毛泽东青年干部班的第六班儿童班发展而来，团员一般为十四五岁的儿童。1941年10月，延安少年剧团并入延安青年艺术剧院，不久后改编为儿童艺术学园，由胡沙担任儿童剧团的编剧，演出的主要剧目有：儿童话剧《勇敢的小猎人》《糊涂将军》和《笑吧，孩子》等。1941年3月，八路军师战斗剧社儿童演剧队在晋西北抗日根据地成立，这支演剧队是以八路军120师政治部战斗剧社歌舞组为基础组建而成，先后演出过歌剧《苦难中的孩子》，小歌剧《荒村之夜》，儿童话剧《活埋》《小伤号》《到八路军里去》，童话剧《公道的评判》等，他们的演出活动一直坚持到1947年。1942年2月，在华北，华北联大文艺学院文工团儿童剧团成立，由六十余名儿童组成，演出的剧目主要是儿童话剧，有《八路军和孩子》《第十天》《朝前面走》《在炮火中》《参加八路军》等。在新四军建立的苏北根据地涌现了大量的儿童剧团，据统计仅盐阜区就出现了161个儿童剧团，儿童戏剧运动甚至成为苏北戏剧运动中最为活跃的力量。比如在阜宁县就有很多学校陆续成立儿童剧团，沙淤、单港、停翅港、汪朱、大余等小学儿童剧团演出的《敬神不如敬新四军》《献给军属奶奶一朵花》《我们是个小八路》等戏都受到当地群众的喜爱。1935年在江苏淮安建立的新安旅行团，踏遍半个中国，在旅行中演出了几百个儿童剧目。1943年，新安旅行团在苏北并入"盐阜儿童总团部"，在文艺宣传中起到了很好的作用。① 新安旅行团为代表的儿童剧团在旅居期间创作了大量的儿童戏剧、歌舞剧、舞剧等，他们的代表剧目有：《春的消息》《反法西斯进行曲》《大萝卜》《帮助咱们的游击队》等。

值得注意的是，由于抗日根据地动荡的战局和复杂的形式，决定了儿童剧团具有很大的流动性和不稳定性。这些剧团随着战争环境的变化或解散，或合并，或重组等。1943年之后，抗战进入反攻阶段，由于作战频繁，儿童剧团的孩子们也大都成年，其中很多加入了成人剧团或是部队的宣传队，解放区儿童剧团的活动就很少了，但这些儿童剧团为解放战争和新中国成立后的文艺工作培养了大批人才，尤其是培养了一些专业的剧作家。

## 二、解放区儿童戏剧特点分析

解放区儿童戏剧在抗日战争期间不断发展，由于政治宣传和条件简陋的原因，具有小型化、轻型化、通俗化的普遍特点。在题材上，以反映现实的抗战内容为主，在表现形式上也有多种尝试，配合解放区的抗战局势也常是"戏剧游击战"的演出形式，最后是戏剧中的儿童角色代表着民族存亡之际被民众期待与想象出的英勇、机智和充满希望的儿童形象，给观众以感召与振奋。

① 参见少年报社编《中国现代儿童文学选：诗歌·戏剧》，江苏人民出版社1982年版，第476页。

### （一）以抗战现实题材为主

现实主义题材是抗日根据地儿童戏剧的主流，它们是抗战时期儿童生活最直接也是最真实的反映。1939年，莫耶创作了抗日根据地的第一部儿童戏剧《荒村之夜》，讲述了小女孩救助掉队的小八路，而她本想报信的汉奸父亲最后获罪的故事。由胡可担任编剧的三幕童话剧作为解放区儿童戏剧的代表性剧目，是以日寇诱骗中国儿童进行病菌实验的真实事件进行创作。故事以两家人为描述对象，小二、小三的父亲被日寇打死，一家人在贫困的死亡线上挣扎，小二被迫上街偷窃，遭到毒打；小三年幼，被日寇诱骗，充当病菌实验活体，后被其他孩子发现，对小三给予救治。汉奸老四不仅自己投靠日寇，出卖同胞，还将自己的儿子送去抗日根据地做间谍，但其子最后受到我军革命队伍正义的感召，转而投向我军。故事的最后，汉奸老四被枪毙，小二、小三一家在八路军的帮助下渡过了难关。此剧人物众多，但人物关系清晰明了，故事由于真实可信，深受解放区民众的喜欢。此外，这时期的现实主义题材还有反映军民关系，尤其是八路军和孩子之间的友爱，其作品如《八路军和孩子》《参加八路军》《到八路军里去》等；有歌颂儿童的机智勇敢的，如《抓汉奸》《儿童万岁》等；有赞颂儿童深明大义，大义灭亲的，如《荒村之夜》和《清明节》；也有反映抗战中儿童的悲惨生活和遭遇的，如《铁蹄下的儿童》《苦难中的孩子》等。这些作品从不同的角度再现了抗战时期的社会现实，宣传共产党领导下的革命事业和抗战精神，用儿童喜闻乐见的形式传达党的政策和制度，使儿童戏剧成为抗战精神的传声筒。

### （二）较为多样的表现形式

不同于苏区主要以话剧为表现形式的儿童戏剧，解放区的儿童戏剧中还有许多儿童歌舞剧、童话剧乃至是儿童秧歌剧，其中表现出的儿童情趣给解放区战火弥漫中的儿童戏剧增添了一抹亮色。儿童歌舞剧作为融民间文艺和西方艺术于一体的新文艺，受到解放区人民大众的广泛欢迎。例如霍希扬的独幕儿童歌舞剧《抓老鼠》、原野创作的儿童歌舞剧《蜜蜂和蹩虫》、周巍峙等人创作的三幕儿童歌剧《八路军与孩子》、郝玉生的歌舞剧《乐园的故事》等。胡沙创作的歌舞儿童剧《公主旅行记》带着鲜明的外国童话烙印，讲述了国王的小女儿与俘虏小黑奴成为朋友，他们向往自由自在的生活，而最后小黑奴却被侍卫用弓箭射死，小公主悲痛欲绝选择自刎。这部关于自由与爱的戏剧，尽管与抗战儿童剧相比缺少战斗性，“但仍不失为新的创作，它有着自己的风格：生动、活泼、趣味，合乎儿童的兴趣与要求”①，在公演时却受到广大群众的欢迎，并且成为延安青年艺术剧院儿童艺术学园演出场次最多的剧目。战斗剧社儿童演剧队的童话剧《公道的评判》，在借鉴民间传说《东郭先生》基础上结合时事改编成型。此外儿童戏剧工作者还注意汲取民间文艺的丰富养料，创作出具有地方色彩的作品。例如吴坚的《海定娃娃救干

---

① 《延安儿童艺术学园》，《解放日报》1942年4月5日第2版。

部》，对旧有的民间说书进行改造，用书词的歌唱形式来演绎英雄儿童的事迹。《自己干》继承传统民谣“四季歌”的形式，每节唱词字数一致、形式统一，按照季节不同分为四节进行演绎：“春季里，国大开呀开，国大代，跑满了南京街。南京街，汽车多又快。”① 顶真手法的运用使歌词节奏鲜明，十分具有表现力。

**（三）“戏剧游击战”的演出形式**

吴蔷在《两年来本军戏剧工作》中提出了“戏剧游击战”的说法，并解释为：“因为本军作战地区的相当辽阔，江南的苏皖，江北的鄂皖豫，都有我们的队伍在那里打游击战，宣传鼓动的戏剧工作也要配合着军事行动的开展，才能发挥它的战斗性的。一面在作战部队中附属着演剧团体，一面还有后方的演剧团体到战地去作游击式演剧。两年以来，我们的戏剧工作没有放松过这个工作的方式和作风。从服务团戏剧组成立以后，就采用着巡回演剧的办法，在本军作战地区工作。”② 根据史料，可以发现当时解放区的儿童剧团们大多也是以这样游击战的方式进行演出，即所谓的“以闪击姿态演出”。抗敌剧社的小同志刘佳在《戏剧到了敌后的敌后》中回忆到自己的亲身经历：“半夜出发去演出，成为经常的工作。有时一夜要在两个地方演出，在院子里在庙台上，五分钟搭台，三分钟拆台，装在出发前就化好，没有节目的同志，就到台下听群众反映，根据反映把意见集中起来，进行剧本修改和整理演出。有一次戏正在台上演出，哨兵打了一枪，知道发现了敌人，戏停下来，立刻投入战斗，没用十分钟，敌人被我们部队打退了，战斗结束，那就又继续演出。”③ 在这样艰苦的演出条件下，解放区的儿童戏剧大多为独幕剧，体现出小型化、轻型化的特点，而戏剧舞台则更受限制：“我们没有好的舞台，演剧都是乡间的野台，大的戏没法演出：我们没有硬片布景，舞台四周只是三块黑布，一块红前幕，吹起风来，什么都卷起来了。灯光，更是简单得很，只有两三盏汽油灯，至于讲它的服装道具，在这山窝里穷乡僻壤的地方，更是困难得很。——这些都限制着我们的舞台技术，无法向高度去发展。”④ 可见“戏剧游击战”的演出形式背后展现出多么无奈和艰难的处境，同时也反映了儿童戏剧工作者坚强不屈的战斗意志和对艺术的执着之心。

---

① 《红色档案——延安时期文献档案汇编》编委会编：《红色档案——延安时期文献档案汇编：群众文艺》，陕西人民出版社2013年版，第133页。

② 刘增杰、赵明、王文金等编：《抗日战争时期延安及各个抗日民主根据地文学运动资料》（下），知识产权出版社2010版，第1299页。

③ 刘增杰、赵明、王文金等编：《抗日战争时期延安及各个抗日民主根据地文学运动资料》（中），知识产权出版社2010年版，第735页。

④ 刘增杰、赵明、王文金等编：《抗日战争时期延安及各个抗日民主根据地文学运动资料》（下），知识产权出版社2010年版，第1291页。

**（四）剧中理想化的儿童形象**

在残酷的战争中，“儿童”群体被赋予了关乎民族未来的理想化想象，在这个过程中具体的、自然的儿童逐渐趋于抽象和理性，“儿童”是初升的太阳，代表着新生、希望。解放区儿童戏剧中的儿童形象便是这种理想化想象的表现形式，国民在民族存亡危难之际寄托在儿童身上的理想与希望都在小演员们所演绎的角色身上显身。如萧汀等人创作的剧舞歌《保卫解放区——献给解放区的新儿童们》，塑造了三类性格迥异的儿童形象。蒋大狗是典型的“小汉奸”形象，仗着汉奸爸爸的势力作威作福、欺压儿童，俨然儿童阵营中黑恶势力代表；杜小明、周新代表的是中间儿童，胆小懦弱，不敢反抗，迎合蒋大狗的欺压和威逼，为虎作伥；四平、二虎、小平作为工农兵大众的后代，是兼具善良、正义等优秀品质的社会主义接班人，他们具有机智勇敢、坚韧不屈的性格，总是可以淡定从容地面对敌人乃至是战胜敌人，正是被期待的理想化的儿童形象。但是整体来看，儿童戏剧中的儿童形象“仅仅从民族、阶级的视角作了政治化的观照与反映，而却把……人性在战争情形中本来应该有的诸种表现及其战争的极端残酷性方面等复杂因素，都统统地给人为地漠视、遮蔽、抽空乃至删除了”①，童心成了表现的禁区。这种单一性、机械性的“教化”信条成为儿童戏剧的唯一价值和本质特征。解放区儿童戏剧中的儿童形象正是反映了一个时代、一个社会群体的“集体理想”，即对于儿童的集体想象，尽管战争使他们遭受不幸，但他们终会在苦难中成长为小英雄。

## 三、解放区儿童戏剧价值评述

以儿童想象与趣味为价值理想的儿童戏剧，在抗日战争时期逐渐转变成了“最好的宣传工具”，体现出鲜明的政治倾向性和强烈的现实功利性，也因此存在模式化、成人化等倾向。但我们更应在时代语境中，看到解放区的儿童戏剧对战时儿童的情感抚慰、自我教育的效用，以及其所进行的政治宣传所激发的新的革命力量，这是解放区儿童戏剧不容忽视的价值。

**（一）解放区儿童戏剧的问题与局限**

阿英曾在《关于盐阜区的儿童戏剧问题》总结了当时儿童戏剧存在的问题，一是“机械的理解了党的文艺政策”，于是，“活泼天真的儿童，也就不得不陷入‘拖着长长地’声调来哼‘悲调’的厄运”；二是“忽略了儿童教育的特殊性”，以至于（儿童剧团的小演员）“大部分洋溢着‘小老头子’的气氛，而不再是天真活泼的儿童。在戏剧工作上所以陷于这样的不正常，原因也不外乎此，把儿童的特殊性身心以及教育方面——忽

① 江震龙：《解放区散文研究》，上海三联书店 2005 年版，第 173 页。

略了，把儿童当作成人一例看了”；三是“适宜于儿童演出的剧本缺乏问题”①，对于这一点，张早也在《抗战中的儿童戏剧》中说到当时剧团学校无剧可演，要么重演旧剧本，要么拿大人的剧本演，有的儿童团体演出《胎妇》《爱情三部曲》等，“不但演出效果是一塌糊涂，叫观众哭笑不得，而且对儿童的生理与心理却有很大的妨害”②。总观抗战时期解放区的儿童戏剧创作情况，整体的艺术成就并不高，很多仓促上演的儿童剧目未经过艺术的细致打磨，人物过于单薄，台词口号化，缺乏深厚的戏剧感染力。而作为儿童戏剧，在表现儿童的本真童心方面少有涉及。核心问题还是整个抗战时期儿童戏剧的缺陷——政治思想的表达压倒了戏剧艺术的追求。

**（二）解放区儿童戏剧的效用与价值**

抗日战争是近代以来在我国本土进行的规模最大、范围最广、持续时间最长的战争，成千上万的儿童流离失所、无家可归，他们是战争中最弱势也受到最深伤害的群体。解放区数量众多的儿童剧团，为儿童提供了容身之所并肩负起了教育他们的责任，儿童在其中亦发挥了自己的力量。

在抗战宣传方面，张早在《抗战中的儿童戏剧》一文中就指出了儿童戏剧对抗战的帮助：“抗战促进了儿童戏剧，在抗战中儿童戏剧进步得真快，儿童戏剧帮助于抗战也很大，在抗战中成群的儿童们组织起来了，他们利用戏剧宣传民众，在不断的工作中，他们影响了成千上万的百姓，参加到抗战阵营中来。”③ 由儿童排演的戏剧往往会更具有感召力，抗战宣传的效果也就更好。

在儿童教育方面，儿童剧团是一个儿童接受教育的平台，以吕梁剧团为例，殷参曾在《吕梁山的孩子们》一文中描述儿童在剧团中接受的教育：“他们严格的执行自我教育，上文化课，政治课，把剧团作为自己的学校。他们要使每个团员都注意和了解目前抗战形势，不仅在技术上会化装，演戏，而且懂得新的抗战戏剧理论，会排演救亡剧，真正成为一个开展救亡工作的戏剧运动者。”④ 许多在儿童剧团长大的孩子也在后来的书写中提到自己在剧团中受到的照料与接受的教育，证明儿童剧团起到了学校教育的作用。在儿童心理方面，许幸之曾说：“没有一个儿童不喜欢看戏的，除非他有些痴愚。因为儿童最爱好的是娱乐——特别是扮演着各种各样的人物和禽兽的登场。所以，戏剧在儿童的意识中，是一种‘梦幻的乐园’。”⑤ 进一步说来讲，儿童在主动地学习与演出戏剧时

---

① 刘增杰、赵明、王文金等编：《抗日战争时期延安及各个抗日民主根据地文学运动资料》（下），知识产权出版社2010年版，第1315页。

② 张早：《抗战中的儿童戏剧》，《戏剧春秋》1940年第1期，第59页。

③ 张早：《抗战中的儿童戏剧》，《戏剧春秋》1940年第1期，第59页。

④ 刘增杰、赵明、王文金等编：《抗日战争时期延安及各个抗日民主根据地文学运动资料》（下），知识产权出版社2010年版，第1053页。

⑤ 许幸之：《论抗战中的儿童戏剧》，《戏剧杂志》1938年第2期，第2页。

意识到自己的创作能力，建构起自己的身份。同时他们作为最弱势的个体向国家效力，显示出自己的能量，也能够一定程度上抚慰战争带来的创伤。对于抗日战争的难童来说，参演儿童戏剧进行抗战宣传超越了狭隘的在战争中求生的意义，它成为一个自我教育、启蒙同时也是救国的过程。

## 结 语

“抗日战争号角吹响，在全国各阶层人民总动员中，儿童文学增添了极其丰富的内容，而儿童戏剧更有大幅度发展。在某种意义上说，现代儿童戏剧成为一门有系统的形式，是这个时候形成了的。”① 抗战时期解放区儿童戏剧在儿童戏剧艺术发展史上是有重要意义的，但我们更应重视它在特殊时期扮演的社会角色和教育角色，尤其是其起到的革命召唤作用。

在抗日战争时期，传统意义上的家庭与学校被解构，孩童成为国家的儿童，而不再是传统意义上家庭中的一份子，无数少年儿童在民族危亡之际投身于救国大潮，他们的成长和教育与革命、战争产生了密不可分的关系。在解放区的土地上，众多活跃着的儿童剧团带领着在战火的灾难中成长起来的孩子，在艰难的条件下进行抗日救亡的宣传，实现了对自我和大众教育，激发出了新的革命力量。因此，即便抗战时期解放区的儿童戏剧存在一定的局限性，我们仍应记住它们在革命战争年代做出的贡献，不仅培养和教育了战争中的儿童，而且借助教育动员广大民众、儿童参与民族解放战争中来，推动了民族的解放。在解放区硝烟弥漫的艰苦岁月里，儿童戏团的孩子们扛起时代赋予的重任，将每一场含泪的戏剧编织成国家希望的图腾。

① 少年报社编：《中国现代儿童文学选：诗歌·戏剧》，江苏人民出版社 1982 年版，第 474 页。

# 《鲁迅、鲁迅的故事》的鲁迅建构与儿童文学价值*

张占杰①

**摘　要：**《鲁迅、鲁迅的故事》是孙犁的佚著，是一部为边区青少年撰写的鲁迅普及读物。孙犁从博大的人道主义者、“中国新文化运动中的最勇猛的一员闯将”、伟大的启蒙思想家几个角度建构起鲁迅的形象，与主流意识形态对“阶级鲁迅”的建构有所不同。这本书也是一部优秀的儿童文学作品。材料的选择与儿童化的处理，叙述人的选择与平等对话基调的定位，对语言通俗化的追求，造就了本书的抒情风格。它是一首关于鲁迅的抒情诗。在血与火的儿童文学创作潮流中，这本书是解放区儿童文学创作的另一种图景。它也是鲁迅传播史中的重要作品。

**关键词：**孙犁；《鲁迅、鲁迅的故事》；鲁迅建构；儿童文学

《鲁迅、鲁迅的故事》和《少年鲁迅读本》是孙犁在 1941 年为晋察冀边区的青少年写的两本宣传鲁迅的小册子。前者于当年 9 月列入“青年儿童文艺丛书”第一辑，由新华书店晋察冀分店铅印出版，32 开本，直排，每页 16 行，每行 39 字，不包括《后记》共 69 页。后者先是在当时的《边区教育》（1943 年后更名为《教育阵地》）连载②，1946 年 6 月才由张家口教育阵地社铅印出版。1950 年 5 月，《少年鲁迅读本》重新校订，增加了《再版后记》，由天津知识书店重印，1982 年被收入《孙犁文集》。《鲁迅、鲁迅的故事》单行本出版后，一直没有再版，孙犁几次想修订再版，但因种种原因未能如愿，这本书终成佚著。

---

* 项目基金：2022 年度教育部人文社会科学研究一般项目“孙犁佚文佚简辑录、整理及相关问题研究（批准号：22YJA751026）。

① 作者简介：张占杰（1964—　），男，河北衡水人，石家庄学院文学与历史学院教授，主要研究方向为中国现当代文学。

② 笔者见到《教育阵地》1943 年第一卷第五期、第六期连载的第 13 节《他写下少年们的历史》和第 14 节《战术》。可以推见，9 至 11 节，当发表在这一卷的第一至第四期，其他则发表在《边区教育》上。待确认。

就影响而言，《鲁迅、鲁迅的故事》要早于《少年鲁迅读本》。首先是边区文联主任沙可夫的序言，可以看作对它的第一篇评论。1942 年 1 月，《晋察冀文艺》第一期刊登广告，报道了它的出版情况，4 月，《晋察冀文艺》第四期又发表了丁克辛关于此书的长篇评论。这本佚著再次被关注是在 70 年后的 2012 年，南开大学的刘运峰教授先是在《天津日报》（2012 年 12 月 28 日）上发表了《孙犁〈鲁迅·鲁迅的故事〉抄录记》，随后又在《鲁迅研究月刊》（2013. 1）上发表了《关于孙犁的〈鲁迅、鲁迅的故事〉》的研究论文，详细介绍了《鲁迅、鲁迅的故事》的内容，对本书做了中肯的批评。《少年鲁迅读本》最早的评论是 1946 年欧阳凡海的《〈少年鲁迅读本〉读后》一文，发表在 9 月 18 日的《晋察冀日报》，就书的内容和表达逐章进行了点评。2014 年孙郁的论文《孙犁的鲁迅遗风》第一节专门谈到了《少年鲁迅读本》，称赞这部作品"有美质的流动"，"对描述对象气质的把握，以及心绪的点染都有味道。鲁迅的存在在他笔下以童话般的韵律呈现出来，这在后来的鲁迅传播史里是极为少见的"。① 2023 年，熊权和吉媛圆的《从学习鲁迅到建构自我——孙犁〈少年鲁迅读本〉再解读》发表在《鲁迅研究月刊》2022 年第 10 期，结合边区战时语境，强调"孙犁在学习鲁迅过程中形成了'自我'"②。从孙犁研究的现状来看，评论界和学术界对这两部书的研究尚在起始阶段，有待进一步深入。鉴于《鲁迅、鲁迅的故事》是一部佚著，我们将讨论的重点放在这部著作上，同时，为了更好地说明问题，也会兼及《少年鲁迅读本》，藉此希望引起孙犁研究界甚至鲁迅研究界对这两部书，尤其是对《鲁迅、鲁迅的故事》的重视。

## 一、边区的鲁迅建构与孙犁的鲁迅普及工作

1936 年 10 月 19 日，鲁迅先生在上海去世。中国共产党以此为契机，从 1936 年至 1943 年开展了一系列纪念鲁迅的活动，逐渐建构起一个符合自己政治需求的鲁迅形象。1937 年，鲁迅逝世一周年纪念大会上，毛泽东做了《论鲁迅》的演讲，将"政治的远见""斗争精神"和"牺牲精神"归纳为"鲁迅精神"，并将鲁迅与孔子并列，称其为"现代中国的圣人"③。有学者认为，"这不是学术论断，也不是政治追授，而是文化加冕，是毛泽东总体战略的一部分，其意义十分深远"④。1940 年 1 月 9 日，陕甘宁边区文化协会第一次代表大会召开，毛泽东作了《新民主主义的政治与新民主主义的文化》（即《新民

---

① 孙郁：《孙犁的鲁迅遗风》，《新文学史料》2014 年第 2 期，第 5 页。

② 熊权、吉媛圆：《从学习鲁迅到建构自我——孙犁〈少年鲁迅读本〉再解读》，《鲁迅研究月刊》2022 年第 10 期，第 40 页。

③ 毛泽东：《论鲁迅》，《毛泽东文艺论集》，中央文献出版社 2002 年版，第 12 页。

④ 张全之、全智贤：《〈在延安文艺座谈会上的讲话〉中的鲁迅》，《学术月刊》2023 年第 9 期，第 143 页。

主主义论》）的报告，提出“鲁迅的方向就是中华民族新文化的方向”的著名论断，明确“鲁迅是中国文化革命的主将，他不但是伟大的文学家，而且是伟大的思想家和伟大的革命家。鲁迅的骨头是最硬的，他没有丝毫的奴颜和媚骨，这是殖民地半殖民地人民最可宝贵的性格。鲁迅是在文化战线上，代表全民族的大多数，向着敌人冲锋陷阵的最正确、最勇敢、最坚决、最忠实、最热忱的空前的民族英雄”①。1942 年 5 月，毛泽东在整风期间做了关于文艺工作的系列讲话，即著名的《在延安文艺座谈会上的讲话》，特地选在 1943 年 10 月 19 日这个鲁迅逝世七周年纪念日在《解放日报》上发表。《讲话》的发表标志着一个文学新时代的到来。

正如一些学者指出的，毛泽东对鲁迅一系列阐释，是“有其特定的意识形态的选择性的，这种选择一方面突出和强调了鲁迅思想的革命性和战斗性，一方面则对作为启蒙主义者的鲁迅思想有所回避和取舍”②，“因此，在当时的接受者心中，一个作为巨大能指的鲁迅似乎也就只有‘阶级战士’的单一面向”③。

正是在这一权威阐释的指导下，陕甘宁边区才有了一系列组织活动，将对鲁迅的建构落到实处，掀起了一股学习鲁迅、宣传鲁迅的热潮。1941 年 1 月 15 日，延安鲁迅研究会成立，准备编辑出版《鲁迅研究丛刊》，每年一册。晋察冀边区对此也有所呼应。当年 2 月，沙可夫、干之、田间、孙犁、周而复、周巍峙等组成鲁迅研究会筹委会。5 月，晋察冀边区第二届艺术节宣传大纲发布，其中发起鲁迅研究会，设立鲁迅文艺奖金等成为重要议题，边区文协负责鲁迅普及工作的具体实施，他们的工作包括，评选季度、年度鲁迅文艺奖金作品，出版青年儿童文艺丛书，以及编选鲁迅作品等。

早在边区有组织地宣传鲁迅之前，孙犁就已经开始从事鲁迅的普及和推广工作。1939 年，他在《导报》上以一个整版的篇幅发表了《鲁迅论》。1940 年 4 月，他又编写了《论通讯员及通讯写作诸问题》，在《行动的修养》一节中，热情地向通讯员们介绍鲁迅：“记起中国文学伟人鲁迅吧，我们说他是一个伟大的灵魂，这不是偶像崇拜，而是一个真实。在他一生的文章里，汹涌着，号啸着的正义感和对人类的热爱，记起那些充溢着血泪、抗议、热情的文章吧。”④ 正是有了这种发自内心的对鲁迅的热爱和崇敬，1941 年边区文协成立之后，作为文协六名驻会人员之一，孙犁在党的领导下，在短短几个月的时间内，就写出了《鲁迅、鲁迅的故事》《少年鲁迅读本》两本书。他还在《〈鲁迅、鲁迅的故事〉后记》中，引用自己的文章《关于鲁迅的普及工作》，谈了对鲁迅普及工作

---

① 毛泽东：《新民主主义论》，《毛泽东选集》第 2 卷，人民出版社 1991 年版，第 698 页。

② 续小强：《延安文艺空间中的鲁迅形象建构》，《齐鲁学刊》2017 年第 4 期，第 151 页。

③ 秦林芳：《解放区后期文学中“鲁迅形象”的政治化建构》，《鲁迅研究月刊》2022 年第 7 期，第 43 页。

④ 孙犁：《论通讯员及通讯写作诸问题》，《孙犁文集》（补订版）第 5 卷，百花文艺出版社 2013 年版，第 25 页。

的认识："边区已经有许多同志开始鲁迅的研究工作，但我想这种研究工作的目的，应该是使鲁迅普及，普及到农村，使男女老幼对鲁迅都有一个清楚的认识，使他们很熟悉鲁迅，像他们熟悉孔子一样。（当然鲁迅不是孔子，而我们使他们熟悉鲁迅，也不是叫他们像熟悉孔子那样）这种认识和熟悉，是要在人民中间散发一种力量，一种打下新民主主义文化的根基的力量。"[①] 孙犁还提出了普及鲁迅的具体设想：第一，编写通俗详细的鲁迅传；第二，在不能过多损害原作精神和艺术性的基础上，将鲁迅有名的小说改编成为通俗故事或短剧；第三，将鲁迅在神话传说、新文字、木刻画等方面的研究成果等告诉大家，使大家看到鲁迅在文艺大众化方面的努力，鼓励大众自己继续这种工作。1941年，利用参加《冀中一日》编选工作的机会，孙犁为纪念鲁迅逝世五周年编辑了《纪念鲁迅先生逝世五周年特辑》，随《冀中一日》发行。另外，应王林的请求，他还为通讯员及一些业余作者撰写了《区村和连队文学写作的课本》（《文艺学习》）。其中，鲁迅的作品是他阐述文学创作思想的主要依据和资料来源，书中对鲁迅作品的分析随处可见。

从孙犁的论著中，我们明显地感到毛泽东《论鲁迅》以及《新民主主义论》对他的影响。他结合自己的兴趣和学习心得，不断拓展鲁迅的普及范围，在儿童文学创作方面卓有成效，成为晋察冀边区最早为边区青少年撰写鲁迅普及系列读物的作者。

抗战期间，孙犁是晋察冀边区儿童文学的主要作家和推广者。他曾写过儿童诗《儿童团长》，儿童小说《一天的工作》《黄敏儿》《村落战》。在主编杂志《山》和《晋察冀日报》副刊《鼓》时，他曾隆重推出柳杞和林漫的儿童小说。在主编《平原杂志》时，他还专门设立《儿童读物》《儿童园地》《中学生园地》等专栏，刊登中学生的作品和其他作家的儿童文学作品，介绍适宜儿童阅读的书籍。他编选的《冀中一日》的相关专辑，也选用了大量的儿童题材作品。

孙犁也注重儿童文学理论的探讨。《儿童文艺的创作》代表了他的儿童文学观。他认为，战争改变了一代儿童的生存状态和命运，与民族的生存状态与命运紧密联系在一起，同时也改变了儿童文学的艺术精神，"从整体上一举将儿童文学推入了贴近现实、反映现实、服务现实的现实主义的艺术轨道"[②]。"孩子的一代，已经是参与了战斗的一员，迫切的是需要政治的战斗的科学教育。在今天用艺术来帮助儿童，使他们的思想感情和感觉，达到更深刻更清楚，更敏快的习惯；使他们的知识扩张，使他们紧张的接近到集体，同别人在一起获得进步，加速成长。接近民主的生活和战斗的前线。"他也不忘提醒文艺工作者儿童与成人的不同，借用苏联的儿童戏剧工作者奥林森的说法："儿童是一种单独的实体，并不是一个成人的缩影。"因此，在进行创作时，要时刻注意儿童文学的特点，

---

① 孙犁：《〈鲁迅、鲁迅的故事〉后记》，《孙犁文集》（补订版）第8卷，百花文艺出版社2013年版，第180、181页。

② 方卫平：《中国儿童文学理论批评史》，明天出版社2006年版，第223—224页。

积极引导作者“除去深入现实生活以外，更深入儿童的生活，研究其生活，心理，进步的过程，不同的状态等等”①，这样才能写出真正的儿童文学作品。孙犁是“五四”儿童文学观念坚定的守护者，同时坚持儿童文学应“以直接反映现实生活为主”，“给与儿童认识现实、分析生活、辨别善恶的能力”②。

尽管《鲁迅、鲁迅的故事》是边区鲁迅形象建构的大语境下的创作，理所当然地受到主流意识形态的深刻影响，但孙犁相关的写作实践和自觉的理论追求，决定了他对鲁迅及其作品的理解，有着一个作家独到的眼光和体验，也决定了这部书写作中鲜明的“儿童的”文学的意识，因此作品才显得独特而有趣。

## 二、《鲁迅、鲁迅的故事》中的鲁迅形象

作为鲁迅普及的系列读物，《少年鲁迅读本》和《鲁迅、鲁迅的故事》是分不开的。《少年鲁迅读本》是为边区青少年写的鲁迅传记。从内容上看，几乎一半的篇幅集中于少年鲁迅的经历、思想动向，后又从对现代科学的接受、老师的作用、外界的刺激等记录了鲁迅成长中几个关键的片段，最后用三章介绍了鲁迅后半生与各种势力的斗争。这本薄薄的传记用简练而抒情的笔，勾勒了一个从小就有远大理想、努力吸收各种有用知识、不屈不挠又讲求策略、与各种反动势力进行不懈斗争的鲁迅。孙犁还联系边区青少年的实际，使用许多闲笔，对他们进行正面教育，鼓励他们向鲁迅学习。如果说《少年鲁迅读本》是以纵向的时间线索书写鲁迅的一生，那么《鲁迅、鲁迅的故事》则对鲁迅的精神、贡献进行具体的描述。两本书一纵一横，全面概括了鲁迅的一生及其贡献，为闭塞的边区青少年打开了鲁迅的世界，提供了良好的学习范本。孙犁将《鲁迅、鲁迅的故事》分为两部分，第一部分以亲友的回忆和部分鲁迅的作品为素材，以十节的篇幅集中展示鲁迅的思想和精神性格。第二部分则完全使用鲁迅的作品，材料取自散文集《朝花夕拾》和小说集《呐喊》《彷徨》，以及一些杂文。前6节，讲童年鲁迅的故事，作为第一部分的具体补充，使鲁迅的形象更加饱满。后11节，以典型人物为核心，对鲁迅小说代表作进行缩写，普及鲁迅的小说艺术。

作品从以下几个方面再现了鲁迅的精神品质。

首先，表现了鲁迅博大的人道主义精神。孙犁以妇女儿童问题为切入口展现鲁迅的人道主义精神，一方面受到华北联大鲁迅研究专家何干之③的影响，另一方面也与孙犁

---

① 孙犁：《儿童文艺的创作》，《晋察冀日报》1941年2月16日第4版。

② 孙犁：《关于儿童文学》，《孙犁文集》（补订版）第5卷，百花文艺出版社2013年版，第552、553页。

③ 这一时期何干之正在写作专著《鲁迅思想研究》，此书于1946年作为“鲁迅研究丛书”之一在张家口市出版。在《鲁迅、鲁迅的故事》后记中，孙犁还特地感谢了何干之对他写作的支持。

自身的经历有关。孙犁在抗战期间的创作，多以妇女为主人公，也有一部分儿童文学作品，聚焦残酷的抗战历史语境下妇女儿童群体的命运。这是他在育德时期以妇女儿童命运为主题的文学创作的继续，是对以鲁迅为代表的“五四”新文学人道主义精神的继承和发扬。作为创作伊始就受鲁迅创作熏染的孙犁，在《鲁迅、鲁迅的故事》里突出鲁迅精神的这一特质也是渊源有自，理所当然。在写作过程中，孙犁采用鲁迅亲友的回忆材料，生动描述了他对一切幼者的爱，这种爱源于把孩子当作一个“人”。本书的第二部分，孙犁通过缩写鲁迅童年生活回忆的散文，表达了鲁迅对泯灭儿童天性、摧残他们身心健康的封建教育的控诉和对孩子是“父母福气的材料，并非将来人的萌芽”观念的反对。孙犁还由儿童而及青年，采用散文《记念刘和珍君》《忆韦素园》《为了忘却的记念》《白莽遗诗序》中的内容以及尚钺、孙伏园、田军、陈烟桥等人的回忆，表现鲁迅对于青年人的事业、生活的关心：无偿编校他们的作品，为贫困的学生提供学费；一些进步青年牺牲后，为他们写下一篇篇纪念文章，使青年人认识到“革命的爱在大众”，鼓励他们为改造旧世界继续努力。孙犁还特别提及鲁迅对于中国妇女命运的关注，在《写在〈祝福〉里的中国妇女》一节中，将小说《祝福》中祥林嫂的故事，当成鲁迅亲眼所见，做了纪事化的叙述。鲁迅从祥林嫂的故事中看到了中国妇女的悲惨命运，“中国的封建的当权者，可以用‘圣旨’，用‘敕建’，用牌坊匾额来埋葬青春年少充满生的希望的妇女……”① 孙犁又从鲁迅喜爱苏联女子画像的背后，看到鲁迅对于中国妇女寄托的希望。

孙犁以鲁迅作品中儿童、妇女、青年的形象，作为表现鲁迅人道主义精神的核心意象，但在叙述中将鲁迅对妇女问题和青年问题的关注与对中国社会的根本问题联系在一起，将他们贫穷和苦难归因于统治阶级，又进一步说明，在当前外敌入侵的情况下，“民族的解放”为首要之务，“救中国”就是救自己，从而将鲁迅“立人”的追求与边区主流意识形态融合在一起，进一步“认定封建主义和帝国主义是革命的对象”②。这样，鲁迅关于妇女、儿童、青年问题的论述便从弘扬人道主义精神的启蒙话题转换为阶级视域下的救亡话题。尽管如此，我们还是能从孙犁的话题选择以及议论中，看到他对鲁迅“立人”思想的重视。在《少年鲁迅读本》中，儿童、青年、妇女的话题有所涉及，但不作为叙述的重点。鉴于少年儿童读物的性质，孙犁在《鲁迅、鲁迅的故事》中并没有直接涉及鲁迅的婚姻问题，而是借鲁迅回答一位青年关于爱情与婚姻问题困惑的来信，提到了他的忠告“完全解放了你们的孩子，叫他们幸福吧”，又进一步明确“有爱情的生活是比什么也宝贵”。③ 可以说，《鲁迅、鲁迅的故事》对鲁迅人道主义精神的把握和描述更

---

① 孙犁：《鲁迅、鲁迅的故事》，新华书店晋察冀分店 1941 年版，第 14 页。后面相关引述如无特殊说明，均出自该书。

② 何干之：《鲁迅思想研究》，《何干之文集》第 2 卷，北京出版社 1993 年版，第 388 页。

③ 孙犁：《少年鲁迅读本》，《孙犁文集》（补订版）第 8 卷，百花文艺出版社 2013 年版，第 432 页。

加准确和深入。

其次，孙犁从不同侧面为鲁迅是“中国文化革命的主将”做了最好的注解。在孙犁的笔下，鲁迅最初“到日本求学，是决心学医，入了仙台医学专门学校，因为他看到新医学对日本的维新强盛有很大的帮助，他下决心用科学来拯救这‘一天一天坏下去’的中国”。但在“幻灯片事件”以及在香港看到“中央几位洋主子，手下是若干颂德的‘高等华人’和一伙作伥的奴气同胞，此外即全是默默吃苦的‘工人’”后，对中国人的麻木痛心疾首，感到“中国人很愚蠢，那愚蠢的程度，不是你治好几个病人便能得救的。他便决心改学文艺，要做一个中国人的‘灵魂工程师’”。这种对中国社会以及中国人的深刻认识，是促使“鲁迅打算救中国是几十年如一日”的根本原因，从此，“扶助同病者，扶助弱者，牺牲自己，匡救他人”成了鲁迅至死不渝的追求，成为“新民主主义者的先导”。

孙犁还介绍了鲁迅的贡献，主要体现在两个方面。一是文字的改革。孙犁结合边区的现实对鲁迅进行文字改革的初衷做了通俗的解释和生发，“他说中国现在的所谓中国字和中国文，已经不是大家的东西了……中国现在等于并没有文字，中国的方块汉字太难认，太别扭，念个三年五年，连封信也写不好的多着呢。改成新文字，那就简便的多，省下时间来，多做些别的事情”。这种解读也同样用来解释鲁迅为什么倡导文艺大众化运动。二是为了凸显鲁迅的特点，特地点出鲁迅其他的学术贡献，但在描述时，为了便于青少年理解，则着眼于他的刻苦用功：“老朋友回忆他，说他在很小的时候，就借人家的书来抄写，把里面的画图也描进去，整本整本的抄。后来在教育部做事，在部里借了珍本书，回到寓所半夜半夜的抄。他自己又说，在和别人论争的时候，就拼命阅读最前进最有价值的书，发见自己的错误和缺点，便硬着头皮改正。晚年从事翻译，也是一字一句认真，常常是‘冷汗不离身’的工作下去。”

孙犁将鲁迅放在中国历史的长河中，认为他“继承了司马迁屈原谭嗣同等等文人的好传统”，和他们一样，是“一切主持正义，有良心的文人的代表”；同时，处在现代社会的鲁迅，又有着古人没有的优势，“是中国好文化和世界好文化中间的一架桥，在这个桥上，中国和世界的文化交流起来了”。简而言之，鲁迅是中国新文化的代表人物。这种评价是将鲁迅看作“现代中国的圣人”的另一种诠释。

再次，彰显了鲁迅的启蒙精神。

《鲁迅、鲁迅的故事》的第二部分第1节至第6节围绕着鲁迅童年的生活而写，取材鲁迅的小说和散文，以鲁迅自述或作者转述的方式充实《少年鲁迅读本》的相关内容，具体生动地描述了儿童的天性与封建教育对这种天性的扼杀，所选取的鲁迅的作品有《鸭的喜剧》《阿长与山海经》《二十四孝图》《五猖会》《社戏》《兔和猫》《狗·猫·鼠》，共七篇作品。其中《鸭的喜剧》《社戏》《兔和猫》出自小说集《呐喊》，其余来自散文集《朝花夕拾》。第7节《赵七爷》到第17节《阿Q正传（四）》，孙犁用11节的篇幅以缩写的方式介绍鲁迅小说。这些小说包括《风波》《离婚》《长明灯》《肥皂》《高老夫子》《阿Q正传》。《风波》《阿Q正传》选自《呐喊》，其余选自《彷徨》。由于《故事新编》的思想和艺术不适宜边区少年儿童接受，孙犁未选任何篇目。即使是所选《呐喊》《彷徨》中的作品也并不都是鲁迅的代表作。其中，反映新、旧知识分子命运的作品，如《在酒楼上》《孤独者》《伤逝》《孔乙己》《白光》均未入选。

后11节以人物为中心，突出了人物的性格特点与典型意义。这些人物分为三类，一是农村中的乡绅，如赵七爷、七大人、赵太爷以及赵秀才；二是贫苦的农民和乡村妇女；三是虚伪的道学先生。孙犁的处理策略也是对鲁迅作品的一种解读，从中我们可以看到他在主流意识形态与个人兴趣和理解之间寻求平衡的努力。

抗战时期的解放区，革命伦理是伦理的基本准则。它以阶级论为基础，以此为核心进一步形成主流意识形态。按照孙犁的叙述，第一类人物在农村中占据着话语权和经济大权，借此对像阿Q这样的农民进行盘剥。《长明灯》中疯子的叔父在族长郭老娃的默许下，轻而易举地剥夺了侄子房产；赵太爷利用“吴妈事件”狠狠地敲了阿Q一笔竹杠。同时这些人又是封建传统的维护者，对任何一个破坏封建秩序的人，都会毫不留情地予以打击。赵太爷不仅剥夺了阿Q姓赵的权力，连他革命的权力也一同剥夺；族长和叔父联手将疯子关进庙里；七大人闻鼻烟的功夫就将爱姑的婚姻出卖了；赵七爷利用话语权将七斤一家置于恐惧之中。孙犁从阶级论的角度出发，有意突出这些乡绅的邪恶与贪婪，强调他们的阶级属性，使得原作反封建的启蒙叙事向农民作为被奴役与被损害者的苦难叙事倾斜。

尽管如此，鲁迅对改造国民性问题的思考在孙犁的缩写中并没有被消弭，依然较为准确地被呈现出来。这是孙犁长期浸淫鲁迅作品，对其思想艺术精髓深入理解的结果。他尊重自己的阅读体验，对主流意识形态形成了某种有意无意的疏离，这主要体现在后两类人物的描述中。《散媳妇》里，丈夫出轨寡妇，并要求离婚。爱姑的反抗是激烈的，但她最终把自己的命运寄托在“知书达理”、手眼通天的七大人身上，那一刻结果就注定了。孙犁清楚地传达了鲁迅的思想：个人不觉醒，命运也不会由自己做主。在《长明灯》中，疯子所在的吉光屯，人们出门都要看黄历。孙犁将笔触集中于吉光屯人的麻木、愚昧，与疯子的激进形成了鲜明的对照，对疯子所处的肃杀的环境做了形象的描绘，凸显了疯子的孤独与无助。最后4节，作者从不同角度刻画阿Q，包括阿Q所遭受的经济压迫和身份歧视、精神胜利法，勾勒了阿Q身上典型的国民劣根性特征。孙犁还为少年儿童特别介绍了鲁迅塑造的以四铭、高尔础为代表的道学先生，将这些旧知识分子作为国民劣根性的一类代表，展示了他们人前道貌岸然，背后却隐藏着许多见不得人的肮脏心理的丑恶嘴脸，渲染了他们的无知、愚昧与虚伪。

综上所述，孙犁站在不同的角度，为边区的青少年构建了一个独特的鲁迅形象。在孙犁的笔下，鲁迅是伟大的爱国者，是“中国新文化运动中的最勇猛的一员闯将”，也是一个伟大的人道主义者、启蒙思想家；他是文学家，也是在文化建设领域贡献卓著的学者。这一形象突出了“阶级战士”的定位，强化了鲁迅代表“中华民族新文化的方向”的精神品质，从中我们可以感受到边区主流意识形态的影响。同时还应看到，在当时的解放区，对鲁迅精神也有不同的理解。以丁玲、萧军为代表的知识分子认为所谓“鲁迅精神”，还应包括怀疑精神、批判精神和个性主义，启蒙思想是其不可分割的组成部分。孙犁认同“启蒙鲁迅”的重要性，显示了对鲁迅的全面理解、独立思考精神和向边区青少年全面、完整地普及鲁迅的努力。如果说，《少年鲁迅读本》，作为为边区青少年写的鲁迅传记，采取了化繁为简的方式，只展现鲁迅单一的爱国救亡者的面貌，那么，《鲁迅、鲁迅的故事》所展现的鲁迅，则是一个多侧面的鲁迅，这是对前者在鲁迅理解上的重要补充和深化。

## 三、作为儿童文学的《鲁迅、鲁迅的故事》

抗战对儿童的影响是明显的，残酷的现实促使他们一夜长大。儿童文学创作也因此告别了童话世界，更多以现实主义的方式表现生活。这一阶段关于儿童的看法，“儿童本位”已经让位于“社会本位”，更多强调儿童是国家、民族的儿童，理应更多地承担相应的社会责任。儿童文学的“儿童化”向“社会化”过渡，作者以“教育儿童”为目的，儿童文学作品也具有了“生活教科书”的性质。《鲁迅、鲁迅的故事》的特殊性在于，它不是纯粹的儿童文学创作，而是一本以少年儿童为阅读对象，普及鲁迅思想和艺术的读物，这就要求作者既要考虑普及“怎样的鲁迅”的问题，还要考虑写作上的“儿童性”问题。

对孙犁来说，材料的选择与儿童化的处理是必须首先考虑的问题。孙犁从儿童接受的角度介绍鲁迅的生活以及鲁迅所描写的人物。

书的第一部分选用了鲁迅亲朋的回忆以及《故乡》片段、《朝花夕拾》以及《鸭的喜剧》的相关内容，写下了鲁迅的童年许多不同的生活体验。比如到姥姥家看社戏的兴奋，对郭巨埋儿恐惧，正要兴高采烈去看五猖会却突遭父亲背书检查的沮丧，当然也少不了小兔、小猫的存在，只不过两个伙伴扮演的角色不同。孙犁还转引鲁迅自己的话，讲述仇猫的心理，这一过程充满了童趣，也体现了鲁迅的正义感。作者还用一个个细节刻画鲁迅小时候遇见的各种各样的人物，他们不同的生活和命运促使鲁迅思考人生，长大成人。孙犁以儿童惊奇、欣喜的语气讲述了鲁迅儿时的朋友闰土，他“头戴一顶小毡帽，脖子上套一个闪亮亮的小项圈，紫色的圆脸”，会捉各种各样的鸟，会捡各种各样的贝壳，会在看瓜地的时候与野猪①斗智斗勇。除此之外，孙犁还以揶揄的口吻讲述了保姆

① 孙犁将鲁迅原文中的猹改为常见的猪。

阿长生活中的种种行为：她喜欢切切察察，睡觉时伸开两手两脚，在床中间摆成一个“大”字；她有各种各样的数不完的规矩，叫人不胜其烦。

书的第二部分主要是摘录鲁迅小说。鲁迅原作中的人物和故事，体现着鲜明的鲁迅式的“忧愤深广”，但孙犁从儿童的视角出发，为人物和故事的处理增添了一抹“讽刺喜剧”色彩，既要尊重原作的风格，又不损害原作的主题。赵七爷的竹布长衫穿起又脱掉，辫子盘起又放下，为了表示自己是方圆三十里内唯一的出色的人物兼学问家，平日里要看金圣叹批评的《三国志》，这些都颇具仪式感，又是这类遗老典型的“符号”，让人感到可笑又可悲。九斤老太天天说“一代不如一代”，孙犁引导读者观察自己周围，指出“在乡下，这样的女人正多呢，看不惯新的，光想旧的”，使读者意识到这样的人物每天就生活在我们周围。孙犁还以戏谑的语气向读者描述封建卫道士们的丑态。《散媳妇》中的七大人，长得“团头团脑，大的圆脸上长着两条细眼和漆黑的细胡须，头顶是秃的，脑壳和脸都很红润，油光光的发亮”，用古代的“屁塞”在嘴上、鼻子上摩擦。就是这样一个不学无术的人掌握着爱姑的婚姻，岂不可悲！同样，在孙犁笔下，四铭是贤达人士，一块肥皂暴露了他的淫邪和虚伪；高尔础一个礼拜前还是一个打牌看戏喝酒跟女人的人，因一篇文章被聘为女校的教员，但在课堂上却什么也讲不出来，为了不丢丑只好辞职。写作过程中，孙犁保留了原作这些形象的基本内容，删去了性格多侧面的刻画和一些议论，让儿童在有趣的前提下，通过一些议论性语言的引导，形成对人物善恶的基本判断。

儿童文学作品大多有一个成人作为叙述人，他有两种作用。一是面对一群少年儿童，以成人的亲切自然，绘声绘色地讲故事，二是以过来人的视角点明故事的意义，引导孩子们积极向上。《鲁迅、鲁迅的故事》较之《少年鲁迅读本》的简洁，故事更为有趣，内容也更多样，这与孙犁所设置的叙述人有直接的关系。

首先，他先从亲友的回忆开始，向孩子们介绍鲁迅：“鲁迅有一个儿子，小名叫海婴”，借客人的话说鲁迅“太溺爱这孩子了”，以此表明鲁迅对孩子的爱。借用鲁迅的诗，直接拉近鲁迅和孩子的距离。再讲鲁迅对妇女、儿童的关心，为了国家民族的前途殚心竭虑，勇于牺牲自我的精神。接着，以鲁迅的作品为基本材料，深入介绍鲁迅为国家和民族所做的思想、文化上的贡献。每一小节都由一个简单而有趣的故事为核心，层层推进，在有限的篇幅中使少年儿童全面地了解鲁迅。

其次，这一叙述人是一个儿童的平等对话者的角色，他的“教育”也是一种对话式的教育。他以自己真实的体验与儿童的生活经验相结合，让故事和人从书中走到现实，实现“教育儿童”的作用。比如，借助散文《风筝》说明鲁迅对儿童的认识，孙犁使用第三人称叙述鲁迅与弟弟的这段故事：

建人是鲁迅的三弟弟，鲁迅以前写过一篇散文《风筝》，我想就是记述的这个弟弟。那时建人还小，好放风筝，鲁迅不屑弄这些玩意，有一次小弟弟扎成了一个蝴蝶形的风筝，还有用竹皮绑成的风信子（眼睛），鲁迅给他折碎了。……这是孩子时候的事，鲁迅大了就很难过，他说，孩子的玩意和游戏就是孩子们的生命……

这都是一些小事，但不是平常的兄弟的感情。

这段叙述的关键是“孩子的玩意和游戏就是孩子们的生命”。由于叙述人和读者的对话关系，拉近了讲述者与读者的距离，把一个抽象的命题变得直观而形象。同样，在介绍闰土之前，他说：“一天，我的先生对我说：‘没看见你父亲，祖父，一生的生活遭遇吗？去拿鲁迅的小说《故乡》来读读吧。闰土就是他们的照相呢。’”这段话以自己的阅读经历说明故事的主题，引起小读者的兴趣。孙犁还在讲故事的过程中，不时插入自己的经验感受，保持着与读者的对话交流姿态。如，在讲完祥林嫂的遭遇后，紧接着他写道：

幼小时，我读了这个小说，对这个女人我不敢想象，那发白的眼睛，和散乱的枯草一般的头发，那伤疤，无血色的脸，走路的失神的样子……我觉得太悲惨，太阴沉，我怕晚上做噩梦……

但这是幼小时候的事了，稍大一些，我不是就常常看见祥林嫂走在街上吗？

孙犁以自己儿时的阅读感受切入，引导读者联想到现在大街上还走着无数个“祥林嫂”。这是一个成年人对青少年的阅读和生活的指导。

作为一个普及读物，还要顾及读者的阅读能力问题。《鲁迅、鲁迅的故事》的读者，是晋察冀乃至其他边区的少年儿童，他们很少走出大山，走出自己的村庄，一生去县城的次数也有限，多数不识字。如果表达不那么清浅，就会出现理解障碍。因此，对语言就要有特殊的要求。

在《鲁迅、鲁迅的故事》中，孙犁结合了地方的风土人情，营造了一种现场感，让读者感到是在讲自己身边的故事。他的语言大多采用日常口语，还比较节制地使用了一些方言、俗语，其叙述如同唠家常，追求一种“谈话风”。如：

过去中国的念书人是只知道自己读书认字，好做大官发财，不管别人连个圈也画不圆的。这多半是仗着自己认识几个字，会写借帖、地契，便欺侮那些“睁眼瞎子们”，（其实，他们也有他们的悲剧，十年寒窗下，冷桌子热板凳，有的固然秀才举人的做官了。可是，不也有许多像鲁迅写在《孔乙己》和《白光》里的倒霉家伙吗？一个偷人家的书买酒喝，被人家打死了，一个是胡子白了的老童生，想在屋里刨出银子来发财，结果也投河自杀了。）

鲁迅作品中对读书人的生活描述，并没有写借帖、地契等内容，是孙犁的读者对读书人日常生活的印象。这样的叙述拉近了读者与小说人物及其生活环境的距离，使读者更容易理解鲁迅笔下这群人的命运。同样的例子还有《散媳妇》一节，它介绍的是鲁迅的《离婚》。“离婚”一词较为书面化，孙犁以口语“散媳妇”替代；爱姑男人出轨，孙犁将其描述为“爱姑的丈夫靠上了一个寡妇”，是晋察冀一带对这类事情的习惯说法。孙犁的这一“接地气”的修改，读者更容易理解它们的准确含义。

鲁迅作品的语言，来源多样，词汇丰富，讲究修辞，意境深远。为了适合青少年阅读，减少障碍，孙犁对一些句子做了处理，力图以通俗易懂的形式传达鲁迅的韵味。如：

> 孩子们要有一种新的生活，那生活不像自己这样一个奔波汉的生活，不像闰土辛苦麻木的生活，不像另外一些奢华淫欲的生活，是过去的人，没有生活过的生活。

这句话的原文是：

> 我又不愿意他们因为要一气，都如我的辛苦辗转而生活，也不愿意他们都如闰土的辛苦麻木而生活，也不愿意都如别人的辛苦恣睢而生活。他们应该有新的生活，为我们所未经生活过的。①

两相对比可见，孙犁将鲁迅原文中的一些词语，如“辗转”“恣睢”改成了更为通俗的话语和词汇，并将语序做了调整。

再如：

> 两岸的豆麦和河底的水草所发散出来的清香，夹杂在水气中，月色便朦胧在这水气里。淡黑的起伏的连山，仿佛是踊跃的铁的兽脊似的，都远远的向船尾跑去了。
>
> 听到歌吹了。那声音大概是横笛，婉转悠扬。
>
> 鲁迅爱好这个声音，他的心沉静下来，觉得要和这声音一同弥散在含着豆麦的香的夜气里了。

这段话的原文是：

> 两岸的豆麦和河底的水草所散发出来的清香，夹杂在水气中扑面的吹来；月色便朦胧在这水气里。淡黑的起伏的连山，仿佛是踊跃的铁的兽脊似的，都远远地向船尾跑去了。但我却还以为船慢。他们换了四回手，渐望见依稀的赵庄，而且似乎

① 鲁迅：《呐喊》（插图本），人民文学出版社2006年版，第83页。

听到歌吹了，还有几点火，料想便是戏台，但或者也许是渔火。

那声音大概是横笛，宛转，悠扬，使我的心也沉静，然而又自失起来，觉得要和他弥散在含着豆麦蕴藻之香的夜气里。①

原作为两段，是具有浓郁抒情气息的景物描写。孙犁将内容集中于豆麦之香和笛声的婉转悠扬，并分成三段，使句子中心更加突出。这种变动，句子的节奏感更强，为读者留下了更多想象的空间，整个描写也更加诗意盎然。这已经不是简单的改写，有了创作的成分。

孙犁这一时期已经是边区成熟的诗人，除了诗歌，他还写作通讯和小说。与早年稚嫩的文学语言不同的是，他开始有意识地进行语言实验，试图将口语、成语、俗语经过选择、整理、补充形成新的书面语言。通过这种洗练的过程，语言的口语化与浓郁的抒情气息紧密结合，文学语言更加简洁，更有表现力，孙犁逐渐形成了自己的风格。值得注意的是，孙犁对鲁迅语言的借用、改造，也可以看作学习鲁迅语言的一种方式。这类似于书法学习中对法帖的临习，开始时是对临，在掌握了法帖精髓后，逐步过渡到意临、创作性临摹等阶段。孙犁下的是一种笨功夫，但也最有效。就文学语言而言，没有《鲁迅、鲁迅的故事》对于语言的实验，就没有一年以后的《爹娘留下琴和箫》的横空出世，也就没有《荷花淀》的轰动一时。

抗战期间，身处战乱的儿童，社会性的一面表现得更为突出。他们暂时放下对幻想世界的痴迷，在大人的引导下，以战斗的一员投身到这场民族解放运动中。但这并不能改变他们以纯洁的眼光看待世界的方式，也决定了解放区的儿童文学是一种顽童与英雄结合的文学。② 它充满了游戏味与幽默感，表现了儿童积极乐观的心态。孙犁相关的儿童小说也基本保持了这种风格。《鲁迅、鲁迅的故事》写于战争环境，带领读者走进鲁迅的世界，给少年儿童的，却是战争之外的东西。这个世界是深邃的，是关于人道，关于我们这个民族应当拥有一个怎样的未来的思考，它超越了当前的战争带来的恐惧、忧伤，体现了鲁迅对国家、民族的炽热之情，也包含着孙犁对于鲁迅的崇敬和热爱。正如丁克辛1942年的评论所写的那样，“全书不论哪一篇，都充满了丰富的感情，强烈的憎与爱”，“编者也不是用平常的感情来编这本书的”。③ 本书的抒情基调由此奠定。与《少年鲁迅读本》相比，《鲁迅、鲁迅的故事》更细致，更丰满，整本书就是一首关于鲁迅的抒情诗。它的抒情风格，在血与火的儿童文学创作潮流中，构成了解放区儿童文学创作的另一种图景。

---

① 鲁迅：《呐喊》（插图本），人民文学出版社2006年版，第179页。

② 参见王泉根《儿童文学的真善美》，青岛出版社2017年版，第151页。

③ 丁克辛：《鲁迅、鲁迅的故事》，《晋察冀文艺》1942年4月20日第1卷第4期，第48页。

# 结 语

《鲁迅、鲁迅的故事》和《少年鲁迅读本》的面世，标志着孙犁对鲁迅的基本认识已经形成。这些认识在此后的几十年中没有太大的变化，但在不同时期，不同的历史语境下，他对鲁迅某些方面的感受会有所侧重。比如，这部书对鲁迅形象的建构，显然与当时的主流意识形态有所差别，最主要的是对鲁迅“立人”的思想的重视，对他的启蒙精神的彰显。孙犁将这种思想和精神与鲁迅的爱国主义联系起来，这种解读有配合主流意识形态的意味。认为鲁迅为救亡而启蒙有其正确性，但仅仅是为了当前的救亡又失之偏颇。1980年代，国内文化界发起“重返五四”大讨论时，启蒙问题再次被正面提出来，孙犁通过芸斋小说和一些文艺杂谈，重申了鲁迅改造国民性问题的重大意义，显示他从未忘记鲁迅启蒙精神的真义。再如，新时期谈现实主义传统时，他有一段著名的断语：“凡是伟大的作家，都是伟大的人道主义者，毫无例外的。”① 这是孙犁首次将人道主义摆在自己的话语中心，这一启发和总结无疑来自鲁迅为代表的“五四”一代作家的创作实践，从某种意义上说，也是对几十年前所理解的人道主义者鲁迅的正名。

《鲁迅、鲁迅的故事》中对鲁迅的学者身份虽有强调，但鉴于此书的读者是青少年，所谈语焉不详，无法深入，甚至避重就轻。今天再看这一现象，它至少说明孙犁当时已经敏感于学者鲁迅的独立价值及其与思想家鲁迅之间的关系。这一认识，直到1953年他在写《全面的进修——纪念鲁迅先生逝世十七周年》时才有清晰起来，并藉此做了明确的阐释。孙犁重谈学者鲁迅，是有感于他们这些解放区作家大多没有受过更高的教育，仅凭一腔热血创作，本身的知识结构较鲁迅一代作家有很大的差距，要想创作持久旺盛，就必须补课。新时期以来，他又旧话重提，告诫青年作家要努力改善自己的知识结构，向鲁迅一代作家学习。他的呼吁对刘心武、肖复兴等人后来成为学者化作家起到了一定的催化作用。可以说，1953年的这篇文章标志着孙犁对鲁迅解读的一次转向，其后从按照鲁迅日记后面的书账买书开始，孙犁的知识结构也在悄然发生着变化，他对现实的观察多了一种历史的眼光，多了一种批判性的审视。他晚年的作品，无论杂文、读书记，还是芸斋小说，沧桑看云、沉郁顿挫之外，对世事人生的深切体味和慨叹让人心情久久难平。孙犁身上开始弥散出一种思想者的气质。

以往学者谈孙犁的儿童文学创作，很少涉及《鲁迅、鲁迅的故事》和《少年鲁迅读本》。在两本书出版时，丁克辛和欧阳凡海分别从写作角度做了评论，他们的出发点是为今后类似作品的写作提供借鉴，未涉及作品的风格以及对边区（解放区）儿童文学的影

① 孙犁：《文学和生活的路——同〈文艺报〉记者谈话》，《孙犁文集》（补订版）第5卷，百花文艺出版社2013年版，第566页。

响。此后的几十年鲜有研究论文发表，直到最近，我们才见到孙郁、熊权、吉媛圆、刘运峰等学者的相关文章，遗憾的是，他们也未着重论及二书的儿童文学性质。今天看来，这两本书以其鲜明的抒情特色，理应成为抗战时期儿童文学的代表作，如果要重写抗战时期的儿童文学史，它们必须被重重记上一笔。

孙犁一生都在学习鲁迅，鲁迅的作品是他的创作教科书，也是他的思想资源。这两本书的写作过程，是孙犁从整体上深入研究鲁迅思想、精神的过程，也是他作为一个作家，对大师作品的幽微静心研读、会心感悟的过程。它们是姊妹篇，互为补充，内含着这一时期孙犁对鲁迅的独特理解，是系统梳理鲁迅传统的著作。孙犁在不同时期，结合自己的创作经验，不遗余力地研究鲁迅，宣传鲁迅，力图还原真实的鲁迅；所写的著作、文章，均是肺腑之言，经验之谈，切实之论，无论在当时还是以后，都产生了大的影响。在鲁迅接受史上，他的实绩也应当被记上一笔。

# 性别角色的革命转型

## ——抗战时期《晋察冀画报》中的女性形象与视觉修辞

周雨尘　周志强①

**摘　要：**本文以《晋察冀画报》中的女性形象为研究对象，探讨其视觉修辞及社会功能。文章首先简要介绍了晋察冀边区的文化建设背景，指出《晋察冀画报》在革命宣传中的重要作用。接着，文章分三个部分分析了女性形象的不同类型：一是作为“照护者”的母亲与妻子，她们兼具传统家庭责任和革命动员功能；二是作为“参与者”的女性，展示了她们在军政事务和社会生产中的积极参与；三是作为“颁奖者”的女性形象，反映了其在革命叙事中传统女性形象与革命主体的女性形象之间的内在张力。文章最后总结，女性形象的转型体现了抗战时期社会对女性角色的期望与变革。

**关键词：**女性形象；视觉修辞；《晋察冀画报》；边区文化建设；革命动员

抗日战争时期，晋察冀边区作为中国共产党领导下的重要根据地，其文化建设和宣传工作在抗战动员中发挥了至关重要的作用。边区的文化建设是在极为艰苦的抗战环境下开展的，为了动员和教育群众，边区建立了包括新华书店在内的多个文化机构，出版了大量书籍、报刊和画报。这些文化产品既作为政治宣传的工具，也成为文化教育的重要手段，发挥了双重作用。②

《晋察冀画报》是抗日战争与解放战争时期中国土地上少有的一份革命摄影画报，由晋察冀军区政治部和晋察冀画报社编辑出版。这份画报在极其困难的物质条件下，通过农村山沟里的编辑和出版工作，成为当时的重要宣传工具。1941 年，画报成功试制铜版

① 作者简介：周雨尘，南开大学艺术学理论专业毕业，主要从事现代艺术图像史研究。周志强，南开大学文学院教授，主要从事文艺理论与文化批评研究。

② 参见张金凤、耿天宇《抗战的号角：晋察冀边区的期刊出版及其特点》，《出版发行研究》2021 年第 11 期，第 106—111 页。

印刷照片技术，被国内外进步人士誉为解放区的两大创造之一。① 在聂荣臻、彭真等领导同志的关怀与支持下，画报于 1942 年 7 月 7 日抗战五周年纪念日正式创刊。聂荣臻同志为《晋察冀画报》创刊号题词，明确了该画报的任务和其在抗战中的重要意义。画报系统地记录了晋察冀边区军民的英勇事迹，向全国乃至国际社会展示了他们顽强抵抗的精神与决心。② 在艰苦的斗争环境中，画报的摄影和出版工作者克服重重困难，始终坚持出版工作，抗战期间发行了《晋察冀画报》《晋察冀画报旬刊》《晋察冀画报号外》等，以及其他多种刊物。这些刊物不仅在部队和农村中发挥了重要的宣传教育作用，还被广泛传播至敌占区、延安、兄弟解放区、港澳、南洋及世界各地，成为传递抗战精神、弘扬革命思想的重要媒介。

本文将以《晋察冀画报》抗日战争期间发行的第 1 期（发行日期：1942 年 7 月 7 日）至 8 期（发行日期：1945 年 4 月 30 日）内容中的女性视觉形象作为重点研究对象③，将《晋察冀画报》中的女性的视觉形象归纳为子弟兵的“照护者”、军政事务的“参与者”以及表彰英雄的“颁奖者”并分析这些形象如何反映和塑造了当时社会对女性的期望，结合历史分析，审视这些图像中的性别符号与社会政治背景。

## 一、照护者：传统性别角色的视觉再现

在抗战时期的《晋察冀画报》中，女性形象的塑造既具有革命性，也在某种程度上重申和强化了传统性别角色。尤其是母亲、妻子等传统角色，尽管被赋予了革命的意义和社会价值，依然在视觉表现上保留了传统性别的许多特点。这种视觉再现不仅符合当时的社会预期，同时也通过赋予这些角色新的政治内涵，促使它们在革命宣传中发挥动员作用。这两类传统的角色在这一时期的形象塑造上又呈现出了新的形态。

### （一）母亲形象的崇高化与革命化

在《晋察冀画报》中，母亲这一角色不仅是家庭中的守护者，更成为革命精神的象征。在这一时期，母亲的形象经常被与无私奉献和爱国主义联系在一起，展示她们在革命中的关键作用。这种形象的塑造既延续了传统对母性的崇拜，同时也通过与革命理想的结合，将其赋予了更高的社会与政治价值。以拥军模范戎冠秀为代表的母亲形象被赋

---

① 参见罗光达主编《〈晋察冀画报〉影印集》（上），辽宁美术出版社 1990 年版，《编者的话》第 1 页。

② 参见王铁柱《聂荣臻与抗战时期晋察冀边区的文艺建设》，《党史文汇》2024 年第 5 期，第 53—57 页。

③ 《晋察冀画报》第 9—13 期均出版于抗日战争胜利会，即 1945 年 9 月 3 日之后，故未列为研究对象，此外《晋察冀画报》还设有旬刊、增刊、特刊等出版物，但是其选题和选用摄影作品，同各期画报内容高度一致，故不再特别标出。

予了特殊的政治含义。画报用大量篇幅展现她为抗战前线提供支援，送子参军并照顾伤员。① 她不仅体现了传统母爱的无私奉献，还通过革命的参与，象征了女性在家国大义中的崇高地位。“子弟兵的母亲”形象展示了母爱与革命精神的结合，反映了母亲角色从私人领域走向公共生活的转变。在这些图像中，女性作为“母亲”，通常要照顾、鼓励战士，身边伴有家庭或战争背景，暗示着她们既肩负家庭责任，又为革命事业付出。通过慈祥的面容、温暖的姿态，这些母亲形象传达出一种牺牲精神与道德崇高感，强化了母爱作为社会凝聚力的象征，升华了家庭责任为爱国主义象征。

### （二）妻子形象的传统延续与革命责任

在《晋察冀画报》中，妻子这一角色也得到了广泛的呈现。她们被描绘为战士的后盾，承担着家庭中的情感支持和物质支援工作。尽管这些女性的公共身份在革命时期有所扩展，但作为妻子的形象仍然延续了传统性别角色中的某些特征。在许多视觉叙事中，妻子被塑造成革命事业的支持者，她们通过缝制衣物、准备粮食、照顾家庭等方式支援在前线作战的丈夫。② 这种形象重申了妻子作为“贤妻良母”的传统角色，但通过赋予她们服务革命的功能，使其成为革命机器中的一部分。这些图像通常以家庭为背景，表现出女性在家庭内部的勤劳和奉献。妻子们在生产中为丈夫和战士提供后勤保障，或是在家庭中坚守岗位，以稳定家庭生活支持抗战。这种形象在某种程度上延续了“内贤外助”的传统理念，即女性通过家庭角色来参与国家事务。

无论是母亲还是妻子，这些主流表现的女性形象主要是作为革命战士的“照护者”呈现在读者面前，并且在《晋察冀画报》中占据了重要地位，她们在家庭中充当照料者的同时，也参与了众多的社会工作。③ 这些女性既是家庭的守护者，也是社会和革命事业中的支柱，承担了战时的医疗、护理等任务。照护者这一角色在画报中展现出从家庭责任向公共责任的过渡。例如，许多女性在救护战士、照顾伤员时所体现的奉献精神，不仅是传统女性“关怀”角色的延续，也是她们在革命中贡献力量的重要方式。她们被塑造成勇敢、坚韧且无私的形象，展现了战时女性所承担的双重负担——家庭与社会的双重照料。

照护者的形象常通过工作场景来展现，各年龄段女性参与照护工作或者正在进行缝纫工作。构图通常是女性在交谈或工作，强调女性的温柔与坚韧以及她们工作的紧迫性，展现了她们在压力下的耐心与奉献精神。这种视觉表现既强调了女性的传统护理能力，

---

① 参见罗光达主编《〈晋察冀画报〉影印集》（上），辽宁美术出版社 1990 年版，第 278 页。

② 参见赵欣冉、肖守库、张冬霞《晋察冀边区首府张家口妇儿工作的舆论导向研究——以〈晋察冀日报〉为视角》，《河北北方学院学报》（社会科学版）2023 年第 5 期，第 18—20＋62 页。

③ 参见刘建民《节日、性别与革命：〈晋察冀日报〉“三八”妇女节报道的考察》，《青海社会科学》2021 年第 5 期，第 188—194 页。

又通过她们在战时的公共服务扩展了传统性别角色的内涵。这一形象的展现，综合了女性传统角色中“母亲”和“妻子”的社会职能和期望，在革命宣传的框架下被赋予了新的社会意义，它们在视觉表现上仍然延续了传统性别角色的许多特征。

展现这一女性视觉形象的图像其较为典型构图（图 1）是女性围坐一圈，手中忙于缝制军衣，这一姿态不仅象征了她们的团结，也通过这种象征性的集体劳动形象，展示了她们从家庭角色走向社会公共领域的转变。在过去的传统社会中，女性的生产劳动大多局限于家庭内部，主要涉及家务和私人事务，属于“被隐藏的劳动”。然而，在抗战时期，女性不再仅仅是家庭中的支持者，而是革命和战争事业的参与者。她们的劳动直接与国家救亡和革命事业紧密联系，这种转变使得女性在社会中的角色发生了根本性的变化。画报中的图像通过女性的集体劳动场景，展现了抗战时期性别角色的重新定义。女性被赋予了新的社会意义，她们的劳动不再仅限于家庭，而是成为社会和国家重建的重要力量。图像将女性的生产行为置于公共场域，赋予了她们更多的社会责任感和政治意义。

图 1　第一期《缝军衣》①

《晋察冀画报》中的母亲与妻子的形象转化成为革命战士的“照护者”，这一转变反映了抗战时期社会对已婚女性双重责任的预期。女性不再仅仅是家庭中男性的附庸或从属，而是逐渐在家庭和社会中建立起以自身为中心的角色。这种转变展现了抗战时期女性在社会中的新定位：她们不仅要在家庭中履行母亲和妻子的传统职责，还要作为革命

① 罗光达主编：《〈晋察冀画报〉影印集》（上），辽宁美术出版社 1990 年版，第 52 页。

的参与者支持国家的抗争。① 如戎冠秀这样的模范被塑造为“子弟兵的母亲”，她不仅照顾家庭，还积极参与救护和支援工作，象征着母性与革命事业的融合。这类形象表明女性的家庭责任得到了革命化，她们不仅要照顾自己的家人，还要照顾“革命的子弟兵”，成为战士们的后盾和支持力量（如图 2）。

图 2　第六期《黎明钟声》②

这种角色转变也反映了女性在抗战时期不再仅仅依附于家庭中的男性。她们开始通过社会生产和公共事务参与，确立自身的社会身份和价值。画报中反复出现的女性模范形象，不仅表彰她们在家庭中的贡献，还强调她们在社会建设中的独立性与责任感。这

① 参见董天行、李妍《〈晋察冀画报〉中主题性图像文化表征探究》，《四川文化艺术研究》2022 年第 1 期，第 193—198 页。

② 罗光达主编：《〈晋察冀画报〉影印集》（上），辽宁美术出版社 1990 年版，第 321 页。画报中这样描述该图象：大生产运动开始后，北岳区拥军模范——“子弟兵的母亲”戎冠秀同志即被选为盘松村妇女拨工队长。每日黎明，她便敲起响亮的报晓钟声，催人早起到田里去劳作。

表明抗战时期女性从单一的家庭附属地位逐渐转向成为社会中独立的劳动者和革命的支持者，逐渐建立了以女性自身为中心的社会关系。因此，《晋察冀画报》通过母亲与妻子形象的转变，反映了抗战时期女性在家庭与国家中的双重角色，并对社会预期进行了新的诠释：已婚女性既是家庭的照护者，也是国家的建设者，她们在社会中不仅是男性的辅助者，更是独立的革命力量。

## 二、参与者：女性解放的视觉寓言

抗日战争时期，《晋察冀画报》作为宣传工具，展现了抗日根据地的政治、军事成就，尤其是民主制度的建立和发展。《晋察冀画报》通过摄影图像展示了根据地军民团结一致、抗击侵略、争取民族独立的艰苦历程，并通过战士、民众和抗日英雄的形象塑造了根据地作为民族解放的核心地带。在这场民族解放战争中，民主选举成为根据地的重要特征之一，展示了根据地政权的合法性与民众的广泛参与。①

1943 年，晋察冀边区举办了边区第二届参议会，《晋察冀画报》第 4 期便通过多张照片报道了边区的民主建设，既展现了选举竞争的激烈场面，又全面记录了晋察冀边区参议会的会议实况，生动真实地反映了边区民众积极参与民主建设的热情。其中，也展现了妇女在民主选举中的参与。曾组织为战士运粮、备受军民爱戴的刁窝口村模范村长张树凤参与了边区议员的选举并发表演讲，即如图 3 中左上角的照片所示。该图像展示了妇女参政的实际场景，突出表现了根据地推行男女平等的民主政策，妇女作为政治候选人的新形象，象征着她们从家庭走向公共领域，成为民主建设的主力之一。

图像可以通过情感共鸣和视觉修辞来引导观众对特定意识形态的认同。② 女性候选人的形象通过其公开演讲和自信的姿态，激发了观众对革命性别平等和妇女权利的认同。她不仅代表个人的政治参与，更象征了广大妇女群体在革命中的觉醒与奋斗。这种视觉修辞通过她的形象得以强化，唤起观众对革命胜利和性别平等的信心。与图 3 中的其他几张展示男性候选人的图像相比，女性候选人更加引人注目。她的存在不仅象征了妇女的解放，更是对传统性别观念的挑战。通过这种独特的视觉呈现，观众被引导去思考女性在革命中的角色，并被动员起来支持性别平等与社会变革。

---

① 参见杨健、王玲《民主与抗战：〈晋察冀画报丛刊〉的抗日根据地形象建构》，《青年记者》2023 年第 16 期，第 119—121 页。

② 参见［英］约翰·伯格著、戴行钺译《观看之道》，广西师范大学出版社 2005 年版，第 109—112 页。

图 3　第四期《边区第二届县议会》①

另外，画报中多次展现了妇女在抗战期间参与各类社会事务的场景，例如女性参与农业生产、医疗救护以及物资运输。在《晋察冀画报》第五期中，有一幅名为“妇女挖地道”的照片（图 4），展示了几位女性手持铁锹，积极参与挖掘地道的场景。这些女性为抗战作出了重要贡献，帮助在地道战中抗击敌人。这一图像反映了妇女不仅在后方支援，也直接参与了对敌作战，为抗战胜利贡献了力量。以上内容打破了传统女性形象，将她们塑造成独立、自主的社会力量。这种记录不仅表现了女性在国家抗战中的贡献，也体现了她们在新社会建设中的重要角色。

① 罗光达主编：《〈晋察冀画报〉影印集》（上），辽宁美术出版社 1990 年版，第 199 页。

图 4　妇女挖地道 田振彦摄①

抗日战争不仅是国家解放的过程，也是社会进步的契机。在根据地，女性解放与国家解放互为条件。通过摄影图像，画报展现了国家解放与女性解放的紧密结合。女性在参政和社会生产中的地位提升，不仅是为了满足抗战需求，更是根据地政治民主化和社会解放的象征。《晋察冀画报》通过女性候选人、工作者和战斗者这些军政事务的“参与者”形象，传递出在民主政治和社会动员中，女性不仅是国家解放的参与者，也是解放自身的主体。② 这种图像符号的运用表达了抗战胜利与女性觉醒的双重革命。

《晋察冀画报》通过摄影图像塑造抗日根据地的民主形象时，巧妙地融合了国家解放与女性解放的双重表达。国家层面的独立、政权建设与女性参与公共事务形成了互为促进的关系。这种表达不仅是对战争时期现实的记录，更是一种社会愿景，展现了民主革命的双重任务——国家的独立解放与社会的全面进步，尤其是女性地位的提升。

## 三、颁奖者：传统女性期望与革命主体之间的内在张力

在抗战时期，《晋察冀画报》中展示的女性颁奖者，通常在画面构图中以背影的方式占据画面的左右两侧。图像中的人物如何被观看或如何看待他人，能够展现出权力的动态关系。

图 5 画面表现的是曾参加百团大战的英雄指战员，接受少女为他佩戴的胸花。这种

---

① 罗光达主编：《〈晋察冀画报〉影印集》（上），辽宁美术出版社 1990 年版，第 125 页

② 参见孟立《图像与历史：〈晋察冀画报〉的视觉修辞实践》，《大众文艺》2022 年第 15 期，第 49—51 页。

仪式化的场景通过视觉符号传达了权力和认同，尤其是在革命背景下，鲜花成为象征拥护和尊敬的符号，传递着民众对领袖的支持。图像的焦点集中于前景中的人物，他站在画面的中心并直视观众，象征着他的权威与重要性。相较之下，前景中为他献花的女性则处于从属地位，低头并背对镜头，这种观看关系呈现出男性主导的视角，强化了男性权威、女性服从的视觉隐喻。

图5　边区人民与子弟兵血肉相关①

女性长期以来被视为男性的“他者”（the Other），即她们并不是主体，而是作为对男性的补充和映射而存在。② 通过这一视角，可以更深入地理解这些女性形象在画面中如何被定位以及它们背后的性别意识形态。

在图5中，少女以背影出现在画面中，这种表现方式在视觉上削弱了她们的主体性和能动性。女性在传统社会中的地位往往是被动的“他者”，她们并不直接作为行动的中心，反而常常被边缘化。这种背影的构图似乎与这种历史观念产生呼应，象征着女性在重大社会事件中的次要地位。她们虽在画面中出现，但主要作用是作为背景的衬托，支撑和强化中心男性角色或更重要的社会行动。女性被建构为“他者”，是由于她们始终被置于男性主导的社会框架中。在这些画面中，作为“颁奖者”的少女，她的背影传达出

① 罗光达主编：《〈晋察冀画报〉影印集》（上），辽宁美术出版社1990年版，第40页。

② 参见［法］西蒙娜·德·波伏娃著、陶铁柱译：《第二性》，中国书籍出版社1998年版，第11—26页。

对权威和英雄主义的承认与支持，而不是主动的建构者。这种构图方式进一步巩固了她们作为社会和革命的“配角”地位，而非革命主体的身份，反映了在性别分工上根深蒂固的社会结构，即男性作为中心力量，而女性作为支持和服务的力量。

然而，值得注意的是，这种视觉呈现并非单纯的压制性表征，虽然这些女性背影似乎暗示了她们的被动性，但它们也可能传递出一种微妙的“他者”力量。她们的存在实际上是不可忽视的，背影的构图使她们成为情感动员的重要部分，激发观众对女性在革命和社会建设中作用的思考。女性作为“颁奖者”在《晋察冀画报》画面中的背影构图，既反映了她们在性别权力结构中的边缘化地位，也暗示了她们在革命叙事中的不可或缺性。她们虽非行动的主体，但作为“他者”的存在，其实仍在视觉和社会意义上发挥着关键作用，推动着抗战时期社会的集体情感动员。

尽管妇女解放在战争中的作用得到肯定，但却未能突破传统的性别观念。这种矛盾反映了妇女解放在国家革命中的从属地位，突出两者之间的张力。在推动民族独立与民主革命的过程中，妇女解放与国家革命相互促进，但也存在显著的张力。这种张力通过画报中的符号隐喻和人物塑造得到了反映，即妇女虽参与革命和建设，但她们的解放依然受制于国家革命的优先需求。

## 四、女性视觉形象转型与社会动员

《晋察冀画报》中表现的女性形象，完成了从传统家庭角色向革命主体的转变。这一变化不仅提升了女性的社会地位，还通过视觉修辞展现了特定的权力话语，传递了中国共产党推动性别解放与阶级平等的理念。女性不再局限于家庭事务，她们参与生产劳动、政治和军事活动，成为社会重建的重要力量。过去的女性形象多被描绘为温婉、顺从的家庭守护者，但在抗战背景下，女性的社会角色发生了显著变化，她们不再是柔弱的象征，而是社会再生产的核心。① 女性不仅肩负家庭责任，还在经济活动中发挥关键作用，展示了她们在社会建设中的重要性。这种角色转变象征了女性从家庭走向社会的解放，并反映了中国共产党推动性别平等的决心。

此外，《晋察冀画报》中的女性形象不仅是现实的记录，还通过视觉修辞传递了强烈的权力话语。画报展示了女性参与政权建设、军事支援等场景，塑造了女性作为革命主体的形象，展现了她们在新社会结构中的重要地位。这些图像不仅反映了女性在生产中的实际贡献，还通过视觉符号表达了一个性别平等、阶级平等的社会愿景。女性在这些图像中成为国家救亡和民族复兴的象征，既展示了她们的劳动贡献，又体现了性别解放和阶级平等的理念，构建了她们作为无产阶级革命主体的新身份。

---

① 参见郭晓磊《晋察冀边区妇女抗日救国会研究》，河北师范大学 2012 年硕士毕业论文，第 10—11 页。

这种视觉修辞强化了图像的社会动员作用，观众通过这些精心设计的图像，能够认同并支持女性在社会中的新角色。女性形象不仅是现实的再现，还承载着革命意识形态的传播。她们的坚韧与力量激发了观众的情感共鸣，并通过视觉语言推动了性别平等和社会变革。

因此，《晋察冀画报》通过塑造女性形象，展示了她们从家庭角色向革命主体的转变。女性不再是家庭中的被动角色，而是积极参与国家建设的关键力量。画报中的女性形象通过视觉符号传递了阶级平等与性别解放的理念，成为革命叙事的重要组成部分。观众通过这些图像被动员起来，支持女性在社会中的新角色，这不仅推动了革命进程，也为中国社会的性别平等奠定了基础。

《晋察冀画报》是抗战和解放战争期间中国共产党的重要宣传工具，通过独特的摄影与视觉表现，展现了社会的性别转型及革命动员。女性形象的塑造突破了传统性别角色，赋予她们在革命与生产中的新身份。她们不仅是家庭的守护者和照料者，还作为生产者、战士和社会建设者，承担起了更多革命责任，成为抗战时期的关键力量。

画报中，传统性别角色虽然保留，但这些形象被赋予了新的政治意义。母亲和妻子的角色不仅代表了传统社会对女性的期待，也被革命宣传塑造为精神和道德的象征。例如，戎冠秀被塑造成“子弟兵的母亲”，将母爱与爱国主义结合，扩展了母亲的职责，将传统家庭责任与革命责任融为一体。在抗战背景下，传统的“贤妻良母”形象通过参与生产和后勤保障等社会工作，获得了新的革命意义，成为支援战士的重要力量。这些女性形象展示了她们在家庭与社会中的双重担当，并通过革命宣传，将传统的妻子角色融入国家大义，强化了她们的社会功能。随着革命的深入，越来越多的女性走出家庭，参与社会生产和革命斗争。她们不仅参与农业生产和纺织劳动，还积极投身医疗救护和支前活动，在前线和后方都发挥了重要作用。例如，画报中的“妇女挖地道”图像展示了她们在抗战中的实际贡献，打破了女性在社会中的被动地位，塑造了她们作为独立社会力量的重要象征。通过这些图像，传递了女性不仅是家庭支柱，还是革命和社会建设的中坚力量。

在革命宣传中，女性形象不仅被赋予了生产者和照护者的角色，还参与了国家的民主建设。画报记录了女性在民主选举中的表现，如陈舜玉当选唐县第一任抗日民主政府女县长，象征了女性参政的觉醒。这种参与展示了共产党推动性别平等和民主化建设的努力，并进一步强化了女性在革命中的独立地位。

然而，尽管画报赋予了女性多重角色，但在某些场景中，女性仍以背影或边缘形式出现，暗示了性别权力结构中的不平衡。尽管如此，这些形象在情感动员和社会影响中仍发挥着重要作用。女性虽然作为“他者”受限于传统性别观念，但她们的抗战贡献已经展现了性别角色的显著转变，这不仅是革命叙事的辅助表征，也体现了她们在社会变革中的隐性力量。

## 结 语

通过这些女性形象的分析，《晋察冀画报》展现了革命动员和性别解放的关键作用。女性从传统家庭角色到革命主体的过渡，不仅是视觉上的变化，更是社会结构深刻变革的体现。她们的多重角色展示了抗战中的贡献，并通过符号学和视觉修辞构建了新的性别与社会身份。这些形象引发了大众的共鸣，推动了抗战胜利，也促使人们关注性别平等和革命的进步。

总而言之，《晋察冀画报》通过摄影作品成功塑造了革命中的女性形象，并通过视觉符号推动了性别平等和阶级解放的理念。画报中的女性形象不仅记录了抗战时期的多重贡献，还展示了她们在革命叙事中的重要性。未来研究可以进一步探讨这些视觉符号对战后中国性别文化和社会结构的持续影响，尤其是在女性解放和性别平等方面的进展。

# 论“样板戏”的历史生成、美学范式及其评价

王雪荣　陈黎明①

**摘　要**：作为“文革”文艺的典范艺术样态，“样板戏”的历史生成关涉文体、历史以及现实等多重因素，一方面，缘于戏剧文体的传播优势和毛泽东对戏剧的独特情感与体认，“文革”样板文艺选择了戏；另一方面，自延安时期以来的戏曲改革以及“十七年”时期戏剧中存在的问题，则从历史与现实的双重层面促成了“样板戏”的登场。“样板戏”较为典型地体现了“文革”文艺的美学范式，它不仅践行了“文革”文艺的理论和规范，而且从题材内容的移植性、艺术形式的再造性、创作方式的集体性等层面呈现出与时代政治文化的高度契合。对于“样板戏”的评价，尽管不同群体在情感态度上存在较大差异，但只要遵循“在场”与“离场”相结合的原则，其意义与局限性便能得到客观的呈现。

**关键词**：“样板戏”；“文革”文艺；美学范式；在场；离场

1966—1976年是中国文学艺术发展史上较为特殊的历史阶段，此阶段的文艺被称为“文革”文艺，最能够代表这一时期文艺特征的是“样板戏”。“样板”一词在中国传统语汇中一直存在，1960年代初期在一些报刊中频繁出现，但是，它和戏剧联系在一起则是1964年全国京剧现代戏观摩演出大会之后。1964年9月27日，周恩来赞扬革命舞剧《红色娘子军》为“样板”，这是目前发现的最早用“样板”指称革命现代戏的评价。革命现代京剧首次从口头上的“样板”成为报纸上的“样板戏”，是1966年11月28日举行的“文艺界无产阶级文化大革命大会”之后的事了。12月4日，《人民日报》头版发表了《首都举行文艺界无产阶级文化大革命大会》的报导，这是群众第一次见到“样板戏”“样板团”这些词语。② 1967年5月31日，《人民日报》发表社论《革命文艺的优秀样

---

① 作者简介：王雪荣（1975—　），女，江苏徐州人，河北大学图书馆馆员。陈黎明（1973—　），男，河南信阳人，博士，河北大学文学院教授。

② 参见张晴滟《样板戏：文化革命及其最新形式》，台湾人间出版社2021年版，第34—35页。

板》，再次使用“样板戏”一词：“为了纪念毛主席《在延安文艺座谈会上的讲话》发表二十五周年，首都舞台上正在上演八个革命样板戏：京剧《智取威虎山》《海港》《红灯记》《沙家浜》《奇袭白虎团》，芭蕾舞剧《红色娘子军》《白毛女》，交响音乐《沙家浜》。”① 随后各报刊媒体加以渲染，“样板”一词就和京剧现代戏密不可分地联系在了一起。

“样板戏”以其独特的美学范式和广泛持久的群众影响力，在“文革”期间成为最突出的文艺形式，几乎遮蔽了其他文艺作品的存在。尽管“文革”时期还存在诸如“红卫兵”诗歌、“小靳庄诗歌”和《金光大道》《虹南作战史》《牛田洋》《闪闪的红星》等主流小说，以及“地下文学”等作品，但“样板戏”在公众心目中已成为“文革”文艺景观的核心代表。作为中国当代文艺中的典型现象，“样板戏”构成了理解“文革”时期文艺的重要窗口，而对这一曾经影响亿万群众的文艺现象的评价，则涉及诸多复杂的历史与艺术问题，成为研究“文革”文艺不可忽视的关键议题。

## 一、为什么是“样板戏”

在具体讨论这一现象之前，我们首先需要弄清楚的是“文革”期间为什么要大力打造和推广“样板戏”，这又关涉两个具体问题，即为什么是“戏”以及为什么要搞“样板戏”。

“文革”文艺在选择能够体现自己意识形态和审美诉求的艺术样式时，并没有推出“样板小说”② 或“样板诗歌”“样板散文”，而是选择了“样板戏”，这是一个确定的文学史事实。至于为什么是“戏”，其实有着复杂的原因。

首先，之所以选择“戏”，跟戏剧这种独特的文体有着内在关联。与小说、诗歌、散文相比，戏剧这种文体有着自己的艺术特性。戏剧是一种综合性的舞台艺术，它与受众之间的信息链接主要不是靠文字，而是借助舞台上演员的肢体动作、声音作为载体来传情达意。戏剧艺术的这一特点，使得它与另外三类文学文体相比，不需要受众具有识字和阅读能力，就能理解其表达的主旨思想和基本情感，因而传播优势十分明显。“文革”时期，由于当时民众的文化水平普遍较低，戏剧的文体优势就显得更为重要，通过戏剧不仅能够最大程度解决文本与受众之间的文字屏障，而且也能充分发挥文艺的意识形态宣传功能和动员群众的效率。同时，中国是一个有着悠久戏曲传统的民族，戏曲拥有广泛的群众基础，并成为普通民众日常娱乐的重要形式之一，而且利用戏曲对民众进行教

---

① 《革命文艺的优秀样板》，《人民日报》1967 年 5 月 31 日第 6 版。

② 尽管也有人将《金光大道》《虹南作战史》和《牛田洋》称为“样板小说”，但这并未获得官方命名和学界的普遍认可。

化和规训也是中国戏曲传统的重要功能。正因如此，在打造“样板戏”时，“文革”文艺不仅选择了“戏”，而且为了最大限度地动员群众，他们还特别青睐中国民众最喜闻乐见、普及率最广的素有“国剧”之称的京剧。

其次，毛泽东对戏剧的独特情感和认知，也影响到“文革”文艺在建构“样板”时对“戏”的选择。与许多传统文人一样，毛泽东对中国戏曲有着浓厚的兴趣。据统计，“韶山毛泽东同志纪念馆珍藏着毛泽东遗物6000余件”，“其中唱片有1600多张，磁带有400余盘。这些磁带、唱片大部分为传统戏曲和音乐”，“被称为‘国粹’的京剧，是毛泽东最喜爱的艺术形式。毛泽东收藏的京剧唱片约400张，磁带近200盘”。① 但是，作为政治家的毛泽东在看戏或者对戏剧思考时又异于常人，他总是会生发出一些超越戏剧本身的政治、文化问题。据李银桥回忆，在延安时毛泽东有次带着警卫员到庙会上去看戏，期间他对身边人员说“看庙看文化，看戏看民情”②。可见，通过戏来体察民情，了解老百姓的喜怒哀乐、愿望与诉求是毛泽东看戏的重要目的之一。这种既深入戏内，又超乎其外的政治视野，在此后毛泽东观戏的众多场合均有所体现。据说，有一次毛泽东在谈及京剧《打金枝》里郭子仪之子郭曖与皇帝的女儿发生家庭矛盾时，说：“郭子仪的儿子同皇帝女儿结亲以后，闹矛盾。郭子仪和皇帝各自批评了自己的孩子，解决得很好。这是说解决人民内部矛盾，矛盾双方要各自多做自我批评。郭子仪很有政治头脑，当时有人向皇帝打小报告，说他有谋反之心，郭子仪听到后，就把自己的门第敞开，任人出入、参观。”③ 1948年4月，毛泽东观看了晋绥边区京剧团演出的《打渔杀家》后，评价戏中人物萧恩时，认为：“这人是一条英雄好汉，敢与压迫、剥削穷苦平民百姓的官府作斗争，敢于反抗，这是值得赞扬的。但是，只有他们父女二人，单枪匹马，力量就太单薄了。他要是能团结起广大受苦受压迫的人民，来反抗官府的压迫剥削，那力量就大了。”④ 新中国成立后，毛泽东看戏时也经常会从中提炼出常人难以捕捉到的政治与阶级信息。例如，1949年4月，毛泽东看京剧《法门寺》，当戏中刘瑾让身边的贾桂坐下时，贾桂说“我站惯了”，毛泽东评价道：“你看，他真是一副奴才相，人家叫他坐下，他说站惯了”，“贾桂在他上司的面前，一举一动，一言一行，都是十足的奴才相，我们反对这种奴才思想，要提倡独立思考，实事求是，要有自尊心”。⑤ 又如，1958年9月，毛泽东在上海观看李玉茹主演的京剧《白蛇传》，当看到“镇塔”一幕时，他突然愤怒地拍案

① 刘伟：《音乐世界，伟人情怀——记毛泽东收集的磁带、唱片》，孔培培、张刚主编《老唱片》第4辑，山东文艺出版社2018年版，第25页。

② 李银桥：《在毛泽东身边十五年》，河北人民出版社1991年版，第50页。

③ 盛巽昌：《毛泽东的艺术情怀》，上海人民出版社2013年版，第124页。

④ 刘汉民：《毛泽东谈文说艺实录》，长江文艺出版社1992年版，第191页。

⑤ 刘汉民：《毛泽东谈文说艺实录》，长江文艺出版社1992年版，第193—194页。

而起："不革命行吗？不造反行吗？"① 演出结束后，毛泽东同演员见面时，甚至没有理睬那个饰演老和尚"法海"的演员。上述史实表明，毛泽东如此喜欢戏，而且又擅于从戏中寻找革命与政治的逻辑理路，因此，"文革"期间选择戏作为"样板"也就不难理解了。

其三，选择戏作为"样板"还缘于戏曲与"文革"文艺规范的内在契合。"文革"文艺是"十七年"文艺一体化的延续与发展，为了将文艺整合到同一轨道上来，"文革"前后陆续提出了"题材决定"论、"三突出"原则、"根本任务"论、"主题先行"论等众多文艺创作原则。在上述创作原则的框定下，"文革"文艺只能向"一元化"方向发展。在这种语境中，最能契合这一文艺规范的艺术形式，往往更容易受到青睐并获得蓬勃发展。与小说、诗歌、散文相比，戏剧在文体上具有竞争优势，无论从观念形态还是具体表现形式它均与"文革"文艺的"一元化"要求有着某种内在的契合。正如有论者所言："戏曲形式一方面同现代生活有'先天的断路'，但其观念形态又与'文革'时期的文艺理论体系有着'先天的和谐'。例如，戏曲表演的'程式化'与'文革'文艺创造的'模式化'，戏曲人物的'脸谱化'与'文革'文艺形象的'概念化'，戏曲唱台词的'板眼化'与'文革'文艺的'公式化'。简言之，戏曲艺术的古典主义艺术方法本身就有'一元化'、'样板化'的内在规定，很容易被用来为'文化革命'一统天下的政治化目的服务。"② 正是二者之间这种内在的契合，才使得戏这一艺术形式在"文革"期间被大量征用，也正缘于二者"先天的和谐"，"样板戏"才能够在承担政治功能，规范文艺方面发挥了重要的艺术作用。

至于为什么要搞"样板戏"，我们可以从历史渊源、现实语境以及江青与"样板戏"三个层面进行探究。

"样板戏"又称为"革命现代样板戏"，无论内容还是形式均与"革命"和"现代"紧密关联。一方面，它要求戏剧要为社会主义革命和建设服务，通过现代英雄形象的塑造来反映革命斗争生活，并且在形式上要有创新。这种对戏剧进行现代革新的诉求，早在 1940 年代的延安就已有所实验，并得到毛泽东的肯定。1942 年 10 月延安平剧研究院（"鲁艺"的平剧研究团与八路军 120 师的战斗平剧社合并）成立，毛泽东为其题词，并提出"推陈出新"的戏剧改革方针。1944 年元旦开始，由杨绍萱、齐燕铭等人集体创作，齐燕铭执导的新编京剧《逼上梁山》正式公演。毛泽东看后，给该剧编导者写了封信，强调："历史是人民创造的，但在旧戏舞台上（在一切离开人民的旧文学旧艺术上）人民却成了渣滓，由老爷太太少爷小姐们统治着舞台，这种历史的颠倒，现在由你们再

① 刘汉民：《毛泽东谈文说艺实录》，长江文艺出版社 1992 年版，第 200 页。

② 陈晋：《文人毛泽东》，上海人民出版社 1997 年版，第 609 页。

颠倒过来，恢复了历史的面目，从此旧剧开了新生面。”① 在这封著名的信中，毛泽东主要是从题材内容出发，提出了广大劳动人民应该成为戏剧舞台主人，这一主张也是新中国成立后毛泽东对戏剧改革的要求。

继京剧《逼上梁山》之后，1944 年冬，延安平剧院又排演了由李纶、王桂林、魏晨旭编剧，王一达、魏静生执导的新编京剧《三打祝家庄》②。1945 年 2 月 22 日，毛泽东写信祝贺《三打祝家庄》演出成功：“我看了你们的戏，觉得很好，很有教育意义。继《逼上梁山》之后，此剧创造成功，巩固了平剧改革的道路。”③ 上述京剧改革体现了戏剧与时代革命相结合的艺术努力，也清晰地呈现了毛泽东“推陈出新”“旧瓶装新酒”以及劳动人民为舞台主人的戏剧改革的基本思路。

虽然戏剧改革在延安时期就已进行并取得一定成果，但是新中国成立之后，毛泽东对戏曲界“推陈出新”的表现，却颇感失望。正是基于这种失望和不满，毛泽东从 1962 年底开始，不断地在公开场合对戏剧部门进行批评。1962 年 12 月 21 日，在同华东省、市委书记谈话时，毛泽东话锋突然转向对当下戏剧的批评，指出：“对修正主义有办法没有？要有一些人专门研究。宣传部门应读点书，也包括看戏。”④ 毛泽东认为当前的戏剧“帝王将相、才子佳人多起来，有点西风压倒东风”，提出“东风要占优势”。⑤ 1963 年 9 月 27 日，在中央工作会议上讲话时，毛泽东再次将矛头指向了戏剧等艺术部门，指出“除了文学之外，还有艺术，比如歌舞、戏剧、电影等等，都应该抓一下”⑥，他强调，“推陈出什么东西呢？陈就是封建主义、资本主义的东西。要把封建主义、资本主义的东西推出去，出社会主义的东西，就是要提倡新的形式。旧形式要搞新内容，形式也得有些改变”⑦。1963 年 11 月，毛泽东就戏剧问题对《戏剧报》和文化部进行批评，指责“一个时期《戏剧报》尽宣传牛鬼蛇神。文化部不管文化，封建的、帝王将相的、才子佳人的东西很多，文化部不管。要好好检查一下，认真改正，如不改变，就改名‘帝王将相部’、‘才子佳人部’或者‘外国死人部’。”⑧ 这些不同场合对戏剧的批评，显示了毛

---

① 《延安文艺丛书》编委会编：《延安文艺丛书：文艺理论卷》，湖南人民出版社 1984 年版，第 70 页。

② 《三打祝家庄》从 1945 年 2 月在延安公演起，到 1947 年撤离延安前，共演出了 50—60 场（每场分两天演出）。后来在各解放区及全国解放后，各剧团总共约演出了 1500 场。（参见北京市艺术研究所、上海艺术研究所编著《中国京剧史》（中），中国戏剧出版社 1990 年版，第 342 页。）

③ 盛巽昌：《毛泽东与戏曲文化》，广西人民出版社 1998 年版，第 22 页。

④ 戴嘉枋：《样板戏的风风雨雨》，知识出版社 1995 年版，第 7 页。

⑤ 戴嘉枋：《样板戏的风风雨雨》，知识出版社 1995 年版，第 7 页。

⑥ 中共中央文献研究室编：《毛泽东年谱（1949—1976）》第 5 卷，中央文献出版社 2013 年版，第 263 页。

⑦ 中共中央文献研究室编：《毛泽东年谱（1949—1976）》第 5 卷，中央文献出版社 2013 年版，第 264 页。

⑧ 薄一波：《若干重大决策与事件的回顾（修订本）》（下），中共中央党校出版社 1997 年版，第 1263—1264 页。

泽东对文艺尤其是戏剧未能贯彻“推陈出新”，主要演出封建主义和资本主义的东西表示不满，期待戏剧能够承载社会主义的内容。

在毛泽东对戏剧提出批评的同时，文艺界开始试图纠正上述错误。在 1963 年上海文艺界元旦联欢会上，时任中共上海市委书记、市长的柯庆施呼应毛泽东的批评，提出“大写十三年”的口号，要求“今后在创作上，作为领导思想，一定要提倡和坚持‘厚今薄古’，要着重提倡写解放十三年，要写活人，不要写古人、死人。我们要大力提倡写十三年——大写十三年!”① 1963 年 2 月下旬，在与柯庆施、张春桥的谈话中，江青也明确支持柯庆施“大写十三年”的口号。

但是，柯庆施所提倡的“大写十三年”很难在短时间内迅速扭转文艺创作的整体倾向，这也就直接导致了接下来毛泽东针对文学艺术的“两个批示”。1963 年 12 月 12 日，毛泽东审阅中宣部文艺处编印的《文艺情况汇报》第 116 号，简报专门登载了《柯庆施同志抓曲艺工作》的文章，文章对柯庆施抓评弹的长篇新书目建设和故事员在市郊配合社会主义教育运动讲革命故事的做法做了介绍。毛泽东针对这份简报做出了批示，直陈：“社会主义改造在许多部门中，至今收效甚微。许多部门至今还是死人统治着”，“许多共产党人热心提倡封建主义和资本主义的艺术，却不热心提倡社会主义的艺术，岂非咄咄怪事”。② 毛泽东批示中对文艺现状的严厉批评，引发了文联和各协会的整风和检查运动，1964 年 6 月，根据整风中发现的问题，中宣部写了一份题为《中央宣传部关于全国文联和所属各协会整风情况报告》的报告呈送中央。看完报告后，毛泽东于 6 月 27 日又做出第二个批示，继续批评：“这些协会和他们所掌握的刊物的大多数（据说有少数几个好的），十五年来，基本上（不是一切人）不执行党的政策，当官做老爷，不去接近工农兵，不去反映社会主义革命和建设。最近几年，竟然跌到了修正主义的边缘。如不认真改造，势必在将来的某一天，要变成像匈牙利裴多菲俱乐部那样的团体。”③ 毛泽东对戏剧的批评是催生“样板戏”的最直接原因，为回应毛泽东的批评，各地纷纷推出符合要求的革命现代戏。1964 年 5 月 5 日到 7 月 31 日全国京剧现代戏观摩演出大会在京进行汇报演出，《智取威虎山》《芦荡火种》《奇袭白虎团》《红嫂》《红色娘子军》《红灯记》等一批充溢着革命英雄主义和理想主义的现代戏纷纷亮相。会演期间，毛泽东也多次出席观看，并对部分剧目给予了很高的评价，从这些革命现代戏中，他发现早在延安时期构想的戏剧革新图景能够实现的可能性。

另外，在讨论“样板戏”如何产生时，我们不能回避一个重要人物——江青。江青

① 张杼主编：《中国当代文学编年史》第 3 卷（1960. 1—1965. 12），山东文艺出版社 2012 年版，第 444 页。

② 中共中央文献研究室编：《毛泽东年谱（1949—1976）》第 5 卷，中央文献出版社 2013 年版，第 288 页。

③ 中共中央文献研究室编：《毛泽东年谱（1949—1976）》第 5 卷，中央文献出版社 2013 年版，第 368 页。

与“样板戏”关系，人们一直有不同的看法。有人认为“样板戏”与江青没有直接关系，她只是剽窃了大家的劳动成果，“样板戏的艺术性也很上水准的。虽然江青曾插手样板戏并占为己有，但那是剽窃，样板戏的成就主要还是应该归功于广大的艺术家，他们才是真正的创造者”①。当然，也有人指出江青与“样板戏”有着复杂的纠葛。例如，汪曾祺就认为“江青诚然没有亲自动手做过什么，但是‘样板戏’确实是她‘抓’出来的。她抓的很全面，很具体，很彻底。从剧本选题、分场、推敲唱词、表导演、舞台美术、服装，直至铁梅衣服上的补丁、沙奶奶家门前的柳树，事无巨细，一抓到底，限期完成，不许搪塞违拗”②。对于这一问题，笔者以为应该从两方面来认识。一方面，众多史料揭示江青确实介入到了“样板戏”的生产过程。例如，1963年2月，江青曾明确支持柯庆施提出的“大写十三年”的口号。素有第一部“样板戏”之称的《红灯记》，就是1963年2月22日江青在上海红都剧场看完爱华沪剧演出的《红灯记》之后，推荐给林默涵，并建议改编成京剧。而另一个非常有名的“样板戏”《沙家浜》，也是缘于1963年秋被江青看中的沪剧《芦荡火种》。此外，1964年6月，全国京剧系统现代剧观摩演出大会期间，江青还以文艺领导的身份给参加演出的艺术工作者做了题为《谈京剧革命》的报告，提出了“要在我们的戏曲舞台上塑造出当代的革命英雄形象”，“抓创作的关键是把领导、专业人员、群众三者结合起来”（即后来的“三结合”理论），“搞革命现代戏，主要是歌颂正面人物”等一系列的戏剧创作要求，它们成为后来文学文艺遵循的重要原则。基于上述事实，要说江青与“样板戏”没有关系，是不符合客观实际的。然而，我们在强调江青与“样板戏”的紧密联系的同时，也需要清醒地认识到“样板戏”是集体创造的产物，从剧本台词到舞台演出都凝聚了江青之外众多优秀编剧和演员的心血。对于江青与“样板戏”的关系，笔者认为下面的判断较为准确客观：“‘样板戏’在江青正式干涉以前已经具有相当浓厚的政治美学的色彩，但是，在江青及其‘样板戏’创作班子过分激进的革命政治的要求下，它的意识形态功能被进一步强化。”③ 可见，正是在江青的介入下，“样板戏”的意识形态功能被进一步突显，这种强化使其更加明显地服务于当时的革命政治目的，而不仅仅是带有政治色彩的艺术作品。

## 二、“样板戏”与“文革”文艺美学范式

“样板戏”是“文革”文学艺术的样板，既然是样板，它就必然能够体现这一时期文学艺术的规范和美学特征。为了让文学艺术更好地为政治服务，“文革”期间对文学艺术

① 闵建澄：《牵手思绪》，中国社会出版社2006年版，第20页。

② 季红真主编：《汪曾祺全集》第9卷“谈艺卷”，人民文学出版社2019年版，第494页。

③ 李松、筱洋：《红舞台的政治美学——“样板戏”研究》，黑龙江人民出版社2013年版，第109页。

提出了许多具体性要求，从写什么到怎么写都予以明确规定，这些规定最终以“根本任务论”、“三结合”“三突出”原则、“高大全”等一系列具体的理论和创作要求体现出来。依循这些基本创作原则打造出来的“样板戏”，自然就成为符合上述规范、要求的典范。

首先，“样板戏”是“文革”文艺理论和规范的践行者。从题材上来说，“样板戏”符合“根本任务论”的理论要求。“根本任务论”主张社会主义文艺的根本任务就是要塑造工农兵英雄形象，而且“只有塑造好无产阶级英雄典型，才能在文艺舞台上表现中国共产党领导下中国人民的革命斗争，歌颂毛主席的革命路线在各个时期、各条战线上的伟大胜利，鼓舞人民群众推动历史的前进；只有塑造好无产阶级英雄典型，才能实现无产阶级在文艺领域里对资产阶级的专政。坚持这一根本任务，就是坚持文艺为工农兵服务的方向”①。“样板戏”基本遵循了这一原则，将工（《红灯记》《海港》）、农（《龙江颂》《杜鹃山》《白毛女》）、兵（《红色娘子军》《沙家浜》《平原作战》《智取威虎山》《奇袭白虎团》）形象的塑造作为艺术的核心与根本任务。通过工农兵形象的塑造，“样板戏”反映了中共从革命党到执政党所走过的风雨历程。若以叙事时间为轴对经典“样板戏”进行梳理，我们可以发现，这些作品从《杜鹃山》到《龙江颂》，全面呈现了中国革命和社会主义建设的历史进程，包括土地革命、抗日战争、解放战争、抗美援朝以及农村社会主义建设等重要阶段。因此，这些“样板戏”可被视为名副其实的革命现代戏。

“样板戏”不仅在写什么上严格遵循“文革”文艺的基本原则，在怎么写方面它也不能逾越“三突出”“高大全”的美学规范。例如，著名“样板戏”京剧《沙家浜》的开篇就是“三突出”美学原则的完美诠释。戏剧一开场首先出场的是正面人物地下交通员沙四龙，剧中给他的镜头远景和全身照，接下来出场的是英雄人物阿庆嫂，她是以中景镜头出现在观众面前由远及近呈现其面部特征，而最后出现的是主要英雄人物郭建光，郭的出场直接就是一个近景面部特写镜头，由于是仰角拍摄，再加上聚焦的灯光以及音响的烘托，整个人物显得格外高大英武。在接下来人物对话的场景中，郭建光始终处于舞台的中央，沙四龙、阿庆嫂、程书记等人则围绕在郭的周围。由此，我们可以看出从出场顺序到人物形象呈现的方式再到不同人物舞台位置的安排，均体现了在所有人物中突出正面人物，在正面人物中突出主要英雄人物，在主要英雄人物中突出中心人物的“三突出”原则。至于人物形象塑造方面，“样板戏”更是将“高大全”的美学原则发挥到了极致。反面人物秃、麻、胖、瘸、矮成为他们外形的标配，而正面人物尤其是英雄人物则基本上是“身穿红衣裳，站在高坡上，挥手指方向，歌唱红太阳”的既定造型。为了凸显英雄人物阶级立场的坚定、革命品质的纯洁、道德情操的高尚，“样板戏”在艺术上对他们的私人情感均做了最大化的屏蔽。正如《红灯记》中李玉和所唱的，“人说道世间只有骨肉的情义重，依我看阶级的情义重于泰山”。所以才有了我们看到的《沙家浜》中

① 初澜：《京剧革命十年》，《红旗》1974 年第 7 期，第 157 页。

阿庆嫂的丈夫阿庆“到上海跑单帮去了”，《龙江颂》中江水英的丈夫“出国支援亚非拉”，《白毛女》《智取威虎山》《红色娘子军》等在改编中将原著中本有的爱情线索进行了精简，甚至《智取威虎山》中小常宝的唱词也只能是“白日里父女打猎在峻岭上，到夜晚爹想祖母我想娘”。严格依循“文革”文艺规范创造出来的“样板戏”，虽然它们的内容、情节有很大的差异，但是在美学范式上却呈现出了模式化和高度的同一性。

其次，“样板戏”在创作上还呈现出题材内容上的移植、艺术形式上的经典再造与制作方式上的集体性的特征。“样板戏”在取材和故事方面很少原创，它们大都是对既有文艺作品的移植。例如，京剧《沙家浜》直接来源于沪剧《芦荡火种》；京剧《红灯记》也是基于同名沪剧移植而来；京剧《海港》则改编自淮剧《海港的早晨》；京剧《智取威虎山》由上海京剧院根据曲波小说《林海雪原》中“智取威虎山”的情节，并参考同名话剧改编而成；京剧《奇袭白虎团》是在山东省京剧团对中国人民志愿军京剧团的同名京剧进行修改加工后形成的；芭蕾舞剧《红色娘子军》的前身是由谢晋执导、祝希娟和王心刚等主演的同名影片；芭蕾舞剧《白毛女》则源自1940年代的同名歌剧《白毛女》。颇有意味的是，通过移植作为自己素材源泉的“样板戏”，在其成名之后也纷纷被一些地方剧团、剧种移植，“360多个剧种和数千个剧团家家搬演‘样板戏’，人人学唱‘样板戏’，千篇一律地将‘样板戏’移植到地方戏中”①。在艺术形式上，“样板戏”主要采用了京剧、芭蕾舞剧和交响乐三种表现形式，这些均为中、西方广泛接受的经典艺术样式。“样板戏”的题材移植和艺术上的经典再造的原因，一方面是它们故事的前身已经获得读者或者观众的认可，为改编移植奠定了良好的基础，而京剧、芭蕾舞剧和交响乐形式上的经典性也能保证其传播效率，这些在某种程度上就是为了让打造出来的“样板戏”能够广泛地动员广大群众，有效地发挥其革命动员功能；另一方面，也体现了毛泽东“古为今用，洋为中用”② 的艺术原则。

在创作方式上，“样板戏”体现出“文革”期间较为流行的集体性创作特征。集体性写作是“文革”期间较为流行的文化现象，其最典型的体现是思想政治以及文化评论领域里涌现出的诸如“初澜”“江天”“梁效”“罗思鼎”“石一歌”“辛文彤”等“写作组”。“样板戏”也以独特的方式，呈现出集体性创作的特征，许多剧目从剧本创作到排演再到最终成型，凝聚多个方面的合力。例如，“样板戏”《红灯记》就是林默涵按照江青的授意将改编任务交给中国京剧院，随后中国京剧院就组建了由翁偶虹、阿甲担任编剧的创作班子，剧本创作体现出明显的集体性。此外，戏剧在演出过程中也不断有人提出修改意见。1968年演出本中第五场“痛说革命家史”这幕戏，在李玉和将要出门时，女儿铁

① 颜敏、王嘉良：《中国现当代文学史》（下），上海教育出版社2009年修订版，第151页。

② 毛泽东：《给〈中央音乐院的意见〉的批示》，《建国以来毛泽东文稿》第11册，中央文献出版社1996年版，第172页。

梅有一句唱词："爹，外面天冷，您戴上围脖"，毛泽东看完后提出修改意见，认为："'围脖'太普通化了，虽然是现代戏，但京剧还是要雅一点，围脖应改为围巾。"① 周恩来也对第六场"赴宴斗鸠山"戏中李玉和的台词提出修改意见，原念白为"我不信佛，可也听过有这样两句话：魔高一尺，道高一丈"，周恩来认为"魔高一尺，道高一丈"不妥，因为"中国古语传统说法'道高一尺，魔高一丈'，我看还是按传统说法好"②。这些意见最终均在修改后的演出中得到贯彻。又如，《沙家浜》在剧本的创作上也属于集体创作，汪曾祺是主要执笔者，另外杨毓珉、肖甲、薛恩厚也属于创作组成员。戏剧完成后经历一些修改，其中从剧名到具体的情节安排不少是来自毛泽东的指示："要突出武装斗争，强调武装斗争消灭武装的反革命，戏的结尾要打进去；要加强军民关系的戏，加强正面人物的音乐形象：剧名改为《沙家浜》为好。毛泽东幽默地解释道：芦荡里都是水，革命火种怎么能燎原呢？再说，那时抗日革命形势已经不是火种，而是火焰了嘛。"③ 对于演员的唱腔，毛泽东也提出了自己的意见："京剧要有大唱段，老是散板、摇板会把人的胃口唱倒的"④。正是在毛泽东的指示下，剧组将剧名由《芦荡火种》改为《沙家浜》，剧情也进行了多处修改、调整，主要人物由阿庆嫂改成郭建光，为削弱地下斗争的剧情，剧作结尾由乔装轿夫潜入胡传魁婚礼趁机歼敌改成飞兵连夜奔袭，正面攻入沙家浜。

"样板戏"里交织着特定时代的阶级与政治斗争。"样板戏"作为特定时期的文艺样板，它不仅是一种艺术形式和文化现象，而且与"文革"的阶级斗争与政治现实糅合在了一起。例如，《红灯记》剧中《粥棚脱险》这一场戏的去留曾成为争论的焦点，不少人基于戏剧艺术效果的考虑，认为应当删去，但是最终却被否定，"原因是因为这场戏是《红灯记》里'描写李玉和从事地下工作、同群众接触的仅有的一场戏。这场戏正面展示了李玉和与劳苦群众同甘苦、共命运、亲密无间的情景'"⑤。在当时的文艺作品中，表现革命者与群众的密切关系极其重要，"如果《红灯记》缺少了这一点，至少是一种不足。而这场戏中安排的群众对日寇的愤怒斥，正可与'刑场斗争'中李玉和'抗日的烽火已燎原'的唱词遥相呼应。因此'粥棚脱险'或许可以说'没戏'，却具有很大的意义。样板戏的反复修改使它的内容在最大程度上切合当时的意识形态，而其中细节随着

---

① 林祥主编，那媛采访：《世纪老人的话：袁世海卷》，辽宁教育出版社 2003 年版，第 180 页。

② 李军亮、滕宗仁、蒋兴莲编：《〈红灯记〉故事在鸡东》，黑龙江人民出版社 2018 年版，第 5 页。

③ 戴嘉枋：《样板戏的风风雨雨》，知识出版社 1995 年版，第 55—56 页。

④ 袁成亮：《革命现代京剧〈沙家浜〉诞生记》，《党史纵览》2005 年第 2 期，第 33 页。

⑤ 师永刚、刘琼雄、肖伊绯：《革命样板戏：1960 年代的红色歌剧》，中国发展出版社 2012 年版，第 96 页。

时代变迁早已不为今人所了解和理解了”①。这样交织着政治与阶级信息的情节、修改和台词，在《沙家浜》《智取威虎山》《白毛女》等“样板戏”中也不同程度地存在。

## 三、“在场”与“离场”：如何评价“样板戏”

“样板戏”作为一种独特的艺术形式和文艺现象，曾经影响了不少人的命运，同时被钦定为一个时代的艺术供给，它也哺育并塑造了一代人的艺术趣味和审美观念。“文革”结束之后，“样板戏”连同“文革”一起受到质疑与否定，在文化与艺术的舞台上沉寂了一段时间，但是，随后又逐渐重新浮出地表，受到部分观众的青睐。新时期以来，对于将革命、政治与艺术相结合的“样板戏”，学界与公众的评价出现了显著的分歧。

在梳理对“样板戏”的评价时，不同群体对其评价和态度存在显著分歧，这主要表现为以下几个方面。

其一，对“样板戏”持肯定态度或表现出特殊热情的主要包括两类群体：一类是直接参与过“样板戏”创作与演出的人士，另一类是在其影响下对这一艺术形式产生深厚情感的普通观众与读者。1986 年 3 月，曾经的“李铁梅”的扮演者刘长瑜，在一次与港澳记者聚会时说：“大家都知道我在京剧样板戏《红灯记》中演过李铁梅，但我演得更多的是古装戏，周恩来总理提出传统戏、新编古装戏、现代戏三并举十分正确”，“样板戏凝聚着许多专业人员的心血，至今有不少人喜欢它，前几年在某些场合不准演样板戏，现在我演《春草闯堂》，演完了不唱一段《红灯记》就不让下场”。② 1990 年，《红灯记》在北京复演，引发了极大的社会关注，演出盛况空前。在“痛说革命家史”一场时，观众五次报以热烈掌声。类似的情况也出现在《白毛女》《红色娘子军》等剧目的复演中，观众反响强烈，剧场上座率达百分之百。对于“样板戏”回潮过程中再次受到观众追捧，有人结合自己的经历道出了其中缘由：“我们这一辈四十五岁左右的人一听到样板戏马上就把它变成合唱，也许现在的人觉得非常夸张可笑，但我们觉得一点不可笑，完全能理解。这种狭窄的、被迫的、单一的欣赏模式一旦形成，不管多可笑多荒诞多夸张，你都一样会接受它喜欢它，这是人的心理审美定式。另外，样板戏也确实具有一定程度的艺术价值，有汪曾祺这种大师加盟，再左再反动，它也难看不到哪里去。”③ 无论是刘长瑜还是普通观众，这一代人从小受到“样板戏”广泛传播的影响，长期浸淫其中，形成了特定的心理审美定式，即使这种欣赏模式在今天看来可能显得狭窄、单一，他们依然能

---

① 师永刚、刘琼雄、肖伊绯：《革命样板戏：1960 年代的红色歌剧》，中国发展出版社 2012 年版，第 96 页。

② 师永刚、张凡编著：《样板戏史记》，作家出版社 2009 年版，第 278 页。

③ 师永刚、张凡编著：《样板戏史记》，作家出版社 2009 年版，第 283—284 页。

够自然接受并喜爱它。

其二，对“样板戏”持拒绝和否定态度的主要是“文革”期间的受害者群体。因为“样板戏”里隐含的政治和阶级斗争无处不在，所以“样板戏”对于那些在“文革”期间受到批判和伤害的人而言，就会产生了另一种情感，即使多年以后，他们仍旧对“样板戏”持明确地拒绝和否定态度。作家邓友梅在谈到“样板戏”时，就明确表示：“江青改编后带上了帮派气味。‘文革’时期，我被折磨，一听到高音喇叭放样板戏，就像用鞭子抽我，我不主张更多地演样板戏”，“年轻人没有经历过‘文革’，因此喜欢样板戏，但更多的人讨厌样板戏”。① 老作家巴金对“样板戏”的态度与邓友梅相似，针对“样板戏”重演，他说：“好些年不听‘样板戏’，我好象也忘了它们。可是春节期间意外地听见人清唱‘样板戏’，不止是一段两段，我有一种毛骨悚然的感觉。我接连做了几天的噩梦，这种梦在某一个时期我非常熟习，它同‘样板戏’似乎有密切的关系。对我来说这两者是连在一起的。我怕噩梦，因此我也怕‘样板戏’。现在我才知道‘样板戏’在我心上烙下的火印是抹不掉的。从烙印上产生了一个一个的噩梦。”② 至于为何如此害怕“样板戏”，他认为：“在大唱‘样板戏’的年代里，我受过多少奇耻大辱，自己并未忘记”③。在《论样板戏及其他》一文中，同样在“文革”期间受过伤害的王元化对“样板戏”的否定也相当彻底，“它们作为文化统治的构成部分和成为我们整个民族灾难的‘文化大革命’紧紧联在一起”，“样板戏是应时应运而生的产物，它在大字报、批斗游街、文攻武卫、夺权与反夺权所演奏的斗争交响曲中成了一个与之相应的音符”。④ 巴金等人对“样板戏”的全盘否定显然带有心理应激反应的成分。对他们而言，“样板戏”几乎不再是一部具体的艺术作品，而是与“文革”紧密相连，成为这一时期的象征。因此，在他们的心灵深处，“样板戏”不仅是痛苦记忆的符号，更是苦难时代的象征。

其三，在众多的“样板戏”评价中，学者型的研究者相对显得理性，他们多能够结合时代并超越时代对“样板戏”进行较为客观分析。例如，戏剧研究学者傅谨对“样板戏”的评价：“一方面我们确实可以有保留地视其为艺术，将它们置于艺术的平台上欣赏与评价，另一方面也可以视其为一个时代的投影，从中汲取历史的教训。不过还是有必要对样板戏与生俱来的极左的意识形态内涵保持足够警惕”，“样板戏现象并不简单，对它进一步的研究很有必要；而对样板戏的现实存在，仍然需要给予密切关注；我们在欣赏它的音乐唱腔时，还需要多一份清醒与警觉”。⑤ 这一评价显示了作者对“样板戏”复

---

① 戴嘉枋：《样板戏的风风雨雨》，知识出版社 1995 年版，第 2 页。

② 巴金：《样板戏》，《巴金全集》第 16 卷，人民文学出版社 1991 年版，第 680 页。

③ 巴金：《样板戏》，《巴金全集》第 16 卷，人民文学出版社 1991 年版，第 682 页。

④ 王元化：《清园谈戏录》，上海书店出版社 2007 年版，第 69—76 页。

⑤ 傅谨：《样板戏现象平议》，《大舞台》2002 年第 3 期，第 10 页。

杂性与多重意义的辩证思考，在认同“样板戏”艺术价值的同时，也提醒人们不能忽视其所承载的历史教训。另有研究者也对“样板戏”进行了学理的分析，认为：“‘样板戏’的诞生是“文革”政治意识形态美学实践的产物”，“经过革命政治的体制化规范之后，尤其是当它完全成为政治的传声筒和附庸之后，它的创造力和生命力也就随之不断衰减”；从文学本位层面，“‘样板戏’形成了自身的一系列文学规则，这些规则凝结了20世纪中国革命文学探索的艺术经验”。[①] 很显然，上述评价算是较为客观而深入的，它们揭示了“样板戏”的双重性质：一方面，它是高度政治化的产物，随着意识形态的加强而失去活力；另一方面，它又保留了一定的文学价值，反映了革命文学的艺术探索经验。

最后，自1990年代以来，随着后现代主义思潮的兴起，“样板戏”作为经典文艺形式不仅被重新解读，并赋予了新的意义，同时也开始受到少数人的解构，甚至成为某些批评和嘲弄的对象。例如，画家刘大鸿认为：“从审美上，《红色娘子军》的打扮非常性感，虽然露得很少，但性感程度不亚于今天的女孩。这取决于怎么看，很多人体绘画我看还不如吴清华性感，她拿红旗的感觉不亚于罗丹的男女拥抱的雕塑对性感的表现力。”[②] 剧作家张广天则从民族主义立场对“样板戏”给予崇高评价，认为“样板戏的功绩成了一次最有力的自信的证明。它是五四以来唯一从民族自我出发的最高革命成就，前无古人，后无来者，至少到目前为止是这样”[③]。两位后现代艺术家从美学与民族主义两个不同维度对“样板戏”的解读，揭示了其作为一种复杂的艺术形式，随着历史的演变，在不同的观念框架下被理解和阐释的多样性。与此同时，2003年《江南》杂志刊载的小说《沙家浜》，以及2004年翻拍的《林海雪原》和《红色娘子军》等作品，通过解构或戏仿的方式，对“样板戏”进行了改写。于是，聪明机智的阿庆嫂被塑造成“风流成性”的女人，杨子荣和少剑波的故事中也被注入了言情戏。这种再创作反映了某些创作者借现代或多元化视角之名，表达对过去历史和文化不甚严肃的解构乃至调侃。

上述对“样板戏”的评价反映了不同群体在特定历史语境中对政治与艺术观念的不同理解，因此，如何在当下语境中重新审视这一特殊时代的艺术形式，仍然是一个值得深入探讨的话题。笔者以为，无论持有何种情感态度，在重新评价“样板戏”时，我们应遵循一个基本原则，即既要“在场”，同时还要“离场”——保持对其历史与文化背景的深入理解与参与（“在场”），又要保持一定的批判距离，以进行客观的分析与反思（“离场”）。具体而言，就是将“样板戏”置于它所产生的时代场域之中，从它与“文革”这特殊的政治、革命、阶级斗争等话语的相互缠绕中，剖析它的功能与局限。通过

① 李松、筱洋：《红舞台的政治美——“样板戏”研究》，黑龙江人民出版社2013年版，第295—296页。

② 师永刚、张凡编著：《样板戏史记》，作家出版社2009年版，第296页。

③ 张广天：《江山如画宏图展——从京剧革命看新中国的文化抱负》，公羊主编《思潮：中国“新左派”及其影响》，中国社会科学出版社2003年版，第205页。

"在场"的考察，我们会发现"样板戏"从一开始被政治所利用，成为阶级斗争的工具，在发展的过程中由于被定于一尊并被众多意识形态和美学规范所框定，也出现了不可避免的模式化和僵化。所谓"离场"，就是对其保持一定的批判距离，以进行客观的分析与反思。在对"样板戏"进行"离场"审视时，我们能够超越其特定时代的语境，以更为客观的艺术与文化视角探寻其内在的价值与意义。从纯艺术的角度来看，"样板戏"多为经过倾心打造的艺术精品，无论是在剧本创作还是演员阵容方面，都汇聚了当时的骨干艺术人才，因此其台词、唱腔及表演技艺均展现出较高的艺术水准。另外，"样板戏"通过融合京剧唱腔与西洋乐器，实现了京剧配乐的交响化，并将戏曲艺术向歌剧化方向发展，同时，它还推动了京剧舞台的写实化和唱词的现代化，并对芭蕾舞剧进行了本土化改编。这些创新不仅为解决传统戏曲表演程式与现代生活之间的矛盾提供了有效途径，也为中国戏剧与西洋音乐剧的融合创造了成功的艺术范式。

# 红色文化视域中的延川剪纸与株洲剪纸比较研究*

罗桂清　熊永松 ①

**摘　要：** 剪纸是我国极具特色的传统民间文化形式，红色剪纸是传统剪纸艺术创新性发展过程中出现的新现象。文章基于实地考察的数据，运用比较研究法，在对湖南株洲与陕西延川两地的红色文化剪纸进行对比研究的过程中，发现两地剪纸都有大量宣扬红色文化的作品、两地代表性艺人都有出国弘扬剪纸艺术的经历，但在人物造型、构图、装饰纹样和艺术风格上却有明显的差异，而造成这种差异的主要原因在于历史背景和地域传统的差异，以及剪纸工具材料的不同。

**关键字：** 延川剪纸；株洲剪纸；红色文化

剪纸有着悠久的历史，是流传很广的一种民间艺术形式。现代剪纸相较于传统剪纸而言更具有创新性，红色文化剪纸作为现代剪纸的一个重要分支，是传统剪纸艺术创新性发展过程中出现的新现象，不仅可以加深人们对革命历史的了解和认同，还可以激发人们为现代化事业奋斗的热情。传统剪纸向来有南北之分，南方剪纸细腻精巧，北方剪纸粗犷豪迈。本研究由此产生疑问，南北方的红色文化剪纸是否也具有差异？如果有，具体是如何体现的？但在CNKI中国学术期刊数据库进行搜索，几乎没有论文进行专门研究，因此文章的研究意义是加强南北方红色文化剪纸的相关研究，以丰富其研究的空白之处。北方的红色文化剪纸选择以延安的延川剪纸传承人高凤莲，不仅是因为延安为红色文化剪纸的起源地，当地有着丰富的红色文化资源，并且高凤莲是延川剪纸群体的

---

* 项目基金：2023年度湖南师范大学特聘教授科研项目“中国红色美术的史料整理及创作与传播研究”（批准号：2024042403）。

① 作者简介：罗桂清（2000—　），女，湖南郴州人，湖南师范大学美术学院硕士研究生，主要研究方向为美术史论。熊永松（1972—　），男，湖北荆州人，艺术学博士，湖南师范大学美术学院教授、博士生导师，主要研究方向为红色美术和民族美术。

佼佼者，高凤莲的女儿刘洁琼、外孙女樊蓉蓉均受其影响传承了精湛的剪纸技艺，创作出许多经典的作品。延川的剪纸艺术家还有来源生活、继承传统的郭如林，和形式新颖、风格朴实的马瑞兰，以及风格写实的高河晓。南方的红色文化剪纸作品则选择湖南株洲的李映明，始于20世纪60年代就开始创作红色剪纸的他，共计创作的红色文化剪纸有上万幅，因此其作品具备典型性。李映明是株洲剪纸的代表人物，其二女儿李伟静自幼跟随李映明学习剪纸技艺，她的作品在吸收父亲剪纸技艺的基础上融合自己的见解与想法，形成了精致写实的风格。除了亲缘传承之外，李映明的徒弟还有大学生、外地剪纸艺人，甚至在加拿大探亲期间收的外国学生等。本文选取两地具有代表性的剪纸艺人进行对比研究，以延川剪纸的代表艺人高凤莲和株洲剪纸的代表艺人李映明为主要研究对象。

## 一、红色文化视域下株洲剪纸与延川剪纸研究现状

### （一）株洲红色文化剪纸研究现状

在CNKI中国学术期刊数据库进行搜索，关键词为“株洲剪纸”“李映明剪纸”的学术论文截至目前共有6篇。根据整理的文献所知，目前研究湖南“李映明”红色剪纸的论文主要为湖南师范大学硕士彭江琳的论文《李映明“红色文化”剪纸艺术研究》，论文提出李映明“红色文化”题材剪纸作品是以红色伟人为主题、以红色场景为情节、以传播红色精神为目标，并对其艺术形式与特色进行了深入的分析。另有罗桂清的论文《红色文化视域中的湖南剪纸艺术研究》，主要探究望城、株洲、沅陵等地剪纸受红色文化影响后在形式、内容和用途上产生的变化，探究其独特的艺术价值。在国内有两本专门论述湖南株洲“红色文化”剪纸的书籍，一本是株洲市民间文艺协会与剪纸专业委员会主编出版的《株洲剪纸》，书中系统地概括了株洲剪纸的历史渊源与艺术特色；还有一本《李映明剪纸艺术》收录了李映明一系列红色文化剪纸作品。其他则是书籍中部分含有对李映明的剪纸作品的介绍，例如左汉中编著的《湖湘剪纸》中提到株洲剪纸传承人李映明的红色文化题材剪纸作品《普天同庆》；郭占宝和刘振国主编的《纪念中国共产党成立九十周年——中国百名民间艺术剪纸家“红色记忆”剪纸艺术展作品选集》收录了李映明的剪纸作品《地下长城》。最后一类则是介绍李映明的报道性文章，例如湖南省民间艺术家协会副主席、湖南省剪纸艺术委员会会长、吉首大学田茂军教授撰写的《时代足迹、红色记忆》一文以简洁的文字叙述了李映明“红色文化”题材剪纸的艺术特色。李映明女儿李伟静的《拳拳执着心，悠悠剪纸情》，用饱含深情的文字记录了父亲李映明对剪纸艺术执着追求、痴迷的精神，并结合具体案例总结了他硕果累累的剪纸艺术成就。除此之外，株洲日报和中华剪纸艺术官网等媒体都曾刊登过有关李映明剪纸的报道性文章。

李映明1940年出生于广西桂林，系湖南株洲电力机车工厂工会（现为中车株洲电力

机车有限公司）退休职工，也是中国民间文艺家协会剪纸艺术委员会理事、中华文化促进会剪纸艺术委员会会员、湖南省剪纸艺术委员会副会长、湖南省美术家协会成员。2000年李映明被湖南省有关单位授予其“剪纸艺术家”称号，并于2007年获得中华文化促进会剪纸艺术委员会颁发的“中华著名剪纸艺术家”称号。

李映明从事剪纸艺术六十余载，正式开始“红色文化”题材剪纸艺术创作是从1962年4月开始，在目睹全国首台电力机车（138电力机车）在株洲成功下线，群众庆祝的盛况，他深受这种喜庆的情绪感染创作出了剪纸《电力机车出厂》，这幅作品在获得株洲首届工人美术展市级二等奖的同时，也得到时任副书记李致远亲笔题名“巧夺天工”。① 从这之后，李映明开启了他的剪纸艺术之路，并与“红色文化”结合，围绕时代领袖、英雄楷模、革命生产等“红色文化”主题而展开，形成独具特色的红色文化剪纸艺术形式。2018年“李映明剪纸”被株洲市列为非物质文化遗产项目，主要代表性传承人为李映明与李伟静（见图1）。

图1　左为李伟静，右为李映明

李映明（1940—　），李伟静（1969—　）

## （二）延川红色文化剪纸研究现状

在CNKI中国学术期刊数据库进行搜索，关键词为“延安剪纸”“延川剪纸”和“高凤莲剪纸”的学术论文截至目前共有52篇。根据整理的文献所知，目前研究“高凤莲剪

---

① 参见彭江琳、吴卫《李映明“红色文化”剪纸艺术特色探析》，《中国设计理论与技术创新学术研讨会——第四届中国设计理论暨第四届全国“中国工匠”培育高端论坛论文集》2020年第9期，第243页。

纸”的论文主要有以下三类：首先是从视觉符号角度分析高凤莲的画作，例如朱亮撰写的《基于视觉感知的精神表述：高凤莲剪纸作品分析》，主要探究高凤莲的剪纸作品与汉代石画像的图式构成相同性，都追求着烦冗和叠加的艺术特征、空间处理体现了“最大化占有”、内部均体现出“运动感”①；另有刘嫔撰写的《浅析高凤莲剪纸艺术中“特殊符号”的审美特征》，从四个角度论述高凤莲剪纸作品中的符号，分别是情感真挚的“十”字旋转符号、“花朵纹样”的装饰传达了远古人类对生命繁衍的美好愿望，以及作品中包含了“圆天宇宙”的哲学思维和“简洁”与“繁复”的辩证统一思维②。其次，还有一类期刊追忆高凤莲的剪纸艺术人生，着重撰写了其人生经历对艺术创作的影响，这类期刊的代表有周路的《高凤莲的剪纸人生》和黑建国的《剪花娘子高凤莲》。最后则是相关报纸对高凤莲的报道，例如陕西日报报道《高凤莲祖孙三人相继出国交流剪纸艺术》，在延安延川当地被传为佳话；西安日报报道《陕西剪纸艺人世界各地展绝技》，其中有高凤莲去德国的报道与采访。在专著书籍方面有黑建国编写的《高凤莲西部剪纸作品集》，里面收录的多为高凤莲的生肖动物类剪纸作品。刘凤珍著《高凤莲剪纸生涯》一书中讲述了高凤莲饱经风霜的一生，细数她走上艺术之路的历程。以及著名的民间艺术学家靳之林先生编写的《大河之魂——中国民间剪纸与高凤莲家族剪纸艺术》和中国美术家协会主席范迪安主编的《大河之魂——高凤莲三代剪纸艺术》作品集，其祖孙三代剪纸作品展被纳入“二十世纪国家美术收藏和捐赠奖励专项计划”。中国民间文艺家协会、中国非遗剪纸和中华剪纸艺术官网等媒体都曾刊登过有关高凤莲剪纸的报道性文章。

高凤莲（见图 2）1936 年生于延安延川，是典型的陕北婆姨，并未受过教育。她于 1946 年学剪窗花，1986 年开始从事剪纸、布堆画创作。高凤莲在 1988 年遇到剪纸艺术人生的伯乐——延川县文化馆的冯山云，时年 50 多岁的高凤莲被举荐参加冯山云在延川县举办的民间艺术培训班，在 1992 年参加了西安省里的剪纸大赛却因不熟悉规则而比赛垫底。回去之后，对比赛结果不服气的冯山云将高凤莲的剪纸作品寄给了时任中央美院教授靳之林，其作品给靳之林留下深刻印象。后来在 1995 年世界妇女大会上，靳之林找到高凤莲希望她能创作剪纸参加民间艺术展。其创作的气势磅礴的剪纸作品《牌楼》惊艳世界，从此登上了国际舞台。③ 2000 年高凤莲作品《陕北风情》参加“中国剪纸世纪回顾展”获特等奖，2001 年其作品《黄河人家》参加“山东省威海中国民俗风情剪纸大展”获金奖，该作品在中国美术馆“以美扶智——中国美术馆脱贫攻　坚美术作品展”中展出。

---

① 参见朱亮《基于视觉感知的精神表述：高凤莲剪纸作品分析》，《民艺》2018 年第 2 期，第 132 页。

② 参见刘嫔《浅析高凤莲剪纸艺术中“特殊符号”的审美特征》，《延安职业技术学院学报》2014 年第 28 期，第 116 页。

③ 参见余婷婷《家传的剪子，传心的剪纸》，《中华手工》2016 年第 10 期，第 82 页。

图 2 高凤莲（1936—2017）①

## 二、红色视域下延川剪纸与株洲剪纸的异同

### （一）两地红色文化剪纸在艺术构成元素上的差异

1. 人物造型上的差异

领袖人物、英雄模范是现代红色文化剪纸常见的表现类型，两地的红色文化剪纸作品在人物造型的表现上却存在极大的差异。北方的延川剪纸仍旧保留传统的民风民俗，其人物造型延续汉代画像石造型的遗风，更偏向于抽象、夸张的造型。而南方的株洲剪纸中的人物造型通常运用写实的手法，多描绘领袖人物“红光亮”“高大全”的艺术形象。

以高凤莲剪纸中的人物为例，其红色文化题材剪纸人物的造型具有陕北地区独特的民俗韵味，造型上继承了陕北汉画像石、汉唐石刻的遗风，因此其红色文化剪纸中的人物同样偏向于抽象和象征隐喻的造型手法，具有丰富的意蕴与内涵。汉画像石以剪影法的侧面处理为特色，突出表现人物的典型动态，用夸张的整体形象和动态来传神，以达到形神兼备，而不是追求纯实际的解剖。② 例如创作于 2008 年的《开国大典》（图 3），这是她根据董希文油画《开国大典》的画面内容而创作。但高凤莲并非运用写实的手法去再现这一著名的红色美术作品，而是将其进行镜像地反转，毛主席面向右侧人民宣告

① 《剪纸艺术大师高凤莲作品欣赏》，https://mp. weixin. qq. com/s/jpPodUE8OCdUgmBKn03nMA，(2022-11-11) [2024-10-30]。

② 参见喻琴《论汉画像石平面装饰手法的运用》，《武汉科技学院学报》2007 年第 7 期，第 87 页。

改成了左边，再加入传统剪纸的装饰手法重新组合；画面中领袖人物及随行领导采用她一贯的抽象隐喻手法，毛主席的整体比例被主观放大，呈现出一位高大雄伟的领袖形象，其他人则为均等的比例；人物造型继承汉代石刻中夸张的五官，眼睛比较突出，多为侧面的造型，强调传神而不求形似。

图 3 《开国大典》，高凤莲，剪纸，2008 年①

李映明的“红色文化”人物题材剪纸主要有两类，首先是时代伟人题材，刻画的形象有毛主席、周恩来、刘少奇、胡锦涛、习近平等。其次是响应毛主席“为工农兵服务”的方针而创作出来的工农兵题材，用于传播劳动楷模精神。李映明的红色文化剪纸始于 20 世纪 60 年代，经历了改革开放等国家重大变革事件，也对其红色剪纸的人物造型产生了一定影响。李映明为了让红色剪纸作品更好地刻画出工农兵与领袖人物的形象，在创作初期他参考了“文革”时期的美术作品中的人物造型，甚至和“文革”时期的宣传画一样，加入一些毛主席语录等宣传文字，用于鼓舞士气。除此之外，报纸上刊登的剪纸作品也为他的剪纸创作提供思路。总结如下：李映明的红色文化剪纸中的人物造型多以线条为主，线条清晰流畅、简洁明快，偏向写实细致的刻画方式。他的剪纸中的伟人通

① 朱亮：《流变中的吐故纳新——高凤莲剪纸的时代自觉》，https://mp.weixin.qq.com/s/zQUf_RTx49OJcJfab8w_Jg，(2020-12-04)[2024-10-30]。

常塑造出“红光亮、高大全”、雄伟的形象，时代伟人的形象在李映明的剪纸构图中占比大，居于画面的中心地位，且多为正面全身，以突出其高大无比的形象，这类代表作有《伟大领袖毛泽东》（图 4）《万众一心共筑中国梦》等。

图 4 《伟大领袖毛泽东》，李映明，剪纸，1968 年 ①

2. 画面构图的差异

剪纸的构图，是将画面中的元素巧妙地结合在一起，呈现出和谐均匀的视觉效果，从而构成一个艺术性与审美性较高的整体，以获得最佳布局。其目的是突出剪纸主题和画面表现的主体，体现美感。高凤莲的红色文化剪纸作品构思奇特，通常采用组合的手法将各种有深刻寓意的符号统一在画面上，并且画幅大，有五米和十米的巨幅剪纸作品。其作品充满想象力与创造力，展示了她极强的造型和掌控能力。李映明的红色剪纸作品则采用“红花绿叶式”构图和全景式构图来表达宏大的场景和事件，来源于现实生活，

① 彭江琳：《李映明“红色文化”剪纸艺术研究》，湖南师范大学 2020 年硕士学位论文，第 37 页。

充满写实气息。

高凤莲的剪纸作品是用传统民间形式来表现红色文化题材的现代剪纸作品，有大到四、五米的史诗般的宏伟巨篇，构图宏大，气势磅礴。其中，有三米多的长幅代表作《黄河人家》，把大河与农耕社会之间的紧密关系展示得一清二楚。还有于 2014 年 5 月 8 日下午，在中国美术馆五楼大厅隆重开展的“大河之魂——高凤莲祖孙三代剪纸艺术展”，一幅用 33 张红纸拼凑而剪的长约 10 米的巨幅画卷《黄河魂》（图 5）吸引了观众的目光。这幅剪纸作品无疑展现了高凤莲丰富的想象力，她将气势磅礴的黄河幻化成一位有着龙头和马尾的巨神，不仅象征着源远流长、奔腾不息的黄河文明，也体现了自强不息的中华民族精神。画面右侧上方的“Beijing2008”标志传达成功举办奥运会的喜悦，采用组合方式将窑洞、劳动人民、动物结合一起，整体气势磅礴，构思奇特。这张尺幅巨大的作品，外形都用单个或二方连续的长方形表现出来，传达出了四四方方的传统宇宙观。

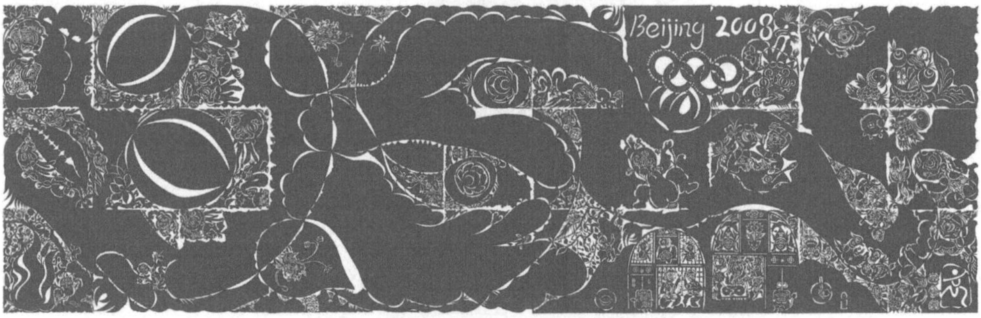


图 5 《黄河魂》，高凤莲，剪纸①

李映明的红色文化剪纸作品题材多样，擅长于表现红色事件，作品主题多采用复杂的绘画场景，表现出宏大的篇幅和气势。其画面构图在继承传统剪纸的构图形式上，吸收了西方绘画写实的艺术语言，最终形成了独具特色的构图形式。例如最突出、最具有代表性的两大类构图：首先是“红花绿叶式”构图，又称中心式构图。这类构图中心均有一个突出醒目、表现主题的绝对主体，而其他装饰在旁边围绕，起着衬托的作用。这类代表作有《伟大领袖毛泽东》《万众一心共筑中国梦》，中心式构图的作品不同于一般的头像造型，而是以全身造型为主，再现伟人风采。其次是全景式构图，李映明的全景式构图与“文革”时期的宣传画构图相似，代表作有《毛主席接见红卫兵》，毛主席在画

① 朱亮：《流变中的吐故纳新——高凤莲剪纸的时代自觉》，https://mp.weixin.qq.com/s/zQUf_RTx49OJcJfab8w_Jg，(2020-12-04) [2024-10-30]。

面中心，仿佛置身于人民大众中间，表达了勇往直前、不屈不挠的信念。另外，这类构图还用于表现“红色文化”的重大场景和大事件为主题，李映明响应 20 世纪 70 年代初毛主席提出的“备战备荒为人民”，还原株洲当时修建地下长城保卫室的场景，创作了《地下长城》（图 6）这幅经典的红色文化剪纸作品。

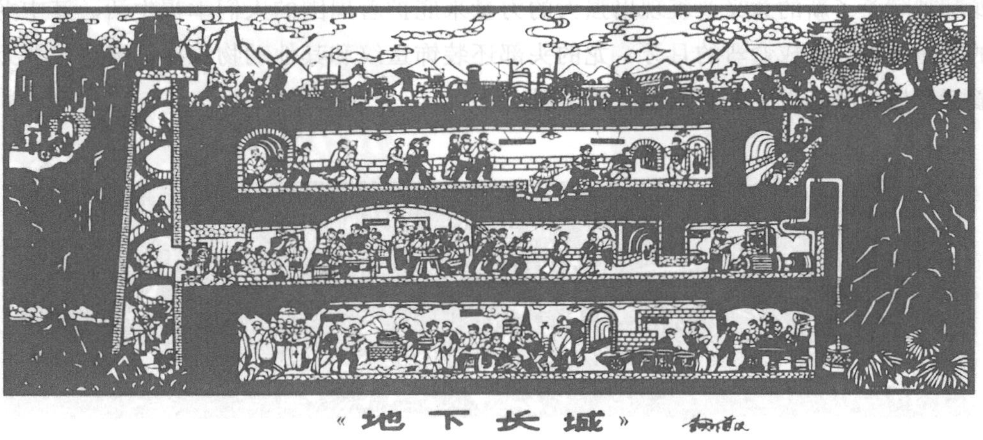


图 6 《地下长城》，李映明，剪纸，1972 年 ①

3. 装饰纹样上的差异

剪纸的装饰纹样是许多民间剪纸艺人在长期的剪纸实践中总结出来的，起着表现、美化特定事物的作用。一幅作品中通常会用上几种装饰纹样，以丰富其画面效果。高凤莲的红色剪纸作品常用的装饰纹样为花纹、月牙纹、五角星、动物纹等。李映明的红色剪纸作品中的内容主要以花草纹样、云纹、几何纹样为主，辅以一些具有代表性的天安门、中国地图和电力机车等现代装饰。

中国剪纸都会用花来点缀大面积单调面，但用一朵花来代表人或动物的眼睛，甚至整个人的脸却是高凤莲的独创。② 花朵是高凤莲剪纸作品中常用的装饰纹样，与株洲剪纸不一样的是，她的剪纸作品中的纹样装饰具有很深的象征作用，例如男人的眼睛一般剪成牡丹花形式，而女性则为莲花。在高凤莲的剪纸作品中牡丹代表高贵，莲花代表纯洁，传达了远古人类对生命繁衍的美好愿望。③ 2011 年 6 月，高凤莲的剪纸作品《红色记忆》（图 7）在中国百名民间剪纸艺术家“红色记忆”剪纸艺术展中荣获一等奖。作品

① 彭江琳：《李映明“红色文化”剪纸艺术研究》，湖南师范大学 2020 年硕士学位论文，第 63 页。

② 参见黑建国《剪花娘子高凤莲》，《文明》2003 年第 10 期，第 115 页。

③ 参见刘嫔《浅析高凤莲剪纸艺术中“特殊符号”的审美特征》，《延安职业技术学院学报》2014 年第 28 期，第 117 页。

由原始社会仰韶文化新陶与原始岩画到陕北汉画像石、汉唐石刻的社会发展蓬勃向上的上升时期艺术特有的民族精神。”① 北方广大的劳动妇女讲究随想随剪，形成了粗犷豪放的风格，而南方剪纸严整精致，以写实风格著称，两地剪纸在艺术风格上形成了“北犷南秀”的鲜明特色。高凤莲毫无疑问是“北犷”最重要的代表人物之一，剪纸风格秀丽精致的李映明则是南方剪纸的代表人物之一。

**（三）两地红色文化剪纸的相同之处**

1. 两地红色文化剪纸都发挥了宣扬红色文化的功能

与传统民间剪纸相比，两地剪纸融合红色文化对观众有正向的宣传和教化作用，其用途都发生了变化，起着激发人们的爱国情怀、增强民族凝聚力等作用。延安地区的红色资源丰富，素有革命圣地之称，也是红色文化剪纸诞生之处。高凤莲的剪纸作品延续着 1942 年毛泽东《在延安文艺座谈会上的讲话》精神，《延安文艺座谈会上的讲话》文件提出，要在人民群众的理解范围内，塑造脱胎于现实生活但又高于现实生活的文艺作品，将其作为满足群众精神需求的“补品”，在一定程度上满足群众对理想化生活的愿景。② 我们在高凤莲作品中不断看到她与时俱进的时代特征，她始终铭记党恩，将民间艺术与红色文化结合，吸收当地的民俗风情创作出一系列优秀的红色剪纸作品，例如《黄河人家》《红色记忆》等作品。

相同的是，李映明也结合现实生活融入了湖南的红色历史文化创作了一系列剪纸作品。湖南是毛主席的故乡，素有“伟人故里”之称，有着深厚的红色文化底蕴的同时，也涌现出了许多革命先烈。革命先驱是李映明的红色文化剪纸作品常见表现对象，例如毛主席、刘少奇等领袖。他还结合湖南的红色革命文化进行创作，例如红色文化遗产系列作品，以革命老区株洲的红色文化遗址和抗战名城衡阳南岳作为主要表现对象，形成了湖湘文化与湖南红色文化相结合的特色剪纸艺术形式，是传递湖南红色文化精神与地域风俗的典型代表。通过对比研究两地红色文化剪纸的共同点，发现延川剪纸与株洲剪纸的民间艺人都结合现实生活和当地的红色文化创作剪纸，两地红色剪纸均发挥了宣扬红色文化的功能。

---

① 冯山云编：《延川文典·民间艺术卷》，陕西人民出版社 2015 年版，第 44 页。

② 参见王晓光、杜聪《论〈在延安文艺座谈会上的讲话〉的历史意义及时代价值》，《吉林广播电视大学学报》2022 年第 4 期，第 37 页。

2. 两地具有代表性的剪纸艺人均有出国发扬剪纸艺术的经历

在出国进行民间剪纸交流方面，两地具有代表性的剪纸艺人均有出国发扬剪纸艺术的经历。据《陕西日报》报道：2008 年，高凤莲与她女儿刘洁琼先后 2 次出国进行民间剪纸交流，并于 2008 年 4 月 18 日，高凤莲与女儿刘洁琼远赴德国参加了慕尼黑举办的中国民间剪纸展，因其作品深受德国居民的喜爱，不得不将原本只有两天的展览延长至两周。高凤莲告诉记者，2008 年去德国之前虽然没有出过国，但为剪纸在全国各地走动，还去过香港。同时，她的剪纸作品以前被美国、法国等很多国家的人收藏，家里常有外国人来，多得叫不出名字。① 因其剪纸功底的深厚与独特的地域风情，高凤莲被联合国教科文组织命名为“国际民间工艺大师”。

李映明曾被距离多伦多还有一百五十公里远的贝里市物资市场经理大卫写信邀请，于 2004 年 1 月 28 日表演展销，由于高超的技术，引起一位加拿大“星岛日报”的记者将其剪纸作品发布于报纸上。2004 年 7 月远赴加拿大探亲，并在当地举办了个人艺术展。李老自述：“能尽我的微薄之力弘扬中国的民间文化艺术，让外国人了解中国的文化，我感到自豪。”时隔九年，李老与老伴于 2013 年 5 月前往加拿大见大女儿，因为剪纸认识了不少人，还收了十几个洋徒弟。随后，在 2014 年 11 月 21 日受加拿大电视台邀请接受个人专访，并在多家新闻媒体电视节目中转播，李映明被当时巴里市市长亲自授予“外籍艺术家”的称号。②

## 三、红色视域下延川剪纸与株洲剪纸产生差异的原因

### （一）历史背景与地理环境的差别

1. 陕西延川剪纸

陕北的延川县地处黄土高原腹地，隶属于陕西省延安市，地形地貌属黄土高原丘陵沟壑区（图 10）。延川县拥有流经该县的长达五十六公里的中华民族母亲河——黄河，得天独厚的地理优势是周边地域所不能相比。高凤莲从小生活在黄河边，对黄河有着深厚的情感，黄土高原独特的自然环境和深厚的文化积淀塑造了高凤莲坚韧不屈、乐观自信的性格，也成就了她大气磅礴、雄浑质朴的剪纸艺术风格，由此创作出的剪纸代表作品有《黄河人家》和《过黄河》《黄土风情》等。并因延川地处偏僻，交通不便，在相对封闭的环境中，深厚的延川的文化积淀即使经过漫长的历史长河冲刷仍保存完好，剪纸中古老的形式和含义都被相当完整地保留了下来。例如高凤莲的剪纸作品《抓髻娃娃》（图 11），据靳之林先生考证：它象征着子孙繁衍，不仅是陕北民间地区的保护神，也是典型

① 参见金石《陕西剪纸艺人世界各地展绝技》，《西安日报》2010 年 6 月 11 日第 16 版。

② 参见彭江琳《李映明“红色文化”剪纸艺术研究》，湖南师范大学 2020 年硕士学位论文，第 87 页。

的祖先崇拜与生殖崇拜的结合。靳之林总结高凤莲的艺术写道："几千年来，由于中国社会历史发展的相对封闭性和西北黄土高原自然生态被破坏所形成的交通封闭与文化封闭，在民间剪纸艺术中，保存了极为古老的图腾文化、艺术形态和中国本源哲学。高凤莲的剪纸就是这样一个历史活化石的博物馆。"① 高凤莲作为一名地道淳朴的农村妇女，能在剪纸上有如此高的成就，自然离不开其生活的地域与民俗风情的影响。高凤莲的女儿刘洁琼撰写的《剪出一片黄土风情——记我的母亲高凤莲》中写道："母亲剪纸之所以能取得今天的成就，是在对黄土高原和陕北民情、民俗了解与熟悉的基础上，经过她的不断琢磨、反复练习的结果。"②

图 10 延川风景 ③

图 11 《抓髻娃娃》，高凤莲，剪纸④

2. 湖南株洲剪纸

株洲是湖南省管辖的地级市，是长株潭核心城市，位于湖南东部。在湖南众多城市中，株洲被誉为"工业之城"。自 20 世纪初，随着轨道交通和机械制造业的兴起，株洲逐渐走向工业化道路，与湖南的农耕传统形成了鲜明的对比。李映明老人多年来生活在株洲市石峰区田心街道，这里是轨道交通装备制造的核心，因为研制电力机车而著名。李映明的红色剪纸便是在这片工业文化沃土上发展起来的传统文化，其作品把握时代脉搏，立足于现实生活。李映明于 1958 年进入素来享有"中国电力机车之都"美誉的中车株洲电力机车有限公司工作，在此工作多年的他对公司有深厚的感情，因此他的剪纸艺

① 冯山云编：《延川文典·民间艺术卷》，陕西人民出版社 2015 年版，第 42 页。

② 冯山云编：《延川文典·民间艺术卷》，陕西人民出版社 2015 年版，第 46 页。

③ 江哥：《延川，天生地造乾坤湾》，https://mp. weixin. qq. com/s/o2kWhhA－hlBBigB _ ZxYqHw，(2023-11-03) [2024-10-30]。

④ 《大河之魂——记陕北剪纸大师高凤莲》，https://mp. weixin. qq. com/s/08O3bJDcvsVwM8tjcvJl6w，(2019-01-05) [2024-10-30]。

术与株洲电力机车的发展有着密不可分的关系，电力机车是他剪纸作品中不会缺少的元素之一。正如李映明老人自述：“因为我生活在工厂的环境里面，工厂里面就是电力机车和汽车，正如毛主席说的要来源于生活，工厂环境让我受到了很大的启发，所以我的剪纸作品都是与实际生活相结合的。”例如李映明第一幅剪纸作品《电力机车出厂》（图 12）是在 1958 年目睹了中国第一台干线电力机车在株洲成功下线（图 13）所创作的，奠定了其工业剪纸的启蒙。此后他的剪纸作品多与工厂生活相结合，据李映明之女李伟静回忆说：“当时进来的工人，像我父亲这样都是从农村里招收过来的，他们没有太多技术，所以当时在整个铁路系统就开启了一种“比学赶超”“向劳模刘昆同志学习”的热潮，其中有一张作品就是直接写生，现场创作的作品名为《青年良师》”（图 14）。工厂就是他创作的第一线，工厂工人的劳动场景成为他创作灵感的直接来源（图 15）。其次，李映明的红色文化剪纸也以株洲城市发展创作了系列剪纸作品，例如以株洲“红色文化”遗址为主题的“株洲十景”系列等代表作，还有 2016 年创作的《鼓动株机》则是以株洲电力机车厂为表现对象。以工业闻名的株洲和多年来在株洲电力机车公司工作生活的经历贯穿李映明的剪纸创作生涯，最终形成了以反映时代变迁、国家发展历程、株洲城市发展为主要代表的剪纸内容。

图 12 《电力机车出厂》，李映明，1960 年

1958年12月，铁道部株洲机车车辆工厂与湘潭电机厂等单位联合试制成功中国第一台干线电力机车，定型为6Y1型，编号0001，“韶山”二字镶嵌于车头。

图 13 中国第一台干线电力机车下线

图 14 《青年良师》，李映明，1964 年①

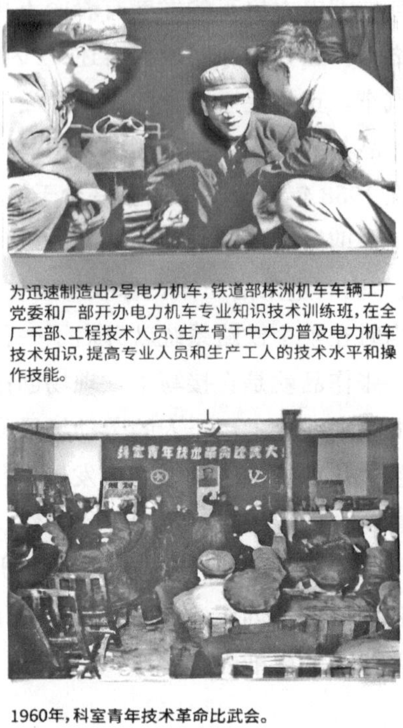


图 15 株洲电力机车公司科室青年技术革命比武会

### （二）两地剪纸工具与制作技术的差异

剪刀和刻刀都是制作剪纸的主要工具之一，不同工具制作出来的剪纸呈现出不一样的风格特征。用剪刀的剪纸特点：首先是便捷，可随想随剪，一般采用外轮廓的方式表现物体，因此给人一种概括、简练的视觉效果。运用刻刀的剪纸特点：适宜制作规模大的作品，有利于批量加工和复制剪纸作品。株洲剪纸与延川剪纸制作工具和工艺的不同是造成其艺术风格差异的主要原因之一，以刻刀为主的株洲李映明剪纸为玲珑、细致、秀美的艺术风格；以剪刀为主的延川高凤莲剪纸艺术风格则为淳朴简练、大气磅礴。

高凤莲的剪纸工具主要是剪刀（图 16），她依据一定生活依据和间接经验不画草图，信手剪来，一气呵成。在延安地区，剪纸技术好的女性更容易受到人们的喜爱和赞扬，她们常坐在窑洞中用一把剪刀和一张红纸剪窗花，表现对生活的热爱。在陕北还有很多像高凤莲这样的剪纸婆姨，因此，延安剪纸也被称为“女人艺术”和“剪刀艺术”。

① 彭江琳：《李映明“红色文化”剪纸艺术研究》，湖南师范大学 2020 年硕士学位论文，第 65 页。

图 16 正在剪纸的高凤莲 ①

李映明制作刻纸的工具多为自制的刀片和蜡板，通过绳子和胶带将刀片与竹枝缠绕在一起的简易工具，为了保证刻刀的锋利性，磨刀石也是常用工具之一。其工具多样（图 17），还包括镊子、剪刀和铅笔等。李映明的剪纸在制作之初就会打好草稿，用铅笔画在纸上进行描绘，刻画好素描关系和造型后，再在纸上进行刻制（图 18）。李映明采用剪刀与刻刀相结合的技法，其剪纸既有剪刀简练的语言表现，也有刻刀精美细致的手法。

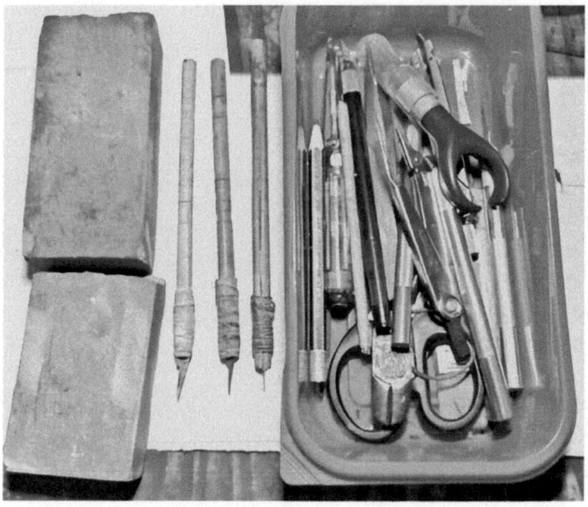

图 17 李映明的剪纸工具

图 18 正在刻纸的李映明

① 葛亮：《高凤莲三代剪纸艺术》，https://mp.weixin.qq.com/s/B8LpjCOCxQYk7EaLOMBB－w，（2019-08-12）[2024-10-30]。

# 结　语

本文从红色文化视域中将陕西延川剪纸与湖南株洲剪纸进行比较研究，选取两地具有代表性的剪纸艺术家，以北方剪纸代表艺术家高凤莲和南方剪纸代表艺术家李映明为主要研究对象。发现两地红色文化剪纸的差异主要体现在人物造型、构图、装饰纹样和艺术风格上，两地红色文化剪纸的相同点是都发挥宣传当地红色文化的作用，以及两地具有代表性的剪纸艺人都有出国宣扬剪纸艺术的经历。因其历史背景、地域文化和制作工艺的差异，导致在艺术风格和艺术元素上均产生较大差别。研究得出结论如下：延川和株洲的红色文化剪纸是剪纸艺人在不同地域和文化背景下创作出的具有较大差异化的剪纸艺术作品，却都饱含着对党的深厚情感，均与现实生活和当地红色文化相结合，对红色文化剪纸未来的创作与发展具有一定的指向意义。

# 新时代红色美术展览的教育形式探析*

李佳莹　熊帝骅②

**摘　要**：红色美术展览通过陈列一系列红色美术作品，向广大观众传递其中蕴含的红色精神，以期观众能够从中领悟红色精神的内涵和意义，从而实现红色教育的目标，推动红色基因的传承与发扬。新时代红色美术展览为了进一步弘扬红色精神，有效地实现教育目标，探索了丰富多样的形式。文章对新时代红色美术展览的教育形式进行考察，通过剖析其在空间和时间上的特点，进一步探讨新时代红色美术展览在教育实践上的空间策略和时间策略。

**关键词**：新时代；红色美术；美术展览；教育形式；教育策略

## 一、红色美术与红色美术展览

### （一）红色美术的主要指向

学术界关于红色美术的研究是多层次的，涉及教育教学、历史文化、内涵价值、图像解读等。其中关于红色美术概念，出现了三种常见的说法，一是红色美术，二是红色美术（经典）作品，三是红色主题美术。

关于红色美术，白润祥从广义和狭义的角度去定义红色美术，他指出广义上的红色美术“描绘鸦片战争以来中国人民在进行民族解放和革命战争中的重大革命历史事件和革命历史人物的美术题材作品”，而狭义上的红色美术则指“1921 年直至当下反映中国

* 项目基金：2023 年度湖南师范大学特聘教授科研项目“中国红色美术的史料整理及创作与传播研究”（批准号：2024042403）。

② 作者简介：李佳莹（1998—　），女，广东韶关人，湖南师范大学美术学院硕士研究生，韶关市建国小学教师，主要研究方向为红色美术与红色美术教育。熊帝骅（1972—　），男，湖北荆州人，湖南师范大学美术学院教授，主要研究方向为民族美术与红色美术。

共产党领导下的革命历史题材美术作品以及反映新中国成立之后社会主义建设题材的美术作品”。① 邓向阳指出：“所谓红色美术，就是指美术工作者以现实主义绘画形式对中国共产党带领中国人民进行艰苦卓绝的革命斗争、实现民族解放与社会建设的过程进行的记录与呈现。”② 冯民生和沈宝莲则指出，红色美术就是在中国共产党领导下美术发展的成果体现和推动美术发展的历史展现，并成为表达人民思想情感和社会主义文化建设的重要艺术形式。③

关于红色美术（经典）作品，叶克军与董可木认为其是视觉表达形式，是红色文化的体现，是站在国家叙事角度对中国共产党创立到不断发展以及现当代各个时期的历史进行的梳理和研究。④ 赵成清指出红色美术作品“在题材、形式、风格与内容上体现出中国共产党为代表的红色政权，它既应包括对血与火铸就的战争岁月的回忆与歌颂，也应涵盖党领导下的新中国红火建设与发展”⑤。余晓燕认为“它泛指体现中国共产党领导中国人民进行的革命、建设、改革和新时代伟大实践及其成果的美术作品，包括绘画、木雕、木刻作品等”⑥。

关于红色主题美术，牛耕田指出红色美术主题创作除了囊括了革命战争时期的美术作品外，抗战后的相关题材的美术作品也涵盖在内。⑦ 张永明提出红色主题美术作品是以我党发展的实际情况为基础，以高度的分析能力和认识深度对艺术作品进行审视和观察，是当前诸多美术创作者对时代发展和红色精神的分析，是对历史缅怀感悟的直接展现。⑧ 王璘认为红色主题美术作品是指表现中国共产党领导下中国人民革命和建设历史的美术作品，以及以革命英雄人物为创作对象的美术作品。而红色主题美术创作就是用美术形式表现革命历史、歌颂英雄人物、表现社会主义新中国建设成就的过程。⑨

综上所述，三者之间有重合之处。但红色美术相较于红色美术作品、红色美术主题创作，其所涵盖的内容更加丰富，不仅指作品本身，还包括所蕴含的精神力量，因而本

---

① 白润祥：《聚焦红色美术经典 奏响新时代主旋律》，《艺术工作》2016 年第 5 期，第 10 页。

② 邓向阳：《中国红色美术史》，中山大学出版社 2019 年版，导言第 2 页。

③ 参见冯民生、沈宝莲《论红色美术与中国现代美术史建构》，《中国文艺评论》2021 年第 7 期，第 59 页。

④ 参见叶克军、董可木《从国家叙事角度看红色经典美术作品的文化诠释》，《安徽工业大学学报》（社会科学版）2016 年第 5 期，第 60 页。

⑤ 赵成清：《新时期中国红色美术作品的历史书写与审美建构》，《文艺争鸣》2018 年第 3 期，第 178 页。

⑥ 余晓燕：《论红色经典美术作品的思想政治教育当代价值》，《学校党建与思想教育》2021 年第 24 期，第 64 页。

⑦ 参见牛耕田《对红色主题美术创作的当代性思考》，《美与时代（中）》2019 年第 8 期，第 6 页。

⑧ 参见张永明《对红色主题美术创作的当代性思考》，《大观》2021 年第 10 期，第 172 页。

⑨ 参见王璘《红色主题美术在高校美育中的地位与作用研究》，鲁迅美术学院 2023 年硕士学位论文，第 9—10 页。

研究更倾向于用“红色美术”这一概念。“红色美术”应包含以下几个方面：一是红色美术的基础与推动力是中国共产党的领导；二是红色美术的核心指导思想以马克思主义文艺理论（在历史的进程中逐渐形成马克思主义中国化文艺理论）为主导力量；三是红色美术不仅包含中国共产党在不同历史时期领导的美术运动，也包含以党领导进行的革命斗争和社会主义建设为题材的美术创作，以及革命与建设实践中所蕴含的精神力量。

红色美术是具有“红色”特征的美术。从历史的发展来看，其既是中国革命、建设与改革开放历程中的视觉呈现，更是中国共产党领导下中国特色社会主义事业所取得的辉煌成就的生动写照；而从精神的发展来看，红色美术亦是实现民族伟大复兴的精神支柱，是进行伟大革命和伟大斗争的重要力量，其所承载的不再只是革命精神，还体现人民性、现实性和时代性，具有与时俱进的鲜明特点。

**（二）红色美术展览的简要历史**

1. 革命战争年代的红色美术展览

红色美术展览，即专门展出红色美术作品及其所蕴含的精神内涵的美术展览活动。红色美术是以中国共产党的领导为基础而产生与发展的，而红色美术展览也脱离不开中国共产党。据史料可知，最早的红色美术展览可以追溯到中央苏维埃区域时期（以下简称中央苏区）。中国共产党领导人们在中央苏区时期就十分重视美术宣传工作，从1931年至1934年12月，中共中央、中华全国苏维埃、苏区各级党、团组织与政府，下发过数百个《决议》《决定》《通告》《计划》等①，要求各组织、各团体广泛应用画报、标语、壁画等艺术形式，宣传革命形势、革命精神，动员群众。为进一步宣传革命精神，并将革命美术创作活动推向整个中央苏区，工农美术社于1933年12月11日成立，系中央苏区的首个美术出版、展览和创作研究机构。在工农美术社的策划筹备下，以及广大群众、红军指挥者和美术工作者的支持协助，第一次工农美术展览会在赤色首都瑞金顺利举行。在第五次反“围剿”失利之后，红色政权的处境不断恶化，1934年10月主力红军撤离中央苏区开始长征，原中央苏区的革命艺术活动在该时期进入了沉潜时期，美术展览也被迫停止，但是在革命进程中积累了丰富的创作素材，为后期的美术创作和美术展览发展奠定了基础。

直到红军长征抵达陕北，中共中央进入延安时期，红色美术展览才逐渐复苏并蓬勃发展。在延安，虽然物质条件方面十分落后，但政治、经济和文化上都趋向于稳定。1938年4月10日，中国共产党延安时期唯一的艺术类高等院校——鲁迅艺术学院（以下简称鲁艺）正式成立，并举办了庆祝鲁艺成立的第一次美术展览。自此以后，鲁艺不断举办画展，内容都是反映抗战时期各方面生活的。② 直至1942年6月，鲁艺前后举办过

① 参见刘云《中央苏区文化艺术史》，百花洲文艺出版社1998年版，第502页。

② 参见张望《延安美术活动回顾》，《美术研究》1959年第4期，第54页。

10 余场规模和影响较大的专门美术展览会，虽然场地简陋，但作品形式却十分丰富，涉及木刻版画、漫画、雕塑、工艺美术、舞台美术等。在 1940 年 4 月的“建校两周年美展”上，鲁艺师生们还对新形式进行了实验，展出的作品利用了年画等传统形式进行艺术创新。可见，延安早期的红色美术展览更多是对美术教学成果的展示，具备一定的专业性质，但题材仍然是与党、人民生活密切联系。

1942 年 5 月 23 日，延安文艺座谈会举行了最后一次会议，会上明确了文艺为什么人、文艺工作普及、文艺统一战线等问题。在座谈会后，为积极响应“文艺为人民”的方针，专门的美术展览活动逐渐减少，但综合的展览会开始增多，如 1943 年“陕甘宁边区第一届劳动英雄代表大会和第三届农工业生产展览会”、1944 年“陕甘宁边区文教代表大会和陕甘宁边区建设展览会”。在这些综合展览会上，鲁艺美术工作者用美术的形式表现展览会内容、绘制图表和宣传画等，对工农兵进行美术普及工作。美术工作者的任务是制作图表和通过美术作品反映现实，并记录数据，如彦涵的《今年植棉三十万亩，收净花三百万斤》、施展的《吴满有乡全乡余粮一千六百八十二石，做到耕一余一》。美术工作几乎覆盖了所有展览，在 1943 年和 1944 年的两次展览上，共出现了美术作品 3545 张，包括图表、布画、人像、连环画、木刻、剪纸、画册等各种样式，参与的美术工作者有 100 多人。① 在经济贫瘠、文化贫乏的地区，美术展览往往能够吸引人们的注意力，甚至产生轰动的效应。延安当地的农民长期与外界隔绝，对社会环境毫不关心，思想落后。

图 1 《保卫家乡》，彦涵，套色木刻，1940 年

图 2 《拥护咱们老百姓自己的军队》，古元，木刻版画，1943 年

① 参见闵靖阳《走向大众与人民——延安鲁艺美术展览活动考》，《美术》2017 年第 7 期，第 105 页。

面对这样的情况，美术的视觉性和直观性无疑让他成为一种宣传教育的有效手段，而中国共产党充分意识到美术展览的重要性。红色美术展览不仅帮助民众提升了文化素养，还通过不同形式的红色美术作品对民众进行了革命宣传教育，让他们了解革命现实、精神以及政策方针。

2. 社会主义建设时期的红色美术展览

新中国成立后，党中央仍然重视展览事业，积极举办各类展览，旨在展示国家的发展成就，让民众能够了解党和国家，激发他们的爱国热情。新中国成立初的展览延续了延安时期的方式方法，以呈现当时的建设成果为主。然而，自 1953 年起，党中央推动文艺领域全面采纳苏联的文艺政策和文艺理论，推动新中国的美术展览事业向苏联看齐，这标志着新中国美术展览进入一个崭新的阶段。当时的展览重点参照了 1954 年至 1956 年的“苏联经济及文化建设成就展览会”，积极学习其展陈设计、展览场所布置等方面。20 世纪 50 年代，众多苏联美术展览在中国开展，成为中国美术展览的直接效仿对象。在文化部和中国美术家协会的推动下，上至中央下至地方的文化团体在效仿苏联模式的基础上，策划了具有当地特色的美术展览。与此同时，展览从简陋场所实现到专业级别场馆的转变，先后建立起北京、广州、武汉、上海四座苏联式展览馆，它们成为展示国家发展成果与文艺交流的重要窗口。可见，当时的红色美术展览在国家的管理与指导下，进一步实现专业化、专门化。据统计，在 1949 至 1966 年之间，中国美术家协会主办、联合举办或协助举办的美术展览总数超过 220 个①，而省级、市级等各类的美术展览的数量更是多得难以准确统计。这些美术展览，在民众与国家政府之间搭建了一座坚实的信任之桥。

图 3　1954 年苏联经济及文化建设成就展览会

图 4　1955 年北京展览馆

① 参见中国美术馆编《中国美术年鉴 1949—1989》，广西美术出版社 1993 年版，展览统计部分。

红色美术展览是与时俱进的美术活动，不仅展示承载当下现实与精神面貌的红色美术，还通过展示过去经典的红色美术来传递永不过时的红色精神。展览作品紧密围绕现实，深刻反映了人民生活的真实面貌，展现了艺术与人民生活的紧密联系。1949年举办的第一届全国美展，对参展作品的题材要求提出了明确要求，即必须站在人民立场，以真实再现现实生活及人民革命斗争为目标。① 1959年举办的新中国成立十周年美展同样提出了题材要求："1. 反映祖国工业、农业'大跃进'的作品。2. 反映我国国防建设，保卫祖国、保卫世界和平的作品。3. 新的风俗画。……8. 新创作的革命历史画。"② 当时的红色美术展览对主题和题材提出了丰富多样的要求，不仅聚焦于当下的人民生活，更是让艺术家们深入挖掘了过去的革命历史元素。此举旨在通过艺术创作来全面且深刻地展现党和人民在各个历史阶段的生活面貌，从而为社会和历史的发展留下宝贵的艺术遗产。

此后的红色美术展览几乎延续了这样的要求，在"文艺为人民"的文艺方针指导下，所展出的作品几乎不能脱离党，不能远离人民，要真实地反映人民的生活、响应党的号召，并对人民进行革命教育，向人民宣传革命精神、国家建设成就。只是在不同的时期展览主题有不同的侧重，如"文革"期间对党的"热情"拥护与极度崇拜，大规模的红色美术展览频繁举办，主题上趋于统一。再如改革开放后，在内容上几乎覆盖中国共产党自成立以来的历史事件，但更加关注艺术语言上的探索与实践，在表现手法和思想表达的探索中寻觅个人与国家之间的结合之路，红色美术展览展现出更加多元的面貌。

3. 新时代红色美术展览

随着改革开放的持续深入，我国社会主要矛盾已发生转变，这标志着我国已步入新的历史阶段，肩负起新的时代使命。习近平总书记在党的十九大报告中指出，党的十八大以来，改革开放和社会主义现代化建设所取得的历史性成就，以及党和国家事业发生历史性变革等，都表明中国特色社会主义已进入了新时代。新时代下，红色美术展览也有了新的变化。为实现更有效的教育效果，在延续传统红色美术展览的基础上，其在形式上有所创新。

通过对新时代红色美术展览的收集与整理，发现新时代红色美术展览可以分为两大类，一类是各馆常设的红色美术展览，一类是带有纪念性质的特设红色美术展览。自改革开放以来，我国的革命纪念馆进行了转型升级，在文物收集和保护的基础上，更加注重宣传教育，因而不再局限于文物的展示，而是开始大规模地应用红色美术，通过二者的前后呼应来营造真实感，因而大多常设的红色美术展览主要集中在各地的革命纪念馆

---

① 参见中华全国文学艺术工作者代表大会筹委会《征集美术展览作品启事》，《文艺报》1949年第2期，第12页。

② 贾方舟：《建国后的画坛体制及其对中国画的影响》，浙江人民美术出版社1997年版，第126—127页。

和部分博物馆中。但是严格来说，这类红色美术展览更倾向于综合类展览，而红色美术则起到一个辅助性功能：通过场景复原设计、雕塑、绘画等艺术性手段来加强宣传教育。这类展览在内容上通常是以历史进程为线索进行呈现，并且多附有大量文字说明，内容过于严肃，但红色美术在其中则可以让观众能够更加直观地认识到历史，而展览也能够通过红色美术增添趣味性和美观度，提高吸引力。

图5　中国人民革命军事博物馆的展览布置

纪念性质的特设红色美术展览主要是围绕着纪念日来举办，他们可分为藏品展和创作展。藏品展的目的在于通过展示经典红色美术作品来再现革命历史，进而宣扬红色革命精神，以唤起人民的爱国之情。创作展则是通过征集红色美术作品来进行评比，最后择优展示。创作展所展出的作品更多的是聚焦于当下的社会建设成就和艺术家个人体验与集体记忆的交融。在此类展览中，艺术家们通过作品获得了肯定，也更加坚定了“艺术为人民服务”的根本宗旨；而观众通过展出的作品不仅获得了审美体验，认识了最新的红色美术面貌和国家当前的建设成就，还带走了一份红色信念。

图6　新中国的童年记忆
——革命题材连环画馆藏展

图7　“我的延安”
——全国主题性美术作品展（陕西省美术博物馆）

## 二、新时代红色美术展览的教育形式

红色美术展览，作为面向广大公众的开放性文化教育活动，是传播社会主义无产阶级思想及红色革命精神的有效载体。红色美术展览不仅是一个展示红色美术作品的形式，更是人民接受教育、体验文化氛围的重要形式之一。红色美术展览通过陈列红色美术作品，向观众传递其中蕴含的红色历史，让观众从中领悟红色精神，从而实现红色教育，实现红色基因的传承。

随着互联网进入教育领域，人类的教育传播能力和效率大幅提升，教育传播活动进入了一个全新的时代。红色美术展览为了进一步弘扬红色精神，有效地实现教育目的，不断地探索多样的形式，来让观众能够获得更加深刻的体验。

### （一）空间

1. 扩大教育空间容量

在美术展览中，诸多象征意义强的艺术形象被编码、聚集在同一个展览时空中，共同指向展览主题。红色美术展览通过集中展示红色美术作品来传播红色精神，这不仅具有审美价值取向，还富有社会意识形态。展览与作品在个人领域和社会领域中构筑起艺术公共空间，在其中容纳、传递符号与思想。“艺术媒介作为符号的形式，本身具有承载的功能，如文字、图像能记录信息，表达思想……艺术媒介的容器就是文字、图像、声音等物质载体。……具体来说，艺术媒介的容器应包括：书籍、杂志、报纸、音像制品和电子产品。”① 这是从物质形态的角度来认识艺术媒介和艺术媒介容器，但结合其定义来看，我们可以合理地提出：美术作品具有艺术媒介的属性，用艺术的形式来记录历史和表达思想，进而实现传播与教育；而美术展览则具有艺术媒介容器的属性，借助有形的美术作品等物质形态和美术馆的物理空间来面向公众，在美术作品进行传播教育、再生产的过程中，进一步扩大其社会影响力。

新时代红色美术展览作为进行红色教育的重要容器，为了增大容量，将信息传播到社会各地，实现教育的最大化，其不再局限于在某地举办，而是进行各地巡展。从中央到地方，扩大艺术展览空间，扩大受众范围。与国家庆典同步的全国美术展览可谓是最高等级的红色美术展览，其作为我国规模最大、影响范围最广、作品种类最多的国家综合性美术展览，最初只是在京举办，教育传播范畴几乎仅限于在京的民众以及其他有能力能够前往的民众。但在改革开放后，全国美展开始尝试在各地同时举办不同艺术门类的展览，扩大艺术空间，让艺术信息能够传递到各阶层。进入新时代后，则依然延续这一做法，但是不再是各地同时展出，而是接力式地展出，让基层民众能够不间断地接受艺术和社会意识的洗礼。

表1 新时代全国美展统计

| 名称 | 作品数量 | 展览地点/方式 | |
|---|---|---|---|
| 第十一届全国美术展览 | 153/3700 | 第一阶段是各专业类别的分区展览，自2009年8月至10月陆续在全国十个展区分别展出：上海（中国画）、武汉（油画）、南京（版画）、长春（雕塑）、盘锦（水彩、水粉）、北京（壁画）、厦门（漆画、陶艺）、深圳（艺术设计）、汕头（港澳台展区）、哈尔滨（动漫、年画、漫画、连环画、插图、综合材料）。各展区共计展出作品约3700件。 | 第二阶段是进京提名·获奖展，中国美术馆集中展出153件作品。 |
| 第十二届全国美术展览 | 576/4391 | 第一阶段各画种13个分展区，自2014年8月至9月在全国陆续亮相：天津（中国画）、杭州（油画）、广州（版画）、太原（雕塑）、武汉（水彩、水粉）、北京（壁画）、福州（漆画）、西安（艺术设计）、盘锦（港、澳、台及海外华人）、北京（实验艺术）、嘉兴（综合画种、动漫）、石家庄（综合材料绘画）、西安（陶艺）。共展出从24000余件投稿作品中遴选的4391件作品。 | 第二阶段是进京提名·获奖展，中国美术馆集中展出576件作品。 |

① 包鹏程、孔正毅：《艺术传播概论》，安徽大学出版社2002年版，第108—109页。

续表

| 名称 | 作品数量 | 展览地点/方式 | |
|---|---|---|---|
| 第十三届<br>全国美术展览 | 573/4469 | 第一阶段各展区展示，自 2019 年 9 月至 10 月在全国陆续亮相：山东（艺术设计）、广东（港澳台海外华人、综合画种动漫）、浙江（综合材料绘画）、江西（陶瓷）、河南（壁画）、重庆（油画）、成都（版画）、福建厦门（漆画）、山东济南（中国画）、广东深圳（水粉水彩）、河北廊坊（实验艺术）。各展区共计展出作品 4469 件。 | 第二阶段是进京提名·获奖展，中国美术馆集中展出 573 件作品。 |

另外，在一些重大历史节点，由中央发起的纪念性红色美术展览，各地也积极响应，共同构建庞大的教育空间。在中华人民共和国成立 70 周年之际，全国各地纷纷积极举办美术展览，以艺术形式展现国家的繁荣与发展，共同致敬这一历史性的庆典。在京有由文化和旅游部主办的“伟大历程 壮丽画卷——庆祝中华人民共和国成立 70 周年美术作品展”，共展出 480 余件精品，以馆藏经典为主，汇集各个重要美术馆的藏品和国家重大美术创作工程的美术新作，经典与新作交织，共同展现新中国 70 年的伟大征程。以及中国国家画院的“翰墨流金——中国国家画院经典美术作品展”展出了 120 余件作品，描绘了新中国美术的清晰轮廓。各地则梳理当地艺术的发展轨迹，展现地方艺术的特色和面貌。江浙沪地区有江苏省的“壮丽 70 年 艺绘新时代——庆祝中华人民共和国成立 70 周年苏州市美术书法作品展”“我和我的祖国——南京庆祝新中国成立七十周年美术书法摄影展”、刘海粟美术馆和长三角美术馆联合举办的“红旗漫卷：长三角地区美术馆馆藏及推介主题美术作品展”，以及浙江杭州的“盛世钱塘·韵味杭州——庆祝中华人民共和国成立 70 周年诗书画印展”。广东地区则有广东美术馆主办的“我和我的祖国——庆祝中华人民共和国成立 70 周年广东优秀美术作品展”，以及深圳市的“打开的窗口是美丽的”——庆祝新中国成立 70 周年暨深圳建市 40 周年美术作品展，通过作品展现新中国成立 70 年来的广东故事历程。还有湘鄂地区的湖南美术馆“不忘初心——庆祝中华人民共和国成立 70 周年湖南省美术书法摄影优秀作品展览”和武汉美术馆“武汉·印象——武汉美术馆馆藏作品展”……各地结合自身资源，多角度、多方位地向新中国成立 70 周年华诞献礼，让全国民众全方位地感受新时代的中国景色。

表 2 新中国成立 70 周年各地美术展览统计

| 名称 | 时间 | 主办单位 | 作品数量 | 展览地点/方式 |
|---|---|---|---|---|
| 伟大历程 壮丽画卷——庆祝中华人民共和国成立 70 周年美术作品展 | 2019 年 9 月 26 日—11 月 2 日 | 文化部、旅游部 | 480 余 | 中国国家美术馆 |

续表 1

| 名称 | 时间 | 主办单位 | 作品数量 | 展览地点/方式 |
|---|---|---|---|---|
| 翰墨流金——中国国家画院经典美术作品展 | 2019 年 9 月 30 日—10 月 7 日 | 中国国家画院 | 120 余 | 中国国家画院美术馆 |
| 红旗漫卷：长三角地区美术馆馆藏及推介主题美术作品展 | 2019 年 9 月 9 日—10 月 10 日 | 刘海粟美术馆和长三角美术馆协作机制成员单位联合举办 | 67 | 刘海粟美术馆 |
| 盛世钱塘·韵味杭州——庆祝中华人民共和国成立 70 周年诗书画印展 | 2019 年 9 月 18 日—9 月 23 日 | 中共杭州市委宣传部、杭州市文学艺术界联合会、西泠印社社务委员会联合主办 | 300 | 浙江展览馆 |
| 我和我的祖国——庆祝中华人民共和国成立 70 周年广东优秀美术作品展 | 2019 年 9 月 28 日—10 月 27 日 | 展览是由广东省委宣传部、广东省文化和旅游厅、广东省文学艺术界联合会主办 | 300 余 | 广东美术馆 |
| 浩水奔流——中国水彩画家作品展 | 2019 年 9 月 19 日—10 月 8 日 | 深圳美术馆、广东省美术家协会水彩画艺术委员会 | 100 | 深圳美术馆 |
| 打开的窗口是美丽的——庆祝新中国成立 70 周年暨深圳建市 40 周年美术作品展 | 2019 年 4 月 18 日—5 月 5 日 | 深圳市委宣传部、中国美术馆、深圳市文化广电旅游体育局、深圳市文学艺术界联合会主办 | 172 | 关山月美术馆 |
| 壮丽 70 年 艺绘新时代——庆祝中华人民共和国成立 70 周年苏州市美术书法作品展 | 2019 年 9 月 25 日—10 月 20 日 | 中共苏州市委宣传部、苏州市文化广电和旅游局、苏州市文学艺术界联合会共同主办 | 280/500 | 苏州美术馆 |
| 我和我的祖国——南京庆祝新中国成立七十周年美术书法摄影展 | 2019 年 9 月 18 日—9 月 22 日 | 中共南京市委宣传部、南京市文学艺术界联合会 | 210 | 江苏省美术馆（摄影部分设在南京美术馆） |
| 不忘初心——庆祝中华人民共和国成立 70 周年湖南省美术书法摄影优秀作品展览 | 2019 年 9 月 27 日—10 月 31 日 | 湖南省文化和旅游厅主办 | 美术作品 105<br>书法作品 130<br>摄影作品 105 | 湖南省文化馆 |
| 武汉·印象——武汉美术馆馆藏作品展 | 2019 年 9 月 29 日—10 月 7 日 | 武汉美术馆 | 60 余 | 武汉美术馆 |

续表 2

| 名称 | 时间 | 主办单位 | 作品数量 | 展览地点/方式 |
| --- | --- | --- | --- | --- |
| 和谐彩云南——大型主题美术创作展 | 2019 年 9 月 29 日—10 月 28 日 | 中共云南省委宣传部、文旅厅、文联主办，云南省美协、云南美术馆、云南画院承办 | 400 余 | 云南美术馆 |

2. 迈向数字教育空间

新时代下，互联网信息技术的发展缩小了人与人、人与世界的距离，使人们能够在不出家门的情况下了解全球各地的事物。通过应用多媒体互联网技术，如虚拟现实（VR）、增强现实（AR）、3D 打印等，美术展览得以突破传统的空间束缚，迈向数字虚拟世界。早在 2011 年，党的十七届六中全会经过审议并通过了《中共中央关于深化文化体制改革推动社会主义文化大发展大繁荣若干重大问题的决定》（以下简称《决定》），《决定》明确提出要构建现代传播体系，探索美术文化传播的新形式、新手段、新途径，以提升美术文化的创新传播能力。对此，国内各类各馆纷纷积极响应，积极探索数字美术馆、数字博物馆、数字艺术展览等新形式。进入新时代后，美术展览数字化已然成为一种普遍趋势。

手机是新时代人们获取信息的主要方式，人们通过它可随时随地随意地获取信息。相较于改革开放后逐渐兴起的依赖电脑设备浏览的数字美术馆展览，手机美术展览能够为用户提供更为便捷的体验。新时代下，移动互联技术几乎渗透到所有领域。微信公众号作为移动互联技术的重要应用之一，已成为公众日常生活中不可或缺的信息获取途径。对此，各大机构团体纷纷建立了微信公众号或订阅号，通过其服务栏选项中的数字展览或展览信息选项，点击进入即可通过手机浏览美术展览。

新时代 VR360°全景技术的发展，将整个实体展示空间都转换进网络虚拟空间。该技术通过三维科技手段将展厅、展品等都展示在网络虚拟空间，突破了时空的束缚，拉近了与观众的距离。各革命纪念馆的公众号基本上都设有“云展览”的服务，虽然各馆的服务名称有所不同，但都是将常设的展览通过新媒体建构了一个数字教育空间，用以突破不同时空的阻隔，将其在社会中广泛展示。各阶层公众也因此能够在这样的数字体验中得以互动、交流等，这也促使红色美术展览能够实现更深远的教育传播。

除常设展览外，还有部分纪念性质的红色美术展览也在充分运用信息技术来打造虚拟美术展览。2015 年 7 月 7 日，为纪念长征胜利 70 周年，由中国国家博物馆主办的“抗战与文艺：纪念抗日战争胜利 70 周年馆藏文物系列展”开幕，共展出 1109 件（套）珍贵历史文物、美术作品、摄影作品和其他历史照片，通过线上与线下的相互配合来全方位地展示抗战时期广大文艺工作者为推动抗日救亡运动作出重要贡献的文艺运动全貌。

2022年9月24日，由延安革命纪念馆和陕西省美术博物馆联合主办的“我的延安——全国主题性美术作品展”正式开幕，展览分为五个板块、三个单元，通过图文结合、短视频等多种展现形式，构建了一个多维度的展示空间。同时，该展览还通过公众号来打造线上展览，运用先进的VR技术，打造了一场沉浸式的云展览，使观众能够身临其境地感受延安精神的深刻内涵。

图8　“抗战与文艺：纪念抗日战争胜利70周年馆藏文物系列展”线上VR展厅

## （二）时间

1. 纪念仪式的重复性

“艺术展览的实践活动中存在着信息的传递，但它更是一种文化分享和社会性参与仪式，发挥着仪式的文化传承和社会凝聚功能。”① 艺术展览活动通过历史逻辑排列或专题归纳等形式为公众提供各方面知识和审美教育，它在展览空间中将群体聚集在一起，让

① 余冠臻、刘建明：《传播仪式观视域下的艺术展览》，《美术》2021年第5期，第144页。

人与人、人与物之间借助艺术品实现对话活动，实现文化精神和审美情感之间的共享。除此之外，艺术展览还具有凝聚和唤醒文化记忆的功能。全社会共同参与并保留了个人经验与集体经验的重大事件，可以通过仪式感的庆典活动能够唤醒相关的文化记忆。“文化记忆的特征是把以往某些事作为立足点，因此产生了与此相关的特定的仪式、文字、图画、歌曲、舞蹈等记忆和回忆形式”①。红色美术展览作为普及和弘扬红色文化和美术的一种关键性手段，它通过在特定时间节点进行组织策划，成功地构筑了集体的文化记忆，不仅丰富了公众的精神文化生活，更在无形中强化了社会的凝聚力。

在现代社会中，仪式的举行并非正式的或庄重的，它存在于我们非宗教的文化生活中。艺术展览将拥有共同意向的观众聚集在一起，就类似于参加一场神圣的典礼仪式。艺术展览作为一种文化共享仪式，与宗教仪式活动在某种程度上具有一定的共同性：它试图通过仪式来传播文化精神，促使观众、作品及艺术家形成一个“精神共同体”，进而构建一个有秩序有意义的文化世界。因而，红色美术展览十分强调仪式感，紧紧地围绕国家革命历史上具有里程碑意义并产生了重大影响的事件进行组织策划与创作，强化其纪念性和仪式性。2021 年是中国共产党成立一百周年，全国各地紧紧围绕该主题进行研究、

图 9　《红潮——五四运动》，许江、孙景刚、邬大勇，油画，400cm × 540cm
“不忘初心 牢记使命——庆祝中国共产党成立 100 周年美术作品展览”陈列作品

① 金寿福：《扬·阿斯曼的文化记忆理论》，《外国语文》2017 年第 2 期，第 38 页。

策划与创作，举办了多场美术展览，以丰富多样的美术形式展现了中国共产党百年波澜壮阔的奋斗历程，掀起了庆祝建党百年的文艺热潮。中央有由中共中央宣传部、中国文学艺术界联合会主办的“不忘初心 牢记使命——庆祝中国共产党成立100周年美术作品展览”和中共中央宣传部和文旅部主办的“伟大征程 时代画卷——庆祝中国共产党成立100周年美术作品展”分别展示了最新的党史题材和以党在新时代进行伟大实践为主题的美术创作成果。各地则是紧密跟随，围绕百年间在各地发生的党史故事和新时代的新建设新成就展开，有浙江省“星驰潮涌”艺术特展、甘肃省“百年历程 辉煌成就”美术作品展、天津市“百年华章 筑梦丹青”美术作品展、云南省“云岭百年红”美术作品展……

红色美术展览作为重要事件的纪念性活动，本身就具备纪念庆典性质。定期举办红色美术展览，能够不断重申和强化已有的社会秩序，从而形成一种具有文化意义的仪式。“操演性是所有仪式的一般特征，但纪念活动的特殊性就在于它是对纪念原型的重复性操演。”① 因而，在长征胜利纪念周年、建党纪念周年、抗日战争胜利纪念周年等，上至中央、下至地方都有大大小小的、与之呼应的红色美术展览。这些展览不仅展现过去优秀红色经典作品，还展现当下人们的历史记忆和观念思想，让观众在“重复”地参观中，强化信念与价值观，稳固人与社会之间的纽带。

2. 多维度的时间展线

德国海德堡大学提出“仪式动力”，指的是只有将规范人们思想与行为的经典文本内容转化为可参与的仪式后，使得人们能够切实地体验到，它才能真正地发挥作用。关于中国共产党领导人民共同革命与建设的历史，我们从小就接受来自书本的洗礼，然而，依靠文本传递的意义是有限的。红色美术展览将这些文本转化成直观的艺术形象，结合其仪式属性，在很大程度上发挥了超越文本的巨大潜能。

红色美术展览对于展览内容的呈现具有自身的规律特点。一方面，红色美术展览通常是以历史时间的维度展开，将展览主题通过艺术形象渗透到社会意识形态层面，再通过红色美术作品直观感性地展现出来，结合前言、导语、展签等文本的阐释，加以展陈设计，共同创造出一个独有的艺术空间。另一方面，不同于书本的时间叙事，红色美术展览并非均匀单向流动的线性展示，而是专题式、焦点式地呈现。例如在2017年6月1日举办的“红色记忆——黑龙江省美术馆馆藏经典版画作品展”中，按照创作年代一次将20世纪50至80年代的100件黑龙江经典版画作品展出，展区分为“红色记忆·黑龙江精神”“红色记忆·知青岁月”“红色记忆·黑龙江版画的三种图示”三部分。在“黑龙江版画的三种图示”部分，主要以上海大学教授王洪义从形式角度总结的黑龙江版画

---

① 葛曲、秦燕：《纪念仪式的动员逻辑——以延安时期中共纪念活动为个案的考察》，《河南大学学报》（社会科学版）2018年第5期，第39页。

的创作经验为依据，配合展出黑龙江版画发展的相关图像。

另外，网络技术的发展使红色美术展览的时间线得以延长。新时代红色美术展览充分利用网络信息技术，从展览前的预热宣传，到展览过程中的各种衍生活动，再到展览后的反馈活动等，构筑了一条更完整的“展览时间线”，扩大了展览的影响力。为庆祝毛泽东同志《在延安文艺座谈会上的讲话》发表 80 周年，以及习近平总书记在文艺工作座谈会上发表重要讲话 8 周年，同时迎接党的二十大胜利召开，由陕西省文化和旅游厅、延安革命纪念地管理局指导，延安革命纪念馆和陕西省美术博物馆主办“我的延安——全国主题性美术作品展”于 2022 年 9 月 24 日开幕。为更加全面地呈现延安精神引领下美术创作的新面貌，在展览开幕前三个月，一方面，主办方组织省内外多名艺术家进行采风写生活动，重走“转战陕北”路线，用画笔记录沿途的风光；另一方面，主办方通过官方公众号发布征稿启事，征集全国各地反映延安文艺创作精神与新时代风貌的优秀美术作品。在展览期间，主办方还策划了形式多样的公共教育活动，如“与画家面对面”“美谈”“红色创作系列学术讲座”等；同时通过各大互联网平台发布数条相关展览信息，以丰富的展讯信息来引起观众对展览的持续关注。在展览结束后，主办方在线下展览的基础上，利用 VR 全景技术推出云展览，无形中扩大了展览的传播范围。不仅如此，还制作专题汇报片，通过近十四分钟视频来让观众了解整个展览的全过程，给观众带来系统化的认识与体验。

## 三、新时代红色美术展览的教育策略

美术展览的教育具有直观性和自由性：直观性指的是通过展览的公共空间塑造和美术作品承载的内容来实施教育，以开放式的空间和直观形象的图画来向观众传递其中蕴含的思想；自由性指的是教育主体（观众）可根据自己的安排来进行参观，所接受的教育取决于教育主体的个人与社会经验，因人而异，并没有一个绝对的教育效果评级指数。

红色美术展览作为一种社会教育活动，其教育的实现在于内在价值的输出。红色美术展览具有双重价值：一是艺术本体的审美价值。红色美术展览归根到底是以红色美术作品为核心内容的展览，是通过高质量的艺术内容来建构审美价值的展览，同时由于红色美术作品是与国家、与党、与人民紧密相连的，其审美价值还具有一定的庄重之美。二是承载历史与演绎时代的社会价值。红色美术展览是在当下社会背景举办的，旨在记录时代、展现国家力量，强化社会认同感。不仅如此，红色美术展览还面向过去、指向未来。展览中的作品与空间共同构筑一个“记忆之场”，观众通过艺术作品见证历史，触发个体情感进而建构起“文化记忆”，坚定文化自信，增强社会凝聚力。

红色美术展览的教育在一定的价值取向下展开的，而为了最大限度地实现这些价值，红色美术展览采取了一定的教育策略。在新时代背景下，我们的生活模式正在经历一场